HEYNE <

Das Buch

Die junge und hochbegabte Kunststudentin Giselle wird am hellichten Tag von einem betrunkenen Autofahrer an einer Ampel überfahren und tödlich verletzt. Ihr Vater Jonathan, ein erfolgreicher Fotograf und Medienmanager, kommt über ihren Tod nicht hinweg und rutscht ab in Alkoholismus, Depression und Verwahrlosung. Wegen seines Unvermögens zu trauern zerbricht auch seine Ehe.
In einer Novembernacht fährt Jonathan einfach los. Ohne Ziel, ohne Geld und ohne Hoffnung. Er strandet in der heruntergekommenen Ferienwohnung einer Bauernfamilie in der Toskana. Als Jonathan aber deren blinde Tochter Sophia kennenlernt, ist er bis ins Mark schockiert: Auf geradezu unheimliche Art gleicht sie seiner toten Tochter. Jonathan bleibt in Italien, findet neuen Lebensmut und heiratet Sophia. Aus dem abgewirtschafteten Gehöft machen die beiden ein luxuriöses Feriendomizil.
Doch eines Tages verbringen Gäste aus Deutschland dort ihren Urlaub, und als Jonathan erkennt, wer sich da eingemietet hat, erwachen erneut sein Hass und seine Rachegefühle. Er übt tödliche Vergeltung, aber das ist ihm noch nicht genug …

Die Autorin

Sabine Thiesler, geboren und aufgewachsen in Berlin, studierte Germanistik und Theaterwissenschaften. Sie arbeitete einige Jahre als Schauspielerin im Fernsehen und auf der Bühne und schrieb außerdem erfolgreich Theaterstücke und zahlreiche Drehbücher fürs Fernsehen (u.a. *Das Haus am Watt*, *Der Mörder und sein Kind*, *Stich ins Herz* und mehrere Folgen für die Reihen *Tatort* und *Polizeiruf 110*). Ihr Debütroman *Der Kindersammler* war ein sensationeller Erfolg, und auch all ihre weiteren Thriller standen auf der Bestsellerliste. Im Januar 2025 erscheint ihr neuester Roman *Leb wohl, Schwester*.

SABINE THIESLER

DER MENSCHENRÄUBER

Roman

WILHELM HEYNE VERLAG
MÜNCHEN

MIX
Papier | Fördert gute Waldnutzung
FSC® C014496

Penguin Random House Verlagsgruppe FSC® N001967

3. Auflage

Vollständige Taschenbuchausgabe 11/2011

Umschlaggestaltung: Eisele Grafik · Design, München,
unter Verwendung von Fotos von © Bigstock / macondo;
Shutterstock.com / Sylvia-Design
Satz: Schaber Datentechnik, Austria
Druck und Bindung: GGP Media GmbH, Pößneck
Printed in Germany

ISBN: 978-3-453-43525-4

www.heyne.de

Für meine Mutter

In Liebe

PROLOG

Schwere Wolken hingen über der Heide, der Wetterbericht hatte Schneeregen und Graupelschauer angesagt.

Er stand am Fenster, blickte auf den trostlosen, grau gepflasterten Hotelparkplatz mit fünf armseligen Parkbuchten, von denen nur zwei besetzt waren, und wusste, dass er nur diese eine Chance hatte.

Heute war der Tag, auf den er Monate gewartet hatte, heute musste es passieren.

Nachdem er vor zehn Minuten das Telefonat beendet hatte, triumphierte er innerlich. Sie war einfach zu gutgläubig und hatte ihm die Adresse verraten. Die erste Hürde war genommen, und es war unproblematischer gewesen, als er gedacht hatte.

Er ging ins Bad, betrachtete ein paar Sekunden sein Gesicht im Spiegel eines altmodischen Allibert und begann sich sorgfältig zurechtzumachen.

Es war jetzt zwanzig vor elf. Zeit der Visite und daher viel zu gefährlich. Er wollte noch zwei Stunden warten, denn es erschien ihm günstiger, wenn auf den Stationen das Mittagessen gerade vorbei war und das Geschirr abgeräumt wurde.

In den letzten zwei Wochen hatte er sich einen Bart wachsen lassen, den er jetzt sorgfältig schnitt, so dass er gepflegt wirkte. Der schlohweiße Bart störte ihn maßlos, er kam sich verwahrlost und unsauber vor, geradezu verwildert. Aber es handelte sich ja nur noch um wenige Stunden. Wenn alles erledigt war, würde er ihn abrasieren.

Die Perücke hatte er schon vor Wochen in Florenz gekauft. Sie war aus Echthaar, handgeknüpft, und hatte über fünfhundert Euro gekostet. Das war es ihm wert. Graue, drei bis vier Zentimeter lange Haare, die sehr natürlich wirkten und gut zu seinem schmalen Gesicht passten. Er streifte sie über seine eigenen millimeterkurzen Haare, und damit die Perücke nicht verrutschte, fixierte er sie an den Schläfen und oberhalb der Stirn am Haaransatz mit Mastix. Ein Spezialklebstoff, der im Theater in der Maske verwendet wurde. Hinterher würde er die Perücke so bald wie möglich verbrennen.

Zum Schluss setzte er eine Brille mit Fensterglas und zartgoldenem Rand auf, die ihm einen intellektuellen, distinguierten Touch gab. Kein Problem, sie danach auf der Autobahn aus dem Fenster zu werfen.

Er wirkte wie ein Professor Anfang sechzig, dem man ohne weiteres Respekt zollte und Vertrauen schenkte. Perfekt. Er war zufrieden.

Das Zimmer hatte er bereits am Abend zuvor bezahlt. Er packte seine Sachen und verließ zwanzig Minuten später das Hotel vollkommen unbemerkt. Die Rezeption war in diesem kleinen Hotel nur selten besetzt.

Ideal für ihn, der ungesehen verschwinden wollte.

Es war jetzt kurz nach elf. Zu früh. In Gedanken ging er noch einmal die Liste durch, ob irgendetwas fehlte. Aber ihm fiel nichts ein. Er hatte an alles gedacht.

Also blieb ihm nur noch ein Waldspaziergang, um zwei weitere Stunden totzuschlagen.

Um dreizehn Uhr fünfundzwanzig hielt er vor der Klinik und parkte am Nebeneingang auf einem für Ärzte reservierten Parkplatz. Weiße Hosen, weißes Hemd und weißen Kittel hatte er bereits im Auto angezogen, Stethoskop und obligatorischer Kugelschreiber steckten in der Brusttasche.

So betrat er das Krankenhaus. Dem Pförtner nickte er kurz zu, und dieser grüßte automatisch zurück.

Als er nur fünfzehn Minuten später die Klinik durch einen Notausgang verließ, trug er ein Neugeborenes hinaus in die Kälte und die wenigen Meter bis zu seinem Auto, legte es in die Tragetasche auf dem Beifahrersitz und fuhr davon.

Die Mutter und die Mitarbeiter der Säuglingsstation würden frühestens in einer halben Stunde merken, dass das kleine Mädchen nicht mehr da war.

Er war so glücklich wie seit Jahren nicht mehr. Hatte keinerlei Schuldbewusstsein. Denn er hatte das Kind nicht entführt, sondern zu sich geholt. Und das war – verdammt nochmal – sein gutes Recht.

GISELLE

EINS

Toskana, 3. November 2001

Er hatte kein Ziel, keinen Plan, kein Dach überm Kopf und noch zweiundsiebzig Mark und dreiundzwanzig Pfennige in der Tasche. In seinem Koffer befanden sich zehn Unterhosen, ebenso viele Sockenpaare, vier T-Shirts, drei Pullover und zwei Jeans. Außerdem zwei Handtücher, sein Filofax und ein Kulturbeutel mit einer Haarbürste, einer Zahnbürste, einer fast leeren Tube Zahnpasta, einer Niveadose, einem Nageletui und einem Briefchen Aspirin. Auch ein Deostift und Creme gegen Herpes-Lippenbläschen. Gut eingebettet zwischen den Handtüchern und Pullovern, lagen sein Laptop, seine Kamera und eine Bilderrolle aus stabiler Pappe. In seiner Jackeninnentasche trug er seine Brieftasche mit der Krankenversicherungskarte, einer Kreditkarte, Ausweis, Führerschein und einem Foto seiner Tochter im Alter von fünf Jahren. Sie saß in einer Sandburg an der Ostsee und hielt triumphierend ihre Schippe in die Höhe. In der Jackenaußentasche steckte noch eine Lesebrille.

Das war alles, was von seinem Leben übrig geblieben war.

Es war jetzt knapp fünf Tage her, seit er nach einem Streit mit Jana das Haus verlassen hatte. Er fühlte sich als Verlierer, weil er gegangen war, aber das war nicht wichtig.

Auch wenn sie triumphierte – er hätte es in ihrer Nähe keine fünf Minuten länger ausgehalten.

Dass er vor der großen Anzeigetafel auf dem Flughafen Tegel gestanden hatte, wusste er noch. *Paris, Brüssel, Kopenhagen, Athen, Rom, Lissabon.* Zehn Minuten, vielleicht auch eine halbe Stunde hatte er auf die rauf- und runterklappernden Buchstaben gestarrt, aber die Orte bedeuteten ihm nichts. *Zürich, Budapest, Mailand, Stockholm.* Geflogen war er in seinem Leben genug.

Er wandte sich ab und fuhr mit dem nächsten Bus zurück in die Stadt.

Was er in den darauffolgenden drei Tagen und Nächten getan hatte, konnte er jetzt nicht mehr sagen. Er versuchte sich zu erinnern, aber vor seinen Augen tauchten nur vereinzelte Bilder von Wartehallen, U-Bahnhöfen und Kneipen auf. Von einem grellbunten Drogeriemarkt, in dem er Wodka kaufte, und von einem Kanal, an dessen Ufer er sich übergab. Er hatte keine Erinnerung mehr an Wärme oder Kälte und glaubte, weder irgendetwas gegessen noch mit einem Menschen gesprochen zu haben.

Vor zwei Stunden war er in einer Toilette der Charité aufgewacht. Er lag in der engen Kabine auf dem klebrigen Fußboden, gekrümmt wie ein Embryo, den Kopf direkt neben der Toilettenschüssel, und mit seinen Armen umklammerte er den Fuß des Beckens wie ein Schiffbrüchiger den rettenden Baumstamm. Mühsam zog er sich hoch und versuchte aufrecht zu stehen. In seinen Haaren klebte Erbrochenes, und erst jetzt bemerkte er, dass er direkt in einer mittlerweile getrockneten Lache gelegen hatte.

Er ekelte sich vor sich selbst, als er sein blasses, müdes Gesicht und seine zerzausten, verdreckten und seit Tagen nicht mehr gekämmten Haare im Spiegel sah. Sein Mund war ausgetrocknet, und sein Speichel schmeckte bitter und säuerlich zugleich. Am meisten wunderte er sich darüber, dass sein Koffer immer noch da war und neben ihm auf dem Fliesenboden stand.

Sein Koffer war das Wichtigste und Einzige, was er besaß. Er erinnerte sich dunkel an eine Situation, die zwei, drei oder auch schon fünf Tage her sein konnte. Er war am Ufer der Spree eingeschlafen. Seinen Koffer hatte er als Kissen benutzt und war davon aufgewacht, dass jemand dabei war, ihn unter seinem Kopf wegzuziehen. Ihm wurde schwindlig, als er hochfuhr und sah, wie ein ausgemergelter Mann Ende sechzig mit langem, verfilztem weißem Haar mit dem Koffer flüchtete.

So schnell war Jonathan schon seit Wochen nicht mehr aufgesprungen.

»Hey«, schrie er, »bleib steh'n, du Arsch, oder ich schlag dir alle Zähne aus!«

Der andere hatte nicht viel Kraft, und der Koffer war schwer. Jonathan holte den Mann schnell ein und riss ihn zu Boden. Im Fallen schleuderte der Alte den Koffer so weit er konnte von sich, und Jonathan sah, dass er die Böschung hinunterrutschte.

Der Alte interessierte ihn nicht mehr. Er hechtete seinem Koffer hinterher und erreichte ihn gerade noch im allerletzten Moment, als er bereits im Wasser schwamm, aber von der Strömung noch nicht abgetrieben war. Er zog ihn heraus, drückte ihn fest an sich und hörte sich schluchzen vor Erleichterung. Sein Leben ging weiter, wenn man das, was ihm geblieben war, noch als Leben bezeichnen konnte.

Jonathan wollte gar nicht wissen, wie er in die Charité gekommen war. Ob er einfach nur eine Toilette gesucht hatte und eingeschlafen war oder ob man ihn mit der Ambulanz gebracht hatte und er den Schwestern und Ärzten entkommen war. Es war müßig und unerfreulich, darüber nachzudenken, wie er die vergangenen zweiundsiebzig Stunden verbracht hatte, wichtig war, dass seine Sachen noch da waren, er keine Kopfschmerzen hatte und einigermaßen aufrecht gehen und stehen konnte.

Er wusch sein Gesicht und seine Haare mit kaltem Wasser, spülte sich den Mund aus, trank gierig, trocknete sich mit mehreren Papierhandtüchern ab und verließ die Toilette. Pfeile zeigten in Richtung Ausgang, demnach befand er sich im Parterre. Ein großes rot-weißes Schild wies nach rechts zur Notaufnahme. Also war er wahrscheinlich doch eingeliefert worden und dann auf eigenen Wunsch gegangen. Aber selbst das wusste er nicht mehr.

Mit dem Koffer in der Hand trat er auf die Straße. Es war dunkel, und er versuchte vergeblich, sich zu erinnern, wann er das letzte Mal Tageslicht gesehen hatte. Ihm war übel vor Hunger, und als er auf die Uhr sehen wollte, war sein Handgelenk leer. Aha. Die Uhr hatten sie ihm also geklaut. Irgendwo beim Schlafen unter einer Brücke oder in einer finsteren Kneipe. Vielleicht hatte er sie auch beim Pokern verloren. Alles war möglich.

Langsam ging er durch die nächtliche Stadt, wusste inzwischen wieder genau, wo er war, und brauchte zwanzig Minuten bis zu seinem Stammitaliener.

Giovanni stand hinterm Tresen, als Jonathan das Restaurant betrat, und winkte ihm kurz zu.

»Was ist los, Dottore?«, fragte er. »Du siehst verdammt schlecht aus!«

»Kriege ich noch was zu essen?«

»O dio, es ist kurz nach Mitternacht! Die Küche ist schon geschlossen, tut mir leid. Pietro räumt gerade auf.«

»Vielleicht hast du doch noch eine winzige Kleinigkeit für mich? Bitte, Giovanni! Mach mir einfach ein paar Nudeln warm, das reicht schon. Und ein Glas Wein.«

Giovanni kannte Jonathan seit einigen Jahren, er kam bestimmt zweimal in der Woche zum Essen, aber in diesem Zustand hatte er ihn noch nie erlebt. Jonathans Gesichtsfarbe war grau, er wirkte hohlwangig, die Augen waren rot und entzündet, wie bei einem Menschen, dem man unter Folter den Schlaf entzieht. Wahrscheinlich hatte er wirklich schon lange nichts mehr gegessen und getrunken, denn seine Lippen war trocken und eingerissen.

»Ich werde Pietro mal fragen«, sagte Giovanni daher milde und verschwand in der Küche.

Jonathan setzte sich. Er hatte den Eindruck, seine Hände festhalten zu müssen, damit sie nicht vom Tisch rutschten, so schlapp fühlte er sich. Er spürte eine Traurigkeit, die ihm jede Kraft nahm, und er hatte keine Idee, was er in dieser Nacht, was er überhaupt in seinem Leben noch machen sollte.

»Pasta kommt gleich«, sagte Giovanni, als er aus der Küche kam, und stellte einen halben Liter Rotwein vor Jonathan auf den Tisch.

»Du siehst aus, als wenn irgendwas passiert wäre.«

»Nein, aber ich fühl mich nicht gut. Ich glaube, ich muss mal raus. Verreisen. Irgendwohin. Aber ich habe noch keine Idee.«

»Fahr nach Italien. Italien ist immer gut für die Seele. Auch im Winter.«

Ja, dachte er. Italien. Warum auch nicht. Vor sechs Jahren war er das letzte Mal dort gewesen. Mit Jana hatte er einen fünftägigen Kurztrip nach Venedig gemacht, und die Eindrücke waren bis heute nicht verblasst. Großbürgerliche Häuser mit heruntergekommenen Fassaden, Türen und Fensterläden geschlossen. Aber wenn sich ein Fenster öffnete, offenbarte sich dahinter die Pracht eines Palazzo mit edlen Deckenintarsien, kostbaren Wandteppichen, prunkvoll vergoldeten Spiegeln und Lüstern aus Muranoglas. Venedig bestand aus unzähligen Palästen, die sich hinter schäbigen Fassaden versteckten. Das hatte Jonathan beeindruckt.

Italien. Er spürte, wie in ihm eine Sehnsucht aufkeimte, in dieses Land zu fahren. Vielleicht war es die Lösung.

»Wann willst du denn fahren?«, fragte Giovanni.

»Am liebsten sofort. Ich weiß es nicht, ich habe mir noch keine Gedanken gemacht. Und ohne dich wäre ich auch nicht auf diese Idee gekommen.«

»Mein Sohn fährt noch heute Nacht nach Bologna. Er will ein paar Tage seine Mutter besuchen. Ich könnte mir vorstellen, dass es ihm gefällt, ein bisschen Gesellschaft zu haben.«

Jonathan wusste, dass Giovanni vor zehn Jahren geschieden worden war. Während er in Berlin geblieben war und das Restaurant weiterführte, war seine Frau zurück nach Bologna gegangen.

Jonathan trank den Wein in großen Schlucken.

»Okay«, sagte er, »ich fahre mit.«

Sechzehn Stunden später hatte ihn Giovannis Sohn Angelo in Bologna am Hauptbahnhof abgesetzt, und Jonathan war um vierzehn Uhr vierundzwanzig in irgendeinen Zug gestiegen, der mit zwölf Minuten Verspätung um fünfzehn Uhr vierunddreißig im Hauptbahnhof von Florenz, Santa Maria Novella, ankam.

Er kaufte sich bei einem Straßenhändler eine billige Digitaluhr für fünftausend Lire, einen dünnen, lauwarmen

Milchkaffee in einem Styroporbecher und ein Brötchen mit Tomate und bereits angetrocknetem Mozzarella. Dazu eine deutsche Zeitung.

Allmählich setzte der Feierabendverkehr ein. Auf dem Bahnhof war es voll, Jonathan stand in der Mitte der Halle, aß heißhungrig sein Brötchen, während die Menschen um ihn herumrannten, Gepäck und kleine Kinder hinter sich herzogen, durcheinanderschrien oder das Rauchverbot ignorierend in Gruppen rauchten und sich unterhielten.

Was mache ich hier?, dachte Jonathan und sah auf die Uhr. Es war jetzt fünfzehn Uhr fünfzig. Direkt vor ihm auf Gleis sieben fuhr um fünfzehn Uhr einundfünfzig ein Zug nach Rom. Jonathan stopfte sich den Rest des Brötchens in den Mund, stürzte den letzten Schluck Kaffee hinunter und warf den Becher im Rennen in den Papierkorb. Als er auf den Bahnsteig kam, hob der Bahnbeamte bereits die rote Kelle. Jonathan schaffte es gerade noch, seinen Koffer in den Zug zu werfen und hinterherzuklettern. Unmittelbar hinter ihm schlossen sich die automatischen Türen.

Der Zug rollte durch das Bahnhofsviertel von Florenz, und Jonathan ging auf der Suche nach einem Platz langsam weiter nach vorn. Im dritten Wagen fand er eine freie Bank, setzte sich ans Fenster und stellte seinen Koffer neben sich.

Es roch nach Diesel und alter Pisse. Ihm gegenüber saß ein junger Italiener mit ungewöhnlich dicken Oberschenkeln, breitbeinig und mit geschlossenen Augen. In seinen Ohren steckten Kopfhörer, und Jonathan hörte gedämpft die plärrende Musik.

In den letzten Tagen hatte er sein Handy nicht angeschaltet, er wollte für Jana nicht erreichbar sein, jetzt zog er es aus der Jackentasche und schaltete es ein.

Nur damit du Bescheid weisst, schrieb er an Jana, *ich bin in Italien. Auf unbestimmte Zeit. J.*

Keine Anrede, kein Gruß, kein nettes Wort.

Dann schickte er die SMS ab.

Die kleinen Orte, die vorüberzogen, registrierte er nicht. Er sah aus dem Fenster, ohne wirklich etwas zu sehen, und dachte an den letzten Streit. Es hatte bereits viele gegeben, aber dieser hatte das Fass zum Überlaufen gebracht.

Jonathan hatte am Küchentisch gesessen und Zeitung gelesen.

»Was ist los?«, fragte Jana.

»Nichts ist los.«

»Du machst ein Gesicht – das ist nicht zum Aushalten.«

»Ich mache gar kein Gesicht.«

»Doch. Du müsstest dich mal sehen, da kann einem schlecht werden!«

»Hör auf, auf mir rumzuhacken, und lass mich in Ruhe.«

Jana schnaufte. »Ich halte das nicht aus, Jon. Nie redest du mit mir. Immer soll ich dich in Ruhe lassen, du hängst hier mit finsterem Gesicht in der Gegend rum und hast nur noch schlechte Laune. Nur noch!«

»Du hast schlechte Laune! Seit Tagen, Wochen, ach was, seit Monaten. Keine Ahnung, was mit dir los ist, aber jetzt komm mir nicht so! Ich hab keine schlechte Laune, aber wenn du so weitermachst, kriege ich gleich welche!«

»Jonathan, du hast dich völlig verändert! Du bist nur noch verbiestert und verbittert, ich habe dich schon ewig nicht mehr lächeln sehen, und wenn du irgendetwas zu mir sagst, dann meckerst du rum, kritisierst mich wegen jedem Scheiß und weißt alles besser. Ich hab das monatelang ertragen und runtergeschluckt, aber irgendwann kann ich auch nicht mehr. Ich bin nicht deine Feindin, Jon, ich sitze im selben Boot, uns beiden ist dasselbe passiert, aber du greifst mich ständig an! Was soll das?«

Jonathan knallte die Zeitung auf den Tisch. »Wer greift denn hier wen an? Ha?«, schrie er. »Ich weiß nicht, was das soll, Jana? Ich hatte keine schlechte Laune und wollte nur in Ruhe meine Zeitung lesen, aber jetzt bin ich sauer. Durch dein ewiges Gehetze und Rumgemäkle, durch dein ständiges Stänkern …«

»Ach so, jetzt bin ich es also? Natürlich. Wie wunderbar du wieder den Spieß umdrehst!«

»Wenn *du* schlechte Laune hast, dann projizierst du es immer auf andere und machst *mir* Vorwürfe, dass *ich* schlechte Laune hätte. Fass dir mal an die eigene Nase!«

Jede Weichheit war aus Janas Gesicht verschwunden. Ihre Züge waren hart und kalt. »Du kotzt mich an, Jon, weißt du das?«

»Du kotzt mich genauso an, meine Liebe.«

»Na, das ist ja toll.«

»Das ist richtig toll.«

Jana schnappte nach Luft. Jonathan dachte, dass sie jetzt genug hätte, und wollte gerade die Zeitung in die Hand nehmen, als sie wieder anfing. Allerdings wesentlich leiser.

»Es ist ja nicht erst seit ein paar Tagen, es geht seit Wochen so, ach was, seit Monaten, eigentlich seit …, du weißt seit wann. Die ganze Welt ist dir egal, ich bin dir egal. Du siehst mich nicht mehr, du hast mich seit Ewigkeiten nicht mehr berührt.«

»Ich kann nicht, Himmelherrgott!«, schrie Jonathan.

»Du lebst nicht mehr mit mir!«

»Nein! Weil ich nicht nur nicht mehr mit dir, sondern weil ich überhaupt nicht mehr leben will! Kapierst du das nicht?«

Jonathan schwieg, aber seine zitternden Hände trommelten ein Tremolo auf die Tischplatte, und er stierte zu Boden.

»Irgendwann muss doch mal Schluss sein!« Jana wischte energisch über die Arbeitsplatte. »Irgendwann müssen wir beide doch mal wieder von vorn anfangen, Jon, einen Schlussstrich ziehen, in die Zukunft schauen!«

»Nein!« Jonathan schrie wie einer, der von der Klippe stürzt und begreift, dass er diesen Sturz niemals überleben wird. »Nein, nein, nein!«

»Du hast sie immer nur vergöttert. Mit deiner Affenliebe hast du alles kaputtgemacht«, murmelte Jana bitter. »Zwanzig Jahre hat sie unser Leben bestimmt, und selbst jetzt dreht sich immer noch alles nur um sie! Um sie, um sie, um sie, um sie!« Dann schwieg sie und flüsterte: »Immer nur um sie.«

Jonathan zitterte. Seine Gesichtshaut war knallrot, er stand kurz vor der Explosion.

Jana sah ihn an und hatte Lust, ihn zu verletzen.

»Du hast sie immer mehr geliebt als mich. Und du hast es mich verdammt spüren lassen. Und jetzt sitzt du hier rum und schikanierst mich mit deiner Trauer, deiner Einsamkeit, deinem Frust, was weiß ich. Und wirst mich noch Jahre dafür strafen, dass ich alles geopfert habe: für dich, für sie, für euch, für uns. Aber davon willst du nichts wissen, du willst nur, dass alle dein Leid sehen, der Herr und Meister geht kaputt, schaut her und bemitleidet ihn, Völker der Welt, schaut auf diesen Mann!«

Ihre Stimme war schrill, hoch und spöttisch zugleich.

Jonathan sprang auf und schlug ihr ins Gesicht.

Sie schleuderte zurück, sank zusammen und hockte auf dem Küchenfußboden.

Ohne jedes Mitleid sah er auf sie hinab und hätte ihr am liebsten noch ins Gesicht gespuckt.

»Alle Reichtümer der Welt würde ich dafür geben, dich nicht mehr sehen und ertragen zu müssen«, sagte er leise, »meine Wut ist zu schade für dich.«

Damit drehte er sich um, verließ die Küche und ging nach oben, um zu packen.

ZWEI

Als der Zug minutenlang durch die Dunkelheit eines Tunnels donnerte, wurde Jonathan bewusst, dass er keine Fahrkarte gekauft hatte.

Er saß jetzt auf dem Sprung. Beobachtete den Gang vor sich, horchte nach hinten, ob er den Kontrolleur hörte, der sich meist lautstark Gehör verschaffte, und kam sich vor wie mit fünfzehn, als er zum Handballtraining schwarzgefahren und jedes Mal tausend Tode gestorben war. Genauso fühlte er sich jetzt.

Eine halbe Stunde ging alles gut. Doch dann, unmittelbar nach San Giovanni Valdarno, kam der Schaffner von vorn in den Wagen und verlangte die Fahrkarten. Jonathan stand auf, verließ den Wagen gegen die Fahrtrichtung und stellte sich zum Ausstieg an die letzte Tür. So weit würde es der Schaffner bis zur nächsten Station nicht schaffen.

Noch nie waren Jonathan fünf Minuten so lang vorgekommen. Aber schließlich stand er doch unbehelligt und sehr erleichtert auf dem Bahnsteig von Montevarchi / Terranuova und wusste überhaupt nicht, wo er war. Er kannte die Stadt nicht, und es war mittlerweile kurz vor fünf, dämmerte bereits und fing an zu regnen.

Als er um das Bahnhofsgebäude herumging, jagte ihm

der kalte Wind eine Gänsehaut über den Rücken. Er fror und zog sich die Jacke enger um den Körper.

Auf der kleinen Piazza vor dem Bahnhof standen nur wenige Autos. Ein paar alte Männer saßen trotz des Regens rauchend auf einigen Bänken vor einem Brunnen, in dem Plastiktüten, aufgeweichte Papiertaschentücher und Laubreste schwammen. Dieser Anblick war so trostlos, dass er ihn kaum ertragen konnte. Er wandte sich nach rechts, ging die Straße entlang bis zu einer unübersichtlichen Baustelle, die er nur mit Mühe überquerte, da die Autos aus mehreren Richtungen scheinbar aus dem Nichts auftauchten.

Ein paar Meter weiter begann die Fußgängerzone. *Via Roma* las er an einer Hauswand.

Langsam schlenderte er die Straße entlang und blieb vor fast jedem Schaufenster stehen. Bekleidungsgeschäfte, Optiker, eine Apotheke, ein Gemischtwarenhändler, ein exquisites Einrichtungshaus und zwei Zeitungsläden. Er kaufte ein deutsch-italienisches Wörterbuch und eine Landkarte von der Toskana.

Die Kirche wäre ihm beinah nicht aufgefallen, so unauffällig lag sie eingebettet zwischen Wohn- und Amtshäusern. Erst als eine alte Frau heraustrat und langsam Stufe für Stufe die Treppe herunterstieg, weil sie Angst hatte zu fallen, bemerkte er das von außen völlig unscheinbare Gotteshaus. Er ging hinein und war überwältigt von der unfassbaren Größe, die er zwischen den Häusern nicht vermutet hätte.

Außer einem alten Mann, der mit rundem Rücken und gesenktem Kopf in der ersten Reihe saß, war niemand in der Kirche. Jonathan setzte sich ganz nach hinten, direkt neben den Opferstock. Er schloss die Augen und roch kaltes Holz, lange verwehten Weihrauch und verbranntes Wachs.

Er fror. Seine Füße waren eiskalt, aber er blieb dennoch eine Viertelstunde sitzen. O Herr, sprach er in Gedanken, obwohl er sich nicht erinnerte, nach seinem zwölften Geburtstag jemals wieder gebetet zu haben, wo soll ich hin? Was soll ich tun? Was hast du mit mir vor? Er wartete auf eine Antwort, aber die Kirche blieb still und unverändert wie zuvor.

Nach weiteren drei Minuten stand er mit klammen Gliedern auf, entzündete eine Kerze am Opferstock und machte sich dann auf den Weg, die Stadt zu verlassen, die ihm an diesem Novembernachmittag zu laut und zu grau war und ihn noch depressiver machte, als er ohnehin schon war.

Er ließ sich treiben, wollte dem Schicksal die Entscheidung überlassen und stieg am Ende der Fußgängerzone in den ersten Bus, der kam. *Siena* stand auf der digitalen Anzeige. Auf keinen Fall wollte er bis Siena fahren, nicht schon wieder in eine Stadt, sondern irgendwo aussteigen, in einem kleinen Ort, irgendwo.

Das leichte Schaukeln des Busses machte ihn müde, aber er kämpfte gegen den Schlaf, um nicht erst an der Endstation wieder aufzuwachen. Die langgestreckten, kalten und funktionalen Industriebauten zwischen Montevarchi und Bucine waren abstoßend, und Jonathan bedauerte, dass der Schaffner im Zug so früh gekommen war. Vielleicht wäre es besser gewesen, bis ins Latium zu fahren.

Hinter Bucine wurde die Landschaft lieblicher. Als er vor sich auf einer Anhöhe Ambras mittelalterlichen Stadtkern liegen sah, stieg er kurzerhand aus und ging in die Altstadt.

Jede kleine Gasse, jede Treppe, jeden dunklen Gang erkundete er und grüßte jeden, der ihm entgegenkam.

Allmählich wurde es dunkel. Das gelbe Licht der Straßenbeleuchtung beruhigte ihn und weckte in ihm fast so etwas wie ein heimatliches Gefühl.

In einem kleinen Alimentariladen kaufte er sich warme Lasagne in einer Pappschachtel, die er auf der Straße im Gehen aß, und betrat anschließend die Bar. Er bestellte sich ein Mineralwasser und einen halben Liter Wein und setzte sich an den Tisch unter dem Fernseher.

In der Bar war es laut und voll. Eine blonde und eine dunkelhaarige Frau hinter dem Tresen bedienten mit stoischer Ruhe. Er wusste, dass jetzt die Entscheidung fallen musste, wie es an diesem Abend und in dieser Nacht mit ihm weitergehen sollte. Wenn er es nicht schaffte, nach diesem halben Liter sofort zu gehen, dann würde er hier versacken und keine Unterkunft mehr finden. Nervös starrte er auf die Straße. Sie glänzte im Licht der Laternen, es regnete jetzt stärker.

In seinem Wörterbuch suchte er sich schließlich die nötigen Vokabeln heraus, um nach einem Zimmer für eine oder mehrere Nächte zu fragen, aber zuerst wollte er in Ruhe zu Ende trinken und jeden Schluck genießen, wenn er sich mehr nicht genehmigen durfte.

Als sich der Wein warm in seinem Magen ausgebreitet hatte und ihm leicht zu Kopf gestiegen war, ging er zum Tresen.

»Scusi«, sagte er zu der Blonden, die kleine Espressounterteller aus der Spülmaschine nahm und mit einem entsetzlich lauten Scheppern aufeinanderknallte, »cerco camera. Zimmer. Room. Per la notte, oder for a week. Oder länger. Don't know.«

Offensichtlich hatte sie den wüsten Sprachenmix verstanden, denn sie grinste, aber verzog auch gleichzeitig den Mund, als wolle sie damit ausdrücken: Oh, das wird schwierig.

Jonathan bekam einen Schreck.

»Hotel?«, fragte er erneut. »Pensione?«

Jetzt zog die Blonde die Augenbrauen hoch. »Abbiamo novembre!«, sagte sie beinah vorwurfsvoll, »tutto è chiuso!« Dann wandte sie sich an zwei Bauern, die am Tresen standen, Grappa tranken und den Fremden aufmerksam musterten. »Der Mann hier sucht ein Zimmer zum Übernachten. Wisst ihr was?« Und ohne die Antwort abzuwarten, fragte sie Jonathan: »Tedesco?«

Jonathan nickte.

Riccardo hatte den Deutschen schon länger beobachtet. Er schätzte ihn auf Ende vierzig, Anfang fünfzig, obwohl seine Haare schlohweiß waren und ihm bis auf die Schultern fielen. Sein Fünftagebart war grau, und seine Augen wirkten müde.

Komischer Vogel, dachte Riccardo, wie ein normaler Tourist sieht er nicht aus, aber auch nicht wie ein Penner. Wahrscheinlich ist er ein Intellektueller oder ein Künstler, bei denen es zurzeit Mode war, sich die Haare wachsen zu lassen und zu einem Zopf im Nacken zusammenzufassen. Riccardo fand das ziemlich albern und unpraktisch, aber irgendetwas an diesem Fremden gefiel ihm. Vielleicht die Art, wie er genussvoll seinen Wein getrunken hatte, oder aber schlicht die Frage, was er an einem verregneten Novemberabend in Ambra zu suchen hatte.

Fast beiläufig hob Riccardo die Hand und nickte dazu. »Er kann mitkommen«, sagte er zu der Blonden. »Im Moment hab ich keine Gäste, meine Ferienwohnung steht leer.«

Jonathan hatte zumindest verstanden, dass Riccardo etwas Positives gesagt hatte.

»Camera libera«, meinte die Blonde grinsend. »Da lui!« Dabei tippte sie mit dem Finger in Riccardos Richtung.

Jonathan nickte erleichtert. »Grappa!«, sagte er. »Per us.« Dabei zeigte er auf Riccardo und Ugo, der bisher noch gar nichts gesagt hatte, die Blonde und sich selbst.

Die Blonde nahm wortlos drei Grappagläser aus dem Schrank und schenkte ein. Als Jonathan sie fragend ansah, deutete sie auf ihren Bauch, wischte mit ihrem sich hin und her bewegenden Zeigefinger ein entschiedenes »Nein« in die Luft und flüsterte strahlend: »Bimbo. Tra cinque mesi!«

Dass sie schwanger war, hatte Jonathan noch gar nicht bemerkt. Und in diesem Moment wurde ihm bewusst, dass es jetzt schon über zwei Jahre her war, dass er einen erotischen Gedanken gehabt, Lust verspürt, geschweige denn eine Frau berührt hatte.

Riccardo und Ugo tranken ihren Grappa in einem Zug, Jonathan brauchte etwas länger. Schließlich stand Riccardo auf, schob sich die Mütze tiefer in die Stirn, grüßte sowohl die Blonde als auch die Dunkle mit einem knappen »Ciao«, drückte Ugo kurz zum Abschied die Schulter und ging, während er Jonathan aufforderte mitzukommen, zur Tür. Jonathan legte einen Zwanzigeuroschein auf den Tresen und folgte ihm. Da ihn die Blonde nicht erbost zurückrief, wusste er, dass er zu viel bezahlt hatte.

Riccardo hatte einen verbeulten weißen Pick-up, auf dessen Ladefläche leere Olivenkästen und zusammengerollte Netze lagen. Außerdem zwei Leitern und eine Kiste mit allerlei Werkzeug und undefinierbarem Krempel.

Bevor er einstieg, streckte Riccardo Jonathan die Hand hin. »Sono Riccardo«, sagte er grinsend. »Riccardo Valentini.«

»Jonathan Jessen«, antwortete er und schlug ein. Anschließend kletterte er auf den Beifahrersitz, Riccardo startete den Motor, der Geräusche machte, als müsse er abhusten, und fuhr los.

Während der Fahrt schwiegen sie, was Jonathan aber nicht als unangenehm empfand. Sie ließen Ambra hinter sich, bogen nach einigen Kilometern rechts ab und fuhren in die Hügel des Chianti hinein. Trotz der Dunkelheit spürte Jonathan die Schönheit und Weite der Landschaft. Er wurde ruhig und sah der Nacht zuversichtlich entgegen. Es war ihm egal, wohin Riccardo ihn brachte, ihm war jedes Zimmer recht, auch wenn es noch so einfach oder unbequem sein sollte.

Nach einer Viertelstunde erreichten sie Monte Benichi und fuhren zwischen der Ruine eines Palazzo und der alten Stadtmauer direkt auf die kleine Osteria zu, in der noch Licht brannte, aber durch die geschlossene Gardine konnte Jonathan nicht erkennen, ob Gäste da waren oder nicht.

Unmittelbar nach Monte Benichi bogen sie auf eine Schotterstraße ab. Riccardo fuhr wie ein Verrückter. Der Wagen sprang über die Schlaglöcher und rutschte auf dem feuchten, schlammigen Boden. Nur einen knappen Meter neben ihnen ging es steil bergab, selbst in der Dunkelheit konnte Jonathan die Tiefe der gewaltigen Schlucht erahnen, aber er sagte nichts.

Nach dreihundert Metern begann der Wald.

Nebelfelder zogen durch die Nacht. Die Bäume erschienen im Scheinwerferlicht riesengroß. Jonathan nahm nur winzige Ausschnitte der Umgebung war, die Luft war feucht, Regentropfen fielen von den Blättern auf die Windschutzscheibe.

Riccardo raste jetzt, als wolle er seinen Wagen auf diese Weise verschrotten. Jonathan hielt sich am Griff über dem Seitenfenster fest und versuchte sich zu merken, wo Riccardo langfuhr, aber nach der dritten oder vierten Abzweigung gab er es auf. Alle Wege sahen gleich aus, der Wagen rumpelte bergauf und bergab, Äste hingen über der Straße, es war unmöglich, die Orientierung zu behalten.

Jonathan sah auf die Uhr. Seit Monte Benichi waren sie jetzt zwölf Minuten unterwegs und keinem einzigen Haus begegnet, Riccardo schien in der absoluten Einsamkeit zu wohnen.

Wunderbar, dachte Jonathan, genauso habe ich es mir vorgestellt.

Auf den letzten zweihundert Metern musste selbst Riccardo langsam fahren, so steinig und holprig war der Weg, aber dann tauchte der Schein einer Laterne auf, und kurz darauf sah er das Haus. Aus den Fenstern des oberen Stockwerks drang warmes Licht, in einem kleinen Fenster neben dem Portico leuchtete eine Kerze neben einer Madonnenfigur.

»Un attimo«, sagte Riccardo und stieg aus. »Chiamo mia figlia. Può parlare tedesco.« – Einen Moment, ich rufe meine Tochter. Sie spricht Deutsch.

Jonathan sah sich um. Das Haus war groß. Sehr groß. Wahrscheinlich ein ehemaliger Hof, in dem früher mehrere Generationen samt der Tiere unter einem Dach gewohnt hatten. Er konnte sich gut vorstellen, dass in diesem typisch toskanischen Bauernhaus eine oder mehrere Ferienwohnungen ausgebaut worden waren.

Jonathan sah still in die dunkle Nacht. Das ist hier sicher einer der höchsten Punkte dieser Gegend, überlegte er, am Tag muss der Panoramablick einmalig sein. Jetzt konnte er nur vereinzelte Lichtpunkte in der dunklen Weite ausmachen, wo einsame Podere oder winzige Dörfer auf den Hügeln lagen, in der Ferne blinkten die Lichter einer größeren

Stadt. Vielleicht Siena, dachte Jonathan, nein, da möchte ich jetzt nicht sein.

In diesem Moment öffnete sich oben die Tür, und eine junge Frau betrat den unbeleuchteten Portico, den überdachten Eingangsbereich im ersten Stock am Ende der toskanischen Treppe. Im Dunkeln kam sie die Treppe herunter. Auch auf der Terrasse brannte kein Licht.

Langsam ging sie auf Jonathan zu, und er konnte in der Dunkelheit ihre Gestalt nur schemenhaft erkennen.

Sie kam näher und ging fast an ihm vorbei.

»Buonasera«, sagte er leise. Sie zuckte zusammen und wandte sich ihm zu.

»Buonasera. Ich bin Sofia«, antwortete sie und streckte ihm zögernd ihre Hand entgegen.

»Ich bin Jonathan«, sagte er, ergriff ihre Hand und wunderte sich, wie warm sie war. »Sie sprechen Deutsch?«

»Ja«, antwortete sie, »ein wenig.«

Oben auf dem Portico öffnete sich erneut die Tür, und Riccardo kam heraus. Er schaltete die Außenbeleuchtung des Hauses an.

Jetzt sah Jonathan Sofia etwas deutlicher und hielt den Atem an. In seinem Kopf drehte sich alles. Sie war schön.

»In diesem Jahr ist der November sehr kalt«, sagte sie.

Jonathan blieb stumm und konnte nicht aufhören, sie anzusehen, obwohl der dem Haus abgewandte Teil ihres Gesichtes im Schatten und im Dunkeln blieb. Er fixierte ihre hohe Stirn, die langen dunklen und glatten Haare, die schmalen Augen und den sanft geschwungenen Mund.

»Mein Vater sagte, Sie suchen ein Zimmer?«

»Ja.«

»Für wie lange?«

»Ich weiß es nicht. Ein paar Tage? Ein paar Wochen oder Monate? Ich habe wirklich keine Ahnung.«

»Gut«, meinte sie und lächelte. »Kommen Sie. Ich zeige Ihnen die beiden Wohnungen, die wir haben. Dann können Sie sich eine aussuchen.«

Sofia konnte es gar nicht glauben. Im Winter einen Gast zu haben war ein Geschenk des Himmels. Finanziell ein völlig unerwarteter warmer Regen. Außerdem würde das Haus beheizt, und es würde vielleicht nicht ganz so still werden über Weihnachten und Neujahr oder im Februar, wenn häufig Schnee fiel und sie manchmal tage- oder wochenlang nicht vom Berg hinunterkamen. Eine Abwechslung wäre es auf alle Fälle, und ein bisschen Arbeit konnte auch nicht schaden.

Jonathan folgte Sofia, die langsam den Garten durchquerte und unterhalb des Portico die Tür hinter einem gemauerten Torbogen öffnete.

Als er an ihr vorbeiging, kräuselte sie leicht die Nase.

»Pia macht die beste Lasagne in ganz Ambra«, sagte Sofia, während sie die Wohnung betrat. »Hat sie Ihnen geschmeckt?«

»Ja«, erwiderte Jonathan irritiert, »wie …, ich meine, woher wissen Sie das?«

Sofia drehte sich lächelnd zu ihm um. »Sie haben den köstlichen Geruch der Lasagne immer noch an sich.«

Offensichtlich wollte sie die Diskussion nicht weiter fortführen, denn jetzt machte sie eine große Geste, um den Raum zu präsentieren, in dem sie standen.

»Dies ist die größere der beiden Wohnungen. Wohnzimmer mit Kamin, Küche, Bad und ein kleines Schlafzimmer. Hier haben Sie Morgensonne und einen schönen Blick. Zwar nicht ins Tal, aber über den Olivenhain. Den Torbogen können Sie nutzen wie eine kleine überdachte Terrasse, aber natürlich auch den Garten. Sie können sich aufhalten, wo Sie wollen, gar kein Problem.« Sie stand steif im Zimmer, ohne sich zu drehen oder sich in die Richtung zu wenden, von der sie sprach.

Jonathan trat in das Zimmer. Feuchte, abgestandene Luft schlug ihm entgegen, mit einem modrig süßlichen Geruch wie in einem dunklen Wald, in dem unter fauligen Baumstümpfen Moos und Pilze wucherten.

Sofia betätigte den Lichtschalter, aber es blieb dunkel.

Sie ging tiefer in den Raum hinein. »Es könnte sein, dass die Gasflasche leer ist, das müssen wir ausprobieren«, sagte sie.

»Entschuldigen Sie, aber ich sehe überhaupt nichts. Es ist stockdunkel.«

»Oh!« Sofia lachte fast. »Dann werden die Sicherungen wohl noch nicht drin sein. Kleinen Moment.«

Mein Gott, dachte er, sie sieht nichts. Für sie macht es keinen Unterschied, ob das Licht an oder aus ist, sie ist blind.

Zwischen Torbogen und Tür gab es eine Nische, in der der Sicherungskasten hing. Sofia ertastete und öffnete ihn. Jonathan hörte es ein paarmal knipsen, und dann ging zumindest eine Glühbirne im Küchenbereich an.

»Besser?«, fragte Sofia.

»Ja. Danke.«

Im schummrigen Licht starrte er sie an, was sie jedoch nicht bemerkte. Ihre Augen wanderten ziellos hin und her, und dann wartete sie darauf, dass er etwas sagte.

Die Tür zum Schlafzimmer stand offen. Er fand den Lichtschalter, und auch hier brannte nur eine schwache Glühbirne an der Decke. Auf den ersten Blick sah er die feuchte Wand in der Nische hinter dem Bett, an der sich schon an einigen Stellen der Putz löste. Über dem Bett lag eine großgeblümte, verblichene Tagesdecke, die bestimmt schon fünfzehn Jahre oder mehr in diesem Zimmer, zumindest aber in diesem Haus überdauert hatte.

Im Wohnzimmer lagen zwei Teppiche: einer unter dem winzigen Couchtisch und einer vor dem Kamin. Sie waren nicht verblichen, sondern einfach derartig abgetreten, dass sie ihre Farbe fast völlig verloren hatten. Couch, Sessel und Couchtisch waren ein Relikt aus den sechziger Jahren, ein Fernseher fehlte ganz.

Die Kochnische bestand aus einer schlichten verchromten Spüle, der man deutlich ansah, dass sie jahrelang mit scharfen Reinigern und harten Scheuerschwämmen malträtiert worden war, daneben eine zweiflammige Kochplatte. Zwei einfache Hängeschränke hingen über der Kunststoff-Arbeitsplatte, über der die nackte Glühbirne pendelte, weil Sofia sie angestoßen hatte, als sie den Lichtschalter neben dem Fenster betätigt hatte.

Neben der Tür stand ein schmaler Kleiderschrank und davor ein Schirmständer, den sicher noch nie jemand benutzt hatte, da außer ihm wohl kaum jemand auf die Idee gekommen war, im November in einer solchen Wohnung zu wohnen.

Jonathan fand es unerträglich dunkel im Raum, und er entdeckte als weitere Lichtquelle nur noch eine vergilbte Stehlampe mit gefaltetem Schirm neben der grün-gelb gemusterten Gardine dem Couchtisch gegenüber.

»Prima«, sagte er zu Sofia und öffnete die Tür zum Bad. Rechts neben der Tür war der Lichtschalter, und als er ihn betätigte, gab die Neonröhre über einem Spiegelschränkchen hinter bräunlichem Plexiglas klägliches, düsteres Licht, das unentwegt flackerte und zuckte. Jonathan registrierte, dass es im Bad eine Toilette, ein Bidet und ein winziges Waschbecken gab, und schließlich entdeckte er links hinter der Tür auch noch einen Duschkopf an der Decke, ohne Duschkabine, aber mit einem Abfluss im Fußboden.

Wenigstens etwas, dachte er erleichtert, auf einen klebrigen Duschvorhang kann ich verzichten, Hauptsache, ich bekomme heute Abend noch eine heiße Dusche.

»Ich zeige Ihnen jetzt noch die andere Wohnung. Sie ist etwas kleiner, aber dafür auch billiger«, meinte Sofia, zog die Tür hinter sich zu und ging wieder voran bis hinters Haus. Eine steinerne Treppe führte direkt in das obere Stockwerk, aber der winzige Portico bot nicht genug Platz für Tisch und Stuhl. Von hier hatte man wahrscheinlich einen Blick ins Tal bis nach Ambra und über die dahinter liegenden Bergketten bis hin zum Prato Magno.

Die zweite Wohnung war ähnlich erbärmlich ausgestattet, Küche und Bad waren fast identisch, aber sie hatte nur ein Zimmer, und ein Kamin fehlte ganz.

»Wunderbar«, meinte er, nachdem er sich umgesehen hatte, »ich glaube, ich nehme die größere Wohnung unten, die wir zuerst gesehen haben. Sie gefällt mir besser.«

Er war irritiert über seinen eigenen Optimismus, denn bis vor zwei Tagen hatte er noch in einem Haus gewohnt, das einen großen Garten, eine Terrasse, acht Zimmer und zwei Bäder hatte, eine überdimensionale offene Küche mit einem zentralen Kochblock, den er über alles liebte, außerdem ein integriertes Ballettstudio, zwei Umkleideräume und vier Duschen. Und jetzt glaubte er, sich in dieser Absteige wohlfühlen zu können.

»Gut«, meinte Sofia, »das freut mich. Dann hole ich Ihnen jetzt noch ein paar Handtücher und Bettwäsche. Wir waren ja nicht auf Gäste eingerichtet.«

»Nein, natürlich nicht. Machen Sie sich bloß keine Umstände.«

Jonathan spürte, dass er unkontrolliert anfing zu zittern. Und daher fiel ihm auch jetzt erst auf, dass es in der Wohnung nur unwesentlich wärmer war als draußen.

»Entschuldigen Sie, eine Frage habe ich noch«, sagte er, als Sofia bereits dabei war, die Wohnung zu verlassen. »Gibt es in der großen Wohnung eine Heizung?«

Sofia blieb stehen. »Nein. Tut mir leid. Nur den Kamin. Aber wenn Sie ihn gut anheizen, ist es warm genug. Die Winter in der Toskana sind nicht so streng, und Schnee haben wir meist nur wenige Tage im Jahr. Wenn Sie wollen, kommen Sie mit zum Schuppen. Dann gebe ich Ihnen einen Korb voll Holz.«

Zwanzig Minuten später kam er mit leicht muffiger Bettwäsche, zwei klammen und steinharten Handtüchern, dem Wohnungsschlüssel und einem Korb voller Holz und getrockneter Erika zum Anzünden zurück in die Wohnung. Er verschloss die Tür, stellte den Korb ab und öffnete das Fenster. Aber als er die kalte Nachtluft spürte, die hereinzog, schloss er es sofort wieder.

Unter dem Fenster stand eine kleine Kommode. Die Schubladen klemmten derart, dass er sie nur mit Gewalt aufreißen konnte, wobei die Kommode durch die Gegend rutschte. Er durchsuchte sie, fand aber nur eine Plastiktischdecke mit Zitronenmuster und zwei kleine Kerzenstummel. Jonathan überlegte, ob er Feuer machen sollte, aber die Vorstellung, jetzt noch ein oder zwei Stunden untätig am Kamin zu sitzen, bis es im Zimmer vielleicht um zwei oder drei Grad wärmer geworden war, reizte ihn nicht. Lieber wollte er gleich ins Bett gehen und schlafen, um dieses Zimmer und die Kälte zu vergessen.

Im Badezimmer betätigte er zuerst den Heißwasserhahn. Braune Soße floss ins Waschbecken, und das Wasser blieb kalt. Das geht nicht, dachte er, das geht alles gar nicht, das halte ich nicht aus. Morgen früh fahre ich weiter. Sehr viel südlicher, vielleicht bis nach Sizilien. Ein Zimmer wie dieses finde ich überall, aber vielleicht ist es dort ein bisschen wärmer.

Jonathan ließ das Wasser einige Minuten laufen, versuchte seinen Ekel zu überwinden und trank schließlich mehrere Schluck Wasser aus der hohlen Hand. Dann begann er das Bett zu beziehen. Und es war, wie er befürchtet hatte: Das Bettzeug war feucht und ebenso die Bezüge.

Er löschte das Licht, zog nur die Jeans aus, behielt den Pullover an und kroch in das kalte, beinah nasse Bett.

Stunden vergingen, und Jonathan lag wach. Die Kälte saß ihm in den Knochen und hinderte ihn daran, einzuschlafen.

Jana hatte auf seine SMS nicht geantwortet. Also war es ihr wirklich egal. Sie vertraute darauf, dass er irgendwann reumütig zu ihr zurückkehren würde.

In diesem Moment gab es ein fürchterliches Poltern und Krachen. Jonathan schreckte hoch, starrte in die Dunkelheit und versuchte sich daran zu erinnern, wo der Lichtschalter war. Aber die kalte Zimmerluft zog wie ein eisiger Wind um seine Schultern, und er legte sich wieder hin und versuchte, die Bettdecke unter seinem Körper festzustecken, damit kein Luftzug mehr hindurchkriechen konnte. Warum sollte er auch Licht machen? In seinem Zimmer war alles in Ordnung. Wahrscheinlich war direkt über ihm ein Möbelstück umgekippt oder irgendjemand aus dem Bett gefallen.

Auf seiner Armbanduhr sah er, dass es jetzt halb drei war. Normalerweise fielen um diese Zeit nicht ohne Grund Möbel um, das Geräusch beunruhigte ihn, weil es so unerklärlich und absurd war, aber dann zwang er sich, nicht länger darüber nachzudenken.

Nur noch ein paar Stunden, dann würde er Riccardo zwanzig Euro in die Hand drücken und diese Räuberhöhle ein für alle Mal verlassen. Das Ende dieses Alptraums war absehbar.

Wehmütig dachte er an sein warmes, luxuriöses Haus, sein großes bequemes Bett und das fantastische Badezimmer, das sie erst vor anderthalb Jahren eingebaut hatten. Um sich abzulenken und sich etwas Gutes zu tun. Sie wollten sich gegenseitig beschenken, wollten einen Raum völlig neu gestalten, in dem es ihnen vielleicht gelang, die Seele baumeln zu lassen.

Jana konnte es, er nicht. Stundenlang lag sie mit geschlossenen Augen im warmen schaumigen Wasser und ließ den Whirlpool sprudeln. Und Jonathan machte sich Sorgen, dass sie einschlafen und in der Wanne ertrinken könnte.

Die Situation war grotesk. Er fror in einem feuchten Bett in der winterlichen Toskana und wünschte sich nichts sehnlicher, als die Zeit noch einmal zurückdrehen und alles ungeschehen machen zu können, was vor vierundzwanzig Jahren in Berlin begonnen hatte.

DREI

Berlin 1977

Jonathan stand bescheiden neben dem Tisch mit den Getränken und fragte sich, ob er einen roten Kopf hatte, denn er hatte Schwierigkeiten, auf das Lob und die Gratulationen zu reagieren, die seit ungefähr einer halben Stunde auf ihn einprasselten. Nur eins war ihm klar: Er hatte es geschafft! Seine erste Vernissage als Fotograf war ein voller Erfolg.

Ungefähr sechzig Leute drängten sich in der kleinen Galerie in der Grolmanstraße, drehten Sektgläser in ihren Händen und legten den Kopf schief, als könnten sie die Bilder so besser betrachten, nickten, murmelten leise Kommentare, lächelten und gingen ein paar Schritte weiter zum nächsten Foto.

Vor einem knappen Jahr hatte Jonathan neben seiner Arbeit als Theaterfotograf damit begonnen, eine Fotoreihe zum Thema »Leben im Sturm« zu entwickeln. Menschen im Wind, zerzauste Landschaften, Wellenberge, Dinge, die durch die Luft flogen – alles in Bewegung oder außer Kontrolle. Die Fotos hatte er als »Ausgangspunkt« ins Zentrum seiner Bilder gestellt und sie dann mit realistischer Malerei weitergeführt, verfremdet, vervollkommnet oder entstellt. Dadurch waren faszinierende Werke entstanden, die

die Sicht auf die Dinge veränderten und eine völlig neue Betrachtung ermöglichten.

Und inmitten seiner Foto-Malerei-Collagen immer wieder Jana. Sie war sein Thema, seine Muse, verkörperte die perfekte Leichtigkeit in der Bewegung. Er zeigte, wie sie sprang, sich in der Luft drehte oder am Ende eines wilden Tanzes in sich zusammenfiel, als würde sie auf dem Bühnenboden zerfließen. Jana war stürmisch und kraftvoll, ihr Tanz war wie eine Explosion, seine mutigen Zeichnungen unterstrichen dies und gaben der Momentaufnahme ihres Tanzes eine Dimension weit über den Bildrand hinaus.

Während sich die Galerie immer mehr füllte, wurde Jonathan immer nervöser. Sie war noch nicht da, obwohl sie fest versprochen hatte, spätestens um neun hier zu sein. Nach der Probe wollte sie nur kurz nach Hause, duschen, sich umziehen und dann so schnell wie möglich kommen. Sie wusste, wie wichtig ihm der Abend und seine erste Ausstellung war, und sie wusste auch, dass ihm das alles nichts bedeutete, wenn sie nicht dabei war.

Jetzt war es halb zehn, und sie war immer noch nicht da.

Gerade als er unzählige Male »bitte entschuldigen Sie mich einen Moment« gesagt hatte und murmelnd versuchte, sich bis ins Büro durchzukämpfen, um sie anzurufen, sah er sie kommen.

Sie sah fantastisch aus, trug ein fließendes champagnerfarbenes Kleid, das, obwohl es nicht eng anlag, ihren schmalen Körper perfekt betonte. Aber sie wirkte ungewohnt ernst, und das Lächeln fiel ihr schwer, als sie Jonathan und die ersten Gäste begrüßte.

»Ist irgendetwas?«, fragte er sie flüsternd.

An der Art, wie sie den Kopf schüttelte, sah er deutlich, dass doch etwas war, aber er fragte nicht weiter. Hier zwischen all den Menschen würde sie ihm ohnehin nichts erzählen.

»Sehr verehrte Frau Jessen«, sagte ein grauhaariger, übergewichtiger Mann zu Jana, den Jonathan schon ein paarmal gesehen hatte, aber dessen Namen er nicht wusste, »ich habe Sie als ›Giselle‹ gesehen, bei Ihrer letzten Premiere, Sie waren einfach göttlich! So eine hervorragende Primaballerina hatte die Deutsche Oper noch nie! Entschuldigen Sie, dass ich das so sage, aber ich verehre Sie und werde von nun an keine Ihrer Premieren verpassen. Und dass Ihr Mann Sie fotografiert und in den Themenkreis ›Sturm‹ eingearbeitet hat, ist einfach großartig! Mein Kompliment!« Er verneigte sich, und obwohl Jonathan direkt daneben stand, hatte er nur zu Jana gesprochen.

Normalerweise war Jana an solche Komplimente gewöhnt und konnte sie genießen, an diesem Abend wirkte sie jedoch, als sei sie nicht ganz bei der Sache. Sie bedankte sich knapp, aber nicht unhöflich, und wollte sich abwenden, als ihr Bewunderer sagte:

»Ach … eine Bitte habe ich noch.« Hektisch riss er das Packpapier von einem Bild, das er die ganze Zeit unter dem Arm gehalten hatte. »Würden Sie eventuell so freundlich sein und mir hier auf dieses Foto ein Autogramm geben? Ich habe es gerade erworben.«

Jana sah Jonathan an. Das Foto zeigte sie während eines Sprunges mit Drehung, und Jonathan hatte ihm mit wenigen, aber gekonnten zeichnerischen Veränderungen einen Schwung und eine Dynamik gegeben, die ihren Sprung noch außergewöhnlicher erscheinen ließ. Sie wusste, dass dies eines seiner Lieblingswerke war, und ein Autogramm darauf würde es in seinen Augen zweifellos verändern, wenn nicht zerstören, aber Jonathan verzog keine Miene. Er stand da und machte ein unbeteiligtes Gesicht, als würde ihn das alles nicht interessieren.

Jana lächelte, nahm dem Mann den dicken Filzstift aus der Hand, den er bereithielt und unterschrieb. Sie war sensibel genug, zu spüren, wie verletzt Jonathan war. Es war sein Abend, seine Vernissage, sein Erfolg, aber sie stahl ihm die Schau, alles drehte sich nur noch um die Ballerina der Deutschen Oper, die Muse des Künstlers, und nicht mehr um ihn. Und jetzt hatte sie durch ihre Unterschrift auch noch sein Bild zerstört.

Der Mann bedankte sich für das Autogramm mit einer tiefen Verbeugung und ging.

In den kommenden anderthalb Stunden kam sich Jonathan in der Galerie vor wie reine Staffage. Er wurde begrüßt, höflich für seine Arbeit gelobt und dazu beglückwünscht, doch die wahre Aufmerksamkeit der Besucher galt Jana. Sie war der Star des Abends, die Inspiration des Künstlers, die Attraktion Berlins. Jonathan war nur ein Statist, der auf seine erfolgreiche Frau stolz sein durfte, der, der ihr Talent benutzte, um auf anderem Gebiet ebenfalls Karriere zu machen. Zeitweilig stand er einfach nur dumm herum, drehte sein Sektglas in den Händen und sah zu, wie seine Frau von Fans und Bewunderern umringt wurde.

Um halb eins lehnte Jonathan gelangweilt, ein bisschen verloren und vollkommen nüchtern neben einem seiner größten Fotos, das einen grauschwarzen Tornado zeigte, der über einem kleinen amerikanischen Ort tobte und sich ein knallorangefarbenes Haus als Ziel seiner Zerstörungswut ausgesucht hatte. Die Spitze der Windhose zielte genau auf den Schornstein.

Jonathan war zu dieser Zeit in Arkansas gewesen und hatte das sensationelle Foto geschossen. Einen Tag später hatte er auch die Trümmer des orangefarbenen Hauses aufgenommen, aber dieses Foto interessierte niemanden. Einzig und allein der Moment der Gefahr war ausschlaggebend und prickelnd.

Adam Genzke, der Galerist, kam auf ihn zu.

»Nun?«, fragte er grinsend, »was sagst du? Ich glaube, die Vernissage war ein Riesenerfolg. Hättest du das gedacht?«

»Ich hab es gehofft«, antwortete Jonathan geistesabwesend.

»Bis auf drei Bilder sind alle verkauft, die kriegen wir auch noch weg, ich kann es gar nicht fassen. Du bist ein Star, Jonathan!«

»Schön«, sagte er und zwang sich zu einem Lächeln. »Dank dir, Adam. Für alles.«

Damit drehte er sich um und machte sich auf die Suche nach Jana.

Sie war im Gespräch mit dem Regierenden Bürgermeister und dessen Frau. Jonathan begrüßte die beiden, aber als sie ihre Begeisterung zum Ausdruck brachten und sich dabei ständig gegenseitig ins Wort fielen, hörte er gar nicht mehr zu.

»Ich kann nicht mehr«, flüsterte er anschließend Jana ins Ohr. »Kommst du mit nach Hause?«

Sie nickte und lächelte. »Gleich.«

Er wandte sich ab und ging ins Büro, um auf sie zu warten.

Sieben Minuten später kam sie und zupfte ihn am Ärmel.

»Na, dann komm«, sagte sie nur.

Vor der Galerie stiegen sie in ihr Auto und fuhren davon.

Bis zu ihrer gemeinsamen Wohnung waren es fünfzehn Minuten. In dieser Nacht brauchte Jonathan nur zwölf. Er sehnte sich jetzt nach einem kühlen Glas Wein oder einem kalten Bier. Den ganzen Abend hatte er nur am lauwarmen Sekt genippt, und davon war ihm ganz übel.

»Möchtest du auch noch einen Schluck trinken?«, fragte er Jana, als er in die Küche ging, aber sie antwortete nicht, sondern war schon auf dem Weg nach oben.

Jonathan machte sich eine Flasche Bier auf und wartete. Jana trank nur ganz selten etwas, wenn sie am nächsten Tag Probe oder Vorstellung hatte, und er kannte ihren Spielplan nicht. Aber auch wenn sie nur Wasser trank und dazu ein paar Karotten aus der Salatschüssel fischte – nach Premieren oder Abenden wie diesem saßen sie immer eine halbe Stunde zusammen, ließen alles Geschehene noch einmal Revue passieren und erzählten sich gegenseitig, was bemerkenswert gewesen war.

Nach zehn Minuten hatte er das Bier schon fast ausgetrunken. Jana kam nicht. Dass sie einfach so ohne ein Wort ins Bett gegangen war, konnte er sich nicht vorstellen. Das tat sie nur nach einem Streit, aber doch nicht heute, nach seiner ersten Vernissage.

Er ging nach oben und rief schon auf der Treppe: »Jana, wo bleibst du denn? Kommst du nicht in die Küche?«

Sie antwortete nicht.

Er öffnete die Tür zum Schlafzimmer – aber das Zimmer war dunkel und das Bett unberührt.

Plötzlich hörte er ein leises Schluchzen und riss die Badezimmertür auf.

Sie saß auf dem geschlossenen Toilettendeckel und weinte.

»Was ist los?« Er stürzte auf sie zu und nahm sie in den Arm. »Was hast du? Was ist passiert? Bist du krank?«

Sie schüttelte den Kopf. Dann riss sie sich mehrere Lagen Toilettenpapier ab und putzte sich die Nase.

»Scheiße, Jon«, schluchzte sie. »Verdammte Scheiße, ich bin schwanger.«

Einen Moment verschlug es ihm die Sprache. Dann murmelte er: »Wie konnte denn das passieren? Wir haben doch immer aufgepasst!«

»Keine Ahnung. Ist ja jetzt auch egal.«

»Komm.« Er zog sie hoch, legte den Arm um sie und führte sie hinunter in die Küche. Jana setzte sich.

»Was möchtest du trinken?«

»Wasser mit ein bisschen Zitrone.«

Jonathan nahm die Wasserflasche aus dem Kühlschrank. Während er die Zitrone ins Wasser spritzte, sagte Jana: »Das ist eine Katastrophe, Jon. Wenn ich das Kind kriege, kann ich die Giselle hier in Berlin und meinen Gastvertrag in Wien in den Wind schreiben. Vielleicht meine letzte große Chance. Ich bin ja keine zwanzig mehr.«

»Ich weiß.«

»Jetzt läuft es gerade rund. So wie ich es mir immer erträumt hatte. Plötzlich gehen alle Türen auf, und ich hätte noch fünf bis sieben Jahre als Primaballerina. Aber nicht, wenn ich jetzt unterbreche, dick und fett und unbeweglich werde. Dann bin ich raus.«

»Ich weiß.« Jonathan war plötzlich sehr müde.

»Nein, ich glaube nicht, dass du weißt, wie ich mich fühle.«

Jonathan schwieg. Er hatte keine Lust, sich zu rechtfertigen, ihr zu erklären, dass er sehr wohl wusste, wie sie sich fühlte, welche Ängste um ihre Karriere sie ausstand und wie durcheinander sie war. Er wollte nicht mit ihr streiten, und es kam ihm zu banal vor, ihr zu erklären, dass er sich kein größeres Glück vorstellen konnte als ein Kind. Er war wütend, dass sie ihm die Freude nicht ließ, dass sie zweifelte und ihm Angst machte.

Aber er wusste, dass er in dieser Situation nichts sagen konnte und nichts sagen durfte. Er musste ihr Zeit lassen. Morgen würde er mit ihr reden. Wenn sie den ersten Schock überwunden hatte.

»Du sagst ja gar nichts mehr«, bemerkte sie nach einer Weile und fuhr nachdenklich mit dem Zeigefinger um den Rand einer Tasse, die noch vom Frühstück auf dem Tisch stand, als wolle sie sie zum Klingen bringen.

»Ich bin genauso überrascht wie du«, flüsterte er, »aber das ist eine wundervolle Nachricht. Eine schönere gibt es nicht.«

Jana starrte ihn an, und ihre dunklen Augen wirkten fast schwarz. Dann sprang sie auf.

»Ich wusste es«, schrie sie, »du begreifst nichts! Gar nichts!«

Sie rannte aus der Küche und warf die Tür hinter sich zu.

Jonathan legte den Kopf auf seinen Arm und fürchtete sich davor, ins Bett zu gehen.

Zwei Tage später tanzte sie wieder die »Giselle«, und Jonathan saß in der Dienstloge und sah ihr zu. Sie war eine Schönheit. Gertenschlank und so beweglich, dass es ihm immer wieder den Atem nahm. Er spürte bis in die Loge, dass der Tanz ihr Leben war, und als sie die unglücklich Liebende tänzerisch ausdrückte, wusste er, dass sie noch nie so deutlich gefühlt hatte, was sie auf der Bühne darstellte.

»Du warst wunderbar«, sagte er nach der Vorstellung zu ihr. »So gut wie heute hast du noch nie getanzt.«

Sie gingen nicht mehr in die Kantine, Jana wollte sofort nach Hause.

»Wir müssen reden, Jon«, sagte sie im Auto, »ich habe jetzt zwei Tage und zwei Nächte vor mich hin gebrütet, aber ich komme allein nicht weiter. Ich weiß einfach nicht, was ich will oder was ich nicht will, ich weiß auch nicht, was richtig oder falsch ist, ich weiß gar nichts mehr. Und wenn ich denke, einen Weg gefunden zu haben, schmeiße ich eine halbe Stunde später alles wieder über den Haufen. Du kennst mich. Ich kann mich ja noch nicht mal bei alltäglichen, unwichtigen Dingen entscheiden, bei so einer schwierigen existenziellen Frage bin ich völlig aufgeschmissen. Hilf mir, Jon. Sonst werde ich verrückt.«

Jonathan fuhr langsamer als gewöhnlich. »Es gibt im Grunde nur zwei Möglichkeiten«, meinte er vorsichtig, »du bekommst es, oder du lässt es wegmachen. Dazwischen gibt es nichts. Ein Kompromiss ist unmöglich.«

»Großartig«, spottete sie, »du wirst es nicht glauben, aber so weit war ich auch schon.«

Jonathan fürchtete, sie noch mehr zu verärgern, und sagte nichts mehr, bis sie in die Garage ihres Hauses fuhren.

Im Wohnzimmer machte er ihr ein warmes Fußbad.

Sie saß mit geschlossenen Augen im Sessel und genoss diesen Moment der totalen Entspannung.

»Rede mit mir«, meinte sie schleppend, »sag mir alles, was dir durch den Kopf geht. Auch wenn du dich wiederholst. Egal. Mein Kopf ist so leer, dass ich das Gefühl habe, überhaupt nicht mehr denken zu können.«

Jonathan konnte sich nicht erinnern, schon jemals in einer so komplizierten Situation gewesen zu sein.

»Jana«, begann er leise, »du weißt, dass ich ein hoffnungsloser Fatalist bin. Und so sehe ich auch das, was hier gerade mit uns passiert. Wir haben das Kind nicht gewollt«, er stockte, weil er die Formulierung äußerst unglücklich fand, aber Jana schien sich daran nicht zu stören. Also sprach er weiter: »Ich meine, wir haben es nicht darauf angelegt, eins zu bekommen, weil wir noch warten wollten.«

»Darüber haben wir nie gesprochen.«

»Nein. Weil es irgendwie klar war. Auch ohne dass wir es so deutlich aussprechen mussten. Weil deine als auch meine Karriere gerade dabei ist, loszugaloppieren.«

Jana seufzte.

»Aber es ist nun mal passiert. Und darum denke ich, es soll so sein. Wir sollen dieses Kind bekommen, wir sollen mit ihm leben! Keine Ahnung warum, aber das können wir uns vielleicht in fünf oder zehn, vielleicht auch erst in zwanzig oder dreißig Jahren beantworten. Dann wissen wir, warum es gut und richtig war, jetzt dieses Kind zu bekommen. Wahrscheinlich soll es uns verändern, unser Leben in eine andere Richtung lenken.«

»Ich will in keine andere Richtung gelenkt werden, Jon! Ich will tanzen! Die paar Jahre, die ich noch habe. Kinder kann ich auch mit fünfunddreißig noch bekommen.«

»Es passt nie, Jana. Es ist immer der falsche Zeitpunkt.«

»Für dich nicht. Dich tangiert es überhaupt nicht. Aber mich. Ich bin raus. Ich habe mich all die Jahre umsonst abgestrampelt und bis zum Umfallen trainiert. Ich habe geprobt und getanzt wie eine Verrückte und hinter der Bühne gekotzt, weil ich einfach nicht mehr konnte. Und niemals eine Tafel Schokolade, kein Gänsebraten zu Weihnachten, keine Bratwurst auf dem Markt und keine Tagliatelle beim Italiener. Immer nur Nein sagen, verzichten und tanzen. Um neun Uhr früh Probe im Ballettsaal, und wehe, wenn du am Abend vorher ein Glas Wein getrunken hast!«

»Ich weiß, Jana, ich weiß …«

»Und dann hast du es geschafft. In Berlin! Ich bin die Primaballerina an der Deutschen Oper und zu dämlich zum Verhüten, verdammte Scheiße! Ich bin so bekloppt, mir alles selbst zu vermasseln, jetzt, wo ich auf dem absoluten Höhepunkt bin und alles erreicht habe, was ich niemals zu träumen gewagt habe!«

Jana schossen die Tränen in die Augen, aber sie weinte nicht, sondern wischte sich mit dem Ärmel über die Nase und schniefte nur.

»Alles, was du sagst, ist richtig«, flüsterte Jonathan, »deine Situation kenne ich wahrscheinlich besser als jeder andere auf der Welt, und bitte: Glaube mir, dass ich mir gut vorstellen kann, wie du dich fühlst. Aber trotzdem …«

»Was *trotzdem*?«

»Trotzdem bitte ich dich, Jana, bekomm dieses Kind! Es ist doch schon da! Wir können nicht einfach so tun, als wäre da nichts! Bitte, bitte, bitte! Ich werde mich drum kümmern, damit du hinterher vielleicht doch wieder einsteigen kannst. Es müsste eigentlich das Normalste von der Welt sein, dass auch eine Primaballerina schwanger wird! Ich werde alles tun, um dir den Rücken freizuhalten, das verspreche ich dir! Bitte, Jana!«

Er ging zu ihr, kniete sich vor sie und vergrub seinen Kopf in ihrem Schoß.

Jana strich ihm sanft übers Haar. Dann drückte sie seinen Kopf zur Seite, trocknete ihre Füße ab und ging zur Tür.

»Ich bin müde«, sagte sie.

Grand jeté. Als sie absprang, spürte sie schon, dass sie weniger Kraft hatte als üblich und sicher nicht so hoch kommen würde wie gewöhnlich. Hinterher fand sie es unfassbar und faszinierend zugleich, wie viele Gedanken ihr im Bruchteil einer Sekunde durch den Kopf geschossen waren. In der Luft riss sie die Beine zum Spagat auseinander und wusste doch, dass die Zeit nicht reichen würde, um zu landen wie gewohnt, so, wie sie es schon hundert-, wenn nicht tausendmal geprobt und perfekt geschafft hatte.

Es war die Verzweiflung einer Tausendstelsekunde, in der sie begriff, dass sie nichts mehr ändern konnte, bevor sie fiel und einen stechenden Schmerz in Bauch und Rücken spürte. Wie gelähmt lag sie auf dem kühlen Parkett des Ballettsaals und konnte kaum atmen. Sie hörte Stimmen, aber verstand nicht, was sie sagten, sah Gesichter, aber erkannte niemanden.

Ein einziger Gedanke überlagerte alles und machte sie taub und blind für das, was um sie herum geschah: Was ist mit dir? Ist dir etwas geschehen? Geht es dir gut? Mein Kind, mein armes Kind, das habe ich nicht gewollt.

An diesem Vormittag war die Probe für Jana beendet. Sie duschte warm, cremte sich sorgfältig ein, um zu spüren, wo noch ein Schmerz saß, ging in die Kantine und trank drei Tassen schwarzen Kaffee. Und wieder ein Gedanke, den sie nicht wahrhaben wollte: Vielleicht hätte ich doch lieber einen Tee bestellen sollen. Er wäre besser für dich.

Auf dem Heimweg begriff sie, dass es da war und dass sie es bereits in Schutz nahm.

In der darauffolgenden Woche sahen sich Jana und Jonathan kaum. Jonathan musste zwei Produktionen am Deutschen Theater fotografieren, und Jana probte die »Julia«. Das Ballett »Romeo und Julia« sollte in drei Wochen Premiere haben.

Am Samstag stand wieder »Giselle« auf dem Spielplan. Jana schlief bis elf. Jonathan war in der Galerie und hatte einen Klebezettel an den Spiegel im Badezimmer geheftet: *Liebster Schatz, ich habe frischen Salat und ein bisschen Lachs eingekauft. Bitte, mach dir was zu essen. Ich hole dich nach der Vorstellung ab. Habe Sehnsucht nach dir. Kuss, Jon.*

Jana lächelte, zog den Zettel vom Spiegel, zerknüllte ihn und warf ihn in den Papierkorb.

Dann duschte sie kurz und rieb sich hinterher mit einer Bodylotion ein, die nach Vanille roch, ihr Lieblingsduft, der manchmal wie ein Stimmungsaufheller wirkte, wenn sie dabei war, wie auf einer Bobbahn mit irrwitziger Geschwindigkeit in die Tiefe und ins Dunkel ihrer Gedanken zu rasen.

Wäre eine Überwachungskamera im Haus gewesen und hätte man gefilmt, was Jana anschließend den Tag über tat, hätte man vermutet, der Film wäre in Zeitlupe gedreht, so gespenstisch langsam bewegte sie sich. Ganz gleich ob sie eine Tasse aus dem Schrank nahm, den Fisch in dünne Scheiben schnitt, eine Buchseite umblätterte oder lautlos auf Zehenspitzen durch den Raum ging.

Um fünfzehn Uhr machte sie eine Stunde lang gymnastische Übungen auf einer Isomatte im Schlafzimmer, um sechzehn Uhr versuchte sie Jonathan anzurufen, konnte ihn aber nicht erreichen. Sie zog sich eine Jeans, T-Shirt, Pullover, Turnschuhe und eine leichte Windjacke an, packte ihre Sporttasche mit Handtüchern, Strumpfhose, Body, Schuhen und all den Dingen, die sie im Theater brauchte, trank aus einer Plastikflasche einen Schluck Mineralwasser, klemmte die halbvolle Flasche unter den Arm und verließ um sechzehn Uhr dreißig das Haus. So wie immer, wenn sie Vorstellung hatte.

Janas dunkelblauer Passat stand in der Auffahrt. Sie warf ihre Tasche in den Kofferraum, stieg ein und fuhr los. Wie immer und wie gewohnt. An der nächsten Ampel musste sie rechts abbiegen. Sie fuhr mit fast siebzig auf die Kreuzung zu, als die Ampel auf Rot schaltete. Jana machte eine Vollbremsung und würgte den Motor ab.

Vielleicht war dies der Moment, als ihr wieder der Sprung einfiel, der Grand jeté, den sie als Giselle viermal tanzen musste. Die Angst saß ihr im Nacken, und sie ließ den Motor erst wieder an, als zwei Wagen hinter ihr zu hupen anfingen. Hastig fuhr sie los, aber sie bog nicht nach rechts ab, sondern nach links.

In die Straße, die direkt zum See führte.

Jana begann zu laufen. Instinktiv und ganz automatisch achtete sie darauf, nicht auf Baumwurzeln oder in Löcher zu treten, um nicht umzuknicken. Ihr Atem ging ruhig und gleichmäßig, ihre Muskulatur war locker und entspannt, als würde der Trab um den See sie nicht im Geringsten anstrengen.

Ich habe völlig verlernt zu laufen, dachte sie, ich tanze nur noch. Sie konnte sich auch nicht erinnern, wann sie das letzte Mal gejoggt, spazieren gegangen, am See, im Wald oder auf einer Wiese gewesen war, in diesem Frühling auf keinen Fall.

Als sie den See einmal umrundet hatte, blieb sie stehen. Die letzten Sonnenstrahlen glitzerten auf dem Wasser, es wurde bereits kühler. Jana hatte kein Halstuch dabei, aber das war jetzt nicht wichtig. Sie genoss den stillen Moment am See und spürte, dass sie auf dem richtigen Weg war. Der Abend tat ihr gut, sie war so glücklich wie schon ewig nicht mehr.

Sie atmete tief durch und lief noch zwei weitere Runden um den See. So fühlt man sich, wenn man die ganze Welt umarmen möchte, dachte sie, wenn man sich selbst genug und völlig mit sich im Reinen ist.

Es war dunkel, als sie sich in ihren Wagen setzte und in die Innenstadt fuhr. Während der Fahrt überlegte sie, was sie jetzt tun sollte, versuchte herauszufinden, worauf sie Lust hatte, und war entsetzt darüber, dass ihr das nicht gelang. Sie war so eingebunden in ihre Pflichten, ihr Leben bestand nur aus Kontrolle und perfektem Funktionieren, dass sie gar nicht mehr wusste, was sie eigentlich wollte. Sie war wie erloschen, eine leblose Marionette, die tanzte, wenn man an den richtigen Strippen zog.

Und erst in diesem Moment kam ihr wieder das Theater in den Sinn. Sie sah auf die Uhr. Zwanzig vor neun. Vielleicht hatten sie die Vorstellung ausfallen lassen. Im Rückspiegel sah Jana, dass sie grinste.

Am Savignyplatz bekam sie auf Anhieb einen Parkplatz und ging zur Imbissbude, der S-Bahn gegenüber.

»Bitte eine Currywurst mit Pommes und Majo«, hörte sie sich sagen.

Die dicke Frau hinter dem Tresen nickte nur stumm. Diesen Satz hatte sie heute schon zigmal gehört, er war nichts Besonderes, für Jana war er eine Sensation. Die letzte Currywurst hatte sie in einer Freistunde gegessen, da war sie in der zehnten Klasse gewesen. Und sie hatte es bitter bereut, weil die Waage am nächsten Morgen fünfhundert Gramm mehr angezeigt hatte. Seitdem hatte sie es ihrer schlanken Linie zuliebe nie wieder gewagt.

»Von nun an werden wir essen, was uns schmeckt, wir zwei«, murmelte sie leise, und die Wurstverkäuferin sah sie irritiert an. Aber als Jana daraufhin grinste, grinste sie zurück.

Sie genoss jeden Bissen der Wurst und der Pommes, anschließend spazierte sie in Richtung Kurfürstendamm und trank in einer Champagnerbar in der Uhlandstraße noch ein Glas Weißwein.

»Darf ich Sie zu einem weiteren Glas einladen?«, fragte ein ungefähr vierzigjähriger Mann mit tadellosem Anzug und Milchgesicht neben ihr.

Jana starrte ihn einen Augenblick überrascht an. Dann sagte sie: »Nein. Wirklich nicht. Danke. Ich muss los, ich muss mit meinem Mann reden, sonst sterbe ich.«

Sie stürmte aus der Bar. Den Weg bis zu ihrem Auto rannte sie.

Jonathan kam um halb zehn nach Hause. Er überlegte, ob er sich ein Bier aufmachen und sich umziehen oder lieber direkt zur Oper fahren sollte, als er auf dem Schreibtisch das rote Lämpchen des Anrufbeantworters blinken sah. *Sie haben 9 neue Nachrichten*, stand auf dem Display.

Neun!, dachte Jonathan ungläubig. Du lieber Himmel, was sollte denn das? Jana hörte immer alle Nachrichten ab, bevor sie ins Theater ging, und abends rief normalerweise kaum jemand an, da alle Freunde, Bekannte und Verwandte wussten, dass sie meist im Theater und um diese Zeit nicht zu erreichen waren.

Er drückte auf die Wiedergabetaste.

»Jana! Hier ist Sally. Wo steckst du denn? Das Aufwärmtraining läuft, und wir wundern uns, dass du nicht da bist. Bitte melde dich!«

Jonathan runzelte die Stirn und drückte die Taste, um die nächste Nachricht abzuhören.

»Jana, was ist los? Es ist zehn vor sieben, verdammt, und du bist nicht da!«

Jonathans Puls begann zu rasen.

Die nächsten drei Anrufe waren vom besorgten Inspizienten, von einer nervösen Garderobiere und von Janas Tanzpartner Marco. Die letzten beiden waren dann wieder von der mittlerweile völlig aufgelösten Choreographin Sally.

»Scheiße, Jana, ich werde wahnsinnig! Ist dir was passiert? Warum haben wir hier im Theater keine Nachricht von dir? Ich hab mit der Intendanz gesprochen. Zehn Minuten warten wir noch, dann sagen wir die Vorstellung ab und schicken die Leute nach Hause. Es ist wirklich zum Heulen!«

Jonathan lief in den Flur, riss seine Jacke vom Haken, nahm die Autoschlüssel und rannte aus dem Haus.

Als er zwei Stunden später, krank vor Angst, wieder nach Hause kam und fest entschlossen war, die Polizei zu rufen, saß sie im Sessel und hörte Elton John.

Er starrte sie an, als sähe er ein Gespenst.

»Hi, Jon«, sagte sie und lächelte.

»Jana!«, schrie er, »verflucht noch mal, wo warst du? Die ganze Welt sucht dich!«

»So?«, meinte sie. »Wie schön. Deswegen brauchst du doch nicht so zu brüllen!«

»Du hattest Vorstellung!«, schrie er noch lauter. »Das Theater ist brechend voll, nur wer nicht kommt, ist die Giselle! Hattest du vergessen, dass du Vorstellung hast?«

»Und? Ist was passiert?«, fragte sie, ohne seine Frage zu beantworten.

»Ja! Sie haben die Zuschauer nach Hause geschickt! Das ist passiert! Der Intendant ist vor den Vorhang getreten, hat ein paar nette Worte gesagt, ein paar Witzchen gemacht und sich entschuldigt. Die Leute kriegen ihr Geld zurück oder können in eine andere Vorstellung gehen. Aber was erzähle ich dir denn? Du weißt ja ganz genau, was passiert, wenn die Hauptdarstellerin oder die Primaballerina nicht da ist. Wo warst du?«

»Spazieren.«

Jonathan sank auf einen Stuhl und strich sich die Haare aus der schweißnassen Stirn. »Bist du jetzt völlig verrückt geworden?«

»Nein. Ich brauchte ein bisschen Ruhe.«

»Und wie willst du das dem Intendanten erklären? Willst du ihm auch sagen, dass du spazieren gegangen bist, weil du ein bisschen Ruhe brauchtest!?« Seine Stimme rutschte hoch, die letzten beiden Worte kiekste er nur noch.

»Ich gehe morgen früh zum Arzt und lasse mir ein Attest geben. Schließlich bin ich schwanger. Da macht man vielleicht manchmal merkwürdige Dinge. Außerdem weiß ich gar nicht, ob es erlaubt ist, in meinem Zustand noch zu tanzen. Ist nicht auch das Arbeiten nach zwanzig Uhr für Schwangere verboten?«

»Ich weiß es nicht.« Jonathan war jetzt ganz ruhig. Das Wort »schwanger« hatte ihm jeglichen Wind aus den Segeln genommen.

Sie stand auf, ging zu ihm und setzte sich auf seinen Schoß.

»Ich werde nicht mehr tanzen«, flüsterte sie. »Ich habe zu viel Angst, dass ihm etwas passieren könnte. Wenn ich springe oder wenn ich stürze. Es geht hier nicht mehr um mich«, flüsterte sie, »verstehst du das?«

Er nickte und drückte sie an sich.

»Ich habe mich also entschieden«, sagte sie und küsste ihn aufs Haar.

Mit diesem Satz machte sie ihn zum glücklichsten Mann der Welt, und er war entschlossen, alles für sie zu tun, ihr jeden Stern vom Himmel zu holen, wenn sie ihn darum bitten sollte.

Eines Nachts, Ende September, rüttelte Jana Jonathan leicht an der Schulter, als die Wehen einsetzten. Er schreckte auf, schaltete die Nachttischlampe an und fragte alarmiert: »Was ist?«, und sie antwortete: »Es geht los.«

Es funktionierte, als hätten sie es tausendmal geübt. Er schlüpfte in seine Jeans, sie zog lediglich einen Mantel über ihren Schlafanzug, nahm die seit Wochen gepackte Tasche, die im Flur stand, und sie fuhren los.

Jana versuchte, sich nichts anmerken zu lassen, wenn sie der Schmerz tief in den Autositz drückte. Jonathan sah sie immer wieder fragend und voller Angst an, aber sie lächelte nur. »Alles okay. Fahr langsam. Ich halte es noch aus.«

Und dann ging alles sehr schnell. Jonathan wusste hinterher nicht mehr, warum sie in den OP geschoben wurde, er fand sich in einem hellgelb gestrichenen Warteraum wieder und sah sich auf und ab gehen, wie ein nervöser Tiger im viel zu kleinen Käfig.

Nach etwa zehn Minuten rief ihn eine Schwester, zog ihm sterile grüne Kleidung an und bat ihn, ihr zu folgen. Er ging durch drei oder vier Milchglastüren, und eine Stimme sagte: »Bitte, warten Sie hier!«

Bewegungslos blieb er stehen und wagte kaum zu atmen. Zwei Minuten später legte ihm eine Hebamme ein Mädchen in den Arm, das er sich so klein nicht vorgestellt hatte. Mit Händen und Füßen, winzig wie sein Daumen.

Sein Kind. Ganz warm und lebendig. Ein kleiner Mensch aus Fleisch und Blut. Er konnte es überhaupt nicht fassen.

An dem Tag, als Jana entlassen werden sollte, betrat er um Punkt halb zehn das Krankenhaus mit Babytragetasche und klopfendem Herzen. Jana saß schon fertig angezogen auf dem Bett, das Baby im Arm.

»Lass uns schnell gehen«, sagte sie, »du kannst dir nicht vorstellen, wie ich mich auf zu Hause freue!«

Von dem Kinderzimmer, das Jonathan eingerichtet hatte, war Jana begeistert. Sie küsste ihn auf den Mund, und ihm wurde bewusst, wie sehr er es vermisste, mit ihr zu schlafen. Sechs Wochen vor der Geburt hatten sie damit aufgehört, weil Jana nicht mehr wollte. »Ich kann nicht«, hatte sie gesagt, »es geht einfach nicht. Weil wir nicht mehr allein sind.«

Sie setzte sich in den Sessel am Fenster, schob ihren Pullover hoch und stillte das Baby. »Was hältst du davon, wenn wir sie Giselle nennen? Ich habe die Giselle auf der Bühne verloren und dafür eine neue bekommen.«

»Das ist eine großartige Idee!« Jonathan hatte es als quälend empfunden, dass sie sich zwei Wochen lang nicht auf einen Namen einigen konnten. Mittlerweile war ihm fast alles recht, außerdem klang Giselle wie Musik in seinen Ohren.

VIER

Jonathan wunderte sich, wie er es fertiggebracht hatte, bei dieser Kälte und in diesem klammen Bett überhaupt einzuschlafen, aber es war bereits halb acht, als er erwachte. So unangenehm es unter der Decke auch sein mochte, es war immer noch wärmer als im eiskalten Zimmer. Er fürchtete sich davor, aufzustehen, zumal er nicht heiß duschen konnte. Das hätte ihn wenigstens etwas für die grauenhafte Nacht entschädigt.

Es half alles nichts, hier hielt er es keinen Tag länger aus. Er würde Riccardo bitten, ihn nach Ambra zu bringen, und dann würde er mit dem nächsten Zug weiterfahren. In dieser Wohnung konnte kein Mensch im Winter existieren, wahrscheinlich hatte hier zwischen Oktober und April auch noch nie jemand übernachtet.

Eine halbe Stunde lag er bewegungslos im Bett, fest zugedeckt bis zum Kinn, und versuchte, noch einmal einzuschlafen, aber es gelang ihm nicht.

Es hat alles keinen Zweck, sagte er sich schließlich, ich muss aufstehen, ich muss hier raus, ich kann ja nicht in diesem Bett verschimmeln.

Mit großer Überwindung schlug er die Decke zurück und ging bibbernd ins Bad, wusch sich das Gesicht und putzte sich die Zähne, die wegen des eiskalten Wassers schmerzten.

Dann zog er sich an und trat aus der Wohnung. Aber auf den Ausblick, der sich ihm vor dem Haus bot, war er nicht vorbereitet. Der Himmel war zartblau, und im Sonnenlicht sah er über die bewaldete Toskana. Leuchtend weißer Nebel lag in den Tälern, und kleine Dörfer tauchten daraus auf wie mittelalterliche Burgen auf Inseln im Meer. Es war überwältigend. Noch hatte er keine Ahnung, wie die einzelnen Orte und auch die größeren Städte in der Ferne, die er ohne Fernglas nur erahnen konnte, hießen. Er ging einmal um das Haus herum und glaubte im Tal Ambra zu erkennen, das zumindest teilweise aus dem Nebel auftauchte.

In der direkten Umgebung des Hauses sah er Wiesen, Olivenhaine und einen dichten Wald aus Pinien, Eichen und Zedern.

Um den Brunnen herum standen Zypressen, ebenso hinter dem Haus, zerzaust und vom Wind gebeugt.

Ein so großes Grundstück und einen solch überwältigenden Blick hatte er nicht erwartet, aber das änderte nichts an seinem Entschluss, so schnell wie möglich von hier zu verschwinden.

Er ging die steile Treppe am Vorderhaus hinauf, betrat den Portico und klopfte an die Küchentür der Valentinis.

»Si! Venga!«, hörte er Sofias helle Stimme und betrat, »permesso« murmelnd, die Küche.

Im Radio lief ein italienischer Schlager, und der Sänger weinte mehr, als dass er sang. Sofias Finger flogen tastend über den Apparat, dann hatte sie den richtigen Knopf gefunden und schaltete das Gerät aus.

»Buongiorno«, sagte sie und drehte sich lächelnd zu ihm um.

Es traf ihn wie ein Schlag gegen die Brust, der einem den Atem nimmt. Gestern Abend hatte er sie nur schemenhaft und im Schatten wahrgenommen, hatte mehr auf die scheußliche Unterkunft als auf die Frau geachtet. Außerdem hatte sie ihre Haare, die ihr häufig ins Gesicht fielen, offen getragen.

Heute Morgen hatte sie ihre glatten dunklen Haare im Nacken zusammengenommen, genauso wie Giselle ihre Haare immer getragen hatte, mit einem bunten Gummiband, zwei-, dreimal um den Zopf geschlungen. Es hatte ihn immer fasziniert. Ein Handgriff, der nur wenige Sekunden dauerte, und die Frisur war perfekt.

Erst jetzt, bei Tageslicht, sah er Sofias Gesicht in allen Einzelheiten, die er gestern Abend bei Dunkelheit nicht erkennen konnte. Den kleinen Wirbel am Haaransatz und die beiden ausgeprägten Grübchen, die sich jetzt, als Sofia lächelte, deutlich zeigten. Grübchen, wie sie auch Giselle gehabt hatte. An der gleichen Stelle, in der gleichen Tiefe und Deutlichkeit.

Und plötzlich sah er sie vor sich, als wäre es gestern gewesen. Am Strand von Fuerteventura, bei einem Kurzurlaub im Frühling vor fünf Jahren. Sie war achtzehn und saß vor ihm im Sand, braungebrannt und mit nassem Haar. Die Haut an ihren Oberarmen und Oberschenkeln war mit Sand paniert, auf der Nase hatte sie einen leichten Sonnenbrand. Sie grub ihre Füße in den weichen, warmen Sand, malte mit ihrem Zeigefinger Schlangenlinien und sagte, ohne ihn anzusehen:

»Es ist einfach irre hier. Diese Insel ist toll, die ganze Welt ist toll, und du bist toll.«

Dann grinste sie, und ihre Grübchen erschienen ihm tiefer denn je. Sie sprang auf, drückte ihm einen Kuss auf die Stirn und rannte ins Meer.

Sie tobte in den Wellen, und ihr noch so junger, perfekter Körper hob sich wie ein Schattenriss vor dem gleißend hellen Licht der schon tief stehenden Sonne ab. Jonathan beobachtete sie und hätte heulen können vor Glück.

Auf einmal bemerkte er, dass er immer noch stumm vor Sofia stand.

»Buongiorno«, sagte er ebenfalls.

Und in diesem Moment wusste er, dass er bleiben musste.

»Haben Sie gut geschlafen?«, fragte sie.

»Ja, doch, einigermaßen«, antwortete er leise, »es war ein bisschen kalt in der Nacht, und ich habe heute Morgen eine heiße Dusche vermisst.«

»Kein Problem. Wir waren ja nicht auf Gäste vorbereitet. Ich werde Bappo Bescheid sagen. Er besorgt in Ambra eine neue Gasflasche, und dann haben Sie heißes Wasser und können duschen. Das ist eine Kleinigkeit.«

»Wunderbar.«

»Möchten Sie einen Cappuccino?«

»O ja, bitte.«

Er setzte sich an den Küchentisch, und Sofia füllte frische Kaffeebohnen in die Espressomaschine. Mit der rechten Hand ließ sie die Bohnen über ihre linke Hand hineinrieseln. So spürte sie ganz genau, wann der Behälter voll war.

»Mein Vater ist schon in den Oliven«, sagte Sofia, als sie Jonathan den Cappuccino mit einem Berg aufgeschäumter Milch hinstellte, »im Moment ist Olivenernte, und er nutzt jede Minute. Bei gutem Wetter arbeitet er von sieben bis fünf. Dann bringt er die Oliven in die Mühle und geht danach in die Bar. Wo Sie ihn kennengelernt haben«, fügte sie lächelnd hinzu. »Und meine Mutter schläft noch. Aber zum Mittagessen wird sie bestimmt wach sein.«

Als sie sich bückte und im Kühlschrank Butter und Marmelade ertastete, fiel eine Zitrone heraus und rollte über den Fußboden. Jonathan sprang auf, und als er die Zitrone aufhob, sah er, dass der Küchenfußboden fettig glänzte und an manchen Stellen vor Dreck starrte. Hier musste schon monatelang niemand mehr gewischt haben. Auch in den Pfannen über dem Herd klebte das Fett, und die Tasse, die Sofia jetzt für ihren Kaffee aus dem Schrank holte, hatte einen dunklen Rand. Sie stellte sie auf die Espressomaschine, drückte den Knopf, und sofort setzte sich das Mahlwerk wieder knatternd in Bewegung.

Er reichte ihr die Zitrone, und für den Bruchteil einer Sekunde berührten sich ihre Finger. Für Jonathan war es wie ein Stromschlag, der seinen ganzen Körper durchzuckte.

»Was kostet die Wohnung?«, fragte er, um sich abzulenken und über ein sachliches Thema sprechen zu können. »Ich denke, ich werde den ganzen Winter über bleiben.«

»Es ist langweilig hier im Winter. Man kann nicht viel unternehmen, fast alles hat geschlossen«, entgegnete sie zögernd.

»Das macht nichts. Ich will auch nichts unternehmen.«

Sofia setzte sich an den Tisch, und ihre Augen wanderten haltlos von rechts nach links.

»Ich verstehe nicht ganz. Was wollen Sie denn hier machen?«

»Nichts. Ich will nur ein bisschen Ruhe haben und wollte mal weg aus meinem gewohnten Leben.«

Sofia nickte und fragte nicht weiter. Sie überlegte und sah aus, als würde sie im Kopf rechnen und kalkulieren.

»Die Wohnung kostet in der Saison pro Woche fünfhundert«, sagte sie nach einer Weile. »Ist es okay, wenn Sie im Monat siebenhundertfünfzig zahlen?«

»Nein, das ist nicht okay«, meinte Jonathan und grinste breit. Erst als er merkte, wie Sofia zusammenzuckte, fiel ihm ein, dass er mit derartigen ironischen oder scherzhaften Bemerkungen vorsichtig sein musste, da sie sein Gesicht nicht sehen konnte und alles, was er sagte, notgedrungen für bare Münze nehmen musste. Daher beeilte er sich hinzuzufügen: »Nein, das ist nicht okay, weil ich Ihnen tausend zahlen werde. Unter der Bedingung, dass Sie mir jeden Morgen einen Kaffee kochen und mir anschließend Unterricht geben. Bitte, bringen Sie mir Italienisch bei! Ich glaube, ich lerne schnell. In der Schule hatte ich neun Jahre Latein und war ein richtiger Grammatikfreak. Da werde ich mit dem Italienischen nicht so große Probleme haben.«

»Einverstanden«, sagte sie ohne Umschweife und war ganz glücklich, dass sie zumindest in der nächsten Zeit eine Aufgabe haben würde.

»Aber woher können Sie so fantastisch Deutsch?«, fragte Jonathan.

»Ich hatte eine sehr engagierte Lehrerin. Sie war mit einem Deutschen verheiratet und liebte die Sprache. So wie ich.« Sofia lächelte. »Sie konnte mir alles erklären und hat mich ständig mit Sprachkassetten versorgt. Das Leben ist nämlich ziemlich langweilig, wenn man blind ist.«

Jonathan wollte gerade etwas erwidern, als es im Nebenzimmer laut krachte, und kurz darauf hörte er, wie eine tiefe Stimme »Porcamiseria« fluchte.

»Das ist meine Mutter«, flüsterte Sofia, »sie ist nicht besonders leise, wenn sie wach ist. Wahrscheinlich hat sie von meinem Vater erfahren, dass Sie da sind, jetzt ist sie neugierig, und darum ist sie ein bisschen früher aufgestanden. Sie wird gleich kommen.«

Sekunden später sprang die Tür auf, und Amanda stand in der Küche.

»Buongiorno«, brüllte sie mit ihrer rauchigen Stimme, ging auf Jonathan zu, schlug ihm kräftig auf die Schulter und brüllte weiter: »Piacere! Sono Amanda!«

Jonathan sagte brav seinen Namen, Amanda war zufrieden und ließ sich auf einen Stuhl fallen. Sie trug ein knallenges giftgrünes T-Shirt, unter dem sich ihre Bauchwülste deutlich abzeichneten und die ihrer schwammigen Brust in ihrer Größe in nichts nachstanden. Dazu hatte sie eine schlabbrige rosa Jogginghose an, die ihr gewaltiges, ausladendes Hinterteil und ihre massigen Schenkel, die bei jedem Schritt aneinanderrieben, noch betonte. Trotz der kühlen Jahreszeit trug sie nur Sandalen ohne Strümpfe, und Jonathan fröstelte und grauste es beim bloßen Hinsehen, weil ihre Füße schmutzig und ihre Zehennägel viel zu lang waren. Offensichtlich hatte sie sich auch ihre strähnigen, halblangen weißen Haare heute Morgen noch nicht gekämmt, denn sie waren zerzaust und standen grotesk vom Kopf ab.

Aber Amanda strahlte, schlug mit ihren dicken Fingern auf die Tischplatte und sah Sofia an. »Mach mal 'nen Kaffee.«

Sofia nickte, stand stumm auf und ließ die Espressomaschine rattern.

»Wie kommen Sie eigentlich auf die Schnapsidee, sich bei uns in dieser Jahreszeit einzumieten?«, fragte Amanda grinsend und schlug Jonathan mit ihrer Pranke freundschaftlich auf die Hand.

Jonathan verstand kein Wort, er erahnte den Sinn der Frage nur und wusste nicht, was er sagen sollte, aber Sofia antwortete bereits für ihn.

»Er will seine Ruhe haben, Mama. Außerdem kann er kein Italienisch, aber er will es lernen.«

»Bravo«, knurrte Amanda. Gäste, mit denen sie sich nicht unterhalten konnte, fand sie eher öde.

Sie verzog das Gesicht. »Ich bin heute Nacht wieder aus diesem verdammten Bett gefallen«, grunzte sie, »meine Schulter ist grün und blau. Du musst mich massieren.«

»Das mach ich, Mama. – Meine Mutter ist heute Nacht aus dem Bett gefallen und hat Schmerzen«, übersetzte Sofia für Jonathan. »Das passiert ihr häufig. Sie stolpert auch viel oder fällt die Treppe runter.«

»Das tut mir leid«, meinte Jonathan und konnte sich jetzt das Krachen in der Nacht erklären.

Amandas Kaffee war fertig. Sie tunkte Weißbrot hinein und aß es laut schlürfend.

»Der Junge sieht gut aus«, murmelte sie.

»Mama, hör auf!«, zischte Sofia erschrocken.

»Warum denn? Ich denke, er versteht kein Italienisch!«

»Bitte, sei jetzt still!«

»Phhh!«, machte Amanda und spuckte dabei das halb zerkaute Weißbrot über den Tisch. Jonathan drehte sich der Magen um.

»Dabei sieht er wirklich gut aus«, murmelte sie mit vollem Mund, »nur ein bisschen alt ist er vielleicht.«

Sofia stöhnte laut auf.

»Frag doch mal, was er beruflich macht. Ich will wissen, ob er Geld hat.«

»Sei jetzt still, Mama! Es reicht!«

Amanda kicherte, und ihre kleinen Augen verschwanden fast völlig hinter ihren geschwollenen Tränensäcken.

Jonathan trank seinen Kaffee, aß ein trockenes Brötchen und wusste nicht so recht, wie er sich verhalten sollte. Was Amanda genau gesagt hatte, hatte er nicht verstanden, aber er spürte, wie peinlich es Sofia war.

»Frag ihn, was er vorhat«, verlangte Amanda von ihrer Tochter.

»Mama, bitte!« Sofia verlor allmählich die Nerven. »Was soll das? Seit wann interessiert es dich, was unsere Gäste vorhaben?«

»Porcamadonnina, ich werd doch wohl mal fragen dürfen! Was bist du denn heute Morgen so fürchterlich empfindlich? Ist irgendwas? Geht's dir nicht gut?«

»Doch.«

»Na also.« Amanda trank ihren Kaffee aus und pulte sich ungeniert Brotreste aus den Zähnen. »Sag ihm, ich koche heute. Er ist eingeladen. Zum Pranzo um eins.«

»Wir können ihn doch nicht gleich am ersten Tag derartig überfallen!«

»Blödsinn!«, explodierte Amanda, machte eine ausladende Handbewegung und fegte dabei ihre Kaffeetasse vom Tisch, die auf dem Steinfußboden zerbrach.

Jonathan sprang auf und sammelte die Scherben auf. Amanda registrierte es wohlwollend, sagte aber nichts.

Sofia hörte, dass Jonathan die Scherben aufsammelte, er musste einen fürchterlichen Eindruck von ihrer Mutter haben. Daher sagte sie verunsichert und sehr zaghaft: »Meine Mutter möchte Sie heute zum Mittagessen einladen. Um eins, wenn Sie mögen.«

Jonathan drehte sich allein bei dem Gedanken, dass Amanda mit ihren vom Rauchen gelblichen Wurstfingern das Essen zubereiten würde, der Magen um. Und das Chaos, das sie dabei veranstalten würde, konnte er sich außerdem lebhaft vorstellen.

Er lächelte gequält, nickte Amanda zu und sagte: »Grazie. Das ist wirklich furchtbar nett.«

Sofia übersetzte, und Amanda schnaufte: »Va bene.« Sie angelte nach ihren Zigaretten, zündete sich eine an und blies Jonathan den Rauch ungeniert ins Gesicht.

Jonathan versuchte es zu ignorieren.

»Ich brauche ein Auto«, sagte er zu Sofia, denn ihm wurde siedend heiß klar, dass er hier auf La Passerella festsaß. Er konnte nirgendwohin fahren, nichts einkaufen, konnte nicht essen gehen, war Amandas Gesellschaft und Kochkünsten hilflos ausgeliefert. Außerdem musste er dringend zu einem Geldautomaten.

»Wissen Sie, wo ich ein kleines, billiges gebrauchtes Auto kaufen kann?«

Sofia schüttelte den Kopf. »Nein. Aber ich werde mit Bappo sprechen. Er weiß das ganz bestimmt, und vielleicht kann er Sie irgendwohin fahren, wo Sie ein Auto kaufen können.«

»Das wäre wunderbar.«

Amanda rülpste, drückte ihre Zigarette aus und stand auf. Dabei kippte der Stuhl um, was sie überhaupt nicht beachtete. Ohne ein weiteres Wort schleppte sie sich aus der Küche.

Jonathan hob den Stuhl auf und schob ihn zurück unter den Tisch.

»Tut mir leid, meine Mutter ist manchmal etwas anstrengend«, murmelte Sofia.

»Kein Problem. – Schneiden Sie sich nicht, ich habe die Scherben in die Spüle gelegt, oder wo finde ich hier einen Mülleimer?«

»Hinter der Tür unten, ganz rechts.«

»Okay.« Jonathan stopfte die Scherben in eine bereits übervolle Mülleimertüte, räumte das restliche Geschirr vom Tisch und stapelte es in der Spüle.

»Danke für den Kaffee und bis nachher«, sagte er und verließ die Küche.

Jonathan zog sich zurück. Er wollte ein bisschen Ruhe haben und von der Familie Valentini nicht gleich am ersten Tag einverleibt und aufgefressen werden.

Es war gerade halb elf, und er kam sich merkwürdig vor, als er jetzt etwas verloren in der primitiven Wohnung stand.

Er holte seinen Laptop und das Netzteil aus dem Koffer und sah sich um. Auf den ersten Blick konnte er nirgends eine Steckdose entdecken. Also begann er systematisch die Zimmerwände abzusuchen. Schließlich fand er eine Steckdose hinter dem Bett und eine hinter der kleinen Kommode unterm Fenster, auf der noch ein Zierkürbis aus dem Herbst lag. Aber beide waren italienische Steckdosen, und für seinen Computer sowie das Aufladegerät seines Handys brauchte er einen Adapter. Jonathan seufzte. Es wurde immer komplizierter.

Er zog sich seine Jacke an und ging hinaus, wollte die Umgebung kennenlernen, die zumindest eine Zeit lang seine neue Heimat werden sollte.

Vor dem Haus war niemand zu sehen, und er wanderte los.

Nach ungefähr dreihundert Metern teilte sich die Schotterstraße, und er musste sich entscheiden, ob er nach links oder nach rechts gehen wollte. Instinktiv entschied er sich für rechts, denn er vermutete, dass er gestern Abend mit Riccardo von links gekommen war.

Jonathan ging langsam, aber stetig bergauf. Ab und zu warf er einen Blick ins Tal. Ambra lag immer noch vollständig im Nebel. Es roch nach feuchtem Zedernholz, und weit entfernt hörte er eine Motorsäge im Wald.

Die Bäume standen jetzt dichter und waren größer und dicker als zu Beginn des Weges. Alter Baumbestand, wie er ihn liebte. Es wurde dunkler auf dem Weg, und er musste aufpassen, auf dem feuchten, glitschigen Laub nicht auszurutschen.

An der nächsten Weggabelung hielt er sich wieder rechts. Vielleicht kann ich ja den Berg auf diesem Weg umrunden, dachte er, dann bekomme ich einen Eindruck von der gesamten Umgebung.

Der Wald wurde allmählich lichter, und nach fünfhundert Metern sah er unterhalb des Weges weite Olivenhaine, in denen einige Olivenbauern mit ihren Familien dabei waren, die Oliven zu ernten. Unter ihnen erkannte er Riccardo und überlegte gerade, ob er ein paar Terrassen hinunterklettern sollte, um Riccardo zu begrüßen, als sein Handy klingelte.

»Wo bist du?«, fragte Jana.

»In Italien. Hast du meine SMS nicht bekommen?«

Er hörte, dass sie schluckte.

»Und du willst mir nicht sagen, wo genau?«

»Nein.«

»Wie lange bleibst du?«

»Ich weiß es nicht, Jana, ich weiß es wirklich nicht.«

»Na: ein paar Tage, ein paar Wochen, ein paar Monate oder ein paar Jahre?« Sie war wütend und gereizt, und ihre Frage klang sarkastisch.

»Ein paar Tage, ein paar Wochen, ein paar Monate oder ein paar Jahre. Ich habe keine Ahnung und will alles auf mich zukommen lassen«, meinte er betont ruhig.

»Na toll. Und mich lässt du hier hocken!«

»Du hast deine Arbeit, das Haus und den Wagen. Wo ist das Problem?«

Jana sagte nichts mehr, sondern legte einfach auf.

Jonathan setzte sich auf einen Stein. Er war aus Deutschland in ein anderes, fremdes Leben geflüchtet, weil er vergessen und verdrängen wollte, und hatte bisher genau das Gegenteil erreicht. Seit gestern Abend stürzten die Erinnerungen auf ihn ein und brachten ihm den Schmerz zurück, den er so heftig drei Jahre lang nicht mehr gespürt hatte.

FÜNF

Giselle gedieh prächtig. Sie war ein properes Mädchen, hatte nicht den zarten Knochenbau ihrer Mutter, sondern eher die stabile Konstitution ihres Vaters. Alles, was bunt und schrill war, entzückte sie. Pullover und Kleider in knalligen Farben, gemusterte Tapeten, rosa Schuhe und lilafarbene mit Glitzersteinen besetzte Handtäschchen entlockten ihr schon »Ohs« und »Ahs«, bevor sie überhaupt sprechen konnte.

Wenn Jonathan nach Hause kam, schoss sie auf ihn zu, umarmte ihn stürmisch und krähte: »Was hast du mir mitgebracht?« Und Jonathan guckte jedes Mal vollkommen überrascht. Das war ein sich ständig wiederholendes Ritual.

»Das hab ich ja ganz vergessen! Hatte ich dir versprochen, etwas mitzubringen?«

»Ja, das hast du!«

Jonathan machte dann ein bestürztes Gesicht, und jedes Mal fiel Giselle darauf herein, zog eine Schnute und war maßlos enttäuscht.

Schließlich fing sie an zu betteln. »Hast du mir wirklich nichts mitgebracht? Gar nichts? Auch keine klitzekleine Kleinigkeit?«

Jetzt war der Moment gekommen, dass Jonathan anfing, seine Mantel- und Jackentaschen umzustülpen, bis er endlich aus der Hosen- oder Aktentasche ein Päckchen hervorzauberte. Ein Schmuckstück, ein Pixiebuch, einen Schlüsselanhänger, ein Spiel, Haarspangen oder Buntstifte. Irgendetwas hatte er immer dabei und sah ihr lächelnd zu, wenn sie ungeduldig das Einwickelpapier aufriss, vor Freude durch die Wohnung rannte, auf seinen Schoß sprang und sein Gesicht mit Küssen bedeckte.

»Was soll das?«, fragte Jana oft. »Sie hat nicht Geburtstag, und du warst vielleicht acht Stunden, aber nicht wochenlang weg! Meine Güte, du musst ihr doch nicht jeden Tag was schenken! Wo soll denn das hinführen, wenn sie älter wird? Bringst du ihr dann jeden Tag ein Auto mit? Oder eine Stereoanlage?«

Jonathan zuckte nur die Achseln. Er vergötterte sein kleines Püppchen eben und konnte sich nichts Schöneres vorstellen, als ihr jeden Wunsch zu erfüllen.

Giselle war zu einem Vaterkind geworden, und Jana sah die Symbiose der beiden mit unverhohlenem Neid.

In den vergangenen sieben Jahren seit Giselles Geburt war es mit Jonathans Karriere unaufhaltsam bergauf gegangen. Er war nicht nur einer der gefragtesten Theaterfotografen Berlins, sondern hatte außerdem eine Galerie in der Stadt, hatte mittlerweile zwei Bildbände herausgebracht und besaß ein Büro und Fotostudio am Roseneck, das er selbst für spezielle Werbeaufträge nutzte oder für Sessions an andere Fotografen vermietete.

Doch auch Jonathans außergewöhnliches Organisationstalent war in der Oper, in den Theatern und im Kulturbetrieb der Stadt nicht unbemerkt geblieben. So hatte er schließlich Events nicht nur fotografiert, sondern auch an deren Organisation mitgearbeitet. Und irgendwann wurde er selbstständig mit der Planung großer Veranstaltungen betraut. Das Geschäft florierte, Jonathan war sein eigener Chef, konnte machen, was er wollte, und verdiente mehr Geld, als er es sich jemals erträumt hatte.

Währenddessen fiel Jana zu Hause die Decke auf den Kopf.

Giselle war sieben und ging in die erste Klasse. Sie liebte die Schule, stand morgens oft schon um fünf auf, weil sie es nicht erwarten konnte, endlich loszugehen. Der Unterricht war für sie ein Paradies, das aus Zeichen-, Mal- und Schreibpapier, Bunt- und Wachsmalstiften, Kreide, Tusche und Knete bestand. Sie konnte nach Herzenslust zeichnen, bunte Bilder malen oder mit blauer oder grüner Tinte Buchstaben und Zahlen schreiben. Sie formte mit Knete kleine Tiere oder tuschte, was in ihrer Fantasie herumgeisterte. Bizarre Wolken vor einem blau-lilafarbenen Gewitterhimmel, einen Teller mit Spaghetti Bolognese, wenn sie Hunger hatte, oder Papa auf dem Fahrrad oder in einem Ruderboot, wenn sie sich aufs Wochenende freute.

Auch zu Hause malte sie weiter. Kein Blatt Papier war vor ihr sicher, keine Wand und kein Tisch. Sie verzierte Eier nicht nur zu Ostern mit Gesichtern und bunten Mustern, sie zeichnete das, was Jana zum Abendessen auf den Tisch stellte, oder ihren Vater, wenn er vor dem Fernseher vor Erschöpfung einschlief und dabei so schön stillhielt. Wenn sie ihn sonst bat, einen Moment stillzuhalten, weil sie ihn zeichnen wollte, war das fast unmöglich. Dann zwinkerte er ihr zu, machte Faxen, zog Grimassen oder sagte alle zwei Minuten: »Komm mal her, Ballerinchen, ich muss dir einfach schon wieder einen Kuss geben, sonst sterbe ich.«

Er nannte Giselle »Ballerinchen«, was Jana jedes Mal einen Stich gab. Sie war die Ballerina, sie war die Giselle, nicht ihre kleine, rundliche Tochter, die ihren Tuschkasten liebte, aber ansonsten über die eigenen Füße fiel.

Jonathan war bereits fünf Abende hintereinander nicht zu Hause gewesen und hatte sein Ballerinchen fast eine Woche lang überhaupt nicht gesehen. Nur nachts, wenn er nach Hause kam, öffnete er leise die Kinderzimmertür, sah im Licht der Laterne, die vor dem Haus stand, wie ruhig sie schlief, und küsste sie auf die Stirn, wovon sie niemals erwachte. Er litt darunter, dass er nicht mehr Zeit für sie und Jana hatte, aber er konnte es nicht ändern, denn er bereitete den Berliner Theaterball vor. Das größte Projekt, das er bisher betreut und organisiert hatte. Er arbeitete Tag und Nacht und wusste nicht mehr, wo ihm der Kopf stand.

»Morgen ist Elternabend«, sagte Jana, als Jonathan eines Abends kurz nach Mitternacht nach Hause kam und das Gefühl hatte, keinen klaren Gedanken mehr fassen, kein Wort mehr sagen und keinen Schritt mehr gehen zu können. »Wie wär's, wenn *du* da mal hingehst. Irgendwie wird es ja wohl möglich sein, dass du mal einen Zehnstundentag einschiebst, nachdem du wochenlang sechzehn Stunden gearbeitet hast. Wo sind wir denn? Ich habe diese ganze Kinderkacke jedenfalls gründlich satt!«

Bei dem Wort »Kinderkacke« zuckte Jonathan förmlich zusammen. So ein Wort war ungewohnt aus Janas Mund, die dünnhäutig und hochsensibel war, und er empfand es als Bedrohung. Als Bedrohung für Giselle, die von den Aggressionen ihrer Mutter nichts ahnte.

»Das geht nicht!«, stöhnte er, »das weißt du doch! Komm mir doch nicht mit solchen Sachen, nur um mich fertigzumachen! Ich kann in dieser Woche nicht. Nicht, bis der Ball vorbei ist.«

»Und dann kommt das nächste Event. Du atmest vielleicht zwei Tage durch … und dann unterschreibst du wieder einen Vertrag. Unser Leben ist eine einzige Katastrophe. Jedenfalls für mich!«

Jana war an diesem Abend nicht aggressiv, sondern regelrecht verzweifelt. Das sah er ihr an.

Sie gingen ohne weitere Diskussion ins Bett und schliefen nebeneinander ein, wie schon so oft und wie seit Wochen, ohne sich zu berühren.

Jana ging zum Elternabend. Giselle schlief in ihrem Bettchen, und unter dem Bett lag ihr Malblock. Wenn sie Angst bekam, machte sie Licht und begann zu malen. Das vertrieb besser als jeder Babysitter die Gespenster der Nacht.

Während des dreiviertelstündigen Monologs des Klassenlehrers, der die unterschiedlichen Methoden erklärte, Schulanfängern Lesen und Schreiben beizubringen, und dann vehement diejenige verteidigte, die in dieser Schule angewandt wurde, langweilte sich Jana tödlich. Sie gähnte unkontrolliert und hoffte, dass der sinnlose Spuk bald ein Ende haben würde.

Als der Lehrer den Abend beendete und die Abschiedsfloskeln abspulte, packte Jana eine innere Unruhe. Vor ihrem geistigen Auge sah sie die Wohnung in Flammen stehen und Giselle in ihrem dünnen Nachthemd auf dem Fensterbrett in Todesangst um Hilfe schreien. – Und sie sah, wie Giselle im Wohnzimmer die Schranktür zur Bar öffnete und eine Flasche Cognac leertrank. Hatte sie den Schlüssel zu der Bar nun abgezogen oder steckte er immer noch, weil Jonathan gestern Abend noch einen Whisky getrunken hatte?

Jana wurde immer nervöser.

Sie sah außerdem, wie Giselle zur Tür taperte, den Wohnungsschlüssel aus der Glasschale nahm und die Tür aufschloss. Dann lief sie mit nackten Füßen in den Garten und auf die Straße, bis ein Auto anhielt, ein Mann ausstieg, sie hochhob wie eine Tasche mit Golfschlägern, auf den Rücksitz schob und mit ihr auf Nimmerwiedersehen davonbrauste.

Sie konnte gar nicht mehr aufhören, Horrorszenarien zu fantasieren, und wollte gerade fluchtartig den Klassenraum verlassen, als sie der Lehrer ansprach: »Ach, Frau Jessen, haben Sie vielleicht noch einen Moment Zeit?«

»Ja«, sagte sie nervös. »Ja, natürlich.«

»Bitte nehmen Sie Platz«, meinte Lehrer Wirtz, setzte sich Jana gegenüber, lächelte und schlug die Beine übereinander.

»Ich bin in Eile«, murmelte Jana. »Was gibt es?«

»Ihre Tochter malt«, sagte Wirtz, »sie malt unentwegt. Sie passt nicht auf, sie hört nicht zu, sie lässt sich durch nichts ablenken – sie malt.«

»Ich weiß. Das tut sie zu Hause auch.«

»Ich habe mir ihre Bilder und Hefte, ihre Zettel und alles, was sie bemalt, etwas genauer angesehen, Frau Jessen, und ich kann nur sagen, ich habe noch nie – und ich bin jetzt fünfunddreißig Jahre im Schuldienst – ein Kind erlebt, das so fantastisch malt. Man müsste wohl eher sagen: zeichnet.«

»Ah ja.« Jana wollte sich das alles nicht anhören, sie wollte nur nach Hause.

»Ihre Tochter ist ein Genie, Frau Jessen, das dürfen wir nicht vergessen und nicht aus den Augen verlieren. Das müssen wir fördern: Sie zu Hause und wir hier in der Schule.

Wenn sie ihr Talent ausbaut und kontinuierlich daran arbeitet, dann kann etwas ganz Großes aus diesem Mädchen werden.« Wirtz' Augen leuchteten, und zwei Sekunden lang glaubte Jana, sie füllten sich mit Tränen, was ihr unheimlich war.

Ich bin hier das Genie, dachte sie, *mir* lag die Welt zu Füßen, *ich* war auf dem Höhepunkt meiner Karriere, bis dieses Kind kam. Es hat ja keine Ahnung, was ich alles aufgegeben habe, es weiß ja nicht, wer ich war und was ich verloren habe. Ich war die Ballerina, die Anfragen von allen großen Opernhäusern Europas bekam, bevor mein Bauch anschwoll und sich das Wasser in meinen Knöcheln sammelte. Ich war die Giselle, bevor du kamst, Giselle, drum übe dich in Bescheidenheit, mein Kind.

Jana saß steif auf ihrem Stuhl, spielte mit ihren Fingern und sagte gar nichts.

»Das wollte ich Ihnen nur sagen«, meinte Lehrer Wirtz verlegen, der spürte, dass er gegen eine Wand sprach, »mir ist viel gelegen an diesem Mädchen.«

»Gut«, sagte Jana und stand auf, »danke, dass Sie mir das alles gesagt haben. Es war sehr nett von Ihnen.«

Ohne ein weiteres Wort und ohne sich von ihm mit Handschlag zu verabschieden, verließ sie das Klassenzimmer.

Als sie nach Hause kam, saß Jonathan bei Giselle auf dem Bett, hatte sein Ballerinchen im Arm und las ihr ein Märchen vor.

»Sei still, Mama«, sagte Giselle anstatt einer Begrüßung und machte eine abwehrende Handbewegung, »stör uns jetzt nicht, es ist gerade so spannend.« Dann strahlte sie ihn an und schmiegte sich in seinen Arm. »Lies weiter.«

Jonathan lächelte Jana zu, aber diese war bereits gegangen und hatte die Kinderzimmertür hinter sich zugeknallt.

»Giselle«, meinte Jonathan, »das tu ich ja, ich muss nur mal kurz zu Mama, ihr Guten Tag sagen. Willst du, dass gleich die Mama weiterliest?«

»Nein«, schrie Giselle, »nein, nein, nein, nein! Bitte, bleib hier, Papa, geh jetzt nicht weg, lies weiter!«

»Aber ich bin doch gleich wieder da! Reg dich nicht auf, nur zwei Minuten, ich will doch bloß die Mama begrüßen!«

»Nein!!!«, tobte Giselle, »du musst erst fertig lesen! Bitte! Es ist doch grade so schön gruselig. Jetzt bist du endlich mal hier!« Sie schlang ihre Ärmchen um Jonathan und versuchte mit aller Kraft zu verhindern, dass er aufstand.

Jonathan gab nach und las weiter.

Als er eine halbe Stunde später in die Küche kam, sah er schon an der Art, wie Jana Kaffee kochte, dass sie immer noch auf hundertachtzig war.

»Wie kommt es denn, dass du die Zeit gefunden hast, unserem Ballerinchen noch ein Märchen vorzulesen, während ich auf diesem stinklangweiligen Elternabend fast umgekommen bin? Ich dachte, du hast bis Mitternacht zu tun?«

»Das dachte ich auch, aber dann hat es sich irgendwie ergeben, dass früher Schluss war.«

»Ach was! Wieso das denn?«

»Krämer musste weg.« Jonathan spürte genau, dass er gerade das nicht hätte sagen dürfen, aber jetzt war es zu spät.

Jana stieß einen spöttischen Schrei aus. »Offensichtlich sind nicht alle solche Weicheier wie du! Wenn andere wegmüssen, dann gehen sie einfach, und dann ist die Sitzung eben zu Ende!«

»Ja. Vielleicht hast du Recht. Vielleicht gibt es in der Kommission tatsächlich nur ein einziges Weichei, und das bin ich«, meinte er sarkastisch.

»Seit zwei Wochen warst du abends nicht mehr da, Jonathan! Tagsüber natürlich auch nicht! Und ich werd dir mal was sagen: Ich bin hier die Blöde, die für Giselle kocht, und wenn es nicht Spaghetti mit Tomatensoße oder Milchreis mit Zucker und Zimt gibt, brüllt sie ›Iiiih, wie eklig‹ und schließt sich im Klo ein. Wenn sie im T-Shirt rausrennen will, zwinge ich sie, eine Jacke überzuziehen, dann wird sie sauer und schreit mich an. Ich fahre sie zur Schule und hole sie ab. Ich bringe sie nachmittags zu ihrer Freundin, besorge der Mutter ein paar Blumen und hole sie wieder ab. Ich bin mehr im Auto als zu Hause, aber sie ist nicht dankbar dafür, sondern wütend!«

»Das weiß ich doch alles, Jana!«

»Lass es mich wenigstens sagen, verdammt! Ich ersticke daran, Jon, ich muss mir wenigstens mal Luft machen!«

Jonathan nickte.

»Wann warst du eigentlich das letzte Mal in Giselles Zimmer?«

»Na heute Abend! Gerade eben!« Er runzelte die Stirn, als zweifelte er an ihrem Verstand.

»Ach, ja richtig. Eben. Und? Ist dir was aufgefallen?«

»Nein. Nichts. Es war alles okay.«

»Ja. Weil ich jeden Tag mit ihr kämpfe, damit sie aufräumt. Sonst sieht ihr Zimmer nämlich nicht aus wie das Zimmer eines kleinen Mädchens, sondern wie das Atelier eines durchgeknallten Malers, der seine Kunstwerke auf Bett und Fußboden verteilt und gerne auch mal den Teppich in seine Kreativität mit einbezieht. Man kann auch Schweinestall dazu sagen, Jon. Jedenfalls kann man in diesem Chaos keine Schularbeiten mehr machen. Du kannst dir nicht vorstellen, wie sie mich anblökt, wenn ich sie zwinge, diesen Dreckstall aufzuräumen und ihren Schulkram zu erledigen. Sie hasst mich. Wegen all dieser Sachen. Und auch weil ich sie nicht bis in die Puppen fernsehen lasse, sondern um acht ins Bett scheuche.«

»Sie ist ein kleines Genie, Jana«, flüsterte Jonathan.

»Ach hör doch auf mit diesem Scheiß!«, schrie Jana. »Sie ist ein kleines Miststück, das mir das Leben zur Hölle macht und ihren Papi anhimmelt, der ihr nie etwas verbietet, weil er einfach nicht da ist!« Jana schlug fünfmal mit der flachen Hand auf den Tisch. »Du bist nicht da! Und ich bin die dumme Kuh, die den Alltag bewältigen muss, und dabei verliere ich meine Tochter, Jon! Giselle mag mich nicht mehr. Wenn ich ihr in die Augen sehe, wird mir ganz klar, dass sie nur den einen Wunsch hat, mich loszuwerden. Weg mit der, die ihr alles verbietet! Und dann kommst du alle zwei Wochen mal vorbei, liest ihr ein Märchen vor und bist ihr allerliebster Schatz! Sie hat eine böse Mama und einen lieben Papa. Das hat sich in ihrer kleinen Birne festgesetzt.«

»Du übertreibst«, erwiderte Jonathan kraftlos, aber er verstand sehr gut, was sie meinte. Während der Schwangerschaft hatte er ihr versprochen, bei seiner Karriere zurückzustecken und sich um Giselle zu kümmern, um ihr einen Wiedereinstieg als Primaballerina zu ermöglichen, aber genau das Gegenteil war passiert. Seine Karriere als Fotograf und Eventmanager war regelrecht explodiert, und Jana war hinten runtergefallen und hatte nie wieder den Einstieg ins Ballett gefunden. Erst jetzt wurde ihm klar, dass er das jahrelang verdrängt hatte.

»Ja sicher«, spottete Jana, »ich übertreibe immer! Aber die Ablehnung meiner Tochter, dieser unwillkürliche kindliche Hass ist der Dank dafür, dass ich meine Karriere geopfert habe, hier Hausfrau und Kindermädchen spiele, den Moralapostel gebe und die gesamte Dreckarbeit erledige. Und weißt du, was ich dazu sage?«

»Nein«, meinte Jonathan und hoffte, dass dieses Gespräch bald vorbei sein würde, denn im Grunde stand die ganze Zeit er am Pranger.

»Mein Resümee ist, dass es reicht, Schatz. Ich mach das nicht mehr länger mit. Ich werde dich verlassen, Jonathan.«

Jonathan fiel die Kinnlade runter.

»Wie?«, fragte er.

»Entschuldige, ich habe mich versprochen«, sagte Jana ruhig. »Es war nicht ganz richtig, was ich gesagt habe. Ich werde nicht nur dich, ich werde *euch* verlassen. Giselle kann bei dir bleiben. Bei ihrem allerliebsten Papa, auf den sie jeden Tag sehnsüchtig, aber vergeblich wartet. Viel Spaß. Eins ist jedenfalls klar: Ich mach mich nicht länger zum Affen!«

Das war deutlich. Jonathan hatte das Gefühl, im freien Fall in die Tiefe zu stürzen. Er blieb stumm, wartete auf den Aufprall und ließ einige Sekunden vergehen.

»Das kannst du doch nicht machen, Jana!«

»Und wie ich das kann!«

»Giselle ist sieben. Sie wird das nicht verkraften. Kapierst du denn nicht, dass sie gar nicht weiß, was sie tut? Dass sie ihr Verhalten noch nicht reflektiert? Noch nicht reflektieren kann?«

»Doch, natürlich!«, schrie Jana. »Hörst du mir denn nicht zu? Das weiß ich auch, dass sie noch nicht reflektieren kann, und genau das ist das Problem! Denn sie hat nur ein ganz einfaches Schwarz-Weiß-Schema im Kopf: Mama ist doof und Papa ist toll! Und das regt mich auf! Wir leben doch nicht mehr zusammen, Jon! Wir teilen doch den Alltag nicht mehr miteinander, so wie in anderen Familien, wo die Kinder von jedem Elternteil im Alltag positive *und* negative Dinge erfahren. Das ist mir gegenüber nicht nur ungerecht, sondern richtig gemein. Du machst mein ganzes Leben kaputt!«

»Ach so. Jetzt bin ich es!« Allmählich wurde auch Jonathan wütend. »Du machst es dir sehr leicht, Jana, einfach mir alles in die Schuhe zu schieben, wenn du Probleme mit Giselle hast, nur weil ich meinen Job mache und dafür sorge, dass wir in diesem Haus leben können und uns keine Gedanken darüber machen müssen, was Marmelade, Wurst und Eier kosten.«

»Sag mal, wo bin ich eigentlich?« Jana sprang auf, ging zum Fenster und riss die Gardine auseinander. »Du begreifst ja nichts! Gar nichts! Es stimmt vollkommen, was ich in irgendeiner Zeitung gelesen habe: Mit Männern kann man nicht reden!«

»Ich weiß schon, was du meinst«, versuchte Jonathan nach einer endlosen und schmerzhaften Pause zu beschwichtigen, »es ist wahrscheinlich wirklich nicht zu vermeiden, dass ihr euch aneinander reibt, wenn ihr den ganzen Tag zusammen seid und wenn du versuchst, Konflikte zu lösen, und ihr alle möglichen Dinge verbietest. Darum ist sie eher sauer auf dich als auf mich. Aber das liegt in der Natur der Sache, und da kann ich nichts dafür, da kann Giselle nichts dafür und du auch nicht.«

»Wie wunderbar du das Problem schon wieder analysiert hast! Ich bin beeindruckt«, zischte Jana und lächelte kalt.

»Wenn keiner was dafür kann, dann ist es ja gut. Dann muss ich es eben hinnehmen. Wie schlechtes Wetter.«

Dann stand sie auf, holte eine Packung Pralinen aus dem Küchenschrank, riss sie ungeduldig auf und stopfte sich zwei Stück auf einmal in den Mund.

»Der Haken daran, mein Lieber«, sagte sie mit vollem Mund und konnte kaum sprechen, »ist nur, dass ich daran kaputtgehe. Ich leide wie ein Hund, während ihr beide euch glänzend verwirklicht. Du spielst hier in Berlin den großen Zampano, der jetzt auch schon den Bürgermeister duzt, und Giselle ist der erklärte Liebling ihres Klassenlehrers, endlich mal wieder ein besonderes Kind unter all diesen Idioten, ein kleines Mädchen, das es mittlerweile sogar schon schafft, weiße Schwäne auf weißes Papier zu zeichnen.«

»Irgendwann wird sie vielleicht eine der größten Künstlerinnen des Landes sein, Jana, das musst du einfach sehen!«

Ich war es! Ich war ein Genie, ich war eine der größten Künstlerinnen des Landes, ich, ich, ich! Und du hast das bereits völlig vergessen, dachte sie, schnappte nach Luft, und Tränen schossen ihr in die Augen.

In diesem Moment tat Jana ihm unendlich leid. Jonathan wollte aufstehen und sie in den Arm nehmen, was er schon lange nicht mehr getan hatte, aber da ging sie schon aus der Küche, und er hörte nur noch, wie die Badezimmertür hinter ihr zuflog.

Am nächsten Tag kaufte er fünfundzwanzig rote Rosen und eine Flasche Champagner. Zum Abendessen bereitete er einen Imbiss mit erlesenen Salaten vor, deckte liebevoll den Tisch und entzündete Kerzen.

Es war deutlich, wie sehr Jana sich darüber freute.

»Du musst wissen, dass ich dich liebe«, begann Jonathan beim Essen, »und ich werde alles, wirklich alles tun, um dich nicht zu verlieren.«

Jana nickte.

»Pass auf, Liebes, ich habe eine Idee. Ich hab viel nachgedacht und kann mir vorstellen, dass du hier irrewirst, den ganzen Tag allein und ohne deinen Beruf. Darum wollte ich dir etwas vorschlagen, was ich mir gerade erst überlegt habe. Es ist auch noch nicht ganz ausgegoren, aber wir haben ja Zeit und können darüber reden.«

Jana seufzte.

»Wie wär's, wenn wir das Haus umbauen?«

Jana sah ihn aufmerksam mit großen Augen an.

»Was hältst du davon, wenn wir an das Haus einen Ballettsaal anbauen? Nicht so groß wie im Theater, aber groß genug, dass bis zu zehn Personen trainieren können. Mit einer verspiegelten Rückwand und Glasfront zum Garten. Mit Stange, Spiegel, allem Drum und Dran und Parkettfußboden. Du machst eine Ballettschule auf, Jana! Die ehemalige Primaballerina gibt Unterricht! Das ist sensationell, Schatz! Die Leute werden dir die Bude einrennen und ihre Kinder anmelden, da kannst du dich gar nicht retten!«

Jana sah ihn skeptisch an, sagte aber nichts.

Jonathan redete sich in Rage, begeisterte sich selbst immer mehr für seine Idee. »Der Parkettfußboden ist klasse, falls du auch Stepptanz unterrichten willst. Du, der Saal wird ein Traum sein: mit einem herrlichen Blick in die Natur und immer licht- und sonnendurchflutet. Gott sei Dank ist unser Grundstück groß genug. Bei schönem Wetter könnt ihr Gymnastik auch draußen auf der Wiese machen. Unser Magazin und die Garage bauen wir zu Dusch- und Umkleideräumen um, dazu zwei Toiletten. Das Studio kann man über den Seiteneingang betreten, wir halbieren unsere Diele und machen einen Empfangsraum mit kleinem Büro daraus. Du wirst fantastische Arbeitsbedingungen haben und kannst selbst bestimmen, wie viel, wie lange und wie oft du arbeitest. Und wenn sich herumspricht, dass die ehemalige Primaballerina der Deutschen Oper ein Ballettstudio eröffnet hat, hast du die Bude voll. Da bin ich ganz sicher.«

»Das sagtest du schon.«

»Ja. Aber da glaube ich wirklich dran! Jana, ich kenne einige Leute, von denen ich weiß, dass sie ihre Kinder liebend gern zur Ballettstunde geben würden, aber sie brauchen eine Empfehlung. Es wäre ideal! Und finanzierbar ist es auch. Wenn du willst, können wir die Angelegenheit gleich in Angriff nehmen.«

Jana war völlig überrumpelt, aber ihre Augen leuchteten.

»Ja«, sagte sie nach einer Weile leise, »ja, ja, ja, ja, ja.« Und sie lachte. »Ich finde es genial, Jon! Warum sind wir da bloß nicht schon früher drauf gekommen?«

»Das ist das Verfluchte im Leben«, meinte Jonathan, »dass einem die einfachsten Sachen immer zu spät oder gar nicht einfallen.«

SECHS

Neun Schritte bis zur Badezimmertür ihrer Eltern, vor der Tür zwei Stufen. Dann drei Schritte, wieder eine Stufe auf ein kleines Podest, einen Schritt nach rechts zur Tür, zwei Stufen geradeaus bis zum Waschbecken, zwei weitere Schritte nach links bis zur Toilette. Sie zählte nicht mehr, bewegte sich vollkommen sicher im ganzen Haus, wusste immer genau, wo sie war. Sie durchquerte das Bad, ging ins Schrankzimmer, fünf Schritte nach links bis zur Treppe, dann dreizehn Stufen wieder mit einer leichten Linkskurve. Meist hielt sie sich noch automatisch am Geländer fest, obwohl es nicht nötig war. Gefallen war sie noch nie.

Einen Moment hielt sie inne, der typische Geruch ihrer Mutter stieg ihr in die Nase, leicht säuerlich, wie in Essig getauchtes altes Wachs. Sie schlief also noch.

Zwei Schritte, und sie stand vor dem Bett ihrer Mutter.

»Mama«, sagte Sofia halblaut, »du musst aufstehen, es ist fast Mittag. Und du wolltest doch was kochen!«

Ihre Mutter grunzte nur.

Sofia beugte sich hinunter und tastete nach Amandas Schulter. Sie war unter der dicken Bettdecke, die Amanda bis unters Kinn hochgezogen hatte, völlig verschwunden. Sofia streifte die Nase ihrer Mutter, und Amanda drehte sich stöhnend um.

»Los, komm, steh jetzt endlich auf!«

Amanda öffnete die Augen. »Ja, is ja gut. Lass mich in Frieden. Ich komme gleich.«

Durch den Luftzug spürte Sofia, dass Amanda sich die Decke völlig über den Kopf zog. Als sie vorsichtig tastete, waren auch die Haare ihrer Mutter unter der dicken Decke verschwunden.

Sofia seufzte, stellte sich an das Fußende des Bettes, drehte sich um neunzig Grad nach rechts, verließ das Schlafzimmer und ging nach rechts quer durchs Wohnzimmer bis zur Küchentür, vier weitere Schritte nach rechts bis zu zwei ansteigenden Stufen und noch einmal vier Schritte geradeaus bis zum Herd, zwei Schritte nach rechts bis zum Kühlschrank und noch einmal zwei Schritte bis zum Küchenschrank, in dem sie im oberen Teil Geschirr und im unteren Vorräte aufbewahrten.

Sofia war wütend. Wie so oft ließ ihre Mutter sie wieder mal im Stich, und wieder musste sie sich allein ums Essen kümmern.

Im Regal gleich neben dem Küchenschrank stand ganz oben links die Büchse mit den Spaghetti. Sie ertastete sie sofort und hob sie an. Sie war leer.

Es war oberstes Gebot auf La Passerella, dass derjenige, der irgendetwas aufbrauchte, ob Toilettenpapier, Kaffee, Nudeln oder Reis, sofort ins Magazin ging, um Ersatz zu holen. So ersparte man Sofia die mühsame Prozedur des Suchens im nicht sehr ordentlichen Magazin.

Amanda hielt sich allerdings nur selten daran. Sie war nachlässig, unachtsam und vergesslich und legte die Dinge oft nicht an die vereinbarte Stelle. Sofia verzweifelte fast daran, denn irgendeinen Gegenstand im Haus zu suchen war für eine Blinde so gut wie aussichtslos.

Sie drehte sich vom Herd weg, lief mit schlafwandlerischer Sicherheit durch die Küche, machte genau im richtigen Moment den Bogen um den Küchentisch und betrat den Portico.

Einen Moment hielt sie inne und verharrte still. Die trockenen Blätter der Eichen rauschten im Wind, und ein Blatt knisterte, als es über die Steine geweht wurde.

Sofia atmete tief durch und ertappte sich dabei, dass sie auf Jonathan wartete und darauf hoffte, seine Schritte auf dem Kies vor dem Haus zu hören.

Eine halbe Stunde später hatte Sofia die Nudeln bereits gekocht, als Amanda, völlig verschlafen und offensichtlich schlecht gelaunt in die Küche schlurfte.

»Verflucht«, sagte sie, »ich hab mir in diesem fürchterlichen Bett den Hals verdreht und bekomme Kopfschmerzen. Du hast mich ja auch noch nicht massiert! Wie soll ich kochen, wenn ich vor Schmerzen kaum stehen kann?«

»Ich massiere dich nach dem Essen.«

»Das ist zu spät. Wenn eine Ader eingeklemmt ist, hat man – eh man sich's versieht – einen Schlaganfall. Und das ist mein Ende.«

»Setz dich, dann massiere ich dich. Aber Papa kommt in einer halben Stunde.«

»Pahhh!« Amanda schnaubte. »Die Pasta mach ich dir in fünf Minuten. Das ist eine meiner kleinsten Übungen.«

Amanda ließ sich auf einen Stuhl fallen, sackte in sich zusammen und atmete so tief aus, dass es aussah, als entwiche sämtliche Luft aus ihrem Körper. Sofia stand hinter ihr, zog das Hemd herunter, goss etwas Olivenöl auf die Haut und knetete die massigen Schultern, wobei Amanda wohlig stöhnte.

Zehn Minuten später betrat Jonathan, leise »permesso« murmelnd, die Küche.

»Oh, Entschuldigung«, sagte er erschrocken, »bin ich zu früh?«

»Nein«, meinte Sofia, »Essen ist gleich fertig. Genug jetzt, Mama.« Sie zog ihr das Hemd wieder über die Schultern. »Bitte, setzen Sie sich doch.«

Jonathan setzte sich und fühlte sich gar nicht wohl in seiner Haut.

Für ihre Verhältnisse stand Amanda ungewöhnlich schnell auf und schaukelte zur Spüle.

»Na, dann woll'n wir mal«, tönte sie, zog aus einem Berg schmutzigen Geschirrs eine verdreckte Pfanne und ließ sie auf den Herd krachen. Jonathan war sprachlos und sah ihr mit Entsetzen zu.

Alles, was Amanda dann tat, geschah mit ungeheurem Tempo.

Sie nahm zwei Zwiebeln aus einem Netz, das neben dem Fenster hing, pulte sie ab und schnitt sie schnell in kleine Würfel, knipste ein paar Knoblauchzehen aus einer Knolle, zerdrückte sie, indem sie mit ihrer fleischigen Hand auf die Zehen drückte und sich mit ganzem Gewicht daraufstemmte, schmiss alles in die Pfanne, angelte eine schmutzige Gabel aus der Spüle und löste damit kratzend den uralten, festgetrockneten Bratensatz. Dann holte sie ein Stück Speck aus dem Kühlschrank, schnitt es in kleine Würfel, ebenso ein paar Tomaten und Zucchini, und ließ alles braten.

»Mach mal 'ne Flasche Wein auf«, befahl sie Sofia, »wir haben's gleich.«

Sofia holte eine Flasche Rotwein, die neben dem Küchenschrank auf der Erde stand, sowie einen Korkenzieher aus der linken Schublade des Küchenschrankes und wollte gerade beginnen, die Flasche zu öffnen, als Jonathan sie ihr aus der Hand nahm.

»Lassen Sie mich das machen«, sagte er, »ich bin ja froh, wenn ich auch was tun kann.«

Er öffnete die Flasche und gab sie Amanda, die ihm zwischen ihren dicken Wangen ihr strahlendstes Lächeln schenkte, »grazie« flötete und fast eine halbe Flasche Rotwein in die Pfanne goss.

»Ich liebe es zu kochen«, kreischte sie, »und wenn ich einen so hübschen Gast habe, dann zaubere ich!«

»Was hat sie gesagt?«, fragte Jonathan, und Sofia übersetzte: »Meine Mutter hat gesagt, dass ihr Kochen Spaß macht, wenn sie nette Gäste hat.«

Jonathan nickte und lächelte Amanda zu, die in diesem Moment niesen musste und direkt in die Pfanne traf, was sie aber überhaupt nicht störte. Sie zog einmal kräftig und deutlich hörbar hoch und schüttete haufenweise Gewürze in die Pfanne.

Jonathan schüttelte sich vor Ekel und wusste nicht, wie er es schaffen sollte, von dieser Nudelpfanne irgendetwas zu essen.

Gerade als Amanda die gekochten Nudeln in die Pfanne gab, betrat Riccardo die Küche und gab Jonathan die Hand.

»Buongiorno.« Seine Hand war rau und derb, Jonathan spürte die Risse und Schwielen von jahrelanger harter Arbeit auf dem Feld und im Wald.

»Come sta?«, fragte Riccardo.

»Bene. Grazie.«

Amanda nahm eine Sahnetüte aus dem Kühlschrank, riss sie mit den Zähnen auf, bekleckerte sich dabei, was sie aber gar nicht zu bemerken schien, und goss mindestens einen halben Liter in die Pfanne. Dann rührte sie alles gut durch, gab noch ein paar Oliven dazu und trompetete »a posto« durch die Küche, was so viel hieß wie: »Wir können essen!«

Sofia nahm tiefe Teller aus dem Schrank. Auf einem klebte alte Porreehaut, auf einem anderen ein Klecks eingetrocknete Tomatensoße, und bei den beiden anderen Tellern sah Jonathan im Gegenlicht, wie schmierig und fettig sie waren.

Auch die Gläser, die Sofia aus dem Schrank holte, waren milchig trüb und von Fettfingern übersät.

Amanda knallte die Pfanne auf den Tisch, faltete ihre fleischigen Finger und murmelte ein Gebet. Sofia und Riccardo schlossen lediglich die Augen.

Dann begann sie aufzutun. Für Jonathan einen Berg Nudeln, für sich selbst auch, Riccardo bekam etwas weniger und Sofia nur ein Viertel von dem, was Jonathan auf dem Teller hatte. Er versuchte gar nicht erst zu protestieren, er versuchte auch nicht, irgendwelche Kommentare abzugeben, er lächelte nur und hoffte, dieses Essen durchzustehen, und überlegte, wie er es in Zukunft vermeiden konnte, von Amanda bekocht zu werden.

Amandas kreative Nudelpfanne schmeckte wider Erwarten ausgesprochen gut, und wenn es Jonathan gelang, nicht daran zu denken, dass Amanda ins Essen geniest, nichts von den Zutaten gewaschen und alles mit dreckigen Küchengeräten zubereitet hatte, konnte er sogar einige Bissen genießen.

Amanda schmatzte laut und nahm sich einen Nachschlag, als die anderen noch nicht einmal die Hälfte ihrer Portion geschafft hatten.

»Bitte fragen Sie Ihren Vater, ob er mich nach dem Essen mit ins Dorf nehmen kann. Ich muss zu einem Geldautomaten und ein paar Kleinigkeiten einkaufen. Vor allem muss ich das Autoproblem lösen, damit ich hier wegkann, wann ich will, und Sie nicht immer belästigen muss.«

Sofia übersetzte, und während sie mit ihrem Vater sprach, sah er, dass ihre Lippen genauso geschwungen waren wie Giselles. Er hatte sie in den vergangenen Jahren immer im Gedächtnis nachgezeichnet, und jetzt sah er sie vor sich.

»Er nimmt Sie mit«, sagte Sofia, »machen Sie sich keine Sorgen, das ist alles überhaupt kein Problem. In Bucine gibt es einen Gebrauchtwagenhändler, da finden Sie bestimmt ein Auto. Und alles, was Sie sonst noch brauchen, gibt es in Montevarchi.«

Nach dem Essen, das höchstens zehn Minuten gedauert hatte, kochte Sofia für sich, ihren Vater und Jonathan einen Kaffee, nur Amanda nahm die Flasche Sambuca vom Regal, goss sich ein Wasserglas halb voll, packte reichlich Kaffeebohnen dazu und zündete den süßen Anislikör an. Während er brannte, drehte sie das Glas, dann pustete sie die Flammen aus und sah Jonathan an.

»Sag ihm, dass ich ihn entzückend finde«, raunte sie Sofia zu. Riccardo hatte den Satz gehört, aber er zeigte keine Reaktion. Er trank seinen Espresso, sah auf den Grund seiner Tasse und schwieg.

»Mama, bitte!«

»Na los! Sag's ihm schon!« Amanda lachte laut und trank den Sambuca, der für zehn Personen gereicht hätte, auf ex.

»Du machst uns alle lächerlich!«

»Blödsinn. Ich weiß, was ich mache. Na los, sag's ihm!«

»Sie gefallen meiner Mutter«, sagte Sofia leise und zögerlich.

»Danke. Das ist nett. Das Essen war sehr gut. Hoffentlich kann ich mich irgendwann revanchieren.«

Sofia übersetzte, und Amanda lachte noch lauter. Dann nahm sie die Flasche und füllte sich das mittlerweile leere Glas erneut zur Hälfte, wobei sie den süßen Likör auf den Tisch kleckerte. Sie beugte sich hinunter und leckte ihn auf. Jonathan ahnte, dass diesen Tisch so bald niemand abwischen würde. Er wollte nur noch eines: einkaufen fahren und sich, so gut es ging, in seiner eigenen kleinen Küche einrichten.

Riccardo ging wortlos hinaus.

»Mein Vater schläft jetzt eine halbe Stunde«, erklärte Sofia, »dann können Sie fahren.«

»Gut. Ich hole meine Sachen und werde auf ihn warten. Vielen herzlichen Dank für das Essen.«

Er deutete eine Verbeugung an und verließ die Küche.

»Hör auf zu saufen, Mama!« Sofia ertastete auf dem Tisch die fast leere Flasche, nahm sie Amanda weg und stellte sie zurück ins Regal.

»Halt die Klappe«, lallte Amanda.

Als sie ging, prallte sie gegen die Tür und stürzte, aber sie zog sich allein am Türrahmen wieder hoch.

»Alles prima, alles bestens, alles gut«, brummte sie, »macht euch keine Sorgen, Amanda ist bald wieder fit. Ich muss nur ein Stündchen schlafen.«

Damit verschwand sie, und eine Weile später hörte Sofia es krachen. Vielleicht war das Bett zusammengebrochen, oder Amanda hatte den Nachttisch umgeworfen.

Sofia zuckte die Achseln und begann, den Tisch abzuräumen. Den klebrigen Fleck bemerkte sie nicht, und sie ging auch nicht nach oben, um herauszufinden, ob ihrer Mutter etwas passiert war.

SIEBEN

Für Riccardo war es kein Problem, dass er sich mit Jonathan nicht unterhalten konnte, es war ihm sogar lieber, schweigend nach Ambra zu fahren. Auf der Ladefläche des Pick-ups rumpelten zwei leere Gasflaschen, die er gegen volle austauschen wollte, damit Jonathan am Abend heißes Wasser hatte.

Schade, dass Sofia Jonathan nicht sehen kann, dachte er, er würde ihr gefallen. Hier auf La Passerella lebte sie völlig isoliert, allein konnte sie nicht ins Dorf, und die Ehe- und Kinderlosigkeit klebten zusammen mit ihrer Blindheit an ihr wie ein ewiger Makel. Riccardo glaubte nicht mehr daran, dass sich noch je ein Mann für Sofia interessieren könnte.

Im Lauf der Jahre hatte es Riccardo auch geschafft, die »arme Amanda« – wie er und Sofia sie nannten, wenn sie nicht dabei war – nicht mehr zu sehen und sich an ihrer Anwesenheit nicht mehr zu stören. Wenn sie ins Zimmer kam, registrierte er sie gar nicht, hörte nicht auf das, was sie sagte, und meist antwortete er auch nicht, wenn sie ihn etwas fragte. Die arme Amanda war Luft für ihn, nur so konnte er es ertragen, mit ihr in einem Haus zu leben.

Es kam äußerst selten vor, dass ein Fremder bei ihnen am Tisch saß. Die wenigen Gäste, die im Sommer eine Ferienwohnung mieteten, grüßten freundlich und zogen sich zurück. Sie spürten unwillkürlich, dass Amanda kein Mensch war, mit dem man unbedingt Kontakt aufnehmen sollte, außerdem konnten die wenigsten mit Sofias Blindheit umgehen. Sie genierten sich und hatten lieber nichts mit der Familie Valentini zu tun.

Riccardo konnte immer noch nicht begreifen, was Jonathan bewog, sich im Winter in diese eiskalte, klamme Wohnung einzumieten. Eigentlich war er davon ausgegangen, dass er nicht länger als eine Nacht bleiben würde, aber jetzt plante er ein paar Monate. Das war nicht normal. Riccardo war sicher, dass er irgendetwas auf dem Kerbholz hatte, auf der Flucht war oder sich verstecken musste. Vielleicht würde er es irgendwann erfahren, vielleicht auch nicht. Andere Gründe fielen Riccardo jedenfalls nicht ein. Dass Jonathans Bleiben etwas mit Sofia zu tun haben könnte, kam ihm überhaupt nicht in den Sinn.

Aber immer wenn ein Gast da war, wurde die arme Amanda für ihn wieder sichtbar. Er sah sie dann mit dessen Augen und schämte sich für sie. Er bemerkte ihr Schmatzen, Schlürfen und Kleckern, und ihm fiel nach Monaten wieder der Schmutz auf, der überall in der Küche und auf dem Geschirr klebte. Ihn grauste, wenn er sah, wie viel Sambuca sie in sich hineinschüttete, und am liebsten hätte er sämtliche Flaschen, die noch im Haus waren, über der steinernen Spüle zerschlagen, um dem Spuk ein Ende zu bereiten. Und es tat ihm plötzlich leid, dass er das alles so lange ignoriert hatte. Aber eine betrunkene Amanda war eine angenehme Amanda, weil sie im Bett lag und nicht störte. Alle paar Monate brach sie sich die Knochen, wenn sie die Treppe runterfiel oder hinaufstolperte, und auch dann war sie eine gute Amanda, denn es war einfacher, sie im Bett zu füttern und ab und zu ins Bad zu schleppen, als ihre laute Anwesenheit im Wohnzimmer, in der Küche oder auf der Terrasse zu ertragen.

Vor gut dreißig Jahren war Amanda eine Schönheit gewesen, sie sah aus wie Ornella Muti. Was hat diese *bella donna* hier eigentlich verloren?, tuschelten die Frauen beim Fegen der Fußwege, was will sie denn, einen Klempner, Bauern oder Bäcker heiraten und ihm die Arbeitshosen waschen? Kinder bekommen und zusehen, wie sie aufgeht wie ein Hefeteig? Der schönen Amanda würde die Welt offenstehen, hätte sie nur den Mut, nach Rom, Mailand oder wenigstens nach Florenz zu gehen. Es würde gar nicht lange dauern, ein paar Tage vielleicht, in denen sie nichts weiter tun müsste, als in den Straßen zu flanieren. Irgendwann würde sie sicher ein Regisseur oder Fotograf entdecken, Fellini, Visconti oder Pasolini hatten ja auch hin und wieder ihre Schauspielermusen auf der Straße gesucht und gefunden.

Aber die schöne Amanda blieb im Valdambra. Sie arbeitete im Alimentariladen, verkaufte Pecorino und Prosciutto, Brot, Gemüse, Obst und Waschpulver, und der Laden war immer voll. Manch einer der alten Männer, die zwölf Stunden auf der Piazza saßen, ihr zerfurchtes Gesicht in die Sonne hielten und sich Geschichten von Mussolini erzählten, betrat das Geschäft ohne Not und ohne Auftrag seiner Frau, um ihr unvergleichliches Lächeln zu sehen, wenn sie »Buongiorno« zur Begrüßung, oder »Prego« sagte, wenn sie hundert Gramm Salami oder ein Viertelpfund Stracchino über den Tresen reichte. Und jeder glaubte an seine ganz persönliche Favoritenrolle, wenn sie ihm zum Abschied nachwinkte.

Die schöne Amanda war Ambras Sonnenschein, das Salz in dem Einheitsbrei der Dorffeste, wenn sie die Panzanella rührte, und ein leibhaftiger Engel, wenn sie im weihnachtlichen Krippenspiel die Maria gab. Niemand war makelloser und sanftmütiger als sie, keine hatte einen frommeren Blick. Als Amanda nach Sofias Geburt die Maria nicht mehr spielen wollte, wurde das Krippenspiel abgeschafft.

Amanda war die Unvergleichliche, die Einzigartige, und wahrscheinlich gab es keinen jungen Mann in der Gegend, der nachts nicht von ihr träumte und sich nach ihr verzehrte.

Sie aber hatte nur Augen für einen drahtigen, beinah mageren Mann mit einem Leberfleck auf der linken Schläfe und dichten dunklen Wimpern, die sie unwiderstehlich fand. Er war wesentlich älter als sie und ein richtiger Mann, kein Junge wie die anderen, mit denen sie sich sonntags auf der Piazza traf. Er hieß Riccardo Valentini und konnte wie kein anderer Trecker mit Anhängern rückwärts in die engsten Einfahrten rangieren, Raupenfahrzeuge an steilen Hängen bewegen und Maschinen aller Art nicht nur bedienen, sondern auch reparieren. Wenn er kurz vor Einbruch der Dunkelheit mit einem riesigen Trecker vorbeikam, da er für Mario Heuballen transportierte, rannte sie durchs Dorf bis zur Hauptstraße, um ihm zuzuwinken. Zuerst wunderte es ihn, dann winkte er zurück, und nach einer Woche wagte er es, sie anzusprechen.

»Ich kenne dich«, fing er vorsichtig an. »Du arbeitest im Alimentari.«

»Ich kenne dich auch«, antwortete sie und schenkte ihm ihr sensationelles Lächeln. »Manchmal seh ich dich auf dem Trecker oder mit der Ruspa.«

»Am Samstag ist Lorenzo-Fest in Rapale. Kommst du mit?«

»Hm«, sagte sie und strahlte. Dann rief sie noch: »Bis Samstag!«, und rannte zurück ins Geschäft.

Von nun an waren die beiden unzertrennlich. Sie trafen sich jeden Abend, gingen ins Kino, fuhren nach Arezzo und saßen Hand in Hand die halbe Nacht unter den Arkaden der Piazza Grande, zählten die Sternschnuppen, die vom Himmel fielen, wünschten sich heimlich beide dasselbe oder lagen sich in den Armen, wenn sie sich unbeobachtet fühlten.

Riccardo konnte sein Glück kaum fassen. Die begehrteste Frau des Valdambra hatte sich ausgerechnet in ihn verliebt. Seine Kumpel und Kollegen begegneten ihm von nun an mit beachtlichem Respekt, man munkelte, er müsse ein ›Kunststück‹ können, schließlich sei er weder der Reichste noch der Schönste.

Riccardo ließ sie reden, und sie planten ihre Hochzeit.

Vier Stunden später fuhr Jonathan mit einem dunkelgrünen, zwölf Jahre alten und an mehreren Stellen verbeulten Fiat hinter Riccardo her. Er hatte noch ein halbes Jahr TÜV, keinerlei Extras, aber einen Vierradantrieb. Damit konnte Jonathan La Passerella leicht erreichen. Er hatte ihn für eintausendzweihundert Euro erstanden und konnte bei dem Händler sogar mit Kreditkarte bezahlen, was die Angelegenheit erleichterte. Riccardo regelte die Formalitäten mit Steuer und Versicherung für ihn, und Jonathan fühlte sich so frei und glücklich wie kurz nach dem Abitur, als er seinen ersten gebrauchten Käfer bekommen hatte.

Auf dem Rücksitz lagen zwei Tüten mit den nötigsten Lebensmitteln für die nächsten paar Tage, die er im Supermarkt in Bucine gekauft hatte, und in seinem Portemonnaie waren vierhundert Euro, die er an einem Geldautomaten gezogen hatte. Falls es Riccardo auch noch gelingen sollte, die vollen Gasflaschen anzuschließen und heißes Wasser in die eiskalte Bude zu zaubern, war alles perfekt.

ACHT

Das Grundstück lag vollkommen verlassen da, Sofia war nirgends zu sehen, und auch Amanda gab Ruhe.

Im fahlen Licht der Außenlaterne konnte Jonathan den Regen sehen, wahre Wassermassen, die seit Stunden vom Himmel stürzten und den Weg vor dem Haus in einen reißenden Bach verwandelt hatten. Fasziniert stand er am Fenster, während sich kleine Flammen mühsam durch das Holz fraßen, das Jonathan im Kamin aufgeschichtet hatte. Außerdem hatte er die Gasflammen des Herdes angeschaltet. Noch war von der Wärme nichts zu spüren, er musste einfach noch ein bisschen Geduld haben.

Die Gasflaschen waren installiert, das warme Wasser funktionierte, aber er wollte sich erst unter die Dusche stellen, wenn die Wohnung wenigstens eine Grundwärme von dreizehn oder vierzehn Grad erreicht hatte. Als er sich mehrmals bei Riccardo für die Hilfe am Nachmittag bedankt hatte, grinste dieser nur breit und fasste sich grüßend an die Mütze, bevor er im Holzschuppen verschwand.

Weil es auf La Passerella nur wenige Geräusche der Zivilisation gab – nur selten flog ein Hubschrauber über die Gegend oder hörte man eine einsame Motorsäge im Wald –, kam ihm der Abend, obwohl er keine Vergleichsmöglichkeiten hatte, noch stiller vor. Nur das unaufhörliche Rauschen des Regens war zu hören.

Er ging zu seinem noch immer unausgepackten Koffer, entnahm die Papprolle, zog das Bild heraus und glättete es langsam und vorsichtig.

Minutenlang sah er es an. Als er spürte, dass sich sein Herzschlag beschleunigte und er es nicht mehr ertragen konnte, stand er auf, legte es zur Seite und warf noch ein paar Holzscheite ins Feuer.

Zwei Jahre nach dem Theaterball und dem Gespräch mit Jonathan eröffnete Jana ihr Tanzstudio »Primaballerina« und blühte regelrecht auf. Sie war vergnügt und strotzte vor Kraft, zehn Stunden Tanzunterricht schienen ihr überhaupt nichts auszumachen. Und Jonathan hatte Recht behalten: Nach einer Übergangszeit von einem halben Jahr konnte sich Jana vor Schülern und Schülerinnen kaum retten, nach einem Jahr musste sie bereits Anfragen ablehnen und eine immer länger werdende Warteliste anlegen.

Auch das Verhältnis zu Giselle wurde besser, da Jana keine Zeit mehr hatte, sie unentwegt zu beobachten, und damit aufhörte, andauernd an ihr herumzumeckern.

Und nichts anderes wollte Giselle: ihre Ruhe haben.

Als Giselle dreizehn war, baute Jonathan ihr das Dachgeschoss aus. Dort hatte sie jetzt fast eine eigene kleine Wohnung und ein Atelier. Jonathan hatte eine Gaube ins Dach setzen lassen, so hatte der Raum viel Licht, und Giselle konnte über die Stadt sehen, während sie malte.

Es war fast peinlich, und die Jessens wagten kaum, es auszusprechen, aber sie waren alle drei verdammt glücklich und dankten ihrem Schicksal.

1996 machte Giselle mit Leichtigkeit, das heißt ohne großen Arbeitsaufwand, Abitur, denn sie brauchte immer mehr Zeit für ihre aufwendige Malerei. Mittlerweile malte sie gestochen scharf, eine Art fotografischen Realismus, auch wenn ihre Motive oft irreal waren. Es gab keinen, der, wenn er auf ihre Bilder aufmerksam wurde, nicht darüber staunte, was diese noch sehr junge Frau zustande brachte. Sie ging nicht auf Feste, auf keine Partys, besuchte noch nicht einmal die Events, die ihr Vater ausrichtete. Sie malte wie eine Besessene und hatte weder eine beste Freundin noch einen Freund. 1997 bewarb sie sich an der Akademie für ein Kunststudim. Auch die Aufnahmeprüfung war ein Witz für sie. Der Professor sah sich lediglich drei ihrer Bilder an, hieß sie herzlich willkommen und sah der weiteren Entwicklung dieses Ausnahmetalentes an der Akademie mit Spannung entgegen.

Jana und Jonathan waren stolz auf ihre Tochter.

Giselle hatte es sich zur Angewohnheit gemacht, mindestens zweimal in der Woche irgendwohin zu fahren, um neue Inspirationen zu sammeln und zu zeichnen. Sie setzte sich in die U-Bahn, in Busse oder in Cafés, zeichnete Liebespaare am Strand des Wannsees oder tobende Kinder in der Badeanstalt. Sie saß in Kirchen, auf der Museumsinsel, vor dem Reichstag oder einfach im Wald. Sie legte sich auf Wiesen und skizzierte winzige Blumen und Blätter. Stundenlang saß sie im Zoo und zeichnete Tiere in Bewegung oder absoluter Regungslosigkeit. Die Stadt bot ungeahnte Möglichkeiten, und Giselle war davon überzeugt, noch nie in ihrem Leben so glücklich und frei gewesen zu sein.

Es war Ende Mai, als sie im Volkspark auf einer Parkbank saß und gerade ihre Pizza auspackte, die sie essen wollte, bevor sie mit dem Zeichnen begann, als auf einer Bank rechts gegenüber ein junger Mann ihre Aufmerksamkeit erregte. Die Kopfhörer eines Walkmans auf den Ohren, saß er reglos da, den rechten Arm seitlich auf die Rückenlehne gestützt.

Sie beobachtete ihn. Er kam ihr vor wie aus Gips, wie ein Kunstwerk, eine Skulptur mitten im Park. Er wirkte wie tot, und sie konzentrierte sich auf seinen Brustkorb, um zu sehen, ob er überhaupt atmete.

Er war ihr unheimlich, weil er ihr so fremd erschien, und dann auf einmal sah sie, dass ihm Tränen übers Gesicht liefen.

Da saß ein Mann, größer, kräftiger und auch älter als sie, auf einer Parkbank an einem sonnigen Tag im Mai und weinte.

Giselle stand auf, setzte sich neben ihn und legte ihm sanft eine Hand auf den Rücken.

»Hey«, sagte sie leise, obwohl sie wusste, dass er es wegen der Kopfhörer wahrscheinlich nicht hören konnte.

Er reagierte nicht, zuckte noch nicht einmal.

Es kostete sie Mut und Überwindung, doch dann streckte sie vorsichtig und langsam ihre Hand aus und streichelte seinen Rücken ganz zart, fast so, als wolle sie verhindern, dass er es spürte.

Er weinte immer noch. Sie legte den Arm um ihn.

Und schließlich drehte er sich um und sah sie an. Wischte sich die Tränen aus dem Gesicht, nahm den Kopfhörer ab und lächelte, sonderbar berührt.

»Ach, Scheiße«, sagte er leise.

»Schon gut«, meinte sie, »kein Problem.«

Sie ließ ihn los. Jetzt saßen sie beide wie Fremde nebeneinander.

»Was hörst du da?«, fragte Giselle.

»Rachmaninow. Trio élégiaque. Nummer zwei.«

»Ah ja. Das in d-Moll. Ich mag auch die Nummer eins in g-Moll. Ich mag sie beide, sogar sehr.«

Das verschlug ihm die Sprache. Sie kannte seine Musik. Sie kannte nicht nur Rachmaninow, sondern sogar das Trio élégiaque.

»Was ist?«, fragte sie. »Was hast du? Willst du es mir sagen?«

»Meine Mutter ist gestern gestorben.«

»Oh.«

Sie wagte nicht, ihn noch einmal zu berühren, aber jetzt legte er den Arm um ihre Schultern. Sie ließ es zu, war sogar froh darüber.

»In so einer Situation würde ich auch Rachmaninow hören«, flüsterte sie.

Zwei Tage später zeigte sie ihm ihr kleines Atelier unterm Dach. Patrick war überwältigt von ihren Bildern, und am meisten faszinierte ihn ihr Selbstporträt, an dem sie gerade arbeitete.

»Das ist genial, Giselle. Viel besser als eine Fotografie. Irgendwie strahlt es eine Magie aus, der man sich nicht entziehen kann.«

»Ich werde es meinem Vater schenken. Er hat im Juni Geburtstag.«

»Aber zeig es vorher deinem Prof. Er sollte wirklich mal sehen, was du hier so nebenbei für Wahnsinnsbilder malst! Ich frage mich sowieso, warum du überhaupt noch studierst, perfekter kann man nicht malen. Dir kann doch keiner mehr was beibringen! Jetzt musst du nur noch eine Galerie finden und bekannt werden, dann wird man sich um deine Bilder prügeln, und du wirst reich!«

»Hör auf, so zu reden«, meinte sie und schämte sich fast. »Wenn man so was vorher sagt, dann geht es nicht in Erfüllung. Dann zerschlagen sich alle Träume.«

Patrick lachte und drückte ihr einen Kuss aufs Haar.

Jonathan und Jana kamen um halb zwölf aus der Oper. Sie hatten sich »Othello« von Verdi angesehen, und obwohl es eine der Lieblingsopern von Jana war, stieg sie ziemlich verstimmt aus dem Auto, als Jonathan in die Auffahrt fuhr und unter dem Carport parkte. Sie war in der Pause im Foyer leicht umgeknickt und hatte Schmerzen im linken Knöchel. Obwohl sie sicher war, dass die Schmerzen in wenigen Tagen verschwunden sein würden, ärgerte sie sich. Es war schwierig und anstrengend zu unterrichten, wenn man selbst nicht fit war, und morgen hatte sie fünf Kurse. Seit zweieinhalb Jahren hatte sie einen Tänzer mit dem wenig klingenden Namen Ralf eingestellt, der die Jazz- und Stepptanzkurse übernommen hatte, was sie ungemein entlastete. Sie spürte schon, dass es ihr allmählich schwerer fiel, von morgens bis abends zu unterrichten. Außerdem gehörte ein kleiner, magerer Klavierspieler zum Team, der sämtliche Kurse begleitete. Er war bereits fünfundsechzig Jahre alt, hatte das zerfurchte Gesicht eines Fünfundachtzigjährigen, da er jede freie Minute dazu nutzte, zu rauchen, und seine Lieblingsbeschäftigung bestand darin, von seinem jungen Geliebten zu schwärmen und sich selbst und sein Schwulsein mit albernen Witzchen, kleinen Anekdoten und exaltiertem Getöle auf den Arm zu nehmen. Er hieß Benjamin Sippy und wurde von allen nur »Missis Sippy« genannt. Es gab niemanden, der Missis Sippy nicht mochte, er war fröhlich und liebenswert, immer bestens gelaunt und der gute Geist der Ballettschule.

Jana wusste, dass Missis Sippy sie jetzt mindestens drei Tage lang bedauern, pflegen, auf Händen tragen und ab und zu während der Ballettstunde lauthals »battement tendu jeté« oder »pas échappé sauté« rufen würde, als habe sie nicht nur ihre Beweglichkeit, sondern auch ihre Stimme verloren. Ein Unding eigentlich, aber Missis Sippy konnte man einfach nicht böse sein.

»Ich habe mich gelangweilt«, sagte sie, während sie ins Haus gingen. »Die Inszenierung war grottenschlecht. Ich weiß nicht, wie es dir ging, aber den Regisseur sollte man verhauen.«

Jonathan grinste. »Meinst du nicht, dass dir dein Umknicken nach der Pause die gesamte Vorstellung verleidet hat? Mir hat es nämlich ganz gut gefallen.«

Am liebsten hätte er »sehr gut gefallen« gesagt, aber er wusste, dass Jana dann wütend werden würde, und er wollte sie nicht reizen. So schnaufte sie nur verächtlich.

»Ich brauche jetzt ein Glas Wein und einen Eisbeutel für meinen Knöchel.«

»Bekommst du alles.« Jonathan nahm ihr den Mantel ab und folgte ihr wenig später mit einer Flasche Rotwein ins Wohnzimmer.

»Ist Giselle noch wach?«, fragte Jonathan.

»Ich denke schon. Jedenfalls war bei ihr oben noch Licht.«

»Vielleicht sollte ich raufgehen und sie fragen, ob sie noch ein Glas mit uns trinken will?«

»Tu das.« Jana legte ihr Bein hoch. »Und vergiss bitte das Eis nicht.«

Jonathan nickte und ging die Treppe nach oben. Jana versuchte die Flasche zu öffnen, was im Liegen ziemlich schwierig war.

»Giselle!«, rief er leise und klopfte an die Tür. »Bist du noch wach?«

»Ja«, antwortete sie.

»Und? Was machst du?«

»Ich arbeite.«

Jonathan hasste es, sich durch die geschlossene Tür zu unterhalten, und drückte die Klinke herunter.

Als er ins Zimmer kam, traf ihn fast der Schlag. Vor seiner Tochter saß ein splitterfasernackter junger Mann, den sie zeichnete. Der Mann nahm schnell ein Halstuch von Giselle, das über der Stuhllehne hing, und bedeckte damit seine Blöße.

Einen Moment verschlug es Jonathan die Sprache. Dann sagte er verunsichert: »Guten Abend.«

»Hei, Paps!« Giselle strahlte ihn an. »Das ist Patrick. Er steht mir Modell, aber wir sind gleich fertig. Patrick, das ist mein Vater.«

»'n Abend«, sagte auch Patrick mit gequältem Lächeln, da er keine Lust hatte, nackt aufzustehen und Jonathan zu begrüßen, aber er wollte auch nicht unhöflich erscheinen.

»Möchtet ihr ein Glas Wein mit uns trinken?«, stotterte Jonathan.

»Nein. Heute nicht, wirklich nicht, danke. Wir wollen uns noch ein bisschen unterhalten, und dann gehen wir auch ins Bett. Morgen können wir etwas länger schlafen, wir müssen beide erst um elf in die Uni. Macht euch keine Gedanken, wir kochen uns selber Kaffee.«

»Na dann …«, Jonathan stand hilflos im Raum. Ihm fiel absolut nichts ein, was er noch sagen konnte. »Also, dann: Gute Nacht!«

Patrick nickte nur, und Giselle gab ihrem Vater einen Kuss auf die Wange. »Schlaf schön. Bis morgen.«

»Ja ja. Bis morgen.« Jonathan verließ das Zimmer und zog leise die Tür hinter sich zu.

»Kommt sie nicht?«, fragte Jana, als er wieder ins Wohnzimmer kam. Sie reichte ihm ein Glas Wein.

»Nein.« Jonathan schüttelte den Kopf.

»Warum denn nicht?«

»Weil sie nicht allein ist, Jana. Vor ihr sitzt ein nackter Jüngling mit blonden Haaren und gut durchtrainiertem Body, der schätzungsweise zwei, drei Jahre älter ist als Giselle. Er heißt Patrick, ist auch Student und offensichtlich ihr Freund. Und er wird heute Nacht bei Giselle übernachten.«

Jana grinste. »Meinst du, ich kann raufgehen und ihn mir auch mal angucken?«

»Nein, das kannst du nicht!« Jonathan war fast empört über die Frage. »Er ist nackt, verdammt. Noch zeichnet sie, aber in fünf Minuten kann das schon ganz anders aussehen. Es reicht doch, wenn du ihn morgen kennenlernst, oder?«

»Natürlich. So ernst war das auch nicht gemeint, Jon. Warum gehst du denn gleich so an die Decke? Ich finde es wundervoll, dass Giselle endlich einen Freund hat, denn ich dachte schon, bei ihr ist irgendwas nicht in Ordnung, sie kann ja nicht nur mit ihren Pinseln verheiratet sein.« Sie lachte, er nicht.

Jonathan nahm einen tiefen Schluck Wein und setzte sich.

Jana sah ihn an. Dann legte sie eine Hand auf Jonathans Arm. »Du musst nicht eifersüchtig sein, Jon. Giselle ist eben erwachsen und kein Mädchen mehr. Das ist doch nicht so schwer zu begreifen!«

»Doch, das ist schwer zu begreifen!« Jonathan sprang auf und lief durch den Raum. »Herrgott, Jana, da oben sitzt ein nackter Kerl bei meiner Tochter im Zimmer! Das ist, als wäre ein Ufo in unserem Garten gelandet! Ich bin völlig durch den Wind, Jana, und ich möchte dem Typen da oben am liebsten die Zähne ausschlagen. Verstehst du das?«

Jana lachte.

»Natürlich verstehe ich das! Und nun komm und setz dich zu mir und trink mit mir ein Glas Wein. Und wenn du willst, drehen wir die Musik lauter, damit wir nicht hören, was da oben passiert.«

Sie stand auf, humpelte zu ihm, umarmte ihn und zog ihn zu sich auf die Couch.

Einen Monat später, am Tag von Jonathans Geburtstag, war Giselle vormittags in der Akademie. Ihr Selbstporträt war fertig, und sie hatte es dabei, weil sie sich daran erinnerte, was Patrick gesagt hatte, und wollte es nun ihrem Professor zeigen, bevor sie es verschenkte.

»Giselle«, sagte Dr. Schiewer, »Sie haben ein Meisterwerk geschaffen, so etwas habe ich hier an der Akademie schon lange nicht mehr gesehen. Ich würde es gern ausstellen. Könnten Sie es ein Semester lang entbehren?«

»Nein«, erwiderte Giselle mit fester Stimme, »leider nicht. Es ist ein Geschenk für meinen Vater. Er hat heute Geburtstag.«

Dr. Schiewer lächelte. »Ach so. Nun ja, das verstehe ich. Aber vielleicht macht ja Ihr Vater eine Leihgabe an die Akademie.«

»Das kann sein.« Giselle fühlte sich ungemein geschmeichelt. »Ich werde ihn fragen.«

Wenige Stunden später stand sie in der Bleibtreustraße an der Ampel und freute sich auf den Geburtstag ihres Vaters, weil sie es gar nicht erwarten konnte, ihm ihr Porträt zu schenken.

Sie wartete auf Grün und war ganz in Gedanken, als plötzlich ein diffuses Gefühl der Angst ihre Brust zusammenschnürte. Wie ein warmer Wind, der einem trotz kühler Luft ins Gesicht drückt, als rolle eine Feuerwand auf einen zu.

Unwillkürlich hielt sie den Atem an und drehte sich irritiert um. Ein schwarzer Golf schoss mit ungeheurem Tempo auf die Kreuzung, direkt auf einen von rechts kommenden weißen Kleintransporter zu. Bremsen quietschten, der Fahrer des Golf riss das Steuer herum, der Wagen brach aus und schleuderte auf Giselle zu.

Mit voller Wucht krachte der hintere Kotflügel gegen ihre Hüfte, ihre Knochen splitterten wie Glas, sie flog durch die Luft wie eine Puppe, und ihr Kopf schlug hart gegen den Ampelmast auf der gegenüberliegenden Straßenseite. Als würde ein Lastwagen über ihren Schädel fahren.

Dann stürzte sie auf das Pflaster.

Die Sekunden danach waren vollkommen still. Als halte die gesamte Stadt den Atem an und als gäbe es keine Stimmen, keine Motoren, kein Leben mehr.

Giselle bewegte sich nicht. Blut lief ihr aus Nase, Mund und Ohren. Und nur wenige Meter weiter fuhr ein Lastwagen über das Ölgemälde der schönen jungen Frau, die mit zerschmettertem Kopf in einer Blutlache auf der Straße lag.

Ungefähr eine Stunde später klingelte es bei Jessens an der Tür.

Das kann nur Giselle sein, dachte Jana und riss die Tür auf. Sie wollte schon die Arme auseinanderreißen und Giselle umarmen, als sie sah, dass vor der Tür zwei Polizisten in Uniform standen, die ein so ernstes Gesicht machten, dass es ihr eiskalt den Rücken hinunterlief.

»Frau Jessen?«, fragte einer der beiden mit einer tiefen, ruhigen Stimme.

»Ja.«

»Ich bin Polizeiobermeister Märten, Direktion zwei, Abschnitt siebenundzwanzig, und das ist mein Kollege Jesorsky. Dürfen wir reinkommen?« Er zeigte ihr seinen Ausweis. Jana warf keinen Blick darauf und öffnete die Tür.

»Warum denn? Was ist denn los?«

Die beiden Beamten nahmen ihre Mützen ab und betraten den Flur.

Komisch, dachte Jana, kaum steht man der Polizei gegenüber, fallen einem alle Sünden ein. Vor zwei Wochen war sie in einer Baustelle geblitzt worden, weil sie dreißig Stundenkilometer zu schnell gefahren war, Geschwindigkeitsbegrenzungen auf der Stadtautobahn ignorierte sie regelmäßig, und die Knöllchen, die sie wegen Falschparkens bekam, warf sie, ohne viel nachzudenken, in den nächsten Papierkorb. Wahrscheinlich hatte sie sich jetzt etwas zuschulden kommen lassen, das ihr gar nicht bewusst war.

Polizeiobermeister Märten rieb sich die Hände und fühlte sich sichtlich unwohl in seiner Haut.

Jana bat die beiden Polizisten nicht ins Wohnzimmer, sondern sah sie abwartend, aber nicht unfreundlich an.

»Es tut mir sehr, sehr leid, Frau Jessen«, begann Märten unbeholfen, »wir haben leider eine schlechte Nachricht.« Er holte tief Luft und wischte sich nicht vorhandenen Schweiß von der Stirn. »Ihre Tochter Giselle hatte heute Nachmittag einen Unfall. Sie wurde an einer Fußgängerampel von einem schleudernden Pkw erfasst und tödlich verletzt.«

Jana starrte den Polizisten stumm an und versuchte zu begreifen, was sie da gerade gehört hatte.

»Wie?«

Die Polizisten blickten zu Boden.

»Sie ist tot?«

Jesorsky nickte.

»Ich versteh nicht.« Jana fing an zu zittern. Geistesabwesend wie eine Schlafwandlerin öffnete sie die Tür zum Wohnzimmer und ging hinein. Die Polizisten folgten ihr.

Aus Jonathans Arbeitszimmer drang Musik.

Um nicht umzufallen, stützte sich Jana auf den Esstisch, während Märten leise und sachlich den Unfall schilderte. Jana hörte zwar zu, aber es fiel ihr schwer, sich zu konzentrieren, sie verstand gar nichts, hoffte, dass dies alles nur ein böser Traum wäre und sie gleich erwachen würde. Innerlich schrie sie nach Jonathan. Bitte, flehte sie in Gedanken, komm her, nimm mich in den Arm, halt mich fest, rede mit diesem Mann, der diese fürchterlichen Dinge erzählt, die nicht wahr sind, nicht wahr sein können, und sorge dafür, dass ich davon nichts und nie wieder etwas höre!

Aber nichts von alldem geschah. Sie schwieg, während der Polizist leise redete, und dann rannte sie plötzlich aus dem Zimmer und nach oben.

Jonathan saß an seinem Schreibtisch vor seinem Computer und durchsuchte abgespeicherte Fotos. Er wollte für seine Geburtstagsgäste eine Begrüßungsrede halten und einige Bilder zeigen. Das Radio lief mit sehr lauter Musik, und so merkte er nicht, wie Jana hereinkam.

Sie spielten gerade seinen Lieblingssong, als Jana plötzlich vor ihm stand.

Jonathan lächelte sie an und hob abwartend die Hand, weil er das Lied zu Ende hören wollte.

»Time to say goodbye«, sangen Andrea Bocelli und Sarah Brightman.

»Giselle ist tot«, schrie Jana schrill, um den Gesang zu übertönen.

Jonathan hatte alles gehört, aber er starrte sie an, als hätte er nichts begriffen.

»Time to say goodbye.«

Er schaltete die Musik nicht aus, ließ das Lied weiterlaufen, stand wie versteinert und war unfähig, sich zu bewegen. Konnte noch nicht einmal den Arm heben, um sich auf ihre Schulter zu stützen.

»Man hat sie überfahren!«, brüllte ihm Jana ins Gesicht.

Jonathan sagte immer noch nichts.

Wortlos drehte sich Jana um und ging aus dem Zimmer. Nach unten, wo die Polizisten warteten.

Jonathan brauchte einige Sekunden, bis er in der Lage war, ihr zu folgen.

»Es tut mir so unendlich leid«, sagte Märten und gab Jonathan die Hand.

Jonathan nickte nur.

»Ich will sie sehen«, murmelte Jana.

»Wenn Sie möchten, fahre ich Sie ins Krankenhaus«, meinte Märten leise. »Sie müssen Ihre Tochter ja auch identifizieren.«

Die beiden Beamten gingen hinaus und warteten vor der Tür.

Jana lehnte sich an die Wand, weil sich vor ihren Augen das ganze Zimmer drehte.

»Giselle!«, schrie Jonathan plötzlich, kippte den Kopf in den Nacken, riss den Mund auf und rief stumm um Hilfe.

So hatte Jana ihren Mann noch nie gesehen. Sie spürte regelrecht, wie sich dieses Bild in ihre Seele einbrannte, und sie wusste, dass sie es nie mehr vergessen, nie mehr loswerden würde. Und nur deshalb begriff sie in diesem Moment, dass alles verloren, dass ihre Tochter wirklich gestorben war.

Jonathan identifizierte Giselle, und er hatte das Gefühl, zu lügen. Wach auf und komm mit nach Hause, betete er, als er sie im Kühlraum des Krankenhauses auf der Bahre liegen sah. Ihr Haar war blutig und verklebt, irgendjemand hatte es ihr streng nach hinten aus dem Gesicht gekämmt und außerdem die zertrümmerte Seite ihres Kopfes mit einem Tuch abgedeckt. Der Rest des Gesichtes war engelsgleich, mit elfenbeinfarbener Haut.

Er wollte es einfach nicht wahrhaben.

Bewegungslos stand er neben seiner toten Tochter, vergaß Raum und Zeit und kam erst wieder zu sich, als er nach ewig langen Minuten sanft aus der Pathologie geführt wurde.

Im Auto weinte Jana lautlos. Die Tränen liefen ihr einfach so über die Wangen, während sie teilnahmslos aus dem Fenster sah, und Jonathan dachte, dass es tröstlich wäre, wenn sie einfach so weiterweinen würde. Tag und Nacht, Wochen und Monate, bis Giselle aus seinem Gedächtnis verschwunden war.

TOBIAS

DER POLIZEIPRÄSIDENT IN BERLIN PRESSEMELDUNG

Berlin, Charlottenburg, 21. 6. 1998

Am Samstagnachmittag um 15 Uhr 28 kam es Bleibtreu-/Ecke Kantstraße zu einem schweren Verkehrsunfall. Ein schwarzer Golf ignorierte die rote Ampel und raste mit stark überhöhter Geschwindigkeit auf die Kreuzung. Der Fahrer versuchte, einem von rechts kommenden weißen Kleintransporter auszuweichen, verlor dabei die Kontrolle über sein Fahrzeug, kam ins Schleudern und erfasste eine zwanzigjährige Frau, die an der Ampel stand. Sie erlag noch an der Unfallstelle ihren schweren Kopfverletzungen.

Der Fahrer des Unfallwagens flüchtete, stellte sich aber wenige Stunden später der Polizei. Eine Blutprobe bei dem erst neunzehnjährigen Fahrzeugführer ergab einen Blutalkoholgehalt von 2,8 Promille.

NEUN

Die Verhandlung gegen Tobias Altmann begann um elf Uhr dreißig in Saal acht. Tobias saß mit frisch geschnittenen Haaren dem Richtertisch genau gegenüber, neben ihm sein Anwalt Norbert Frey. Tobias' Anzug war dunkelblau und nagelneu, er trug dazu eine dezente beigefarbene Krawatte und fühlte sich in dieser Kleidung, die für ihn eher eine Verkleidung war, ungewohnt und unwohl. Das sah man ihm nicht nur an der Nasenspitze an, man spürte es sogar, wenn man nur seinen Rücken im Blick hatte.

Hinter ihm auf den Zuschauerbänken saß Jonathan Jessen, der Vater des Opfers.

Jana war nicht mitgekommen. »Ich halte das nicht aus«, hatte sie erklärt, »ich kann den Typen nicht sehen. Ich glaube, ich würde die ganze Zeit heulen.«

Also war Jonathan allein im Gerichtssaal und hatte Lust, den Rücken dieses jungen Mannes, auf den er die ganze Zeit starrte, mit einem Schrotgewehr zu durchlöchern.

Der Vorsitzende Richter Dr. Engelbert Kerner eröffnete die Verhandlung. Während er die nötigen Formalitäten zu Beginn eines Prozesses abhakte, wanderte sein Blick über die Anwesenden. In der letzten Reihe saß Henning Altmann,

Tobias' Vater. Henning – seit über dreißig Jahren sein bester Freund.

Direkt nach dem Unfall hatte Henning ihn angerufen.

»Engelbert«, sagte er, und seine Stimme flatterte vor Nervosität, »ich brauche deine Hilfe. Tobias hat großen Mist gebaut. Er hat im Suff eine Frau totgefahren und anschließend Fahrerflucht begangen.«

Engelbert musste das Ganze einen Moment verdauen. Dann antwortete er, obwohl er noch nicht genau wusste, ob er sein Versprechen würde halten können:

»Das geht klar, Henning. Mach dir keine Sorgen. Ich werde tun, was in meiner Macht steht.«

Als Anklage gegen Tobias Altmann erhoben wurde, bemühte er sich möglichst unauffällig, den Fall übernehmen zu können. Und es gelang ihm sogar. Niemand wusste, dass er und Henning eng befreundet waren, und solange der Prozess vorbereitet wurde, vermieden die beiden Freunde jeglichen Kontakt.

Heute war nun der Tag, an dem er über die Zukunft des Sohnes seines Freundes entscheiden sollte.

Die Anklage wurde verlesen, und Tobias, der von seinem Recht, zu schweigen, keinen Gebrauch machte, erzählte, was er von dem Unfallhergang überhaupt noch wusste. Viel war es nicht. Aber er machte seine Sache gut, war geständig, einsichtig und schien das Geschehene zutiefst zu bereuen. Er redete klar und deutlich, drückte sich gewählt aus und demonstrierte so, dass er aus einem guten Elternhaus kam und eine hohe Schulbildung genossen hatte.

Prima, dachte Engelbert, besser kann man sich als Angeklagter nicht präsentieren.

»Wie kam es überhaupt dazu, dass Sie an diesem Samstagnachmittag betrunken Auto gefahren sind?«, fragte Engelbert, obwohl er die Antwort zur Genüge kannte, und Tobias erzählte bereitwillig seine Geschichte.

Er hatte für die Abwesenheit seiner Eltern klare Instruktionen bekommen: täglich die Gartenblumen gießen und den Rasen sprengen, am Sonntag die Chemie im Pool kontrollieren, gegebenenfalls etwas nachkippen, die Skimmer säubern und wenn nötig den Poolboden absaugen. Abends vor dem Schlafengehen die Gartenbeleuchtung ausmachen und die Jalousien herunterlassen, der Schildkröte in ihrem Freigehege täglich Salat und frisches Wasser geben. Beim Verlassen des Hauses nie vergessen, die Alarmanlage einzuschalten und die Garagentür zu schließen. Die Post durchsehen und den Anrufbeantworter abhören. Essen, was im Kühlschrank, in der Speisekammer oder im Keller war, außerdem freier Zugriff auf die Haushaltskasse im antiken Mehltopf mit Goldrand von Oma Hedwig im Gewürzregal ganz oben, falls er sich eine Pizza bestellen wollte.

Auf gar keinen Fall eine Party feiern und nach Möglichkeit nicht zu viel Dreck hereintragen. Am besten – wie immer – im Flur die Schuhe ausziehen.

»Bitte, auch wenn du allein bist und es keiner sieht, Tobi«, hatte Henning gesagt und war sich furchtbar dämlich und uralt dabei vorgekommen, »aber ein beigefarbener Teppichboden ist so eine liebe und hochempfindliche Sache. Würde uns freuen, okay?«

Tobias hatte alles abgenickt, keine Einwände erhoben und die Liste der Hausmeisteraufgaben kommentarlos in Empfang genommen.

Zum Abschied hatte er seinen Vater umarmt, seine Mutter geküsst und tief durchgeatmet, als das Auto seiner

Eltern in Richtung Hamburg unterwegs und um die nächste Ecke verschwunden war.

Dann begann er zu telefonieren und seine Kumpel fürs Wochenende zusammenzutrommeln. Es sollte eine riesige Party werden, eine, die die Welt noch nicht gesehen hatte.

Im März hatte er die schriftlichen Abiklausuren geschrieben, im Mai wurde er in Geschichte und Mathe mündlich geprüft, Anfang Juni war alles vorbei. Er hatte sein Abi mit einem Durchschnitt von Eins-Komma-Sieben in der Tasche. Die darauf folgende Feier in der Aula, bei der der Direktor eine Rede hielt, der Schulchor sang und schließlich die Zeugnisse übergeben wurden, war in Tobias' Augen einfach nur peinlich. Vielleicht ein Fest für die Eltern, er selbst war froh, als es überstanden war.

Danach hatte es ein paar kleinere Feiern bei einigen Klassenkameraden gegeben, aber der große Wurf war nicht dabei, denn niemand hatte zu Hause wirklich sturmfreie Bude, so viel Platz und noch dazu einen Pool. Das Problem waren die Nachbarn, aber die würde er mit ein paar erlesenen Weinen aus dem Keller seines Vaters schon zum Schweigen bringen und davon abhalten, die Polizei zu rufen.

Es gab eine Menge nachzuholen.

Am Freitagnachmittag trudelten die Ersten ein, abends um neun war die Bude voll. Tobias hatte vor, bis Sonntagnacht oder auch bis Montagfrüh durchzufeiern. Seine Eltern wollten erst Montagabend zurück sein. Vom Haushaltsgeld hatte er einige Kästen Bier und Sekt gekauft, aber ansonsten alle gebeten, Getränke und auch etwas zum Essen mitzubringen. Da die wenigsten Lust hatten, sich mit Kästen abzueseln, brachten die meisten harte Sachen mit, und die Schnapsflaschen stapelten sich in der Küche. Absolute Mangelware waren Wasserflaschen, man empfand es als peinlich, mit Wasserkästen auf einer Party aufzukreuzen.

Seit zwei Monaten hatte Tobias eine Freundin. Sie hieß Janina und ging in die elfte Klasse. Ihre Eltern lebten getrennt, und sie war für eine Woche zu ihrem Vater nach Stuttgart gefahren. Es war für Tobias unerträglich, dass diese Party ohne Janina stattfinden sollte, denn er hatte das Gefühl, es wäre das Fest seines Lebens. Vermutlich nie wieder würde ihm das Haus seiner Eltern so uneingeschränkt zur Verfügung stehen.

Schließlich hatte Janina versprochen, am Samstagnachmittag mit dem Zug zurückzukommen, und Tobias wollte sie um sechzehn Uhr zwei am Bahnhof Zoo abholen.

Die siebzehn Stunden bis zu ihrer Ankunft hielt er kaum noch aus. Eine ganze Woche ohne Janina war ihm so schwer gefallen, das hätte er sich früher niemals vorstellen können. Sie kannte das Haus seiner Eltern noch nicht, und er freute sich darauf, dass sie es kennenlernen und gleichzeitig diese Mega-Party erleben würde.

Um Mitternacht dröhnte die Musik in unveränderter Lautstärke durch den Garten, ein Junge und ein Mädchen sprangen kreischend in ihren Sachen in den Pool. Tobias sah, dass bei den Nachbarn zur Linken alle Jalousien heruntergelassen waren, was ihn beruhigte, denn entweder waren sie gar nicht zu Hause oder sie versuchten, die Fete zu ignorieren und zu schlafen. Die Nachbarn zur Rechten machten bestimmt keinen Ärger, da zwei ihrer Söhne, Zwillinge, mit von der Partie waren.

Gegen zwei wurde es ruhiger, denn kaum jemand konnte sich noch auf den Beinen halten. Tobias schleppte sich ins

Wohnzimmer. Der Anrufbeantworter blinkte, das rote Lämpchen, das anzeigte, dass zwei Anrufe eingegangen waren, tanzte vor seinen Augen. Er zog den Stecker aus der Steckdose, da er das rote, rotierende Licht nicht ertragen konnte. Auf dem Weg zur Stereoanlage fiel er über die Couch, auf der ein Pärchen knutschte, murmelte »'tschuldigung« und erbrach sich über den Couchtisch, auf dem noch halbvolle Gläser mit Whisky und Resten von Salzstangen standen.

Er rollte auf den Teppich und schlief ein.

Tobias erwachte am Morgen um elf mit fürchterlichen Kopfschmerzen. Mühsam rappelte er sich vom Fußboden hoch, und allmählich kehrte zumindest bruchstückhaft die Erinnerung an den vergangenen Abend und die Nacht wieder. Er schleppte sich zur Terrassentür, die nur angelehnt war, und ging hinaus in den Garten, um zu sehen, ob jemand im Pool ertrunken war.

Zwar schwammen weder die Schildkröte noch einer seiner Freunde leblos im Wasser, dafür aber jede Menge leere Flaschen, Styroporverpackungen, zwei mittlerweile völlig aufgeweichte Pizzakartons, Zigarettenkippen und mehrere dicke Bockwürste. Tobias schüttelte sich vor Ekel. Diese Sauerei mussten sie auch noch in Ordnung bringen, bevor Janina kam.

Im Garten sah es ähnlich wüst aus. Auch hier überall leere Flaschen, auf dem Rasen ausgedrückte Zigarettenkippen, Teller mit angetrocknetem Senf und Kartoffelsalat, Kissen, vergessene Jacken. In der Hollywoodschaukel schlief ein Paar unter einer dicken Decke.

Tobias stolperte zurück ins Haus. Im Wohnzimmer stank es unerträglich nach kaltem Rauch, verschüttetem Alkohol und Erbrochenem. Er stieg vorsichtig über Flaschen und

Gläser, ging die Treppe hinauf und stellte erleichtert fest, dass das Bad frei war. Nach einer heißen Dusche fühlte er sich etwas besser, aber die rasenden Kopfschmerzen machten jede Bewegung zur Qual.

In der Küche waren zwei Mädchen damit beschäftigt, abzuwaschen und den Frühstückstisch zu decken.

»Hallo«, sagte Tobias matt, »is nett, dass ihr ein bisschen Ordnung macht.«

»Geht's dir nicht gut? Du siehst beschissen aus.«

»Nee, mir geht's wirklich nicht besonders gut.«

»Setz dich. Der Kaffee läuft grade durch.«

Zehn Leute hatten irgendwo im Haus oder im Garten übernachtet, und so langsam trudelten alle in der Küche ein. Den ramponierten Mägen ging es nach salzigem Schinken, den Resten von Kartoffel- und Nudelsalat, Mixed Pickles und sauren Gurken besser, und um halb eins knallten bereits wieder die ersten Sektkorken.

»Einen Kater bekämpft man am besten mit Alkohol«, sagte Sebastian, Tobias' bester Freund. »Und schließlich können wir ja nicht bis heute Abend Wasser trinken, wir wollen ja weiterfeiern!«

Nach dem Frühstück wurde im Wohnzimmer das Gröbste aufgeräumt, das Erbrochene entfernt, die Aschenbecher geleert und die Spülmaschine erneut gefüllt und angeschaltet. Einige fischten den Dreck aus dem Pool, Tobias ließ die Umwälzpumpe ohne Pause laufen, andere sammelten den Müll im Garten zusammen. Sorgen machten Tobias die Rotweinflecken auf dem Teppich. Sie beträufelten die Stellen mit Zitronensaft und schütteten reichlich Salz darüber, wodurch die Flecken ihre Farbe von Dunkelrot in Hellrot veränderten, aber verschwunden waren sie durch die Behandlung nicht. Tobias hoffte auf Janina, vielleicht hatte sie eine Idee, wie man den Teppich wieder sauber kriegen könnte. Und eigentlich wollte er sich darüber erst wirklich Gedanken machen, wenn die Party vorbei war. Am Montag. Frühestens. Nicht jetzt.

Schließlich setzten sie sich mit Bier, Sekt und Wein an den Pool und aßen dazu Chips und Erdnüsse, die Tobias in der Speisekammer entdeckt hatte.

Er fühlte sich besser. Die Kopfschmerzen waren fast weg, aber er spürte, dass er schon wieder betrunken war, denn er hatte Schwierigkeiten, gerade und normal durch den Garten zu laufen. Wahrscheinlich der Restalkohol von heute Nacht, dachte er sich, und dann das bisschen Sekt obendrauf. Eine oder zwei Flaschen? Er konnte sich beim besten Willen nicht daran erinnern. Und hatte er noch Bier zwischendurch getrunken? Auch das wusste er nicht mehr.

Er wusste nur, dass es jetzt Viertel vor drei war und er allmählich losfahren musste, um Janina abzuholen. Außerdem fühlte er sich vollkommen klar im Kopf.

Auf dem Terrassentisch stand eine Flasche Sekt, die noch nicht ganz leer war. Er setzte sie an den Mund und trank sie aus. Warum, wusste er nicht, es war überhaupt nicht nötig, aber er tat es.

Dann rief er noch: »Tschüss dann, bis nachher, ich hole Janina vom Bahnhof Zoo, soll ich noch irgendwas mitbringen?« Aber da ihm niemand zuhörte, bekam er auch keine Antwort, und so zuckte er mit den Achseln, stieg vor dem Haus in seinen schwarzen Golf, den ihm seine Eltern zum Abitur geschenkt hatten, und fuhr los.

Es ging ihm gut. Er freute sich auf Janina, drehte das Autoradio lauter und bretterte mit neunzig Sachen den Hohenzollerndamm hinunter. Seine Finger klopften im Takt auf das Lenkrad, ab und zu sang er laut mit. Er hatte das Gefühl, auf diese Weise bis ans Ende der Welt fahren zu können.

Er wurde schneller, weil er sich einbildete, Janina eher zu sehen, wenn er eher am Bahnhof Zoo war, überholte links und rechts, jauchzte laut. Noch nie hatte ihm Autofahren so viel Spaß gemacht. Mit quietschenden Reifen bog er in die Bleibtreustraße ein und donnerte die Straße entlang.

Die rote Ampel an der Kreuzung Ecke Kantstraße sah er zu spät, im Bruchteil einer Sekunde überlegte er noch, was er machen sollte, dann drückte er voll aufs Gas, um über die Kreuzung zu schießen, vielleicht hatte er Glück, und es merkte keiner.

Nur aus dem Augenwinkel sah er den weißen Lieferwagen auf sich zukommen. Er riss das Steuer herum, schleuderte, verlor völlig die Orientierung und die Kontrolle über den Wagen. Er bremste und lenkte wild, konnte jedoch nicht verhindern, dass er auf eine junge Frau zuschleuderte, die an der Ampel stand.

Wie in Zeitlupe nahm er ihr Gesicht wahr, ihre vor Schreck weit aufgerissenen Augen, die schon vorausahnten, was gleich passieren würde. Aber sie rührte sich nicht, war wie gebannt von dem drohenden Unheil und hielt seinen Blick fest.

Das Krachen, als er gegen sie donnerte, registrierte er ohrenbetäubend laut und dachte noch: Das kann nicht sein, das ist nicht wahr, es ist gar nichts passiert. Doch dann sah er sie wie eine Puppe durch die Luft fliegen.

Wo sie aufprallte, wusste er nicht mehr, denn er drückte schon wieder aufs Gas, der Wagen kam zurück in die Spur, und er raste weiter. Auf dem Ernst-Reuter-Platz drehte er wie ein Irrer zwei Runden, brauste dann in die Franklinstraße und erinnerte sich daran, dass er hier erst vor kurzem die Führerscheinprüfung gemacht hatte.

Er wollte nach Hause. Nur noch nach Hause.

Es ist alles in Ordnung, dachte er, das ist alles nur ein böser Traum. Solche Alpträume bekommt man, wenn man betrunken ist.

»Aber Sie haben sich dann letztendlich doch und aus freien Stücken der Polizei gestellt?«

»Ja. Ich habe zuerst meinem Vater erzählt, was passiert ist, er ist dann sofort aus Hamburg gekommen, und als ich wieder einigermaßen denken, sprechen und laufen konnte, sind wir zusammen zur Polizei gegangen. Danach fühlte ich mich besser.«

»Kommt es öfter vor, dass Sie sich derart betrinken? Am Wochenende? Mit Freunden? In einer Diskothek?«

»Nein. Nie.« Tobias blickte zu Boden, als sei ihm diese Aussage fast unangenehm. »Vielleicht wird mir das niemand glauben, aber ich schwöre: Ich war bei diesem Fest zum ersten Mal richtig betrunken. Darum konnte ich auch nicht damit umgehen. Ich wusste gar nicht, wie mir geschah. Und ich habe seitdem nie wieder einen Tropfen angerührt.«

»So schnell schwört es sich nicht. Auch nicht vor Gericht«, meinte Richter Kerner lächelnd. »Wie verbringen Sie denn Ihre Wochenenden?«

»Mit Freunden, im Kino oder im Theater. Oder zu Hause, wenn ich viel zu arbeiten habe. Aber niemals in einer Diskothek. Da ist es mir zu voll und zu laut. Kein Mensch kann sich vernünftig unterhalten. Und die Musik ist auch nicht mein Geschmack.«

So ordentlich, beinah strebermäßig wie Tobias Altmann in seinem Anzug aussah, konnte man ihm das ohne weiteres glauben.

Jonathan saß zusammengesunken auf seinem Stuhl, den Kopf in die Hände gestützt, und die langen Haare hingen ihm ins Gesicht. Er wirkte verwahrlost, als hätte er die letzten Wochen unter einer Brücke geschlafen.

Momentan sah er alle seine Felle davonschwimmen. Die Chance auf eine strenge Verurteilung schwand, so positiv präsentierte der Angeklagte sich. Auf keinen Fall wirkte er wie ein junger Mensch, der diesen Fehler wiederholen würde.

Henning Altmanns Miene war unbeweglich und starr. Er nahm keinen Blickkontakt mit seinem Sohn auf, und sein Gesicht verriet in keiner Weise, was in ihm vorging. Aber Engelbert wusste, wie angespannt sein Freund war und dass sein ruhiges Verhalten nichts anderes war als kontrollierte Angst.

Dr. Engelbert Kerner unterbrach die Verhandlung für eine kurze Mittagspause und kündigte die Fortsetzung des Prozesses um zwölf Uhr dreißig an.

In seinem Arbeitszimmer trank er einen viertel Liter Mineralwasser und packte ein belegtes Brot aus, das er von zu Hause mitgebracht hatte. Eine halbe Stunde hatte er Ruhe.

Und während er sein Brot aß, dachte er an Henning. Denn das, was sie für immer zusammengeschweißt hatte, war nicht nur intensive Freundschaft, sondern ein Verbrechen.

Engelbert und Henning hatten sich 1967 auf einer Demo gegen den Schahbesuch kennengelernt und wohnten zusammen in einer Altbauwohnung in Steglitz. Engelbert studierte Jura an der Freien und Henning Maschinenbau an der Technischen Universität.

»Hör zu«, sagte Henning eines Morgens brummig zu Engelbert, »im Moment geht mir hier alles tierisch auf den Geist. Die endlosen Demos, die politischen Veranstaltungen, die Podiumsdiskussionen – steht mir alles bis hier!« Damit zeigte er mit der flachen Hand auf eine Stelle oberhalb seines Scheitels. »Ich krieg gar nicht mehr zusammen, wie viele Demos und Veranstaltungen wir gegen die Notstandsgesetze schon besucht haben. Und? Hat es was genützt? Nein.«

»Na gut, den Kongress in Frankfurt hätten wir uns vielleicht sparen können.«

»Nicht nur den. Engelbert, ich hab's satt. Fertig. Hab die Faxen dicke.«

So destruktiv hatte Engelbert Henning noch nie erlebt. Sonst war er immer die treibende Kraft und war oft genug allein irgendwohin gegangen, wenn Engelbert eine Arbeit schreiben musste.

»Ich will hier einfach mal raus. Ans Meer. Kleiner Naturschock. Ein bisschen Wind um die Nase wehen lassen.«

»Verstehe.« Engelbert kaute an seinem Brillenbügel.

»Kommst du mit?«

»Wohin denn?«

»Zu meinen Eltern nach Friesland. Im Haus gibt's eine Ferienwohnung, die ist im Moment nicht vermietet, ich hab gestern mit meiner Mutter telefoniert. Da können wir pennen.«

»Wann willst du denn fahren?«

»Sofort. Wann denn sonst?«

Engelbert wand sich. »Ich habe nächsten Dienstag noch 'ne Klausur. Meine letzte.«

Hennings Blick verfinsterte sich. »Ist die wichtig?«

»Schon. Ich hab drei Monate dafür gearbeitet.«

»Gut. Dann schreib deine blöde Klausur, aber Mittwoch fahren wir los. Einverstanden?«

»Einverstanden.« Engelbert schlug in die offene Hand ein, die Henning ihm entgegenstreckte.

Mit den Fahrrädern brauchten sie gut zehn Minuten bis zum Deich, da sie gegen den Wind fahren mussten. Sie kamen am Siel vorbei, das Wasser glitzerte in der Sonne wie ein klarer See.

»Kann man darin baden?«, schrie Engelbert.

»Ja. Kann man!«, brüllte Henning zurück.

Oben auf dem Deich traf sie der Wind mit voller Wucht. Es war Flut, und das Meer hatte weiße Schaumkronen.

»Windstärke sieben bis acht, schätze ich mal. Ist das nicht herrlich?« Hennings Augen glänzten. »Ab und zu muss man sich richtig durchpusten lassen, das rückt im Kopf so manches wieder gerade.«

Engelbert dachte mit Schrecken daran, noch weitere ein bis zwei Stunden am Deich entlangradeln zu müssen. Denn so euphorisch, wie Henning jetzt war, würde er sicher nicht bald zurückfahren wollen. Obwohl es Ende Juni war, bereute Engelbert, keinen Schal oder zumindest ein Halstuch dabei zu haben. Als Kind hatte er ständig unter Halsentzündungen und Ohrenschmerzen zu leiden gehabt, und er spürte bereits jetzt, wie sein Hals sich zusammenzog. Er bemühte sich, nicht durch den Mund zu atmen, hielt den Lenker nur mit der rechten Hand und versuchte, mit der linken seine Jacke am Hals zusammenzuhalten. Dadurch hatte er allerdings weniger Kraft, in die Pedale zu treten, und blieb ständig hinter Henning zurück.

Schnurgerade zog sich der Deich dahin, die gepflasterte, einspurige Straße schien am Horizont zu verschwinden und kein Ende zu nehmen. Sie war vollgekleckst mit Schafsköteln, denen Engelbert auszuweichen versuchte, was die Fahrerei mit einer Hand noch schwieriger machte. Ein paar Möwen segelten tief über dem Wasser und schrien heiser. Engelbert merkte, dass seine Kondition nicht die beste war, und er sehnte sich nach einer Tasse Tee, einem Sessel und einem Buch. Auch wenn es das Handbuch zum Arbeitsrecht war, das er im Moment durcharbeitete. Allemal besser, als am Deich entlangzuradeln, der keinerlei Abwechslung bot. Es sei denn, man erahnte am Horizont ein vorbeifahrendes Schiff.

Alle paar Hundert Meter mussten sie absteigen, ein Gatter öffnen und ihre Fahrräder hindurchschieben. Eine Absperrung, damit sich die Schafe, die in verschiedenen Sektionen grasten, nicht über ganz Nordfriesland verteilten.

»Gefällt es dir?«, fragte Henning beim dritten Gatter.

Engelbert nickte nur stumm.

»Du wirst sehen, wenn wir nach Hause kommen, fühlst du dich wie neugeboren. Und heute Abend lassen wir es krachen. Unser Bosselverein macht ein Fest. Wird dir bestimmt gefallen.«

Engelbert bezweifelte das. Also rückte der Abend im Sessel in weite Ferne.

Zuerst dachte Engelbert, es wäre ein Schaf, das in der Ferne einsam auf dem Weg stand, aber als sie näher heranfuhren, sah er, dass ihnen eine Frau langsam entgegenkam. Sie trug einen langen schwarzen Rock und einen überweiten Pullover, was Engelbert für einen Spaziergang am Meer ungewöhnlich fand.

Außerdem zog sie den linken Fuß etwas nach, was aber nur auffiel, wenn man darauf achtete.

Henning bremste. Engelbert schätzte die Frau, die jetzt vor ihnen stand, auf Ende zwanzig. Sie hatte orangefarbenes Haar und eine sehr blasse, fast weiße Haut. Ihre Augen waren graugrün, woraufhin Engelbert vermutete, dass ihre Haarfarbe echt war.

»Hallo, Nele«, sagte Henning. »Ich bin's. Henning. Kennst du mich noch?«

Nele nickte und lächelte eigentümlich. So wie man lächelt, wenn man in einem fremden Land auf der Straße etwas gefragt wird und kein einziges Wort versteht.

»Ich bin wieder da, Nele. Bei meinen Eltern. Für ein paar Tage.«

Nele lächelte wieder, noch breiter.

»Wie geht es dir denn so, Nele?«

»Oh, oh«, grinste sie. »Oh, oh, oh, la, la. Et geit uns wohl op unsre olen Dage.« Dabei drehte sie sich einmal um die eigene Achse.

»Das ist ja prima! Das freut mich, Nele.«

Nele tippte mit der Fingerspitze auf Engelberts Brust. »Wer ist das?«

»Das ist mein Freund Engelbert. Ich wollte ihm mal meine alte Heimat zeigen.«

Nele lachte. Dann wurde sie plötzlich schlagartig ernst und ging ohne ein Wort an den beiden vorbei.

»Tschüss, Nele«, rief ihr Henning hinterher, aber Nele reagierte nicht, sondern wanderte mit ihrem schleppenden Schritt einfach weiter den Deichweg entlang.

»Wer war das?«, fragte Engelbert.

»Nele. Sie ist die Tochter von Bruno, dem Schmied. Seine einzige Tochter. Sie ist nicht ganz richtig im Kopf, aber er liebt sie abgöttisch.«

»Lass uns nach Hause fahren«, bat Engelbert. »Genug Sport für heute, ich bin ziemlich kaputt.«

Auf der Wiese direkt neben dem Pastorat waren die Festzeltkombinationen, lange Tische und Bänke, aufgebaut. Am Nachmittag hatte Wedemannssiel die Nachbargemeinde Scheudorf beim Bosseln haushoch geschlagen, Wedemannssiel hatte die Bosselkugeln auf dem Deichweg zwanzig Meter weiter gerollt als Scheudorf, und seit sieben Uhr saß man bei Bier, Korn und Kümmerling. Dazu gab es Aal-, Krabben- und Matjesbrötchen, das Stück für eine Mark fünfzig.

Um acht kamen Henning und Engelbert dazu, und Henning wurde mit großem Hallo begrüßt.

»Ich fass es nicht! Der Herr aus Berlin gibt sich die Ehre!«, brüllte Hauke. Sein Gesicht war hochrot, und Henning überlegte, ob es schon am Schnaps oder daran lag, dass er sich wirklich freute, Henning wiederzusehen. »Ja, wie geit dir dat denn so?« Dabei schlug er Henning auf die Schulter, dass er fast vornüber auf den Tisch fiel.

»Gut, Hauke. Und dir?«

»Alles klar. Weißt du doch. Darauf trinken wir einen.«

Auch die übrigen wurden auf Henning aufmerksam. Henning ging reihum und umarmte die meisten, begrüßte hier und da jemanden mit Handschlag oder mit Schulterklopfen und stellte Engelbert vor.

Schließlich setzten sie sich. Sekunden später standen zwei Biere vor ihnen, und Hauke drückte beiden ein Fläschchen Kümmerling in die Hand.

Henning drehte sein Fläschchen auf.

»Ich will das nicht«, murmelte Engelbert kaum hörbar. »Du weißt doch, dass ich überhaupt nichts vertrage. Ich verlier dann die Kontrolle, und das macht mir Angst.«

»Jetzt stell dich nicht so an!«, zischte Henning. »Mach hier keinen Aufstand! Was glaubst du, was die von dir denken, wenn du nicht mal so 'nen albernen Kümmerling trinkst! Iss ein paar Brötchen dazu, dann geht das!«

Engelbert schwieg und machte gute Miene zum bösen Spiel. Wie alle schraubte er sein Fläschchen auf, klemmte es sich zwischen die Zähne und trank, allerdings ohne in den allgemeinen Schlachtruf »Nich lang schnacken – Kopf in' Nacken!« einzustimmen.

Nele saß schräg gegenüber neben ihrem Vater Bruno, der die klobigsten Hände hatte, die Engelbert je in seinem Leben gesehen hatte. Immer wieder musste er sie fasziniert anstarren, und dabei begegnete er auch zweimal Neles Blick, der ihn aber nicht zu meinen schien. Sie lächelte glücklich vor sich hin, ließ ihre Augen herumwandern und legte ab und zu den Kopf in den Nacken, um die schnell ziehenden Wolken zu beobachten. Dabei murmelte sie etwas vor sich hin.

Engelbert deutete auf Nele und sah Henning irritiert an. »Betet sie?«

Henning zuckte die Achseln. Es interessierte ihn nicht, was Nele brabbelte. Aber Engelbert beugte sich vor und konzentrierte sich. Und nach einer Weile verstand er, was sie flüsterte, da sie dieselben Zeilen immer wiederholte:

»Heute, nur heute
Bin ich so schön;
Morgen, ach morgen
Muss alles vergehn!

Nur diese Stunde
Bist du noch mein;
Sterben, ach sterben
Soll ich allein.«

Frauke, mit beinah taillenlangen, gelockten blonden Haaren, die sie im Nacken zusammengebunden hatte, näherte sich von hinten und hielt Henning die Augen zu.

»Rate!«, rief sie.

Henning wusste genau, wer sie war, aber er sagte zur Erheiterung der Runde: »Gesine?«

»Nein.«

»Wiebke?«

»Auch nicht.« Frauke kicherte.

»Nele?«

»Na sag mal.«

»Dann kannst du nur Frauke sein!«

Frauke quietschte vor Begeisterung, Henning stand auf, sie umarmten sich stürmisch, und dann setzte sich Frauke bei Henning auf den Schoß.

»Guck nicht so«, sagte sie zu Engelbert, »Henning ist für mich wie ein Bruder. Wie mein großer Bruder. Früher waren wir jede Minute zusammen, stimmt's, Henning?«

»Stimmt.«

»Ein Leben ohne Henning war für mich unvorstellbar, und dann geht dieser Idiot einfach nach Berlin!« Sie bedeckte sein Gesicht mit Küssen, und Engelbert sah, dass Nele die Szene beobachtete.

Mittlerweile war es dunkel. Aus zwei Lautsprechern plärrte in blechernem Klang »*Monsieur Dupont*«. Henning und Frauke tanzten, außer ihnen noch vier andere Paare.

Engelbert hatte die Biere und die Kümmerlinge, die er getrunken hatte, nicht mehr gezählt. Irgendwann war es auch egal. Jasper, ein Milchbauer aus Scheudorf, redete auf ihn ein, Engelbert hörte weder zu, noch antwortete er, und Jasper schien es überhaupt nicht zu bemerken.

Nele wanderte unermüdlich durch die Gegend. Um die Tanzfläche, ums Pastorat und um die Scheune. Immer wieder. Niemand beachtete sie, offensichtlich waren alle an ihr Verhalten gewöhnt.

Auf der Wiese vor dem Pastorat wurde es allmählich leerer, die Musik kam einem dadurch lauter vor. *Penny Lane* sangen die Beatles. Engelbert sah sich nach Henning um, er war nicht zu sehen.

Da überkam ihn die kalte Wut. Was tat er hier eigentlich? Er saß auf einer dunklen Wiese im Wind unter lauter besoffenen Idioten und spürte, dass er selbst kurz davor war, sich zu übergeben. Der Abend war sterbenslangweilig, eine einzige Katastrophe, und ihm grauste vor morgen, wenn die rasenden Kopfschmerzen jeden Gedanken, jede Bewegung und jeden Schritt zur Tortur machen würden.

Mühsam stand er auf und verfluchte innerlich dieses ganze Dorf am Ende der Welt.

Er stolperte um das Pastorat herum. Hier war es stockfinster. Er hatte keine Taschenlampe und wollte jetzt nicht in den nächsten Graben stürzen und in dieser Nacht, in der keiner bei Sinnen war, jämmerlich ersaufen.

Henning war bestimmt mit Frauke irgendwo im Heu verschwunden. Augenblicklich bekam er einen bitteren Geschmack auf der Zunge, so wütend war er auf Henning, dass der ihn einfach so hängen ließ und sich stattdessen mit irgendeiner Schlampe vergnügte. Er hatte Lust, sich zu prügeln, und unwillkürlich sah er sich um, ob nicht irgendwo eine

Latte, ein Stock oder sonst etwas herumlag, mit dem er zumindest ein parkendes Auto hätte zertrümmern können.

Er tastete sich vorwärts.

Ein Stück weiter rechts war der alte Holzstall des Pastorats, an dessen Vorderseite eine kleine Lampe brannte. Engelbert ging auf den Lichtschein zu, aber bevor er den beleuchteten Bereich erreichte, bemerkte er in einer Nische, in der Schubkarre, Rasenmäher, ein altes Fahrrad, Holzkisten und Benzinkanister abgestellt waren, eine Bewegung. Er blieb stehen, horchte und vernahm ein leises, rhythmisches Stöhnen. Er tastete sich weiter hinein ins Dunkle. Nur schattenhaft konnte er die Umrisse eines Mannes erkennen, der an der Schuppenwand lehnte. Jetzt drehte er den Kopf zur Seite, und in diesem Moment leuchtete der Schein der Laterne durch eine Lücke zwischen den Latten, mit denen der Holzstall zusammengenagelt war. Henning hatte die Augen geschlossen und zuckte, vor ihm kniete Nele. Ihr Kopf bewegte sich heftig vor und zurück, sie schmatzte und schlürfte laut und hatte ihre Hände in Hennings Jacke verkrallt.

Engelbert begann zu zittern, als er die Szene begriff, die sich vor seinen Augen abspielte, in seinem Kopf drehte sich alles, er schwankte, stieß gegen eine Harke und fiel gegen die Schuppenwand.

Henning fuhr herum, erkannte Engelbert, grinste dümmlich und ließ sich nicht stören.

Engelbert blieb stehen und wartete ab. Sekunden vergingen, die ihm wie Minuten vorkamen. Dann hörte er einen Laut, der ihn an das Grunzen eines Schweins erinnert und gleich darauf Neles Kichern.

»Sei still, Süße!«, flüsterte Henning. »Du willst doch nicht, dass gerade jetzt der Papa kommt, oder?«

»Nein, nein, nein …«, sang Nele.

»Warte hier auf mich«, raunte Henning und knöpfte sich die Hose zu, »ich muss nur noch kurz den anderen Tschüss sagen. Dann komme ich wieder und bringe dich nach Hause. Gut?«

»Gut.«

Henning warf Engelbert einen Blick zu, den dieser als Aufforderung interpretierte, und verschwand hinter dem Schuppen.

Nele saß auf dem harten Lehmboden, räusperte sich unentwegt und knatterte dabei wie eine alte Maschine. Vielleicht waren es die unzähligen Kümmerlinge, die in Engelberts Kopf kreisten, jedenfalls machte ihn dieses Geräusch wahnsinnig. Es regte ihn auf, und er wurde noch wütender. Er versuchte darüber nachzudenken, was er hier mitten in der Nacht in diesem elenden Schuppen verloren hatte, aber es gelang ihm nicht. Neles Räuspern hämmerte ihm ins Gehirn und machte jeden klaren Gedanken unmöglich.

Völlig unvermittelt sprang er plötzlich vor und warf sich auf sie. Nele riss vor Schreck die Augen auf, aber bevor sie schreien konnte, drückte er ihr die Hand aufs Gesicht. Mit seinem ganzen Gewicht presste er sie zu Boden, schlug den Rock hoch und spreizte ihr die Beine.

Engelbert war vollkommen außer sich und hatte seine Gier nicht mehr unter Kontrolle. Nele wimmerte leise, wie ein gequältes Wesen, das keine Hoffnung mehr auf Erlösung hat.

Schließlich schrie Engelbert auf und brach über der vollkommen leblosen Nele zusammen.

Draußen grölten die letzten Gäste Seemannslieder.

Nele bewegte sich und atmete stoßweise. Sie zog sich ihren Rock herunter und rollte sich auf die Seite, gekrümmt wie ein Embryo.

Engelbert rappelte sich hoch. Zwischen dem lauten Gesang und dem Geschrei der Betrunkenen bildete er sich ein, jemanden nach Nele rufen zu hören.

Er konnte sich kaum auf den Beinen halten und torkelte aus dem Schuppen. Der Festplatz war jetzt fast leer, zwei Jugendliche bauten bereits die Musikanlage ab und stapelten die leeren Bierkästen.

Henning saß mit drei Übriggebliebenen bei einem letzten Absacker. Einer von ihnen hatte den Kopf auf den Unterarm gelegt und schlief auf dem Tisch. Die übrigen schwiegen sich an und stierten auf die letzten Kümmerlinge in ihren Händen.

Als Henning Engelbert kommen sah, stand er auf.

»Komm«, sagte er nur.

Mühsam taumelten sie durch die Nacht. Bis zum Pastorat und von dort den Wirtschaftsweg entlang, der zum Haubarg von Hennings Eltern führte. Nach hundert Metern blieb Engelbert nach Luft ringend stehen und musste sich übergeben. Henning zog ihn hoch und schleppte ihn weiter.

Es waren nur noch ungefähr fünfzig Meter bis zum Haubarg.

Außerhalb des Ortes gab es keine Laternen mehr, und die Dunkelheit verschluckte die beiden. Nichts verriet, dass da jemand in der Nacht unterwegs war.

Am Haubarg angekommen, sah Henning, wie blass Engelbert war. Er kämpfte dagegen an, sich erneut zu übergeben.

Henning legte sich Engelberts Arm um die Schulter, schleifte ihn die Treppe hoch, zog ihm im Schlafzimmer Jacke und Hose aus und hievte ihn ins Bett.

Engelbert fiel augenblicklich in einen komaähnlichen Zustand und schlief seinen Rausch aus.

Henning verließ noch einmal die Wohnung und lief zurück zum Festplatz.

Mit der Taschenlampe leuchtete er in den Schuppen. Nele war nicht mehr da.

Bruno wachte auf, weil er ein ungutes Gefühl hatte. Die Nacht war so außergewöhnlich still, dass es ihm Angst machte. Er drehte sich noch ein paarmal von der linken auf die rechte Seite und versuchte sich zu beruhigen, indem er sich einredete, dass das nur ein eingebildetes, dummes Gefühl sei, viel eher müsse er sich Gedanken machen, wenn er Geräusche hörte – aber es half alles nichts. Sein Herz schlug ihm bis zum Hals, an Weiterschlafen war nicht mehr zu denken.

Also schaltete er seine Nachttischlampe ein, schlüpfte in seine Filzpantoffeln und zog den Bademantel über. Leise verließ er sein Schlafzimmer und ging auf dem Flur nur zwei Türen weiter.

Er öffnete die Tür. Die Straßenlaterne schien direkt in Neles Fenster, die Gardine war nicht zugezogen, und daher hatte er genug Licht, um zu sehen, dass ihr Bett leer und unbenutzt war.

Ihm war, als ob in diesem Moment ein Schraubstock seinen Brustkorb zusammendrückte und ihm den Atem nahm.

»Nele!«, flüsterte er. »Min Deern! Wo bist du denn?«

Jetzt machte er in Neles Zimmer, im Flur und im Treppenhaus Licht. Langsam ging er die Treppe hinunter in die Küche, suchte seine Lesebrille, die auf dem Rätselheft lag, und sah auf die Uhr. Halb vier. Das Fest war lange zu Ende, und Nele war noch nicht zu Hause. So etwas hatte es noch nie gegeben.

So schnell er es mit seinem schwachen Herzen schaffte, rannte Bruno die Treppe hinauf ins Schlafzimmer und zog sich mit fliegenden Händen an. Er bekam kaum die Knöpfe seiner Hose zu, so zitterten seine Hände.

Dann lief er aus dem Haus und die Dorfstraße hinunter.

»Nele!«, rief er immer wieder. Aber er bekam keine Antwort. Die Eschen rauschten im Wind, ansonsten hörte er keinen Laut. Noch nicht mal ein Auto war um diese Zeit unterwegs.

»Nele!« Dem alten Schmied liefen die Tränen über die Wangen, denn im Grunde seiner Seele wusste er, dass es aussichtslos war.

Schließlich klingelte er bei Uwe, dem Bürgermeister.

Es dauerte einige Minuten, bis Uwe öffnete.

»Bruno! Wat is?«

»Nele is verschwunden. Sie ist nich zu Hause, nich in ihrem Bett.« Jetzt weinte Bruno richtig.

»Komm rein!«, sagte Uwe und trat zur Seite.

Sie setzten sich in die Küche. Uwe holte eine Flasche Korn und schraubte sie auf.

»Erzähl!«, sagte er.

»Da gibt's nichts zu erzählen. Ich bin um halb zwölf vom Fest weg. Nele wollte noch nicht mit, sie hört doch so gern die Musik, und sie tanzt auch ab und an. So ganz für sich, weißt du?«

»Ja, ich weiß.«

»Ich bin also nach Hause und hab Nele gesagt, bleib man nich allzu lange. Sie hat genickt. Ich bin dann gleich ins Bett und eingeschlafen. Und eben bin ich aufgewacht, nur wegen so einer Ahnung, weiter nichts, aber ich bin aufgestanden und hab gesehen, dass sie nicht da ist. Noch gar nicht da war. Bin auch schon durchs ganze Dorf gelaufen und hab sie gerufen, aber da is sie nich.«

»Pass auf, Bruno«, sagte Uwe und goss ihm einen Doppelten ein, »jetzt mitten inne Nacht können wir gar nichts machen. Im Dunkeln suchen geht ja gar nicht. Also mach dir man keine Sorgen. Vielleicht is sie bei 'nem Freund. Wenn sie morgen Vormittag nicht wieder auftaucht, suchen wir. Okay?«

Bruno schüttelte den Kopf.

»Versuch dich zu beruhigen und noch ein paar Stunden zu schlafen. Ich kann dir jetzt auch nicht helfen.« Uwe stand auf. »Lass man den Kopp nich hängen, Bruno. Wird alles gut.« Er gab ihm einen freundschaftlichen Klaps auf die Schulter.

Bruno stand auf, ließ den Schnaps stehen und ging stumm aus der Küche.

Uwe sah ihm nach, wie er die Dorfstraße hinunterging. Vollkommen kraftlos und noch gebeugter als sonst.

Düvel noch eins, dachte der Bürgermeister und wusste in diesem Moment, dass nichts gut werden würde.

Mittags um halb eins schüttelte Henning Engelbert wach.

»Los, komm, steh auf! Es ist etwas passiert!«

Engelbert schlug mühsam die Augen auf. »Mein Kopf!«, flüsterte er.

Henning drückte ihm zwei Aspirin in die Hand und half ihm, die Tabletten mit Wasser zu schlucken, indem er seinen Kopf stützte.

»Bist du einigermaßen bei Verstand? Kann ich reden?«

Engelbert nickte und schob sich das Kopfkissen in den Rücken, um aufrechter sitzen zu können, aber er verzog vor Schmerz das Gesicht.

»Nele ist tot«, sagte Henning, »sie ist heute Morgen im Siel gefunden worden. Noch weiß man nicht, warum sie ertrunken ist. Ob es Selbstmord, Mord oder ein Unfall war.«

»Ich versteh nicht«, murmelte Engelbert.

»Dann werd ich's dir erklären. Erinnerst du dich noch an den Schuppen gestern?«

Engelbert nickte.

»Als ich abgehauen bin, warst du noch bei Nele. Was hast du mit ihr gemacht, verdammte Scheiße?«

Engelbert suchte in seinem schmerzenden Schädel nach einer Erinnerung. Da war der Schuppen. Ja. Und Nele am Boden mit vor Angst weit aufgerissenen Augen. Er hatte ihr Mund und Nase zugedrückt, damit sie nicht schrie. Da war kein weiteres Bild, nur diese Augen.

»Was hast du gemacht?«, zischte Henning und schüttelte ihn.

»Ich weiß nicht …«

»Na los! Überleg! Hast du sie vergewaltigt?«

Engelbert rieb sich die Augen. »Das kann sein, Henning, bitte, ich weiß es wirklich nicht …«

»Oh Mann!« Henning schlug mit der Faust auf den Nachttisch, dass die Nachttischlampe hüpfte.

»Hast du sie umgebracht?«

Engelbert sah aus, als würde er jeden Moment in Tränen ausbrechen, und schüttelte den Kopf. Aber es wirkte nicht sehr überzeugend.

»Henning, ich schwöre dir, ich kann mich nicht erinnern! Oh mein Gott!« Er stand schwerfällig auf, ging zum Fenster und rang die Hände. »Ich weiß noch, dass ich betrunken war. Ja, da war Nele. Sie lag im Schuppen und sah mich an. Mehr weiß ich nicht. Und dann wollte ich nur noch nach Hause und ins Bett. Aber wie ich ins Bett gekommen bin, weiß ich nicht mehr.«

»Eins steht fest«, sagte Henning, »wir müssen hier so schnell wie möglich verschwinden.«

Ihm war klargeworden, dass es auch für ihn schlecht aussah, wenn Engelbert verdächtigt wurde. In der Not würde Engelbert ihn verpfeifen, und wer weiß, ob man jemals eindeutig feststellen konnte, wer der Letzte bei Nele gewesen war.

Sie hatten beide keine guten Karten.

»Fällt es nicht auf, wenn wir nach dieser Sache so überstürzt wieder abreisen?«, fragte Engelbert völlig verunsichert.

»Ja, vielleicht. Ich weiß nicht. Aber zieh dich jetzt an und komm runter.«

Er ging, und Engelbert hatte zum ersten Mal in seinem Leben richtig Angst.

»Selbstmord«, sagte Hennings Mutter Imke. »Ganz eindeutig Selbstmord. Was denn sonst? Nele war nicht ganz bei Trost, die wusste doch gar nicht, was sie tat, und so was kommt nun mal von so was. Vielleicht ist sie im Dunkeln auch einfach ins Wasser gefallen? Kann doch sein! Was anderes kommt gar nicht infrage! Wer sollte denn der Nele was tun? Gibt's doch gar nicht, nicht hier, nicht bei uns. Nee, das schlagt euch mal aus dem Kopf. Hab ich dem Polizisten auch gesagt. Die Nele war 'ne Nette. Ne ganz Liebe. Tat keiner Fliege was, war eben nur nich ganz richtig im Kopf. Aber so 'ne Leute leben ja nie lange. Die Harmlosen sind immer die Ersten, die sterben. Aber schlimm is es vor allem wegen dem Bruno. Ob der sich nochmal fängt, is so 'ne liebe Sache. Erst die Frau und dann auch noch die Tochter! Fürchterlich! Heute Morgen haben sie ihn gleich weggebracht. In die Psychiatrische nach Flensburg. Dass der sich bloß nich auch noch was antut! Denn das is ja das Üble im Leben: Ein Drama zieht das andre hinter sich her. Und wenn du erstmal mittendrin steckst in so 'ne Tragödie, kommste so schnell nich wieder raus. Nee, es is schon ein bisschen schade um die Nele.«

»Hör auf, Mama.« Henning wurde ganz schlecht, wenn er seine Mutter so reden hörte. Engelbert saß leichenblass vor seinem Tee und schwieg.

»Der Bruno hat sein Leben lang geschuftet«, fuhr sie unbeirrt fort. »Nichts hat er sich gegönnt. Gar nichts. Es war immer alles nur für die Irmgard und dann für die Nele. Sie sollten es gut haben. Glücklich sein sollten sie, und fehlen sollte es ihnen an nichts. Aber glücklich waren sie alle beide nicht. Und jetzt sind sie tot, und nichts bleibt ihm. Gar nichts. War alles umsonst. Ist das gerecht?« Sie stützte sich mit beiden Fäusten auf die bunt-karierte Plastikdecke des Tisches und sah Henning in die Augen. »Und jetzt weißt du, warum ich seit zwanzig Jahren nicht mehr in die Kirche gehe. Weil nichts gerecht ist auf der Welt. Gar nichts.«

»Lass gut sein, Mama.«

Imke nickte und setzte sich. Offensichtlich hatte sie jetzt ihre gesamte Munition verschossen. Sie nahm zwei Löffel Kandis in den Tee und rührte langsam um. Mit Entsetzen sah Henning, dass sie schon die spitz und hoch aufragenden Handknöchel hatte, die so charakteristisch für alte Leute waren. Meine Mutter ist erst zweiundsechzig, dachte er und hatte in diesem Moment das Gefühl, dass er sie bald verlieren würde.

»Wann kommt Papa wieder?«, fragte er.

»So gegen halb acht. Er hilft dem dicken Hein beim Heu machen. Noch ist das Wetter günstig.«

Henning nahm die Hand seiner Mutter und drückte sie sanft.

»Wir werden morgen Vormittag wieder fahren, Mama«, sagte er, »nicht traurig sein, wir kommen bald wieder, aber Engelbert hat bald eine Prüfung und muss noch verdammt viel lernen, ihm fehlt im Moment einfach die Ruhe, die Landschaft hier zu genießen.«

»Verstehe«, sagte Imke mit zusammengepressten Lippen. »Natürlich. Wenn ihr fahren müsst, dann fahrt!«

Am Abend gingen sie noch einmal durch den Ort. Vor dem Schuppen blieb Engelbert lange stehen.

»Ich erinnere mich wirklich an nichts«, sagte er, »ich schäme mich, aber es ist so. Bitte glaub mir.«

Henning nickte nur. Dann sagte Engelbert leise: »Du hast mich gesehen, und du hältst deine Schnauze. Du bist ein echter Freund, Henning. Das werde ich dir nie vergessen.«

Engelbert und Henning umarmten sich stumm.

Dr. Engelbert Kerner griff zum Telefon und rief den Anwalt des Angeklagten an.

»Herr Frey, es tut mir leid, dass ich Sie in der Pause störe«, begann er, »aber könnte ich Sie wohl ein paar Minuten sprechen? Bitte kommen Sie doch mal kurz in mein Büro.«

Zwei Minuten später nahm Norbert Frey vor dem Richterschreibtisch Platz. Er war Anfang dreißig, leicht übergewichtig und hatte ein nervöses Zucken unter dem linken Auge.

Engelbert spielte mit seinem Kugelschreiber und sah den jungen Kollegen aufmunternd freundlich an.

»Haben Sie schon eine Vermutung, wie die Verhandlung ausgeht?«

»Ich kann natürlich nicht in Ihren Kopf gucken«, meinte Frey ausweichend und lächelnd, »aber ich denke, es wird auf ein halbes Jahr auf Bewährung hinauslaufen.«

»Das ist das, was die Staatsanwaltschaft mindestens fordern wird«, nickte Engelbert.

»Richtig.«

»Dann hätten Sie verloren.«

Norbert Frey atmete tief durch. Er wusste nicht, was das Ganze sollte. »Ich zieh mir den Schuh nicht an, denn viel Spielraum haben wir bei der Rechtslage alle nicht.«

»Genau. – Also passen Sie auf.« Engelbert beugte sich ein Stückchen vor, um seinen Worten mehr Nachdruck zu verleihen. »Staatsanwalt Binder ist ein scharfer Hund. Er kriegt Pickel, wenn er verliert. Und in den letzten fünfzehn Jahren hatte er fast immer einen makellosen Teint.« Engelbert grinste. »Das wollen wir doch ändern. Finden Sie nicht?« Er lehnte sich genüsslich zurück und verschränkte die Arme. »Sie sind noch relativ neu in unserem Gewerbe, habe ich Recht?«

Frey nickte. »Das ist mein dritter Prozess.«

»Und?«

»Ein Sieg, ein Vergleich, eine Niederlage.«

»Ah ja. Kein Problem. Aber sehen Sie, heute möchte ich Ihnen ein bisschen auf die Sprünge helfen. Auch wegen Binder natürlich. So wie der Fall jetzt liegt, kriegt der Junge ein halbes Jahr. Ganz klar. Aber ist das wirklich so einfach? Haben Sie den Zustand der Kreuzung und die Situation zur Zeit des Unfalls genau recherchiert? Wissen Sie, ob da nicht eine Ölspur, eine riesige Pfütze oder Rollsplitt auf der Straße war? Da wäre wahrscheinlich auch ein nüchterner Fahrer geschleudert. Und wie stand die Sonne? Vielleicht war der Fahrer geblendet? Oder sind Kinder auf die Straße gelaufen? Hat sich ein Hund von der Leine gerissen? Was weiß ich? Da gibt es tausend Möglichkeiten.«

Es war still im Büro.

»Verstehen Sie?«

»Ja, natürlich.«

»Gut.« Engelbert stand auf und reichte dem Anwalt die Hand. »Stellen Sie einen Antrag, dann werden wir die Fortsetzung des Prozesses vertagen.«

Norbert Frey nickte und verließ nachdenklich das Büro.

Zwei Tage später sprach Richter Dr. Engelbert Kerner das Urteil, und alle Anwesenden erhoben sich.

»Im Namen des Volkes ergeht folgendes Urteil: Der Angeklagte unterliegt dem Jugendstrafrecht. Er wird wegen des Führens eines Fahrzeugs bei Trunkenheit und der fahrlässigen Tötung einer Frau nach § 59 StGB verwarnt, erhält eine Geldstrafe von achttausend Mark, die den Hinterbliebenen des Opfers zugutekommen, und ist verpflichtet, innerhalb der nächsten drei Monate zweihundert Stunden gemeinnützige Arbeit zu verrichten. Der Führerschein wird ihm für ein halbes Jahr entzogen. – Bitte nehmen Sie Platz.«

Jonathans Blut pochte in den Schläfen. Er war kaum in der Lage zu atmen und glaubte zu kollabieren. Das war nichts. Fast nichts. Die Geldstrafe war der blanke Hohn und tat dem jungen Mann, beziehungsweise seinen Eltern, überhaupt nicht weh. Dass er selbst dieses Geld als Entschädigung für seine tote Tochter erhalten sollte, war lachhaft. Er würde es einer Organisation für Verbrechensopfer spenden.

Und ansonsten? Zweihundert Stunden Laub harken? War das eine Strafe? Eine Vergeltung für den Tod eines Menschen? Und auch der Verlust des Führerscheins für ein halbes Jahr tat nicht wirklich weh.

Dieser Tobias Altmann war jetzt noch nicht einmal vorbestraft. Er konnte seine makellose Weste weiterhin spazieren tragen.

Dr. Engelbert Kerner begründete das Urteil.

»Tobias Altmann ist neunzehn Jahre jung, hat gerade Abitur und im Überschwang des Glücks und der Erleichterung über die bestandenen Prüfungen einen großen Fehler gemacht: Er hat sich auf der Abiturfeier im Haus seiner Eltern völlig betrunken und ist in diesem Zustand Auto gefahren. So kam es zu dem schrecklichen Unfall mit tödlichem Ausgang.

Allerdings konnte der Angeklagte im Verlauf des Prozesses eine Erinnerungslücke schließen und dem Gericht glaubhaft schildern, dass ein zirka zehnjähriger Junge auf die Fahrbahn rannte, weil er seinen Freund auf der anderen Straßenseite entdeckt hatte. Tobias Altmann musste gleichzeitig bremsen und ausweichen und verlor die Kontrolle über sein Fahrzeug. Das wäre möglicherweise auch einem nüchternen Fahrer passiert.

Dieser Umstand mindert seine Schuld.

Außerdem kann man dem jungen Mann vieles zugutehalten: Er war den Umgang mit Alkohol nicht gewohnt und wusste nicht, was dieser in seinem Körper und vor allem in seinem Kopf anrichten kann. Bei einem Blutalkoholwert von über 2,8 Promille war er nicht mehr zurechnungsfähig und somit auch deshalb nur bedingt schuldfähig. Das trifft ebenso für die Fahrerflucht zu. Den Fehler hat er ja dann anschließend sehr schnell eingesehen und korrigiert.

Tobias Altmann ist geständig und zeigt echte und tiefe Reue. Er hat seitdem keinen Alkohol mehr getrunken. Eine Wiederholung oder ein ähnliches Vergehen ist bei seinem Charakter nicht zu befürchten.

Für den Angeklagten spricht auch die Tatsache, dass er sich bei den Eltern des Opfers entschuldigt hat. Dieses Verhalten hat ebenfalls zu dem milden Urteil beigetragen. Das Gericht möchte ihm die Chance lassen, ein verantwortungsvolles Leben zu führen und sich eine erfolgreiche Zukunft innerhalb der bürgerlichen Gesellschaft aufzubauen.

Überdies ist das Gericht zu der Überzeugung gekommen, dass es weder dem Opfer noch den Hinterbliebenen etwas nützt, wenn Tobias Altmann eine Freiheitsstrafe erhielte, die als Vorstrafe seiner Karriere ein Leben lang im Wege stünde. Daher ist das Gericht unter dem geforderten Strafmaß der Staatsanwaltschaft geblieben.

Die Verhandlung ist hiermit geschlossen.«

Dr. Engelbert Kerner sah noch, dass der Anflug eines Lächelns über das Gesicht seines Freundes Henning Altmann huschte, als er den Sitzungssaal verließ, aber er hütete sich davor, es zu erwidern.

Auf dem Gerichtsflur traf Dr.Kerner mit Dr. Binder zusammen.

»Dieses Urteil ist ein Affront gegen die Staatsanwaltschaft und kostet dich eine Revanche«, sagte der Staatsanwalt grinsend. »Wie wär's am Samstag um zehn auf dem Golfplatz?«

»Gerne.« Dr. Kerner grinste ebenfalls.

Sie schlugen sich kurz freundschaftlich auf die Schulter und gingen dann in unterschiedlichen Richtungen eilig davon.

Jonathan Jessen stand schwerfällig auf und wirkte wie paralysiert. Der Mörder seiner Tochter war im Grunde ungeschoren davongekommen. Es gab keine Gerechtigkeit mehr in diesem Land.

Er schleppte sich hinaus wie ein alter, gebrochener Mann und wusste nicht, wohin mit seinem Hass.

ZEHN

Toskana, 16. 12. 2001

Am dritten Advent herrschte strahlend schönes Wetter. An Schnee war nicht zu denken, auch nicht auf fast sechshundert Metern Höhe. Der Himmel war tiefblau, das vom Morgentau feuchte Gras glitzerte in der Sonne, und im Tal lag der Nebel wie eine flauschige dicke Decke.

Jonathan hatte Frühlingsgefühle und nicht die geringste Vorweihnachtsstimmung.

Seit beinah zwei Monaten wohnte er jetzt in der kleinen Ferienwohnung der Valentinis und hatte die Zeit fast ausschließlich damit verbracht, Italienisch zu lernen. Sofia war eine talentierte und geduldige Lehrerin, und Jonathan hatte mittlerweile so viel gelernt, dass er in der Lage war, sich mit Amanda und Riccardo in einfachen Sätzen zu verständigen und das meiste zu verstehen, was sie sagten. Mit Sofia sprach er weiterhin fast immer deutsch, da sie ihn auf Deutsch wesentlich besser verstand als er sie auf Italienisch.

»Machen wir einen Adventsspaziergang?«, fragte er sie nach dem Frühstück. »Heute ist Sonntag, heute fällt der Unterricht aus.«

Sie nickte, und ein Lächeln huschte über ihr Gesicht.

Die arme Amanda schlief noch, Riccardo war nach Bucine gefahren, um Ugo beim Reparieren seines Treckers zu helfen, und sie gingen langsam los.

Bis sie zur Schlucht kamen, wo sich der Weg gabelte, schwiegen sie. Linker Hand war das Maisfeld, das jetzt brach lag und mit Unkraut überzogen war.

Sie umrundeten den Berg, und Jonathan war wie jedes Mal von dem atemberaubenden Rundumblick überwältigt. Hier in der Höhe war es ein strahlender, sonniger Tag, aber im Tal waren Orte, Wiesen und Straßen wie so oft von Nebel bedeckt.

»Wie an meinem allerersten Morgen auf La Passerella habe ich auch heute wieder das Gefühl, um uns herum sei das Meer«, sagte er leise zu Sofia, denn er hatte ein schlechtes Gewissen, von dem zu schwärmen, was er sah.

»Ich weiß«, sie nahm seine Hand und drückte sie, »ich kann mich noch gut daran erinnern, wie es aussah, wenn der dichte Nebel über Ambra lag.«

»Es ist fast, als würden wir durch ein Juwelenfeld gehen, Sofia. An jedem Grashalm hängen Hunderte von winzigen glitzernden Bläschen, und an der Spitze jeden Halmes prangt ein dicker Tropfen, der im Sonnenlicht funkelt. Wenn ich länger hinsehe und meinen Kopf leicht hin und her drehe, strahlt er wie ein geschliffener Diamant in allen Farben.«

»Du bist nicht nur mein Auge, du bist sogar mein Mikroskop«, antwortete Sofia leise, und Jonathan strich ihr übers Haar.

Sie ging los. Zügiger als sonst, aber die Richtung stimmte nicht ganz, und sie lief geradewegs auf den Abgrund zu.

Jonathan hatte einen Moment geträumt und Richtung Cennina gesehen, das in der Ferne wie das versunkene Atlantis aus dem Nebel auftauchte, aber im letzten Moment bemerkte er das drohende Unheil, stürzte zu Sofia und riss sie zurück.

Er schloss sie fest in seine Arme. »Pass doch auf«, flüsterte er, »und geh nicht mehr ohne mich. Keinen Schritt!«

Sie nahm den zarten Duft von borkiger Rinde und Zimt wahr, einen Geruch, den sie vom ersten Moment an nur ihm zugeordnet hatte. Dann spürte sie seinen leichten Atem. Sein Gesicht näherte sich dem ihren, und sie verharrte bewegungslos.

Als er ihren Kopf in seine Hände nahm und seine Lippen langsam und fest auf ihren Mund drückte, wurde ihr schwindlig. Es war, als ob das Glück, das sie in dieser Intensität noch nie erlebt hatte, sich in ihrem Kopf drehte. Sie fürchtete zu fallen, da ihre Knie nachgaben und einknickten, aber er hielt sie fest. Sie schlang ihre Arme um ihn, öffnete ihren Mund und war bereit für alles, was ihr an seiner Seite widerfahren würde.

Wieder zurück in seinem Zimmer, öffnete er seinen Koffer, den er in einer dunklen Ecke neben dem Schrank abgestellt hatte. Er nahm die Rolle heraus, die er sorgsam gehütet, aber nicht mehr angesehen hatte, seit er nach La Passerella gekommen war.

Es war Giselles Selbstbildnis in Öl, ihr Geschenk, und während ihres Todes von einem Lastwagen überrollt.

Im Magazin fand er Holzleisten, Dübel, Nägel und Schrauben. Früher hatte er öfter Bilder für Giselle gerahmt und mit der Zeit einige Fertigkeit darin entwickelt. Dennoch arbeitete er fast vier Stunden, bis er mit seiner Arbeit zufrieden war. Dann hängte er es an die Wand dem Bett direkt gegenüber und legte sich hin, um es in Ruhe zu betrachten.

Die Schöne auf dem Bild sah ihn an. Mit klarem, wachem Blick.

Sie war ihm nahe, und das machte ihn glücklich. Dies war seine zweite Chance. Diesmal würde er für sie sorgen, sie nicht mehr aus den Augen lassen und vor jedem Unheil bewahren. Noch einmal würde er sie nicht verlieren.

Jonathan vergaß Zeit und Raum, er stand nicht auf, um etwas zu essen oder zu trinken, weil er diesen Moment festhalten wollte.

Es dämmerte, und langsam wurde es dunkel. Über die Farben legte sich kaum merklich ein immer dichter werdender Schatten, die Konturen verschwammen. Irgendwann konnte er sie nicht mehr erkennen.

Es war, als wäre sie aus dem Zimmer gegangen.

ELF

Es war einen Tag vor Heiligabend und frühlingshaft warm, als Jonathan aus dem Haus trat. Er blinzelte in die milde Nachmittagssonne und zog seine Jacke aus. Unwillkürlich musste er an Berlin denken, wenn er an einem warmen März- oder Apriltag zum ersten Mal im Jahr die Gartenmöbel aus dem Schuppen geholt und auf die Terrasse geschoben hatte.

Er sah auf die Uhr. Kurz nach drei. Amanda schlief wahrscheinlich noch, und Riccardo war im Dorf, um seine neu geschärfte Motorsäge abzuholen. Einen Moment überlegte er, ob er mit Sofia noch einen Kaffee trinken sollte, entschied sich dann aber, sofort loszufahren. Am Tag vor Weihnachten war die Stadt sicher voll, und allein die Parkplatzsuche würde ein Problem sein.

Mittlerweile fuhr er die Strecke nach Siena fast im Schlaf. Er rumpelte über Sand und Steine nach Monte Benichi, und irgendetwas in der Lenkung quietschte, wenn er in eine Linkskurve fuhr. Lange würde der Wagen nicht mehr halten. Über kurz oder lang musste er sich einen Jeep zulegen, der besser in Schuss war.

Er fuhr durch den grauen, blätterlosen Wald, vorbei an San Gusmè, und verzichtete auch hier darauf, in der kleinen Bar im Zentrum des mittelalterlichen Städtchens einen

Kaffee zu trinken und einige weihnachtliche Ricciarelli zu essen. Es würde viel Zeit brauchen, für Sofia, Amanda und Riccardo Weihnachtsgeschenke zu finden.

Jonathan kam zügig voran. Im Winter fuhr kaum jemand die kurvige Straße, die durch Weinberge und kleine Dörfer führte, die meisten benutzten die Schnellstraße und dann die Tangenziale, die um Siena führte und eine Abfahrt zu jedem Stadttor hatte.

Nach vierzig Minuten erreichte er Siena und nahm im ersten Kreisverkehr die dritte Ausfahrt in die Innenstadt zur Porta Ovile. Durch die Stadt staute sich der Verkehr, und bis zum Forte S. Barbara brauchte er zwanzig Minuten. Auf der Piazza IV Novembre fand er einen gebührenpflichtigen Parkplatz, löste ein Ticket für drei Stunden und ging dann in Richtung Campo über die Viale Vittorio Veneto und die Viale dei Mille bis zur Kathedrale S. Domenico und von dort bis zur Piazza S. Giovanni, wo er im November in einem kleinen Laden, der hauptsächlich Antiquarisches verkaufte, Bücher in Blindenschrift entdeckt hatte.

Er fand auf Anhieb, was er suchte. Ganz oben im Regal standen italienische Märchen von Italo Calvino. In Blindenschrift umfassten sie zehn Bände, waren aber komplett. Jonathan konnte sein Glück kaum fassen.

»Was kosten die Märchen?«, fragte er den Buchhändler.

»Zweihundertsiebzig Euro«, antwortete dieser mit stoischer Miene, als sei dieser Preis das Normalste der Welt.

»Was?« Jonathans Stimme überschlug sich fast.

»Ja«, meinte der Buchhändler achselzuckend, blätterte gelangweilt in einem Katalog und würdigte Jonathan keines Blickes. »So ist es. Zweihundertsiebzig Euro.«

»Sind Sie verrückt geworden? Sind Sie komplett irre?«, schrie Jonathan auf Deutsch.

»Blindenschrift ist so eine liebe Sache«, sagte der Buchhändler vollkommen ungerührt, »kompliziert und teuer. Und es gibt nur sehr wenige Exemplare.«

Jonathan hörte ihm gar nicht zu.

»Ja, und wer soll das kaufen?«, brüllte er. »Wer denn? Kein Mensch! Und zu diesem aberwitzigen Preis schon gar nicht! Du bist doch völlig hirnverbrannt, wenn du hier in deiner Bude hockst und hoffst, dass irgendein Vollidiot mit einem Sack voll Geld vorbeikommt, um genau diese Bücher zu kaufen! Du bist doch nicht ganz bei Trost!«

Er schlug sich mit der Hand vor die Stirn.

Der Buchhändler hatte kein Wort verstanden, aber sah ihn mit stoischer Ruhe an. Keinen Cent würde er diesem Spinner nachlassen.

»Zweihundertsiebzig Euro«, murmelte er, stützte sich auf seine Ellbogen, rückte seine Brille dichter vor die Augen und zog die Brauen hoch, als würde er ganz besonders interessiert und gründlich einen Absatz in seinem Katalog studieren.

Jonathan bebte. Er machte einen Schritt auf den Mann zu, riss ihn an der Jacke hoch und schüttelte ihn.

»Meine Tochter ist blind! Hörst du! Sie will diese Bücher, und sie kann nur Blindenschrift lesen, du Schwachkopf!«

Der Buchhändler nestelte nach seinem Handy, um die Carabinieri zu rufen.

Jonathan ließ ihn los, schob sich die Haare aus der verschwitzten Stirn und atmete tief durch. Dann trat er einen Schritt zurück.

»Okay, okay, okay. – Ich komme wieder.«

Damit verließ er den Laden.

Auf der Straße sah er in seine Brieftasche.

Er hatte nur noch hundertfünfundzwanzig Euro und etwas Kleingeld und wollte außerdem Wein und eine Kleinigkeit für Amanda und Riccardo kaufen, auch wenn er noch nicht wusste, was.

Es dauerte keine zehn Minuten, da fand Jonathan eine Bank mit einem Geldautomaten vor der Tür. Er schob seine Plastikkarte in den Schlitz, gab seine PIN ein und drückte auf die 400-Euro-Taste.

»Die Karte ist ungültig« erschien lapidar auf dem Display, und der Automat spuckte sie wieder aus. Jonathan wollte es einfach nicht glauben. Bevor er es zum dritten und letzten Mal probierte, sah er sich seine Kreditkarte noch einmal genauer an und entdeckte, dass sie nur bis zum ersten Dezember gültig gewesen war.

Keine Chance, vor Weihnachten oder an den letzten Tagen des Jahres noch an Geld zu kommen.

Wütend schlug er mit der flachen Hand gegen den Geldautomaten, zog sein Handy aus der Tasche und rief Jana an. Sie war sofort am Apparat.

»Ja?«, sagte sie.

»Ich bin's, Jana. Jonathan.«

»Was willst du?«

»Frohe Weihnachten, Jana.«

»Danke. Dir auch.« Sie legte auf.

Er wählte erneut.

»Ja?« Ihre Stimme klang genervt.

»Ist es schon zu viel, wenn ich dir frohe Weihnachten wünsche?«

»Ich nehme nicht an, dass du nur deswegen angerufen hast.«

»Nein.« Ein Motorrad knatterte direkt an ihm vorbei, und er musste eine Pause machen.

»Jana, was ist es dir wert, wenn du nie wieder von mir hörst?«

»Wie?«

»Ich meine, was zahlst du mir, wenn ich für immer aus deinem Leben verschwinde?«

»Das soll ich dir jetzt hier in fünf Minuten beantworten? Während du da irgendwo in einer dreckigen italienischen Gasse stehst und ins Telefon schreist? Du spinnst doch!« Sie beendete das Gespräch. So hatte es keinen Zweck.

Er setzte sich auf die Stufen einer Kirche und schrieb ihr eine SMS.

– *Mein Angebot: fünfhunderttausend. Ich überschreibe dir Haus, Inventar, Auto und Wertpapiere. Du überweist mir das Geld, und ich bin weg. Was hältst du davon?*

Die Antwort kam prompt:

– *Zweihundertfünfzigtausend.*

Jonathan schnappte nach Luft. Das war unverschämt. Allein das Haus war ein Vielfaches wert. Die SMS flogen nur so hin und her.

– *Vierhundertfünfzigtausend.*

– *Nein!!!*

– *Vierhunderttausend.*

– *Dreihundertfünfzig. Mein letztes Wort.*

– *OK. Bitte tu mir den Gefallen und überweise mir gleich fünfhundert Euro. Meine Kreditkarte ist ungültig.*

– *Schick mir deine Kontonummer.*

– *Danke. Buon natale, Jana.*

– *Du kannst mich mal.*

Jonathan schob das Handy in seine Hosentasche, schlenderte in Richtung Campo und hatte ein ungemein gutes Gefühl. Der erste Schritt war getan, mit Sofia ganz von vorn anfangen zu können.

Es dämmerte bereits, als Riccardo nach Hause kam, denn beim Eisenwarenhändler hatte es länger gedauert, als er gedacht hatte. Im Laden war es brechend voll gewesen, weil die meisten die Feiertage dazu nutzten, dringende Reparaturen oder Renovierungsarbeiten in ihren Häusern zu erledigen, und sich nun die erforderlichen Materialien zusammenkauften. Riccardo wartete fast eine Dreiviertelstunde, bis er bedient wurde und seine geschärfte Motorsäge, ein geflicktes Schubkarrenrad und eine geschliffene Machete zurückbekam. Außerdem kaufte er einen Kanister Kettenöl, eine Schachtel Schrauben und Dichtungsringe. Vor ein paar Tagen hatte Jonathan ihm gesagt, in seiner Küche tropfe der Wasserhahn, und Riccardo hatte keine passenden Dichtungen im Magazin gefunden.

Jetzt sah er, dass Jonathans Wagen nicht vor dem Haus stand, und beschloss, den Wasserhahn schnell selbst zu reparieren.

Er klopfte ein paarmal, rief Jonathans Namen, obwohl er ziemlich sicher war, dass dieser nicht zu Hause war, und als er keine Antwort bekam, betrat er die kleine Wohnung, die nicht abgeschlossen war. Zum einen, weil auf La Passerella niemand je eine Tür abschloss, auch nachts nicht, zum anderen, weil dies auch gar nicht mehr möglich war, da Amanda den Schlüssel schon vor Jahren verloren oder verlegt hatte.

Die Tür ließ er weit offen stehen, als er durchs Wohnzimmer in die Küche ging, und registrierte nur beiläufig, dass die gesamte Wohnung makellos aufgeräumt war, auch das Bett war ordentlich gemacht. Ungewöhnlich fand Riccardo, dass Jonathan ein Bild, das dem Bett gegenüberhing, mit einem Tuch verhängt hatte. Aber auch das interessierte ihn nicht sonderlich, und er begann den Wasserhahn abzuschrauben.

Das Auswechseln der Dichtung dauerte keine fünf Minuten. Da er nun aber schon mal dabei war und eine ganze Schachtel voller Dichtungen in der Hand hielt, entschloss er sich, auch die Wasserhähne im Bad und in der Dusche zu kontrollieren.

Als er die Badezimmertür öffnete, gab es – da Jonathan das Fenster im Bad offen gelassen hatte – einen so gewaltigen Luftzug, dass die Wohnungstür krachend zuschlug. Riccardo ignorierte es, kontrollierte die Hähne, die einwandfrei funktionierten, und verließ das Bad wieder.

Der Schreck traf ihn so unvorbereitet, dass er zurücktaumelte, sich ans Herz fasste und schwer atmend an die Wand gelehnt stehen bleiben musste.

Die Zugluft hatte das Tuch vom Bild geweht, das dem Bett gegenüberhing.

Es war das Bild seiner Tochter. In Öl gemalt, so realistisch wie eine Fotografie. Ihre Haare, ihre makellose Haut, ihre charakteristischen Grübchen, ihr Lächeln. Und ihre Augen, die ihn direkt ansahen und bis ins Mark seiner Seele trafen.

Sofias Porträt.

So fieberhaft hatte Riccardo schon jahrelang nicht mehr nachgedacht. Wie konnte das sein?

Er sah sich im Zimmer um. Nirgends eine Staffelei, Leinwand, Pinsel. Nicht das geringste Utensil, das darauf hindeutete, dass Jonathan Sofia gemalt hatte.

Und Jonathan war erst knapp sechs Wochen hier. Riccardo hätte mitbekommen, wenn er jeden Tag Stunden in dem kalten Zimmer gearbeitet hätte, aber erst recht hätte er mitbekommen, wenn Sofia ihm Modell gesessen hätte.

Wie kam das Bild seiner Tochter in den Besitz dieses Mannes?

Oder hatte er es zufällig entdeckt? Auf dem Antikmarkt in Arezzo vielleicht? Er hatte die Ähnlichkeit mit Sofia erkannt und es gekauft, um es Weihnachten zu verschenken. An ihn und Amanda.

Das war die einfachste und logischste Erklärung. Und weil es eine Weihnachtsüberraschung sein sollte, hatte er es verhüllt.

Riccardo beruhigte sich wieder. Morgen Abend oder spätestens zu Epifania, dem Dreikönigsfest am sechsten Januar, würde er erfahren, was es mit dem Bild auf sich und wo Jonathan es gefunden hatte.

Sorgfältig hängte Riccardo das Tuch wieder über das Bild und verließ die Wohnung.

ZWÖLF

Dreihundertfünfzigtausend. Sie würde ihren Anwalt Dr. Bremer anrufen, um bei dem Vertrag, den sie mit Jonathan schließen musste, keinen Fehler zu machen. Aber die Lösung gefiel ihr. Jana hatte keine Ahnung, was er mit dem Geld anfangen wollte, sie wusste nicht, wo und mit wem er in Italien lebte, aber eigentlich wollte sie es auch gar nicht wissen, er war ihr mittlerweile herzlich egal.

In den letzten sechs Wochen, seit er nicht mehr da war, hatte sie sich vollkommen entspannt. Es gab Tage, da konnte sie sogar vergessen, dass es einmal ein Leben mit Jonathan gegeben hatte.

Jetzt war der erste Schritt zur endgültigen Trennung gemacht, sie musste sich wohl oder übel mit ihm auseinandersetzen, und die Erinnerung an drei Jahre Hölle nach Giselles Tod war wieder da.

Jonathan hatte nicht weinen können. Nie sah sie eine Träne auf seinem Gesicht, seine Augen waren wie ausgetrocknet, rot und entzündet, als hätte er versucht, sie sich auszukratzen.

In den ersten Tagen nach Giselles Beerdigung war es im Haus von Jana und Jonathan zugegangen wie im Taubenschlag. Freunde kamen vorbei, saßen zwei, drei Stunden in der Küche, tranken literweise Kaffee und sagten alle immer wieder denselben Satz: »Wenn ihr Hilfe braucht oder reden wollt – wir sind jederzeit für euch da.«

Jonathan wollte keine Hilfe, und er wollte auch nicht reden. Er saß in seinem Haus, schwieg beharrlich und war für niemanden zu sprechen.

»Schmeiß sie alle raus«, sagte er zu Jana, »ich bin nicht da. Ich will keinen sehen.«

»Das geht nicht, Jonathan. Das weißt du sehr gut. Und irgendwann brauchen wir sie vielleicht. Man kann nicht alles allein durchstehen.«

»Leck mich am Arsch.«

Zwei Wochen später war der Spuk vorüber. Niemand kam mehr vorbei, das Telefon klingelte vielleicht noch ein-, aber nicht mehr zwanzigmal am Tag, und Jana und Jonathan saßen allein in der Küche.

Sie sorgte sich mehr um ihn als um ihre eigenen Gefühle, versuchte ihn zu umarmen, aber er stieß sie weg.

»Lass mich in Ruhe«, war das Einzige, was er zischte.

»Aber wir haben doch nur noch uns«, flüsterte sie verzweifelt. »Wir können uns doch nicht auch noch verlieren.«

»Wir haben nichts mehr«, erwiderte er dumpf. »Gar nichts mehr.«

Stundenlang saß er in Giselles Zimmer. Regungslos, stumm und ohne Tränen. Nur noch selten kam er in die Küche, aß fast nichts mehr und magerte ab. Aber er trank. Jeden Tag eine Flasche Wodka, Gin, Grappa oder Korn, bis er nicht mehr konnte und in einen ohnmachtähnlichen Schlaf fiel.

Seit einem halben Jahr hatte er kein einziges Foto mehr gemacht, hatte die Galerie nicht mehr besucht und sein Studio nicht mehr vermietet. Er hatte kein Event mehr organisiert, er hob nicht ab, auch wenn das Telefon minutenlang läutete, und ignorierte seine Mails.

Auch Weihnachten verbrachten sie wie schon das gesamte vergangene halbe Jahr schweigend und jeder für sich im selben Haus. Jonathan saß in Giselles Zimmer, Jana vor dem Fernseher. Es gab keinen Baum und keinen Weihnachtsschmuck, und Jana legte noch nicht einmal ihr geliebtes Oratorium auf.

Im Januar hielt sie es nicht mehr aus. »Ich kann nicht mehr«, sagte sie, als er nur kurz in die Küche kam, um sich eine Tasse Kaffee zu holen. »Ich kann so nicht leben. Du redest kein Wort mit mir, hockst nur noch vor ihrem Bild und bemitleidest dich. Das ist krank, Jonathan! Komm doch endlich zurück ins Leben!«

»Krank ist das?«, fuhr er herum und verschüttete den Kaffee auf den Fußboden. »Krank nennst du das, wenn ich um sie trauere, weil ich sie geliebt habe wie nichts auf dieser Welt? Weißt du, was du da sagst? Und weißt du eigentlich, was du bist? Eine eiskalte Diva, die heilfroh ist, dass sie weg ist! Du bist ja gar nicht in der Lage, um sie zu trauern, du gehst einfach zum Alltag über, als wäre nichts gewesen. Du betreibst deine beschissene Tanzerei, als würde sie noch immer oben in ihrem Zimmer sitzen und malen!«

Es war so viel Hass in seinen Augen, dass Jana erschrak. Und das, was er ihr vorwarf, machte sie wütend.

»Wie bitte? Glaubst du, es fällt mir leicht, zum Tagesgeschäft überzugehen, mich abzurackern und das Geld für uns zu verdienen, während du dich gehenlässt und dich ganz deinem Selbstmitleid hingibst? Wo wären wir denn, wenn ich nicht weiterarbeiten würde? Hast du in den letzten Monaten auch nur einen einzigen Pfennig verdient? Ich trauere genauso um sie wie du, aber ich lass mich nicht gehen, sondern halte den Laden hier aufrecht, damit uns wenigstens noch etwas bleibt. Wenigstens das Haus und ein bisschen Würde und etwas Alltag. Alltag ist so verdammt wichtig, wenn das ganze Leben aus den Fugen gerät.«

»Dein Leben ist aus den Fugen? Wo denn? Und du trauerst? Wie denn?«, schrie Jonathan, schlug sich auf die Schenkel und lachte schrill. »Das, was du hier veranstaltest, nennst du trauern? Nicht eine Sekunde hast du um sie getrauert! Nicht eine! Denn endlich spielst du wieder die erste Geige! Endlich kannst du wieder in den Spiegel gucken und dir sagen, du bist die Schönste im Land! Oder? Ist es nicht so? Noch über ihren Tod hinaus nimmst du ihr doch übel, dass du schwanger wurdest und sie dein Primaballerina-Gehopse beendet hat!«

Jana war fassungslos über so viel Bösartigkeit.

»Wie kannst du es wagen, so mit mir zu reden!«

Jonathan sagte nichts mehr. Aber es war der erste Abend, an dem er das Haus verließ.

Stunden später saß Jana zitternd im Sessel und rauchte eine Zigarette nach der anderen. Bitte, komm, flehte sie in Gedanken, bitte, komm nach Hause! Ich brauch dich, ich will dich doch. Wir haben doch nur noch uns. Wenn du weggehst, ist alles kaputt.

Und vor sich sah sie den schwankenden Jonathan mit viel zu langen, ungepflegten Haaren, seine blutunterlaufenen Augen und seinen wirren, unsicheren Blick. Wie er durch die Stadt stolperte, volltrunken und orientierungslos, wie er sich schließlich über ein Geländer beugte, um sich zu übergeben, den Halt verlor und hinunterstürzte. Auf eine Autobahn, Bahngleise oder in einen Kanal.

Nachts um drei kam er und konnte kaum noch gehen.

»Wo warst du?«, fragte sie und weinte vor Glück, dass er wieder da war.

»Überall und nirgends«, sagte er unwillig. »Ist doch auch egal.«

In den kommenden Wochen blieb er immer häufiger und immer länger weg. Manchmal hörte sie drei Tage nichts von ihm.

»Wo warst du?«, fragte sie jedes Mal, wenn er kam.

Er machte sich noch nicht einmal mehr die Mühe, »nirgends« zu sagen.

Der Anruf kam an einem Donnerstag.

»Hallo, Jana, hier ist Sandra.«

»Hi, Sandra.« Janas Begeisterung, von Sandra zu hören, hielt sich in Grenzen, normalerweise rief sie nur an, wenn sie etwas brauchte, einen Termin absagen wollte oder über irgendjemanden stänkern konnte. Sandra belegte seit drei Jahren einen Stepptanzkurs und hatte die Angewohnheit, sich leidenschaftlich in alles einzumischen, was sie nichts anging.

»Wie geht's?«, fragte sie zuckersüß.

»Es geht.«

»Was heißt: es geht?«

»Das heißt, dass es mir einigermaßen gutgeht, Sandra. Aber warum rufst du an? Kannst du am Montag nicht?«

»Doch, doch. Nein, du, ich rufe an, weil ich irgendwie irritiert bin. Kann es sein, dass ich Jonathan gestern Nacht an der Hasenheide gesehen habe? Weißt du, da oben diese üble Ecke in Höhe Jahnstraße. Ich glaube, er war es, aber ganz sicher bin ich mir natürlich nicht.«

Jana durchfuhr es eiskalt. Gestern Nacht war Jonathan wie so oft nicht zu Hause gewesen, er war erst heute Vormittag um halb elf erschienen und ohne ein weiteres Wort in Giselles Zimmer und im Bett verschwunden.

»Wie kommst du denn auf die Idee?« Jana wusste, dass die Frage blödsinnig war und ihre Verunsicherung deutlich machte, aber ihr fiel beim besten Willen nichts Besseres ein.

»Er saß da mit ein paar Pennern. Die haben fröhlich den Fusel kreisen lassen. Und ich muss dir sagen, er sah zum Fürchten aus. Ich hab mich bestimmt nicht getäuscht, Jana.« Sie machte eine bedeutungsschwere Pause, als wolle sie das, was sie gerade gesagt hatte, noch unterstreichen, bevor sie fragte:

»Macht er da 'ne Fotosession im Pennermilieu?«

»Wann soll denn das gewesen sein?«, fragte Jana kühl.

»So um halb eins. Ich war bei einer Freundin, die wohnt am Hermannplatz. Auf dem Heimweg komme ich immer an der Hasenheide vorbei.«

»Halb eins?«, fragte Jana, »nee, um halb eins war Jonathan zu Hause. Und eine Fotosession macht er auch nicht. Da musst du dich ganz schön verguckt haben!«

»Na, da bin ich aber froh!« Aus Sandras Ton wurde deutlich, dass sie Jana kein Wort glaubte. »Ich hatte mir schon Sorgen gemacht.«

»Lieb von dir, dass du angerufen hast«, meinte Jana ebenso süßlich-verlogen, »aber ich muss jetzt runter. Die Stunde fängt gleich an.«

»Mach's gut, meine Liebe«, erwiderte Sandra betont freundlich, »wir sehen uns dann Montag um elf.«

»Ja, Montag um elf.« Jana legte auf und zischte ihr ein wütendes »Zicke« hinterher.

Jonathan verließ gegen einundzwanzig Uhr schweigend das Haus.

Jana wartete bis Mitternacht, dann fuhr sie los.

Kurz hinter dem Hermannplatz parkte sie unter einer Kastanie, die jetzt im März noch kein Laub hatte. Jana hatte sich ihre wärmste Winterjacke angezogen, fröstelte aber trotzdem. Der Temperaturanzeiger im Auto hatte lediglich zwei Grad plus angezeigt. Es nieselte leicht.

Ihre rechte Hand umfasste in der Manteltasche ein Pfefferspray, ihr rechter Zeigefinger lag in der geriffelten Vertiefung, damit sie jederzeit lossprühen konnte. Diese Gegend hatte sie immer gefürchtet, selbst nachmittags um vier, wenn der Park bevölkert war.

Sie sah sich ängstlich um. Ihre Handtasche mit Kreditkarten und Papieren hatte sie vorsorglich zu Hause gelassen, ohne Ausweis und Führerschein von einer Polizeikontrolle erwischt zu werden war ihr als das geringere Risiko erschienen. Stattdessen hatte sie sich ein paar lose Scheine eingesteckt, die sie jedem, der auf die Idee kommen sollte, sie zu überfallen, widerstandslos in die Hand drücken wollte.

Zitternd ging Jana die Hasenheide entlang. Irgendwo im Park grölte eine Gruppe betrunkener Jugendlicher. Sie betete, dass die Jungs sie nicht bemerkten und sie nicht ins Visier nahmen.

In der linken Jackentasche hatte sie eine Taschenlampe, die sie aber nicht brauchte, die Straßenbeleuchtung war ausreichend.

Im Grunde wünschte sie sich ja, dass diese Giftspritze Sandra sich getäuscht hatte, jetzt hoffte sie jedoch, ihn bald zu finden, damit sie endlich aufhören konnte, hier nach ihm suchen zu müssen. Immer wieder kam es vor, dass Frauen in der Hasenheide vergewaltigt und getötet wurden. Sie bemühte sich, nicht daran zu denken, aber es gelang ihr nicht.

Jana war jetzt bestimmt schon zweihundert Meter vom Auto entfernt und fühlte sich mit jedem Schritt schutzloser. Sie blieb stehen und überlegte, ob sie nicht lieber zum Auto zurückkehren und am Park entlangfahren sollte, denn wenn alles stimmte, was Sandra gesagt hatte, musste die Pennergruppe gestern an einem Platz gesessen haben, der von der Straße aus einsehbar war.

Gerade als sie sich entschloss, zum Auto zurückzulaufen, hörte sie Stimmen und ging weiter.

Unmittelbar hinter einem Kinderspielplatz sah sie ihn. Zwar nur von hinten, aber sie erkannte ihn sofort.

Sie konnte es kaum fassen.

Um sich Mut zu machen, atmete sie einmal tief durch und ging dann auf die Gruppe zu. Drei Männer glotzten sie aus glasigen, blutunterlaufenen Augen an. Jonathan saß im Schneidersitz auf der eiskalten Erde und trank aus einer Schnapsflasche. Die Kälte schien er nicht zu spüren.

Als sie seinen Hinterkopf berührte, zuckte er zusammen, drehte sich blitzschnell um und starrte sie an. Im ersten Moment schien er sie nicht zu erkennen, dann wich der Schreck aus seinen Augen, er drehte sich kommentarlos wieder zurück und nahm einen weiteren Schluck aus der Flasche.

Jana brach es fast das Herz, ihn so zu sehen.

»Bitte, Jonathan, bitte, komm mit nach Hause!«

Einer der Penner kicherte.

Jonathan schwieg.

»Bitte!« Sie flehte ihn an, und wenn es noch einen winzigen Funken Liebe zwischen ihnen gab, würde er mitkommen.

Jana stand da und hatte das Gefühl, dass endlose Minuten vergingen.

Schließlich erhob sich Jonathan mühsam – seine Glieder waren kalt, er konnte sich kaum bewegen – und nahm seine Decke. Eine Plastiktüte ließ er liegen. Jana sah nicht, was noch darin war, die halbvolle Schnapsflasche reichte er in die Runde.

»Macht's gut«, sagte er und tippte sich zum Gruß an eine imaginäre Mütze. »Bis denn.«

Niemand antwortete, denn keiner rechnete damit, dass Jonathan wiederkommen würde. Nur der eine kicherte jetzt noch lauter.

Dann gingen sie schweigend zum Auto.

Jetzt, da sie wusste, wo er etliche Nächte verbracht hatte, sah sie, als sie die Eingangstür aufschloss, ihr Haus mit ganz anderen Augen: die Diele mit der Lampe in Form einer Laterne, die ein klares, aber warmes Licht gab, der riesige Spiegel mit Goldrahmen zwischen Küchen- und Wohnzimmertür, der einzige im ganzen Haus, in dem man sich in voller Größe sehen konnte. Sie dachte daran, wie oft sie vor einer Premiere eingehakt vor dem Spiegel gestanden hatten, um die eigene und die Garderobe des anderen zu kontrollieren, wie sie Grimassen geschnitten, gelacht, sich geküsst und schließlich in das schon vor dem Haus wartende Taxi gestiegen waren. Dieser Spiegel war ein Stück Heimat, und wenn sie ihn sah, hatte sie tausend Erinnerungen an Jonathan, als er noch Jonathan gewesen war.

Im Wohnzimmer setzte er sich direkt an den Tisch, was er sonst nie tat. Sie benutzten den Tisch eigentlich nur, wenn sie Besuch hatten und nicht in der Küche essen wollten. Jonathan hatte einen Lieblingssessel auf dem Podest vor dem Fenster, daneben eine Leselampe und einen kleinen Bistrotisch, auf dem sich Zeitungen, Sachbücher, Kunstbände und Hochglanzmagazine gestapelt hatten.

Sie hatte es immer gemocht, wenn er in seinem Sessel versunken war und sich durch seine Lektüre wühlte, wenn er irgendwann aufstand, in die Küche ging und mit einem Glas Rotwein zurückkehrte, für das er die Zeitschriften zusammenschob und es mühsam auf den kleinen Tisch platzierte. Es war häufig umgefallen, hatte Zeitungen aufgeweicht und Bücher beschädigt, Jonathan hatte geflucht und die Schuld dem Tisch, aber nie sich selbst gegeben. Jana hatte den Rotwein schnell vom Parkett gewischt und war jedes Mal dankbar, dass an dieser Stelle kein Teppich lag.

Und jetzt zog ihr Mann einen Park, eine Flasche Schnaps und die Gesellschaft von Pennern dem vertrauten Sessel und dem edlen Rotwein vor.

Er saß am Tisch, das Kinn auf die Hand gestützt, und wirkte vollkommen verloren.

Sie setzte sich ihm gegenüber und überlegte, ob sie ihn noch liebte. Sie konnte sich noch gut daran erinnern, dass er der Mann war, der vor Ideen und Unternehmungslust nur so gesprüht hatte, der immer zu Scherzen aufgelegt gewesen war und mit dem sie unvergessliche Liebesmomente erlebt hatte. Der auch ein fantastischer Vater gewesen war. Ein Mensch, der alles, was er anfasste, zu Geld machte, weil er einzigartig war und niemand ihm das Wasser reichen konnte.

Diesen Mann hatte sie geliebt. Das Häufchen Elend, das ihr jetzt gegenübersaß, das lustlos, schweigsam, in sich gekehrt und verbittert, aber neuerdings auch jähzornig und bösartig sein konnte, liebte sie nicht mehr.

Aber er war wieder zu Hause, und das war gut. Jedenfalls für diese eine Nacht. Wenigstens bis zum nächsten Morgen musste sie sich keine Sorgen mehr machen.

»Danke, dass du mit nach Hause gekommen bist«, sagte sie und strich ihm übers Haar. Er regte sich nicht.

Die Stille im Zimmer war erdrückend. Jana hätte es tröstlich gefunden, wenn irgendwo leise Musik gespielt hätte oder von der Straße her Stimmen zu hören gewesen wären. Oder wenigstens eine Uhr, die jede Viertelstunde einen tiefen Gongschlag ertönen ließ.

Ihr Mann, der immer leidenschaftlich gern Menschen fotografiert und das gesellschaftliche Leben Berlins aus den Angeln gehoben hatte, war wie eine Wachsfigur, die der Künstler an einen Tisch gesetzt hatte und die sich nie wieder bewegen würde.

Sie fühlte sich wie tot in seiner Nähe. Daher wandte sie sich ab und ging ins Bett.

Jonathan holte sich eine Flasche Grappa, fing an zu trinken und blieb im Wohnzimmer sitzen. Allmählich kam die Müdigkeit, und sein Bewusstsein verblasste. Wenn er betrunken war, konnte er vergessen, wer er war und wer sie gewesen war. Das Leid verschwand für Minuten oder Stunden. Das konnte er nicht so genau sagen. Aber die ersehnte Bewusstlosigkeit war im Park anhaltender und vollkommener gewesen als in der vertrauten Umgebung seines Hauses, in der er die Illusion nicht loswurde, dass die Tür aufgehen und sie plötzlich vor ihm stehen würde.

DREIZEHN

Am Heiligabend lag nicht das Tal, sondern der Berg in dichtem Nebel. Als Jonathan aus dem Haus trat, stand er vor einer milchig weißen Wand und konnte noch nicht mal die Zypresse erkennen, die nur zehn Meter entfernt gegenüber am Weg stand. Durch die offene Haustür zog der Nebel ins Zimmer und wehte sichtbar bis ins Schlafzimmer hinein. Er schloss die Tür wieder, machte Feuer im Kamin und freute sich auf den vielleicht ruhigsten Heiligabend, den er je erlebt hatte. Es gab nichts mehr zu tun, und während sich das Feuer langsam durch die aufgeschichteten Holzscheite fraß, kochte sich Jonathan einen Tee.

Er konnte sich nicht erinnern, schon jemals so viel Zeit gehabt zu haben.

Amanda wurde wach, weil das Badezimmerfenster im Wind schlug. Mühsam drehte sie sich ein Stück auf die Seite und sah auf die Uhr. Zehn nach elf. Eigentlich noch viel zu früh, gewöhnlich stand sie nicht vor zwölf auf. Sie überlegte, ob sie noch einmal versuchen sollte, einzuschlafen, aber dann spürte sie einen extremen Druck hinter den Augen, was ihr Angst machte. Außerdem hatte sie einen völlig ausgetrockneten Mund, sie musste dringend etwas trinken.

Einen Augenblick blieb sie noch regungslos auf dem Rücken liegen. In ihren Schläfen hämmerte es. Es ist doch alles so zum Kotzen, dachte sie, rollte sich aus dem Bett und trat geradewegs in die Scherben der Nachttischlampe, die mit zerbrochenem Schirm auf der Erde lag. Verflucht nochmal, wie ist das denn nun wieder passiert? Wie bin ich denn überhaupt ins Bett gekommen? Und wann?

Sie versuchte, sich daran zu erinnern, was sie gestern Abend gemacht hatte. Hatte sie mit Riccardo ferngesehen? Oder waren Sofia und Jonathan den ganzen Abend in der Küche gewesen? Hatten sie sich unterhalten? Wer hatte eigentlich die Küche aufgeräumt, oder hatte sich niemand darum gekümmert?

Keine Ahnung. Sie wusste nichts mehr. Gar nichts mehr. Na ja, war ja auch egal. Sie pulte sich die Glassplitter aus den Zwischenräumen ihrer blutigen Zehen und stand mühsam auf. Fummelte ihre Füße in die Hausschuhe und musste sich dabei an der Wand festhalten, um nicht umzufallen. Dann schlurfte sie ins Bad.

Als sie ihr verquollenes Gesicht im Spiegel sah, fiel es ihr plötzlich ein. Madonna puttana, heute war ja Weihnachten. Na denn. Aber auch das machte im Grunde keinen Unterschied. Es war schließlich völlig egal, ob sie nun Heiligabend oder an einem stinknormalen Abend den Wein in sich hineingoss.

Als Jonathan um zwanzig Uhr in die Küche der Valentinis kam, brannten Kerzen auf dem Tisch, auf der Anrichte und in den Fenstern, und es duftete nach Rosmarin und Salbei. Amanda trug ein blaues, fleckiges Kleid und darüber mehrere lange Perlenketten. Sie hatte sich die Haare gewaschen, aber den knallroten Lippenstift, den sie versucht hatte aufzutragen, hatte sie bereits verschmiert und ihre Lippen außerdem auf groteske Weise überschminkt.

Sofia hingegen hatte ein knielanges, enges schwarzes Kleid an, und außer einer zarten goldenen Kette trug sie keinen Schmuck.

Du bist so schön, dachte Jonathan, es zerreißt mir das Herz, dass du das nicht selbst sehen kannst.

»Frohe Weihnachten«, sagte Amanda mit ungewohnt ruhiger Stimme, »Riccardo kommt gleich. Er holt nur noch was aus dem Magazin. Setzen Sie sich doch. Möchten Sie schon mal was trinken?«

Das war wieder die alte, vertraute Amanda, die es nicht ertragen konnte, fünf Minuten kein Glas in der Hand zu haben.

Während Amanda nach einem Korkenzieher suchte, nahm Jonathan Sofias Hand und drückte sie. Zuerst zuckte sie zusammen, aber dann erwiderte sie den Druck und lächelte.

Amanda ließ den Rotwein sprudelnd in einen Dekanter fließen, so dass er schäumte, und knallte ihn auf den Tisch.

»So«, sagte sie. »Heute ist Weihnachten, heute wird's hier bei uns feierlich.«

Großzügig schenkte sie den Wein ein und prostete Jonathan zu.

»Salute! E buon natale.«

»Buon natale«, sagte Jonathan und legte Sofias Hand um den Stiel eines Glases. Dann stieß er mit seinem Glas an und ließ es klingen.

»Trinken wir auf dich«, flüsterte er so leise, dass Amanda es nicht hören konnte, die schon dabei war, eine weitere Flasche zu öffnen.

»Nein, auf uns«, sagte Sofia ebenso leise und sah ihn mit ihren großen braunen Augen an, und eine Sekunde lang hatte Jonathan die Illusion, dass sie ihn wirklich sah und nicht nur die nie enden wollende und sich nie verändernde Dunkelheit.

Riccardo wirkte müde, als er in die Küche kam. Er hatte sich nicht extra umgezogen, sondern trug die gleiche ausgeleierte Cordhose wie jeden Tag und eines der vielen karierten Hemden, die Jonathan an ihm kannte. Er reichte Jonathan die Hand.

»Ciao«, meinte er.

Riccardo setzte sich und polierte mit dem Daumen seinen Löffel.

»Mama, Papa«, begann Sofia, »Jonathan und ich, wir duzen uns mittlerweile, und ich finde, ihr solltet es auch tun.«

»Fabelhafte Idee!« Amanda ging auf Jonathan zu, umarmte ihn, drückte ihm zwei dicke Küsse aus beide Wangen und sagte: »Ich bin Amanda. Darauf trinken wir einen!«

Riccardo nahm sich ein gefülltes Glas und prostete Jonathan zu. »Salute!«, sagte er. Mehr nicht.

Jonathan erwiderte das »Salute«. »Ich bin froh, hier bei euch sein zu können«, sagte er lächelnd, »danke für eure Gastfreundschaft!«

Riccardo nickte nur und spürte, dass ihm eine eisige Kälte den Rücken hochzog. Er hatte immer Angst, wenn er irgendetwas nicht verstand. Jonathan hatte eine Plastiktüte dabei, das hatte er sofort registriert, aber weiter nichts. Nichts, das aussah wie ein verhülltes großes Bild.

Amanda reichten die Feierlichkeiten nun, sie stand auf, kramte aus einer Schublade zwischen zerlesenen Kochbüchern, herumfliegenden Rezepten, noch nie benutzten Grillspießen, uralten Gebrauchsanweisungen und zerrissenen Handtüchern eine Schürze heraus, band sie sich um, klatschte kurz in die Hände und holte mit Schwung ein Blech mit verschiedenen knusprig gebratenen Fleischstücken aus dem Ofen.

»Allora«, grunzte sie zufrieden, »das hätten wir. Dann können wir anfangen.«

Sie schob das Blech zurück in den Ofen, drehte die Temperatur runter und holte die Vorspeise aus dem Kühlschrank.

In den gut sechs Wochen, in denen Jonathan jetzt in der Toskana bei den Valentinis war, hatte er sich daran gewöhnt, in der Küche der Valentinis zu essen. Er unterdrückte den Ekel und überlegte sich dafür umso genauer, was man aus dieser Küche machen könnte. Die Valentinis besaßen hier auf diesem Berg, von dem aus man über die Hügel der Toskana bis nach Siena sehen konnte, einen wahren Schatz. Aber sie waren sich dessen nicht bewusst. Es gab kaum einen Ort, der einzigartiger war als dieser, mit diesem Pfund konnte man wuchern. Natürlich nicht mit den beiden Ferienwohnungen, so wie sie ausgestattet waren. Die Gäste, die man hierherlockte, kamen in der Regel nicht mehr wieder, denn ernsthaft konnte man diese Wohnungen niemandem anbieten; sie waren eine Frechheit und keinesfalls die fünfhundert Euro wert, die die Valentinis dafür verlangten.

Während er aß und Amanda aus ihrer Jugend erzählte, überlegte Jonathan, ob die Dreihundertfünfzigtausend wohl reichten, das alles hier zu einer ersten Adresse zu machen und in ein lukratives Familienunternehmen zu verwandeln, das den Valentinis dauerhaft ein Auskommen sichern könnte.

War er zu schnell und unüberlegt auf Janas Handel eingegangen? Nein. Die Fünfhunderttausend hätte sie niemals akzeptiert, und außerdem konnte er es jetzt nicht mehr rückgängig machen, ein nachträgliches Aufsatteln war unmöglich.

Es musste auch so gehen. Dreihundertfünfzigtausend mussten für La Passerella reichen. Es gab viel zu tun und zu ändern. Und nicht alles hatte mit Geld oder mit viel Geld zu tun.

Nach dem Essen kochte Sofia vier Espressi, und Amanda öffnete bereits die vierte Flasche Wein, von denen sie bestimmt zwei allein getrunken hatte. Dazu goss sie sich den obligatorischen Sambuca ein und begann, ein Weihnachtslied zu singen:

»Di notte a mezzanotte è nato un bel Bambino,
di notte a mezzanotte è nato Gèsu …,
sul fieno e sulla paglia, e niente di più,
sul fieno e sulla paglia è nato Gèsu.«

Jonathan überlegte gerade, wie und wann er am besten seine kleinen Geschenke überreichen könnte, bevor Amanda vollständig betrunken und der Weihnachtsabend für sie beendet war, da sagte Sofia, als könne sie Gedanken lesen:

»Übrigens, Jonathan, eine Bescherung gibt es bei uns am Heiligabend nicht. Wir haben ja keine Kinder im Haus und schenken uns eigentlich kaum etwas, wenn überhaupt, dann nur eine winzige Kleinigkeit, für eine richtige Weihnachtsbescherung hatten wir nie Geld.«

Natürlich, dachte Jonathan, ich hätte mich ja auch mal erkundigen können, wie das bei den Valentinis so läuft. Wenn er ihnen jetzt etwas schenkte, brächte er sie in Verlegenheit, und er kam sich mit seiner Plastiktüte, die am Tischbein lehnte, ungeheuer dämlich vor.

Riccardo stand auf und schaltete den Fernseher an. Zwei schrille Blondinen in glitzernden knappen Minikleidern plärrten etwas von einem Zauberkünstler, der gleich auftreten würde und imstande sei, drei Elefanten verschwinden zu lassen, was Jonathan interessant fand, aber Riccardo schaltete schon um, bis er auf einen Sportbericht stieß. Er rückte seinen Stuhl vom Tisch weg und setzte sich direkt vor den Fernseher.

Amanda sang immer noch. Immer dasselbe Lied, und ihre Stimme wurde von Mal zu Mal rührseliger und brüchiger.

Jonathan stand auf und räumte den Tisch ab, stellte das Geschirr in die Spüle und begann abzuwaschen.

Sofia trat hinter ihn und legte ihm die Hand auf die Schulter.

»Das musst du nicht tun.«

»Ich weiß. Aber es ist mir ein Bedürfnis, Sofia. Dann fühle ich mich besser.«

Die Sambucaflasche war leer. Amanda versuchte aufzustehen, fiel jedoch immer wieder zurück auf den Stuhl. Jonathan trocknete sich gerade die Hände ab, um ihr aufzuhelfen, als er den nassen Fleck unter Amandas Stuhl sah.

Du lieber Himmel, dachte er, was mache ich denn jetzt? Sofia konnte die Lache nicht sehen, und Riccardo saß mit dem Rücken zu Amanda und war ganz auf die Sportsendung konzentriert.

Jonathan schämte sich. Für Amanda, für alle Anwesenden, als hätte er die Peinlichkeit verursacht. Irgendwo mussten Eimer und Scheuerlappen sein. Vielleicht im Magazin, im Bad hinter der Tür oder unter der Treppe. Zur Not würde er eben Eimer und Lappen aus seiner Wohnung holen. Er würde den See wegwischen und Sofia sagen, Amanda habe etwas Wein vergossen.

Aber da sah er schon, dass Sofias Nasenflügel bebten. Offensichtlich roch sie, was geschehen war. Sie ging zu Amanda.

»Mama«, sagte sie, »komm, ich bringe dich ins Bad. Dir ist da ein Malheur passiert.«

»Lass mich«, fauchte Amanda und schüttelte sie ab wie eine lästige Schmeißfliege, »buon natale, Schätzelchen.«

Dann sang sie das Lied vom Jesuskind, das im Heu geboren worden war, weiter.

Jonathan hakte sie unter. »Amanda«, sagte er deutlich, »bitte komm mit mir mit.«

Amanda sah ihn mit glasigen Augen überrascht an und stand auf. Sie hing schwer in seinem Arm, als sie mit ihm zusammen aus der Küchentür und in Richtung Bad stolperte.

»Sehr elegant und sehr amüsant«, kicherte sie, bevor sie sich im Bad übergab.

Jonathan überließ Amanda Sofia, die mitgekommen war und Amanda ins Bett brachte, wischte das Erbrochene mit einem Reinigungsschwamm fürs Waschbecken weg und fand hinter der Badezimmertür auch einen Scheuereimer und einen Lappen, so dass er auch die Pfütze in der Küche aufwischen konnte.

Dann goss er das Schmutzwasser im Garten aus, wusch den Scheuerlappen an einem Wasserhahn auf der Terrasse, an dem im Sommer der Schlauch zum Gießen angeschlossen wurde, und ging zurück in seine Wohnung, um sich vernünftig die Hände zu waschen.

Jeder Abend mit Amanda endete in einer Katastrophe. Er musste sich nicht nur für das Haus und die Wohnungen, sondern auch für Amanda etwas überlegen.

In seinem Zimmer schürte er das Feuer im Kamin, und während er wartete, dass die Flammen kräftiger wurden, spürte er, dass er keine Lust hatte, in die Küche zurückzukehren. Sofia würde es verstehen. Wahrscheinlich hatte sie jetzt mit ihrer Mutter ohnehin genug zu tun. Er brauchte nicht Riccardo beim Fernsehen zuzusehen.

Allmählich spürte er, wie die Wärme langsam über seine Füße und Beine bis zu seinem Kopf hochstieg, und überlegte, ob er etwas lesen sollte. Doch dann ließ er es bleiben, denn er war viel zu aufgewühlt. In den letzten Tagen war viel passiert: Er hatte Sofia zum ersten Mal geküsst, hatte Jana die Scheidung angeboten, hatte Amandas wohl heftigsten Zusammenbruch erlebt und den Entschluss gefasst, dieser Familie zu helfen. Falls sie dazu bereit war.

Ungefähr sechzig Meter entfernt, in den Berg geschmiegt und vom Haupthaus uneinsehbar, stand ein alter steinerner Schafstall. Eine Ruine, die schon seit Jahrzehnten nicht mehr benutzt wurde. Im Grunde ideal, um ein kleines Haus für Gäste zu bauen.

Er holte sich ein Blatt Papier und begann zu zeichnen.

Direkt neben ihm pustete ihm jemand sanft in sein Ohr. »Pssst.«

Jonathan schreckte aus dem Tiefschlaf hoch.

Sie lachte leise und drückte sich noch enger an ihn. Ihre zarte Hand fuhr über seinen Hinterkopf, seinen Rücken, sein Gesäß, bis zum Oberschenkel, und ihm wurde heiß.

Er brauchte Sekunden, bis er begriff, was gerade geschah.

»Jonathan«, flüsterte Sofia. »Ich bin es.« Und dann begann sie, seinen Körper zu ertasten, zu erfühlen und zu erkunden.

Sie fuhr seinen Scheitel entlang, massierte Kopfhaut und Haare, strich über die Stirn, die Augenbrauen, die Lider, die Nasenflügel, die Lippen, den Hals entlang, kitzelte die Vertiefung über dem Schlüsselbein, knetete seine Brustmuskeln, umkreiste seine Brustwarzen, verweilte auf seinem Bauch. Sie ertastete die Länge seiner Arme, die Form seiner Finger und Fingernägel.

»Jetzt sehe ich dich zum ersten Mal«, hauchte sie, »jetzt weiß ich, wie du aussiehst.«

Er wollte sie genauso kennenlernen, wollte sie ganz und nackt sehen und schaltete das Licht an.

Sie nahm sich Zeit, wanderte seinen Körper weiter hinab, bis sie sich schließlich auf ihn setzte und auf ihm tanzte.

Er hörte endlich auf zu denken und schloss die Augen, gab sich ganz ihrem Rhythmus, ihrer Kraft und ihrem Gefühl hin. Sie schnurrte wie ein Käfer im Sand, dann stöhnte sie, und er sah sie wieder an. Ihm schwanden die Sinne, und während es ihn innerlich zerriss und die Lust ihn überschwemmte, so dass er sich nicht mehr halten konnte, verschwamm ihr Gesicht mit dem des Bildes direkt hinter ihr. Es floss ineinander, wurde zu einem, und als er schrie, war es wie der Geburtsschrei zu einem neuen, schon verloren geglaubten Leben.

VIERZEHN

Carabiniere Donato Neri ging noch bei Dunkelheit aus dem Haus. Die Luft war kalt und feucht, und obwohl es bis zu seinem Wagen nur wenige Schritte waren, schloss Neri den Reißverschluss seines Anoraks bis hoch zum Kinn. In einer halben Stunde würde die Sonne aufgehen, und er war auf der kleinen Lichtung zwischen Vergaie und Duddova mit Riccardo verabredet.

Die Jagd war das Einzige, was ihn an seinem neuen Leben in Ambra wirklich freute. Er liebte es, am frühen Morgen durch den Wald zu ziehen, mitzuerleben, wie die Natur langsam erwachte, und dann auf Hasen, Rehe oder Fasane zu warten, die sich mit der Dämmerung aus ihren Verstecken wagten. Manchmal dauerte es nur Minuten, manchmal Stunden, und gelegentlich warteten sie sogar vollkommen vergebens.

Riccardo war ein angenehmer Gefährte. Was Neri im Kurs, um den Jagdschein zu machen, nicht erfahren hatte, sagte ihm Riccardo. Er kannte jedes Versteck, jede Höhle, jede Lichtung, die Gewohnheiten der Tiere und konnte Spuren und Losungen deuten. Er war ein schweigsamer Mensch, und auch wenn sie eine Stunde nebeneinander hergingen ohne zu reden, wurde es nie anstrengend oder belastend.

Riccardo war einer der wenigen, der wusste, wie sehr Neri darunter litt, dass er auf der Karriereleiter zurückgestuft und schließlich in Ambra gelandet war.

Neri war aus Rom zuerst nach Montevarchi strafversetzt worden, weil er im Mordfall eines kleinen Mädchens einen gravierenden Fehler gemacht hatte. In Montevarchi bekam er eine zweite Chance, als in einem einsamen Haus im Wald eine Frauenleiche entdeckt wurde. Er ermittelte als leitender Kommissar, verhaftete aber den Falschen als Mörder, und weitere Morde geschahen. Daraufhin wurde er nach Ambra weggelobt, der denkbar kleinsten Carabinieri-Station überhaupt. Hier geschahen normalerweise nur Bagatelldelikte, aber als er es mit einer Mörderin zu tun bekam, die ihren Gatten im Garten begrub und ihn anschließend als vermisst meldete, versagte er erneut. Doch diesmal hatte es für ihn keine beruflichen Konsequenzen, er konnte nicht mehr tiefer fallen.

Seine Frau Gabriella, eine schöne und stolze Römerin, die das Leben in ihrer Stadt über alles liebte und vermisste, konnte sich nicht damit abfinden, in einer Kleinstadt »lebendig begraben« zu sein, wie sie es nannte. Unter Gabriellas Unzufriedenheit und Neris anhaltender Erfolglosigkeit litt die Ehe, und so waren die Ausflüge in den Wald für Neri die einzigen wirklich friedlichen, glücklichen Stunden.

An diesem Morgen jedoch war Riccardo anders als sonst. Er wirkte fahrig und nervös, irgendetwas lag ihm auf der Seele, das spürte Neri sofort. Als sie zu ihrem Hochsitz oberhalb von Vergaie gingen, sprach Neri ihn an.

»Was ist los, Riccardo? Hast du was?«

»Hm.« Selbst im fahlen Licht der frühen Dämmerung konnte Neri sehen, dass Riccardo die Augenbrauen zusammenschob und sich eine scharfe senkrechte Falte auf seiner Stirn bildete.

»Wenn ich dir helfen kann – dann sag's mir. Du weißt, ich kann 'ne ganze Menge …«

»Ich weiß«, unterbrach ihn Riccardo, »es ist nur, tja, wie soll ich sagen, es gibt da etwas, das ich mir nicht erklären kann, und das macht mich krank. Ich muss Tag und Nacht daran denken.«

Neri wurde immer neugieriger. »Vielleicht kann ich es erklären, wenn ich weiß, worum's geht.«

Riccardo schwieg. Offensichtlich kämpfte er mit sich, ob er Neri die Geschichte erzählen sollte oder nicht. Aber jetzt hatte er sich bereits zu weit aus dem Fenster gelehnt. Neri würde immer weiter fragen und keine Ruhe geben.

Riccardo setzte sich auf einen Stein, schnallte sein Gewehr ab und legte es neben sich. Auch Neri setzte sich.

Der Himmel wurde immer heller.

Es war vielleicht die längste Rede seines Lebens, als er Neri von seinem Wintergast aus Deutschland erzählte, der in einem kalten, feuchten Zimmer hauste, wie ein Besessener Italienisch lernte und über seinem Bett ein Ölbild von Sofia hängen hatte.

»Wo hat er das Bild her, verdammt noch mal?«, fragte er und sah Neri an. »Das gibt es doch nicht! Er landet hier durch Zufall und hat ein Ölbild meiner Tochter dabei! Neri, sag mal selbst, das geht doch nicht mit rechten Dingen zu!«

Neri grinste amüsiert. Er sah da überhaupt kein Problem. »Dinge gibt's, die gibt's gar nicht«, meinte er, »und manche Zufälle sind viel zu plump, um sie zu erfinden. Dabei sind sie wahr. Ich sag dir, da gibt es sicher einen ganz banalen Grund. Vielleicht hat dein Gast – wie heißt er eigentlich?«

»Jonathan.«

»Also, vielleicht hat dieser Jonathan das Bild in Arezzo auf dem Antikmarkt gesehen. Ganz zufällig. Die Ähnlichkeit mit Sofia ist ihm sofort aufgefallen, und er hat es gekauft. Das ist alles. Da würde ich mir an deiner Stelle überhaupt keine Gedanken machen. Ich hab mal bei einem Trödler in Rom ein Bild von einer Frau gefunden, die sah aus wie meine Schwiegermutter.«

»Und? Was hast du gemacht?«

»Ich hab es gekauft und zu Hause verbrannt. So weit kommt es noch, dass ich mir meine Schwiegermutter übers Bett hänge!« Neri lachte.

»Aber warum hast du es denn überhaupt gekauft?«

»Weil ich auf den ersten Blick die Ähnlichkeit absolut faszinierend fand. Und auf den zweiten Blick, zu Hause, ging sie mir schon auf die Nerven.« Neri stand auf und gab Riccardo einen freundschaftlichen Klaps auf die Schulter. »Komm, wir gehen. Es ist alles in Ordnung. Aber warum fragst du Jonathan nicht einfach, wo er das Bild herhat?«

»Er hat es verhüllt. Ich habe einen Wasserhahn repariert, und das Tuch war runtergefallen. Er weiß nicht, dass ich es gesehen habe. Vielleicht wird er wütend, wenn er es erfährt, denn sonst würde er es ja nicht verstecken.«

Neri nickte. »Dann vergiss das Ganze. Wichtig ist ja nur, dass Sofia endlich einen Freund hat. Etwas Besseres konnte ihr doch gar nicht passieren, oder?«

»Nein. Etwas Besseres konnte ihr nicht passieren.« Riccardo wiederholte es, aber überzeugt war er davon nicht. Neri hatte ihn lediglich ein wenig beruhigt, die Zweifel waren geblieben.

FÜNFZEHN

Unmittelbar nach Weihnachten kam der Schnee.

Gegen Mittag war davon noch nichts zu ahnen, der Himmel war leicht bedeckt, und es sah aus, als würde jederzeit die Sonne herauskommen. Aber es war wesentlich kälter geworden.

Jonathan ging in die Küche. Sofia stand an der Spüle und wusch das Mittagsgeschirr ab. Sie tat es langsam und bedächtig, fuhr mit der Hand über jeden Teller, bis sie nirgends mehr einen kleinen Widerstand spürte, dann war der Teller sauber. Und sie täuschte sich selten. Seit Jonathan oftmals Gast in der Küche der Valentinis war, spülte sie häufiger. Es war ihr unangenehm, dass die Pfannen, die an der Wand hinter dem Herd hingen, klebten, und sie roch den Schimmel auf der Marmelade und im Pecorino. Tastend und schnüffelnd arbeitete sie sich langsam durch die gesamte Küche und schaffte so Stück für Stück mehr Sauberkeit. Aber es war mühselig und kostete viel Zeit.

»Kommst du mit?«, fragte er sie. »Ich fahre nach Siena.«

Ein Strahlen ging über ihr Gesicht. »Ja. Gern! Hat es einen bestimmten Grund?«

»Nein. Ich habe Lust, ein bisschen zu bummeln, und dann möchte ich dir etwas kaufen. Irgendetwas Schönes zum Anziehen, du trägst ja fast nur die billigen Sachen vom

Markt, und vielleicht finden wir ja mal etwas ganz Besonderes für dich.«

»Oh!« Sie wusste nicht, wie sie reagieren sollte, stand da wie ein kleines Mädchen, das sich schämt.

Zwanzig Minuten später fuhren sie los.

»Es riecht nach Schnee«, sagte Sofia, als sie durch eine Zypressenallee fuhren.

»Kannst du dich daran erinnern, wie es ist, wenn es schneit?«

»Ja«, sagte sie, »ja, ein wenig. Aber viel besser weiß ich, wie der Schnee riecht und wie sich die ganze Welt anhört, wenn er alles bedeckt. Dann ist Stille. Kein Vogel singt, und der Wind kapituliert. Die Automotoren schnurren leiser, weil niemand schnell fährt, und die lauten Fahrgeräusche, wenn die Luft zwischen Reifen und Asphalt zerdrückt wird, gibt es nicht mehr. Weil die Luft durch den weichen Schnee entweichen kann.«

»Das wusste ich gar nicht.«

»Doch, so ist es.«

»Und das fällt dir ein, wenn du an den Schnee denkst?«

»Nein. Ich denke an ein weißes, weiches Tuch, das die Zeit anhält und alles erstickt, was laut und hektisch ist. Und dann höre ich die Kehlkopfgesänge der Inuit und die wehmütige Musik eines Akkordeons, sehe Adler um schneebedeckte Berge kreisen und höre Wölfe heulen. Das passiert alles nicht in diesem Land, sondern weit oben im Norden, dort, wo ich nie sein werde.«

»Vielleicht fahre ich eines Tages mit dir dorthin.«

Sofia lächelte.

Als Jonathan bei San Gusmè auf die Asphaltstraße abbog, sagte sie leise: »Ich habe mich in dich verliebt, Jonathan.«

Er antwortete nicht, drückte aber ihre Hand.

Vor zwei Tagen hatte er bei seiner Bank angerufen und erfahren, dass die fünfhundert Euro, die Jana überwiesen hatte, angekommen waren. Sein erster Gedanke war, die italienischen Märchen in Blindenschrift abzuholen und zähneknirschend die zweihundertsiebzig Euro dafür zu zahlen, aber dann hatte er es sich anders überlegt. Ein schönes Kleid war sicher eine bessere Idee.

Anderthalb Stunden ging Jonathan mit Sofia von Geschäft zu Geschäft, aber er fand nichts, was ihm gefiel.

Kurz bevor Sofia streiken und protestieren wollte, denn sie war müde und hatte einfach keine Lust mehr, hielt Jonathan einen Hosenanzug in der Hand, der ihm auf Anhieb gefiel. Er war blaugrau, glänzte ein wenig, und die Hose war schmal geschnitten.

»Zieh den mal an«, meinte er, »er ist wunderschön.«

Sofia befühlte den Stoff. »Was ist das? Seide?«

»Achtzig Prozent Baumwolle und zwanzig Prozent Seide. Bitte probier ihn an, bitte!«

Er führte sie in eine Umkleidekabine und zog den Vorhang zu.

Als sie wieder herauskam, hielt er den Atem an. Genau so hatte sie ausgesehen. Genau so.

Er musste sich setzen, weil ihm schwindlig wurde. Giselle hatte einen ähnlichen Hosenanzug an seinem Geburtstag angehabt. Tausendmal hatte er sich gewünscht, die Zeit zurückdrehen, alles ungeschehen machen zu können und mit ihr zu tanzen. Den Geburtstagstanz mit seiner schönen Tochter.

Und gleichzeitig drängte sich das Bild aus der Pathologie auf. Sie hatten sie noch nicht untersucht, und noch lag sie in ihrem silbernen Hosenanzug auf dem ebenfalls silbernen

Seziertisch. Er hatte erwartet, dass sie nackt sein würde, nur mit einem weißen Laken bedeckt, aber sie sah aus, als schliefe sie nur und würde jeden Moment die Augen aufschlagen, sich aufrichten, lächeln und mit nach Hause kommen. Wäre da nicht das Blut gewesen. Das getrocknete Blut in ihrem Ohr und in ihren Nasenlöchern, das Tuch über ihrem zerschmetterten Gesicht und das schwitzige, verklebte Haar, das mittlerweile genauso steif war wie ihr gesamter toter Körper.

Eine Verkäuferin gesellte sich dazu. »Der Hosenanzug steht Ihrer Tochter ausgesprochen gut.«

Jonathan schreckte aus seinen Gedanken auf.

»Gut«, sagte er und lächelte. »Dann kaufe ich ihn.«

Und zu Sofia meinte er: »Bitte behalte ihn an!«

Als sie wieder auf der Straße standen, nahm Jonathan Sofias Hand. »Du siehst in diesem Anzug wunderschön aus! Zieh ihn an, so oft wie möglich. Immer, wenn wir beide etwas Besonderes vorhaben.«

»Ja, Jonathan.« Und dann sagte sie: »Danke.«

Sie setzte ihre Sonnenbrille auf, die sie immer trug, wenn sie nicht in einem geschlossenen Raum war, umarmte ihn, und dann küsste sie ihn.

Als Jonathan und Sofia Hand in Hand über die Piazza del Campo gingen, fing es an zu schneien. Sie standen in der Mitte des Platzes, Sofia schmeckte den Schnee auf ihren Lippen, und Jonathan konnte sich nicht sattsehen an dem unwirklichen Bild. Große weiße Flocken wirbelten scheinbar immer schneller und dichter zwischen den mit warmem gelbem Licht beleuchteten Häusern und blieben liegen. Sie schmolzen nicht, und innerhalb kürzester Zeit war die Piazza wie mit einem weißen, weichen Tuch bedeckt.

Er hielt sie im Arm, als sie langsam quer über den Platz gingen. Und es war stiller, schöner und inniger als ein Tanz.

»Ich habe mich nicht in dich verliebt, Sofia«, meinte Jonathan leise und strich ihr über die Wange, »ich liebe dich. Und zwar schon sehr, sehr lange.«

»Das macht mich sehr glücklich«, flüsterte sie.

Wenn er das so sagte, überlegte sie, hatte er sich offensichtlich schon am ersten Abend in sie verliebt. Und das war nun schon über sieben Wochen her.

Auf der Piazza Giacomo Matteotti standen sie an einer Ampel. Direkt vor dem Zebrastreifen hielt ein schwarzer Fiat. Der Fahrer war Anfang zwanzig, hatte das Seitenfenster offen, als wäre Sommer, und rauchte. Seine Haare waren stark gegelt, streng aus dem Gesicht gekämmt, und er grinste vor sich hin.

Aus dem Autoradio schallte laut Bocellis warme Stimme: *»Time to say goodbye.«*

Jonathan wurde heiß. Er zog Sofia fest an sich und hielt sie umklammert, als stünden sie am Abgrund. Sein Atem ging stoßweise, ein paar Sekunden nur, und dann explodierte er. Er ließ Sofia los und sprang vor. Mit voller Kraft krachte seine Faust auf die Motorhaube des Fiat.

»Mach die Musik aus!«, brüllte er wie ein verwundeter Stier und schlug erneut zu.

»Spinnst du total?« Der junge Mann war aus seinem Auto gesprungen und sah, dass er von Jonathans Schlägen zwei Beulen auf der Kühlerhaube hatte. Er ballte die Fäuste.

Die Musik schallte immer noch in voller Lautstärke aus dem Wagen.

»Schalte das aus!«, schrie Jonathan erneut. »Mach dein Scheißradio aus!« Sein Gesicht war verzerrt, und er hielt sich den Kopf, als habe er unerträgliche Migräne.

Der junge Mann ging auf ihn zu und gab ihm einen Stoß. Schubste ihn von sich weg. »Hey, bist du noch ganz dicht?«

Gehetzt sah sich Jonathan nach Sofia um, die immer noch an der Ampel stand und nicht verstehen konnte, was sich hier gerade abspielte.

Jonathan beachtete den wütenden Autofahrer überhaupt nicht, stürzte zu ihr, nahm sie auf den Arm und rannte mit ihr wie ein gehetztes Tier in entgegengesetzter Richtung davon, hinein in die engen Gassen, aus denen sie gerade gekommen waren.

Der junge Mann sah ihnen fassungslos hinterher. Einen Moment überlegte er, ob es etwas bringen würde, Jonathan zu verfolgen und zu verprügeln, aber dann ließ er es bleiben, setzte sich in seinen Wagen und fuhr weiter.

Erst nach fünfhundert Metern blieb Jonathan keuchend und nach Luft ringend stehen und ließ Sofia runter.

»Jonathan! Was ist los? Was hast du? Was war da los an der Ampel?«

»Ich kann es nicht hören!«, schluchzte er. »Ich kann nicht! Ich kann es einfach nicht!« Ein paar Passanten wurden aufmerksam und starrten die beiden an.

Jonathan grub sein Gesicht in ihr Haar.

»Es ist diese unerträgliche Angst, dich zu verlieren, Sofia. Diese unerträgliche Angst.« Dann weinte er hemmungslos.

Sofia strich ihm schweigend übers Haar.

Erst Minuten später gingen sie langsam, Hand in Hand, zurück zum Auto.

Der Schneefall wurde stärker.

Jetzt im Dunkeln war fast niemand mehr unterwegs. In den Schnee war eine einzelne Spur gefahren, als wäre auf der vielbefahrenen Straße von Siena nach Arezzo nur ein Wagen unterwegs gewesen. Jonathan fuhr genau in dieser Spur, um nicht ins Schleudern zu geraten.

Einige Wagen waren in den Graben gerutscht und von den Fahrern verlassen worden, und der Schnee glitzerte im Licht der Laternen, als sie San Gusmè erreichten, wo die Schotterstraße begann.

»Fahr bitte vorsichtig«, flehte Sofia, denn jedes noch so winzige Schlingern, Rutschen oder Ausbrechen des Wagens spürte sie noch intensiver und deutlicher als jeder andere.

»Es wird nicht einfach sein, den Berg hochzukommen«, murmelte Jonathan, »wir haben weder Winterreifen noch Schneeketten.«

Kurz vor Monte Benichi hingen sie das erste Mal in der Steigung fest, und die Räder drehten durch. Jonathan ließ sich bis zu einem ebenen Streckenabschnitt zurückrollen und versuchte es mit viel Schwung noch einmal. Diesmal kamen sie mühsam bis ins Dorf.

Jetzt begann der Weg durch den Wald. Jonathan fuhr so langsam, dass der Tacho die Geschwindigkeit gar nicht mehr anzeigte. Auf den abschüssigen Strecken war es unmöglich, den Wagen zu bremsen oder zu dirigieren, er rutschte einfach ohne Kontrolle bergab. Zum ersten Mal war Jonathan froh, dass Sofia nicht sah, was mit dem Auto passierte.

Der Schnee fiel jetzt so dicht, dass Jonathan Straße und Luft kaum noch unterscheiden konnte. Er bewegte sich fast orientierungslos durch das Schneegestöber und versuchte sich zu erinnern, wo die gefährliche Stelle war, vor der er sich schon die ganze Zeit fürchtete. Die Straße ging dort steil bergab und machte eine scharfe Rechtskurve. Wenn der Wagen ungebremst einfach weiter geradeaus rutschte, würden sie in die Schlucht stürzen.

Jonathan brach der Schweiß aus, und Sofia spürte, dass ihm die Angst im Nacken saß. Obwohl es warm im Auto war, begann sie zu zittern.

Die gefährliche Stelle kam schneller, als Jonathan erwartet hatte. Im letzten Moment konnte er auf der Kuppe anhalten, bevor es unweigerlich bergab ging.

»Steig aus!«, befahl er. »Dieses Stück fahre ich allein.«

»Nein«, antwortete sie und massierte ihre Finger in den Handschuhen.

»Sofia, pass auf.« Er bemühte sich, ganz ruhig zu klingen, dabei hatte er Angst, dass er sie gewaltsam aus dem Auto zerren musste. »Hier geht es jetzt steil bergab.«

»Ich kenne die Stelle.«

»Es kann sein, dass ich den Wagen nicht um die Kurve kriege, und dann stürzt er in die Schlucht. Ich kann im letzten Moment rausspringen, du nicht. Du siehst ja nicht, wann es nötig ist. Und wenn ich es nicht schaffe, bist du wenigstens nicht mit im Wagen und kannst Hilfe holen.«

Ihre Augen füllten sich mit Tränen. »Ich habe Angst um dich.«

»Das brauchst du nicht. Ich passe auf. Mir wird nichts geschehen.«

»Warum lassen wir nicht den Wagen hier stehen und gehen zu Fuß nach La Passerella?«

»Sofia!« Er verstand nicht, wie sie so etwas auch nur denken konnte. »Wir haben beide keine Schuhe an, mit denen wir durch den Schnee stapfen könnten, und es ist noch weit! Wir haben auch keine Taschenlampe im Auto.«

»Ich finde den Weg! Mir ist es egal, ob es dunkel ist oder schneit.«

»Okay.« Das hatte er vergessen. »Wenn der Schnee liegen bleibt, können wir den Wagen morgen früh nicht einfach holen. Und vielleicht auch noch nächste und übernächste Woche nicht. Nein, es hilft nichts: Wir müssen es wagen und versuchen, mit dem Auto nach Hause zu kommen.«

Sofia diskutierte nicht mehr und stieg einfach aus. Augenblicklich wurde ihr kalt. Eiskalt. Ihre Füße fühlten sich an, als stünde sie barfuß im Schnee.

Jonathan ließ den Wagen rollen, der mehr an Fahrt gewann, als er gedacht hatte. Panik stieg in ihm auf. Er versuchte zu bremsen, aber der Wagen rutschte weiter. Kurz vor der Schlucht riss er das Steuer herum, der Wagen stellte sich quer und rutschte jetzt seitwärts auf den Abhang zu. Die Fahrerseite war dem Abgrund zugewandt, daher hatte er keine Chance mehr, aus dem Wagen zu springen.

Die Angst überlagerte jeden Gedanken. Er schloss die Augen und hörte es Bruchteile von Sekunden später krachen. Er ließ das Steuerrad los, flog auf den Beifahrersitz und brauchte lange, um zu begreifen, dass der Wagen stand und nicht in die Schlucht gestürzt war.

Er kroch aus dem Auto. Ihm war so heiß, dass er die Kälte nicht mehr spürte. Sofia stolperte und rutschte den Berg hinunter. Er stellte sich ihr in den Weg, fing sie auf und nahm sie in die Arme.

Sie schluchzte und klammerte sich an ihn.

»Es ist alles gut«, flüsterte er und drückte sie fest an sich, »nichts ist passiert, aber wir kommen mit dem Wagen nicht weiter. Ich trag dich nach oben.«

Er nahm sie auf den Arm, kämpfte sich Meter für Meter im Schnee bergauf, und seine Füße waren taub vor Kälte.

»Von jetzt an werde ich auf dich aufpassen«, flüsterte er ihr ins Ohr. »Niemand soll dir jemals ein Haar krümmen, das schwöre ich! Lass mich das tun, Sofia! So gibst du meinem Leben wieder einen Sinn.«

»Ja«, sagte sie, und es klang wie ein Seufzer, »ja.«

Es war kurz vor Mitternacht, als Jonathan mit Sofia La Passerella endlich erreichte. Amanda war außer sich. Ihre Haare waren zerwühlt und ihre Augen verweint und blutunterlaufen. In der Hand hatte sie ein Wasserglas mit Sambuca, das sie so fest umklammert hielt, als wolle sie es ausdrücken wie eine reife Zitrone.

»Was bildet ihr euch ein?«, schluchzte sie. »Draußen geht die Welt unter, und ihr seid nicht da!«

»Amanda hat sich Sorgen gemacht«, murmelte Riccardo überflüssigerweise und sah Jonathan wütend an. Er hatte überhaupt kein Verständnis dafür, dass er bei diesem Wetter mit seiner Tochter durch die Gegend fuhr.

»Wir waren in Siena, Mama. Als es anfing zu schneien, haben wir uns auf den Rückweg gemacht, aber wir kamen einfach nicht schneller voran.«

»Paaahh!« Amanda brach erneut in Tränen aus.

»Es tut mir furchtbar leid, aber als wir losfuhren, konnte kein Mensch ahnen, dass es so heftig anfangen würde zu schneien.« Jonathan hoffte, dass nun die Diskussion beendet sein würde, schließlich waren Sofia und er keine sechzehn mehr. Er wollte jetzt nur noch einen heißen Tee trinken, vielleicht noch einmal kurz duschen und dann schlafen. Einfach nur schlafen.

Riccardo stand auf und verließ wortlos die Küche. Seine Tochter war wieder da, die Angelegenheit war für ihn beendet.

Amanda trank. Sie registrierte Jonathan und Sofia gar nicht mehr, sondern hielt für sich und ihr Glas einen einsamen Monolog, an den sie sich morgen nicht mehr erinnern würde.

»Sofia«, brummte sie, »mein Engelchen, mein Schatz, mein Sonnenschein. Was soll ich bloß machen, dass du nicht wegläufst? Ich kann dich doch nicht anbinden. Oder einsperren. Ich kann doch nicht den ganzen Tag auf dich aufpassen. Warum machst du deiner Mutter nur immer solchen Kummer? Ich sterbe hier tausend Tode, und du amüsierst dich! Das ist nicht gut, hörst du? Hast du mich verstanden? Hör mir mal gut zu, meine Liebe: Es geht hier nicht darum, was du willst. Nicht jeder tanzt hier nach deiner Pfeife, ist das klar? Hier wohnen auch noch andere.« Amanda verstummte, aber nur um neuen Anlauf zu nehmen.

»Lass uns gehen«, flüsterte Sofia, »das geht jetzt noch ewig so weiter, und ich kann es nicht ertragen. – Gute Nacht, Mama«, sagte sie laut. »Schlaf gut. Bis morgen früh.«

Jonathan und Sofia verließen leise die Küche. Amanda merkte es nicht.

»Ich glaube, ich werde mich umbringen«, redete sie weiter. »Ja, das werde ich tun. Das ist gut. Mich kann ja sowieso niemand leiden. Niemand. Ich bin Luft für euch. Und lästig. Pfui Teufel. Weg mit Amanda. Dann geht es euch allen besser. Niemand mehr da, der stört. Porcamiseria.«

Ihr Kopf wurde schwer. Sie legte ihn auf den Unterarm und weinte sich in den Schlaf.

Es war nicht wie ein Déjà-vu-Erlebnis, sondern wie ein immer wiederkehrender Traum. Wo bin ich?, dachte er, und die Dunkelheit war so undurchdringlich wie eine Wand.

»Sofia? Bist du da?«

»Ja«, hauchte sie. »Ja, ich bin da.«

Er schaltete die Nachttischlampe an. Im diffusen gelblichen Licht sah er sie. Sie stand vor dem Bett und trug ihren neuen Hosenanzug.

Jetzt war er wach, oder zumindest glaubte er wach zu sein.

Sie sagte kein Wort, lächelte nur und begann langsam ihr Jackett aufzuknöpfen. Darunter war sie nackt.

Sie zog es aus.

Nein, dachte er, nein, bitte nicht.

Dann zog sie am Reißverschluss und stieg langsam und lasziv wie eine Tänzerin aus der Hose. Vollkommen nackt kam sie auf ihn zu. Er blinzelte und sein Pulsschlag erhöhte sich. Es war, als träte sie aus dem Bild heraus.

»Jetzt bin ich deine Frau«, sagte sie.

Jonathan breitete die Arme aus, und sie legte sich zu ihm. Er zog sie an sich, strich sanft über ihren makellosen, schlanken, schönen Körper und erwiderte den Blick auf dem Gemälde.

Nein.

Sein Verlangen war unbeschreiblich, und sie spürte es, berührte ihn, und er sehnte sich danach, sie zu liebkosen und zu schmecken, in sie einzudringen und sie zu besitzen, aber er wandte sich ab und drehte sich zur Wand.

»Was ist? Was hast du?«, fragte sie und fuhr mit der Zunge über seinen Nacken.

»Es geht nicht, Sofia. Bitte lass. Ich liebe dich mehr als mein Leben, aber ich kann nicht.«

Sie schwieg. Enttäuscht und verletzt.

»Ich werde immer bei dir bleiben, ich werde alles für dich tun, zweifle nicht an mir, aber frag mich nie wieder.«

Sofia fühlte einen stechenden Schmerz im ganzen Körper, und alles, was bis vor einigen Minuten warm und lebendig gewesen war, war jetzt kalt und tot.

SECHZEHN

Amanda schreckte auf. Da war etwas. Ein Geräusch. Ganz eindeutig.

Sie lag wie erstarrt. Sogar das Denken tat ihr im Kopf weh. Ihre Zunge klebte dick und trocken am Gaumen, ihre Blase drückte, an Weiterschlafen war überhaupt nicht zu denken.

Stöhnend rollte sie sich aus dem Bett, schaltete das Licht an, zog ihre Filzpantoffeln über und schlurfte zur Tür. Sie zitterte am ganzen Körper und wusste nicht, ob es am Alkohol lag oder daran, dass sie sich innerlich darauf vorbereitete, in wenigen Sekunden einem Einbrecher gegenüberzustehen.

Auch im Flur knipste sie die Deckenbeleuchtung an und sah, dass in diesem Moment Sofia aus Jonathans Wohnung kam.

»Was machst du denn hier?«, zischte sie, und Sofia zuckte zusammen. Sie legte einen Finger auf ihre Lippen, damit ihre Mutter doch bitte still sein möge.

»Wo kommst du her?«, bohrte Amanda weiter. »Von diesem Jonathan?«

Sofia nickte.

»Was soll das?«

»Bitte, lass uns morgen darüber reden, ja?«, flüsterte Sofia. »Buonanotte, Mama.«

Amanda machte zwei Schritte und versperrte Sofia den Weg. Sofia prallte auf den massigen Leib ihrer Mutter, der nach bitter-saurem, halb verdautem Alkohol roch und nach einem schon viele Male durchgeschwitzten Nachthemd.

Sie schrie leise auf. »Lass mich«, schluchzte sie, drückte sich an ihrer Mutter vorbei und huschte die Treppe hinauf zu ihrem Zimmer.

So war das also. Amanda hätte es sich eigentlich denken können. Schon am ersten Abend war es offensichtlich gewesen, und ganz sicher war der Kerl nur geblieben, um ihre Tochter ins Bett zu bekommen.

Aber so nicht. Nicht mit Amanda. Da hatte er sich verrechnet.

Der nächste Morgen war strahlend schön und wolkenlos. Auf La Passerella lag der Schnee einen halben Meter hoch, jungfräulich, blendend weiß und in der Morgensonne glitzernd. Die Zypressen neigten sich unter der Last, die dick mit Schnee bepackten Gartenmöbel wirkten wie ein kitschiges Wintergemälde, das Verlorenheit symbolisieren sollte.

Die Zeit schien stillzustehen und bewahrte den Frieden dieses in der Toskana ungewöhnlichen Morgens. Niemand störte die Ruhe, kein Autogeräusch, kein Schneepflug, keine Reifen- oder Fußspuren zerstörten das seltene Bild.

Riccardo erwachte wie immer um sechs, sah, dass der Schnee in der Nacht mehr geworden und liegen geblieben war, und drehte sich noch einmal auf die andere Seite, um weiterzuschlafen, da er bei diesem Wetter draußen nicht arbeiten konnte. Das hatte er das letzte Mal vor acht Jahren getan, als es im Februar ähnlich viel Schnee gegeben hatte.

Die außergewöhnliche Stille machte Amanda innerlich so nervös, dass sie bereits um acht Uhr wach war. Ihr erster Gedanke war Dankbarkeit, dass sie noch lebte, und dann überlegte sie, was an diesem Morgen anders war als sonst. Die obligatorischen Kopfschmerzen fehlten, was sie wunderte. Sie hatte sich schon so daran gewöhnt, morgens dieses dumpfe Stechen in den Schläfen zu spüren, das ihr Übelkeit und Schwindel verursachte, dass sie jetzt geradezu überrascht war. Sie konnte sich sogar schmerzfrei aufsetzen, und das Zimmer drehte sich nicht vor ihren Augen, sondern blieb, wo es war.

Sie legte sich noch eine Weile hin, um diesen klaren, schmerzfreien Moment auszukosten, und langsam kam die Erinnerung an letzte Nacht.

Amanda saß bereits bei ihrem zweiten Cappuccino, als Sofia in die Küche kam.

»Guten Morgen, mein Kind«, sagte sie betont aufgeräumt.

»Was ist los, Mama, warum schläfst du nicht?«

»Weil mir zu viel im Kopf herumgeht. Dieser Jonathan zum Beispiel. Dieser Deutsche. Ich dachte, er ist nur unser Gast und nichts weiter, aber da hab ich mich wohl getäuscht.«

Sofia trank ein Glas Wasser und schwieg.

»Hab ich mich da getäuscht?«

»Vielleicht ein bisschen.«

»Also: Raus mit der Sprache! Schläfst du mit ihm?«

»Ich liebe ihn, Mama.«

»Das hab ich nicht gefragt. Ich will wissen, ob du mit ihm schläfst, verdammt.«

»Ja.« Sofia traten die Tränen in die Augen. Wenn ihre Mutter mal ein Gespräch begann, war es meist ein Verhör.

»Na, das ist ja fabelhaft!«, meinte Amanda und schlug mit der flachen Hand auf die Tischplatte, dass ihre Tasse schepperte. »Da werden wir uns wohl was überlegen müssen, denn so geht das nicht, meine Liebe, nicht in meinem Haus.«

»Ich bin neunundzwanzig, Mama, und keine fünfzehn mehr.«

»Na und?«

»Ich kann machen, was ich will.«

»Eben nicht!« Amanda stand auf, ging zur Tür, riss sie auf und brüllte: »Riccardo!«

»Lass ihn doch schlafen!« Sofia verstand überhaupt nicht, warum ihre Mutter jetzt so einen Aufstand machte. Sie wollte offensichtlich Ärger, einen anderen Grund gab es nicht, denn sonst hätte sie ohne weiteres warten können, bis Riccardo von allein aufgestanden war.

»Nein. Ich will jetzt mit ihm reden! Es ist wichtig, verflucht. Schlafen kann er meinetwegen jeden Tag, heute nicht!«

»Riccardo!«, brüllte sie noch einmal, und es schallte durchs ganze Haus.

Jonathan hat es sicher auch gehört, dachte Sofia. Allein bei dem Gedanken an ihn tat ihr das Herz weh. Weil sie ihn so sehr liebte, aber auch weil sie immer noch nicht verstand, was letzte Nacht passiert war.

Riccardo kam eine Viertelstunde später. Verschlafen, schlecht gelaunt und depressiv. Tage, an denen er nicht im Weinberg oder in den Oliven arbeiten konnte, waren für ihn verlorene Tage. Er hatte das Gefühl, krank zu sein, wenn er in der Küche herumsaß und Amanda ertragen musste. Umso schlimmer, dass sie ihn heute auch noch gerufen hatte.

»Was ist?«, fragte er knapp und stellte seine Tasse auf die Espressomaschine.

»Setz dich erstmal und iss was. Wir müssen einiges besprechen.«

Riccardo setzte sich. Aber er hatte keine Lust, etwas zu essen. Schon gar nicht, wenn Amanda es ihm befahl. Er stützte den Kopf auf die Hand und sah sie mit müden Augen an.

»Es muss ja mindestens ein bevorstehender Weltuntergang sein, wenn du um diese Zeit schon redest.«

»Pass auf, was du sagst, mein Freund.«

Riccardo verstummte. Dann stand er auf und kochte sich seinen Kaffee.

»Sofia und Jonathan haben was miteinander. Wusstest du das?«

Riccardo schüttelte den Kopf.

»Ja und?«, fragte Riccardo genervt nach einer längeren Pause. »Deswegen machst du hier die Pferde scheu?«

Sofia hielt es nicht mehr aus. Sie kam sich vor wie ein Schulkind, das vor der Lehrerversammlung erscheinen muss, weil darüber entschieden werden soll, ob es von der Schule fliegt oder nicht, und verließ die Küche. Amanda störte sich nicht daran, es war ohnehin einfacher, mit Riccardo allein zu reden, und das Ergebnis würde Sofia noch früh genug erfahren.

»Sie schläft mit diesem Kerl. Diesem Fremden, von dem wir nichts, aber auch gar nichts wissen. Und das geht nicht, finde ich.«

»Sie ist alt genug. Und viel Spaß hat sie in ihrem Leben noch nicht gehabt. Also lass ihn ihr gefälligst und halt dich da raus.«

»Was sollen die Leute denken?«

»Kein Mensch weiß oder sieht, was auf La Passerella geschieht. Und außerdem kann es uns egal sein, was die Leute denken.«

»Mir ist es aber nicht egal!«

»Amanda, was soll das?« Jetzt wurde Riccardo heftiger. »Du gehst nur ins Dorf, wenn du zum Zahnarzt oder zur Dottoressa musst. Du lässt dich auf keinem Dorffest blicken, du gehst nicht in die Kirche, nicht in die Bar, zum Bäcker oder zum Alimentari. Für die Leute existierst du gar nicht mehr! Amanda – das war einmal. Und da kratzt es dich, wer wann was und wo redet? Erzähl mir doch nichts, Amanda!«

»Die beiden können hier nicht in wilder Ehe leben, Riccardo. Das wirst du doch einsehen!«

»Ich sehe gar nichts ein«, brummte er leise und wurde den Gedanken an das Bild nicht los.

»Er muss sie heiraten, und dann ist der Fall erledigt. Entweder er tut es, oder er fährt wieder. So einfach ist das.« Es war erstaunlich, aber bis jetzt hatte Amanda noch keinen Bissen gegessen.

»Auf der einen Seite beklagst du dich, dass wir nichts über ihn wissen, aber dann willst du auf der anderen Seite gleich, dass sie ihn heiratet! Lass es doch um Himmels willen so, wie es ist! Sie ist glücklich. Und dann kann es uns auch egal sein, wo er herkommt und was mit ihm los ist.«

»Kommt nicht infrage.« Amanda presste die Lippen aufeinander und verschränkte die Arme vor ihrer gewaltigen Brust, und Riccardo wusste, dass mit ihr jetzt kaum noch zu diskutieren war. Was sie sich einmal in den Kopf gesetzt hatte, würde sie auch durchsetzen. Und ihm war völlig klar, dass es hier nicht um die Moral ging. Das war nur ein vorgeschobener Vorwand, Sofia endlich unter die Haube zu bringen.

Sie schläft mit diesem Kerl. Und das geht nicht, finde ich. So etwas aus Amandas Mund war mehr als absurd. Am liebsten hätte Riccardo laut gelacht. Amanda. Gerade Amanda. Nie in seinem Leben würde er vergessen, was vor drei Jahren auf La Passerella passiert war.

In jenem Jahr war es auch Ende September noch hochsommerlich warm. Amanda und Riccardo hatten drei Gäste in der großen Wohnung, Motocrossfahrer aus Holland. Folke, Mats und Enrik waren um die fünfundzwanzig, konnten vor Kraft nicht laufen, hatten Unterarme so dick wie der Bauch einer Anakonda, wenn sie ein Kaninchen verschlungen hat, und einen Händedruck wie ein Schraubstock. Sie verstanden und sprachen kein Wort Italienisch, bretterten den ganzen Tag auf den Wald-, Berg- und Natursteinstraßen durch die Gegend, machten sich zum Abendessen fette Knackwürste warm, saßen anschließend mit Amanda in der Küche und leerten etliche Flaschen Rotwein.

Einen Tag vor ihrer Abreise hatte Amanda für die drei ihre legendäre Nudelpfanne gekocht, und die vier tranken bereits seit Stunden. Niemand zählte mehr die Rotweinflaschen, die Enrik öffnete. Um halb elf verabschiedete sich Riccardo und ging ins Bett. Er musste jeden Morgen um fünf Uhr dreißig aufstehen und brauchte seinen Schlaf, weil es zu gefährlich war, wenn er müde und unkonzentriert mit seinem Raupenfahrzeug auf den steilen Hängen und schmalen Terrassen der Olivenhaine arbeitete. Er wusste auch nicht, was er in der Küche noch verloren hatte. Amanda lallte bereits, und von den grölenden und lachenden Motorradfahrern verstand er ohnehin kein Wort.

Gegen Mitternacht hing Amanda auf ihrem Unterarm und stierte vor sich hin. Ihre dicken, schwammigen Brüste lagen auf dem Tisch wie in sich zusammengefallene Hefeteige. Sie sagte nichts mehr, sie schlief fast mit offenen Augen.

Die Jungs tranken jetzt keinen Rotwein mehr, sondern ließen die Grappaflasche kreisen. Es war wahrscheinlich Langeweile, dass sie sich plötzlich für Amanda zu interessieren begannen.

»Hej!«, begann Mats, aber Amanda reagierte nicht.

Folke nahm eine halbvolle Rotweinflasche, die neben der Spüle stand, und goss sie Amanda langsam über den Kopf.

Amanda rührte sich gar nicht.

Mats goss Grappa hinterher und verschmierte ihr den Schnaps im Gesicht. Als er ihre Lippen berührte, begann sie zu saugen wie ein Baby.

Die drei schrien vor Lachen.

Enrik kniff sie in die Brust, aber Amanda grunzte nur und sah sie mit glasigen Augen an, die nichts mehr begriffen.

Und in diesem Moment kapierten die drei, dass sie mit Amanda machen konnten, was sie wollten.

Folke packte sie unter den Armen und zog sie auf den Tisch. Ihre Brüste schwammen im verschütteten Rotwein-Grappa-Gemisch, ihre nassen Haare klebten über ihren Augen. Folke zog sie so weit, dass ihr gesamter massiger Körper auf der Tischplatte zu liegen kam, ihre dicken Beine baumelten hilflos in der Luft.

Die Jungs kicherten. Unsicher und gierig zugleich. Sie spürten, dass sie dabei waren, in eine Situation hineinzuschlittern, die sie so wahrscheinlich in ihrem Leben nie wieder erleben würden, und wollten sie ausnutzen. Koste es, was es wolle.

Mats war der Erste, der Amanda die schlabbrigen Leggings und ihre Unterhose herunterzog, ihr bleiches Hinterteil und ihre unförmigen, von Cellulitis gezeichneten Schenkel entblößte und auseinanderdrückte. Sein Gesicht war hochrot, als er in sie hineinstieß.

Riccardo erwachte von einem ungewohnten Geräusch. Ein rhythmisches, dumpfes Schaben. Dann das Klirren einer Flasche, die auf dem Boden zerbrach. Und wieder das gleichmäßige Kratzen und Rütteln. Wie Holz auf Stein. Irritiert sah er auf den Radiowecker. Ein Uhr siebenunddreißig.

Es war der eindeutige Rhythmus, der ihm Angst machte. Er sprang aus dem Bett. Alle Sinne waren geschärft, er bemühte sich, ruhig zu atmen, obwohl er seinen Herzschlag im Hals und bis in den Mund spürte. Barfuß lief er los.

Das Geräusch hielt unvermindert an und wurde auf dem Flur nur noch lauter und bedrohlicher.

Dann öffnete er die Küchentür. Leise und vorsichtig, denn er fürchtete sich vor dem, was er sehen würde.

Es war noch schlimmer, als er erwartet hatte.

Amanda lag mit gespreizten Schenkeln bäuchlings auf dem Küchentisch.

Ihre Augen waren weggekippt, als wäre sie in Trance.

Sie ist nicht mehr bei sich, dachte Riccardo, entweder liegt sie schon im Koma, oder sie ist so betrunken wie nie.

Die drei Holländer beschäftigten sich gleichzeitig mit Amanda, und sie gingen nicht zimperlich mit ihr um. Amanda war ein willenloser, wabbeliger Fleischberg, an dem sich die drei mit heruntergelassenen Hosen bedienten. Sie behandelten sie wie eine angeschossene Wildsau, gewalttätig, aggressiv und herzlos.

Niemand bemerkte Riccardo, der völlig entgeistert in der Tür stand. Er versuchte, in der misshandelten Kreatur Amanda, seine Frau zu sehen, aber es gelang ihm nicht.

So apathisch, wie sie da lag, hilflos und ohne jeden Widerstand, sah sie aus, als würde sie diese Massenvergewaltigung niemals überleben, und Riccardo wunderte sich, dass er in dieser Situation den Gedanken hatte, dass es wahrhaftig keinen passenderen Tod für Amanda geben konnte.

Einen winzigen Moment lang überlegte er dazwischenzugehen, die Bande auseinanderzutreiben, sie anzuschreien – vielleicht reichte auch schon sein Auftauchen, um sie zu verschrecken –, aber dann ließ er es bleiben. Die Angst war stärker. Angst vor drei betrunkenen Halbstarken, die jegliche Scham und jede Kontrolle verloren hatten.

So leise, wie er sie geöffnet hatte, zog er die Tür wieder zu und kehrte in sein Zimmer zurück. Zum ersten Mal in seinem Leben wusste er nicht mehr, was er machen sollte. Er konnte nicht weinen, aber er verspürte auch keinen Zorn. Nur Ekel und Enttäuschung. Und das Gefühl, so nicht mehr weiterleben zu können.

Seit seiner Kindheit hatte er nicht mehr gebetet. Jetzt kniete er sich vor sein Bett, faltete die Hände und flehte die Jungfrau Maria an, ihn herauszuholen aus dem Sumpf und die Erinnerung an das Gesehene aus seinem Gedächtnis zu löschen. Denn er glaubte, Amanda von nun an nie wieder in die Augen blicken zu können.

Am nächsten Tag stand Amanda um zwölf auf und kam um halb eins in die Küche. Sie war verkatert wie immer, aber insgesamt ganz ruhig.

»Buongiorno«, grunzte sie, als sie Riccardo am Kühlschrank stehen sah, wo er nach einer Salami für seine Mittagspause suchte.

»Wie geht's? Alles klar?«, fragte sie desinteressiert.

»Es geht. – Und du? Wie hast du geschlafen?«

»Wie eine Tote. Wieso?«

»Nur so.«

»Mach mir mal Kaffee, Riccardo, ich hab Kopfschmerzen und muss andauernd aufs Klo.«

Riccardo kochte den Kaffee und sah sie an. Sie sah so verschwollen und zerstört aus wie immer. »Habt ihr gestern Abend noch lange gemacht?«

Amanda zuckte die Achseln. »Keine Ahnung. Wahrscheinlich. Jedenfalls weiß ich nicht mehr, wann und wie ich ins Bett gekommen bin. Aber is ja auch egal.«

Sie hatte also einen Filmriss. Wie so oft. Oder sie sagte es nur. Er würde wohl nie erfahren, ob sie wusste, was gestern Nacht geschehen war, oder nicht. Ihr Körper hatte funktioniert, aber ihr Verstand hatte sich vollkommen ausgeschaltet. Das war ja beinah gnädig. Sowohl für sie als auch für ihn.

»Du säufst zu viel, Amanda. Viel zu viel. Auf die Dauer säufst du dir den Verstand aus dem Kopf.«

Amanda verdrehte die Augen. »Ja, ja. Blablabla. Außerdem reisen die Jungs heute ab. Du kannst dich also abregen, ab heute bin ich wieder ganz brav!« Sie sagte es mit einem starken ironischen Unterton, als könne sie ihn damit ärgern, aber Riccardo überlegte nur, ob sie es wirklich nur auf ihren Alkoholkonsum bezog.

Amanda nahm sich zwei Sprudeltabletten Aspirin aus der untersten Schublade des Küchenschrankes, löste sie in Wasser auf und trank das Glas in einem Zug leer.

»Mach, was du willst«, sagte Riccardo zu Amanda und sah aus dem Fenster. Noch nie war ihm bewusst geworden, wie schön und erhaben La Passerella im Schnee war. »Du kannst jetzt hier einen riesigen Aufstand anzetteln – du kannst es auch bleiben lassen. Die Hochzeit interessiert mich nicht. Wenn sie stattfindet, ist es gut, wenn nicht, auch.«

»Was interessiert dich überhaupt?«, fauchte Amanda.

»Dass die Sonne aufgeht, Brot im Haus ist und du deinen Mund hältst«, konterte er und sah mit Genugtuung, dass es ihr die Sprache verschlug und sie nach Luft schnappte.

So wütend war Amanda schon lange nicht mehr gewesen. Riccardo war eine Last und wenn es wirklich mal Probleme gab, überhaupt keine Hilfe. Also musste sie die Sache allein angehen.

Zwei Monate später saß Jonathan in einem Flugzeug nach Berlin. Amanda hatte einfach keine Ruhe gegeben. Jeden Morgen ging das Gezeter wieder los, bis Jonathan schließlich einer baldigen Hochzeit zugestimmt hatte. Als Amanda dann jedoch erfuhr, dass alles nicht ganz so schnell gehen konnte, wie sie sich das vorstellte, da Jonathan in Deutschland noch gar nicht geschieden war, explodierte sie von neuem.

»Das wird ja immer schöner!«, kreischte sie und fuhr Sofia an: »Du lässt dich mit einem verheirateten Mann ein? Das ist das Letzte!« Sie sank auf einen Stuhl. »Ich möchte nicht wissen, wie sich die Leute im Dorf schon das Maul zerreißen!«

Sofia schwieg, hatte aber jeden Morgen verweinte Augen.

Jonathan telefonierte fast täglich mit Jana.

»Ich weiß nicht, warum du es so verdammt eilig hast?«, fragte sie genervt. »Was um Himmels willen ist denn passiert?«

»Das kann ich dir am Telefon schlecht erklären.«

»Geht es um eine andere Frau? Ist sie schwanger?«

»Nein. Es ist alles anders. Nicht so, wie du denkst.«

Jana pustete verächtlich ins Telefon. »Deine Geheimniskrämerei macht einen ganz verrückt.«

»Bitte, Jana, ruf Dr. Bremer an und sag ihm, er soll uns helfen, bei Gericht so schnell wie möglich einen Termin zu bekommen, wir sind uns ja eigentlich in allen Punkten einig. Und dann komme ich nach Berlin.«

Jana seufzte. »Okay. Ich tue, was ich kann. Wenn ich einen Termin habe, melde ich mich.«

Und nun saß er im Flugzeug und wusste, dass er morgen nach dem Scheidungstermin sein altes Leben endgültig beenden und hinter sich lassen würde. Und dieser Gedanke gefiel ihm.

Als er dann am späten Nachmittag vor dem Haus stand, das ihm schon nicht mehr gehörte, weil Jana ihn ausbezahlt hatte, wunderte er sich, dass sich gar nichts verändert hatte. Der Garten sah so aus, wie er jeden März ausgesehen hatte. Die Bäume waren noch kahl, und auch im vergangenen Herbst war der Apfelbaum nicht beschnitten worden. Jana hatte das Laub geharkt, die Hecke gestutzt und die Gartenmöbel in den Schuppen geräumt. Es war alles in Ordnung. Das Garagentor war geschlossen, und er müsste es jetzt nur mit der Fernbedienung öffnen, in den Wagen steigen, zum Einkaufen fahren, und alles wäre wie früher. Ein paar Telefonate, und er könnte sogar wieder anfangen zu arbeiten. Und Jana würde ihm verzeihen. Da war er sich ganz sicher.

Aber dann kam die Erinnerung an Italien. Wie versteinert hatte Sofia vor der Tür gestanden. »Kommst du auch wirklich wieder?«, hatte sie ihn ein paarmal gefragt. Er hatte es immer wieder bestätigt, geschworen, hatte sie geküsst und umarmt, aber gespürt, dass sie ihm nicht glaubte. In ihren Augen hatte Amanda mit ihrem Gezeter und ihrer Forderung, zu heiraten, alles zerstört. Amanda zerstörte immer alles.

Sofia hatte nicht geweint und nicht gewunken zum Abschied, sie stand wie zu einer Salzsäule erstarrt, als wolle sie dort stehen bleiben, bis er in einigen Tagen vielleicht doch wiederkam.

Er hatte Sehnsucht nach Sofia, das wurde ihm jetzt ganz bewusst.

In diesem Moment öffnete Jana die Haustür.

»Komm rein«, meinte sie knapp, »oder wie lange willst du noch da draußen stehen?«

Jonathan ging die Stufen zum Haus hinauf und küsste Jana auf die Wange.

»Hallo.«

»Wie war der Flug?«

»Einigermaßen. Ein bisschen wacklig, aber ansonsten okay.«

Sie gingen ins Haus.

Auch hier hatte sich nichts verändert, Jonathan hatte allerdings das Gefühl, nicht fünf Monate, sondern Jahre weggewesen zu sein.

»Ich habe dir das Gästezimmer zurechtgemacht«, sagte Jana, »du kannst ja schon mal deine Sachen raufbringen. Oder willst du lieber in Giselles Zimmer schlafen?«

Jonathan schüttelte den Kopf. »Nein, nein. Ich bleibe im Gästezimmer. Es ist alles gut.«

Er ging mit seinem kleinen Koffer, den er im Flugzeug als Handgepäck mitgeführt hatte, nach oben.

Seine Winterjacke hing an der Garderobe. Jana überlegte nicht lange, zog seine Brieftasche aus der Innentasche und öffnete sie. Sie wollte wissen, was mit Jonathan los war, warum er es mit der Scheidung so eilig hatte, und hoffte irgendetwas über sein Leben in Italien zu erfahren.

Sie sah das Bild sofort und war zunächst nicht sonderlich überrascht, dass er ein Foto von Giselle in seiner Brieftasche hatte, aber irgendetwas irritierte sie. Giselle war jünger gewesen, als sie gestorben war. Jana kannte das Foto nicht und sah genauer hin. Und erst jetzt, auf den zweiten Blick, wurde ihr klar, dass es nicht Giselle war, sondern das Foto einer fremden Frau, die so aussah, wie Giselle heute wahrscheinlich ausgesehen hätte.

Jana begann zu zittern, das Foto fiel ihr beinah aus der Hand, als sie es umdrehte, um zu sehen, ob auf der Rückseite etwas geschrieben war. Aber da stand nichts.

Schnell schob sie das Foto zurück und steckte die Brieftasche wieder in die Jacke.

Eine Stunde später saßen sie sich im Wohnzimmer gegenüber. Jana auf der Couch, auf der sie sich abends unzählige Male aneinandergekuschelt hatten, Jonathan im Sessel. Es war nicht zu vermeiden, dass ihre Blicke sich trafen, und beide fühlten sich unbehaglich dabei.

»So weit ist es also mit uns gekommen«, begann Jana, »es ist der Vorabend unserer Scheidung, und wenn ich ganz ehrlich bin, Jonathan, dann bricht es mir fast das Herz, dass unser gemeinsames Leben nun wirklich vorbei sein soll.«

»Das wusste ich nicht«, sagte er leise, »ich dachte, du bist froh, mich los zu sein.«

»Das dachte ich nach jedem Streit, aber in den letzten Monaten hab ich dich auch vermisst. Darüber habe ich mich selbst gewundert.«

»Am Telefon klangst du immer sehr kühl, ja beinah kalt. Du hast wirklich immer nur das Nötigste gesagt, und man musste ständig Angst haben, dass du den Hörer aufknallst.«

»Ich weiß. Aber du kennst mich doch. Ich konnte noch nie telefonieren. Ganz egal, was man sagt, es klingt alles irgendwie falsch. Ich wollte immer sagen: Bitte komm zurück, ich liebe und ich brauche dich, aber ich hab es nicht geschafft. Und vor lauter Frust hab ich dich ziemlich schroff abgefertigt. Außerdem war ich wütend, dass du einfach so abgehauen bist. Ohne ein Wort, irgendwohin. Das ist keine Art, finde ich.«

»So wie wir in den letzten Jahren miteinander umgegangen sind, war es genau die richtige Art.«

»So wie du mit mir umgegangen bist. Nicht ich mit dir!«

»Meinetwegen. Dann eben ich mit dir.« Jonathan hatte keine Lust, sich wieder mit ihr über die leidige Schuldfrage zu streiten. Es war egal und jetzt einfach nicht mehr wichtig. Morgen würde alles vorbei sein, und Jana würde in seinem Leben keine Rolle mehr spielen. »Vielleicht war ich vor fünf Monaten in einer Situation, in der ich mich nur so und nicht anders verhalten konnte. Ich weiß es nicht, und ich will es auch gar nicht wissen, wenn ich ehrlich bin.«

Jana kratzte mit ihren gepflegten, langen Fingernägeln einen imaginären Fleck von ihrer Hose. »Du bist dünner geworden«, meinte sie, »und es steht dir richtig gut. Bitte, erzähl mir, wo und wie du lebst.«

»Ich habe in der Toskana eine kleine, sehr einfache Wohnung gemietet. Weit ab vom Schuss, und dort habe ich meine Ruhe.«

»Du lebst dort allein?«

»Ja. Das heißt, die Familie, die die Wohnung vermietet, wohnt auch dort.«

Sie wartete einen Moment, und dann fragte sie: »Wer ist die Frau auf dem Foto in deiner Brieftasche?«

»Ach!« Jonathans Nasenflügel bebten von Zorn. »Du schnüffelst in meinen Sachen herum?«

»Himmelherrgott nochmal, ja! Was soll ich denn sonst tun? Wir waren fast fünfundzwanzig Jahre verheiratet, und plötzlich erfahre ich nichts mehr von dir? Noch nicht einmal, ob du eine andere Frau kennengelernt hast? Das ist doch das Mindeste, was du mir erzählen könntest! Ich bin doch nicht deine Feindin, Jonathan, ich will einfach nur wissen, was in dir vorgeht!«

»Ich werde die Frau auf dem Foto heiraten.«

Jana verschlug es die Sprache. »Du bist verrückt!«

»Ganz und gar nicht.«

Jana war fassungslos. »Sie sieht aus wie Giselle«, flüsterte sie nach einer langen Pause, und Tränen schossen ihr in die Augen. »Du heiratest deine Tochter!«

Jonathan schwieg. Er stand auf und sah aus dem Fenster.

»Jonathan, bitte! Rede mit mir!«

»Ich wüsste nicht, worüber.«

»Liebster, du bist krank! Du kommst allein nicht mehr klar, auch wenn du sonst wohin fliehst und dich verkriechst. Bleib hier und hol dir Hilfe. Geh zu einem Therapeuten, und wir beide fangen noch einmal ganz von vorn an. Es lag doch nur an Giselles Tod, sonst wären wir heute noch glücklich. Und ich bin davon überzeugt, dass wir wieder miteinander klarkommen, wenn du deinen Kummer überwunden hast. Bitte, Jonathan, versuche es doch wenigstens!«

Jonathan drehte sich um. »Welchen Kummer?«, fragte er und lächelte.

Jana spürte, dass ihr eiskalt wurde. Ich komme gar nicht mehr an ihn ran, dachte sie, er ist schon viel zu weit weg. »Lass uns mit der Scheidung noch warten«, bemerkte sie mutlos, »und lass uns nochmal alles überdenken.«

Jonathan lachte nur. »Ich komme nicht mehr zurück, nie mehr. Wann begreifst du das endlich?«

Jana resignierte. Sie wusste nicht, was sie noch sagen sollte, und sah auf die Uhr.

»Der Friedhof ist noch geöffnet. Komm, lass uns wenigstens ein letztes Mal gemeinsam zu ihrem Grab gehen.«

»Nein«, sagte Jonathan knapp. »Ich weiß nicht, was ich da soll.«

Er ging aus dem Zimmer, und Jana fiel erst jetzt auf, dass sie ihm heute Abend noch nicht einmal etwas zu trinken angeboten hatte.

Am nächsten Morgen um zehn Uhr fünfundvierzig wurden Jana und Jonathan Jessen geschieden. Dreihundertfünfzigtausend Euro hatte Jana auf Jonathans italienisches Konto überwiesen.

Jonathan wirkte gelöst und heiter, als sie aus dem Gerichtsgebäude kamen. »Pass auf dich auf, Ballerinchen«, sagte er und küsste sie auf die Wange. »Ich wünsche dir noch ein glückliches Leben.«

Damit drehte er sich um und winkte einem Taxi, um zum Flughafen zu fahren.

Im Mai sollte die Hochzeit stattfinden. Amanda hatte sich vorgenommen, das Fest zu organisieren. Statt um zwölf stand sie bereits um zehn auf, fing an zu telefonieren und schrieb sich genau auf, mit wem sie gesprochen hatte, denn nachmittags, nach der ersten Flasche Wein, konnte sie nicht mehr sagen, ob sie die Tondellis, Marinis und Pasquettis eingeladen, Festzelt, Hochzeitsessen und die Band, die Tanzmusik und italienische Schlager spielen sollte, bestellt hatte oder nicht.

»Hör zu«, sagte sie zu Don Lorenzo, dem Pfarrer, »ich möchte ein außergewöhnliches Hochamt erleben. Stimmungsvoll und festlich. Nicht dass du diesen Einheitsbrei herunterleierst wie jeden Sonntag. Ich möchte, dass meine beiden Kinder die Messe bis an ihr Lebensende nicht vergessen. Meinst du, du kannst das?«

Don Lorenzo ärgerte sich maßlos über diese unverschämte Frage, ließ es sich aber nicht anmerken.

»Wie lange warst du nicht mehr in der Kirche, meine Liebe?«, fragte er. »Ich glaube, es muss Jahre her sein! Und insofern kannst du wirklich nicht beurteilen, wie ich meine Messen gestalte.«

»Ich war bei der Taufe des kleinen Filippo. Du erinnerst dich vielleicht, der Sohn von Michele und Anna Maria, und ich sag dir, ich bin dabei fast gestorben! Die anderthalb Stunden waren wie gefühlte fünf. Weißt du, wie das ist, wenn man es nicht mehr schafft, gegen den Schlaf anzukämpfen, weil man sich im wahrsten Sinne des Wortes tödlich langweilt? Furchtbar ist das, Don Lorenzo, und so hab ich die Taufe von Filippo nur als Tortur in Erinnerung.«

O Gott, flehte Don Lorenzo, entferne diese grässliche Frau aus meinem Haus!

»Das tut mir leid«, sagte er leise, faltete die Hände und lächelte.

»Und deswegen bin ich hier. Damit so was nicht nochmal passiert.«

»Was stellst du dir denn vor?«

»Zum Beispiel eine Predigt, die was mit meiner Tochter und meinem Schwiegersohn zu tun hat. Sofia ist ein armes Mädchen, sie hat viel durchgemacht. Als sie neun war, bekam sie diese fürchterlichen Masern und wurde blind. Kannst du dir vorstellen, wie es ist, wenn man in ewiger Dunkelheit lebt und immer allein ist? Sie ist mittlerweile neunundzwanzig und hatte nie einen Freund. Aber jetzt hat ihr der Allmächtige einen lieben Mann geschickt. Das ist ein Wunder, Don Lorenzo, darüber könntest du reden. Und vielleicht unterhältst du dich vorher mal mit Sofia.«

»Das ist eine gute Idee, Amanda«, erwiderte Don Lorenzo mit leicht spöttischem Unterton. Es war unglaublich: Diese dicke Frau behandelte ihn wie einen dummen Schuljungen.

»Lass dir was einfallen. Vor allem für die Ohren. Es geht mir da hauptsächlich um meine blinde Tochter. Also keine schönen Gewänder, sondern wundervolle Klänge.«

»Verstehe.« Oh Herr, warum prüfst du mich so hart?, betete er.

»Wir brauchen eine Sängerin, nein, besser einen Chor, der das *Halleluja* schmettert! Und irgendjemand sollte in die Orgel greifen, dass es nur so kracht. Wenn Riccardo Sofia in die Kirche führt, bitte den *Hochzeitsmarsch* von Haydn.«

»Der ist von Felix Mendelssohn Bartholdy.«

»Mir doch egal! Du weißt, was ich meine!« Amanda wurde fast sauer. »Lass die Orgel spielen, dass die Wände wackeln! Ich will die Hochzeitsgäste weinen sehen. Schon vor der Trauung! Verstehst du mich?«

Zum ersten Mal in seinem Leben hatte Don Lorenzo Lust, einem Menschen eine runterzuhauen.

»Sicher. Ich werde darüber nachdenken.«

»Gut.« Amanda stand auf. »Jetzt will ich dich nicht weiter beim Beten stören. Arrivederci, Don Lorenzo.«

»Salve«, knurrte Don Lorenzo. »Und vielen Dank für deinen Besuch.«

Amanda nickte zufrieden und ging. Don Lorenzo war davon überzeugt, dass ihm der Herr die kleine Dankeslüge verzeihen würde.

»Pass auf, Riccardo«, sagte Amanda eines Abends, »ich rechne dir jetzt mal vor, was der ganze Spaß kostet. Setz dich und atme tief durch, damit du keinen Herzschlag kriegst.«

Riccardo setzte sich. Er wollte das eigentlich alles gar nicht hören.

»Silvia macht das Essen. Fünf Gänge. Hab ich mit ihr besprochen. Sie bringt drei Mädchen mit, die ihr helfen und bedienen. Dann das Zelt für sechzig Personen, die Tische und Stühle, Geschirr und Besteck für zwei Tage. Die Musikkapelle, der Pfarrer, schon allein das Brautkleid kostet siebenhundertfünfzig Euro, die Ringe, und für den späten Abend nochmal Gebäck, Kaffee oder Mitternachtssuppe. Dann das Feuerwerk. Die Hochzeitsreise schenken wir uns, weil Jonathan nicht will. Aber immerhin sind das summa summarum alles inklusive achttausend Euro.«

»Amanda, was soll der Unfug, das Geld haben wir nicht!«

»Natürlich nicht. Noch nicht. Aber ich habe schon mit Gennaro gesprochen. Wir kriegen das Geld. So machen das doch alle! Wer kein Geld hat, nimmt einen Kredit auf!«

»Ich habe noch nie in meinem Leben Schulden gemacht!« In Riccardo krampfte sich etwas zusammen, und er fühlte sich vergewaltigt und entmündigt. Es war alles so unnötig, so sinnlos. Schulden zu machen für einen einzigen Tag, an den sich Amanda sicher schon am nächsten Morgen nicht mehr erinnern würde. Warum aßen sie nicht einfach etwas zusammen? Ruhig, gemütlich und ohne großen Aufwand. Zehn Leute maximal. Ein gemütlicher Abend mit gutem Wein, und das war's. Aber nein! Amanda wollte eine große Feier, die sich kein Mensch leisten konnte und die sie in den Ruin stürzen würde. Seit zehn Jahren wünschte er sich eine eigene Ruspa, ein Kettenfahrzeug, mit dem er die Hänge und die Terrassen zwischen den Weinbergen sauber halten, die Straße pflegen und den Wald roden konnte. So eine Ruspa kostete gebraucht sechstausend Euro. Immer hatte er darauf verzichtet und sie sich verkniffen, weil er keine Schulden machen wollte. Und jetzt war Amanda dabei, eine noch größere Summe an einem einzigen Abend zum Fenster hinauszuwerfen.

»Warum feiern wir nicht im kleinen Kreis, Amanda? Bescheiden, wie es unsere Art ist und immer unsere Art war.«

»Weil es popelig ist!«, schrie Amanda. »Die Leute sollen wissen, dass jetzt ein anderer Wind weht auf La Passerella. Die Hungerjahre sind vorbei! Unsere Tochter hat einen Städter aus Deutschland geheiratet, wir sind jetzt wer. Niemand braucht mehr die Nase zu rümpfen, wenn wir auf den Markt kommen. Ich will gegrüßt werden, Riccardo! Und die beiden werden Kinder haben. Unser Leben wird sich komplett verändern. La Passerella wird eine Adresse sein, die man mit Respekt in den Mund nimmt, wenn ein Fremder nach dem Weg fragt.«

Riccardo seufzte. Solchen Schwachsinn hatte Amanda schon lange nicht mehr von sich gegeben.

»Und warum kann dann unser hochwohlgelobter Herr Schwiegersohn, der die Taschen voller Geld hat, wie du sagst, nicht sein Scherflein zur Hochzeit beitragen? Warum, verdammt nochmal, sollen *wir* alles bezahlen?«

»Weil es sich so gehört, du Blödkopp«, fauchte Amanda, »und weil ich mich nicht lumpen lasse. Es ist nun mal seit Jahrhunderten Sache der Brauteltern, die Hochzeit auszurichten, und das werden wir auch schaffen! Die Leute sollen nicht sagen, dass wir noch nicht mal in der Lage waren, unsere einzige Tochter zu verheiraten. Das bisschen Stolz hatte ich dir eigentlich zugetraut, Riccardo Valentini!«

Riccardo seufzte erneut. Diese Hochzeit hing ihm jetzt schon zum Hals heraus, und er hatte das Gefühl, dass sein mühsam erarbeitetes Leben dabei war, vor die Hunde zu gehen. Aber vielleicht war ja auch das mittlerweile egal. Er sehnte sich nur noch nach Frieden, und sei es in einem kühlen Grab.

Zum Teufel mit Amanda, mit ihrem Stolz und ihrer Geltungssucht.

Am Tag der Hochzeit war der Himmel schon am Morgen schwarz, und der Wind wehte so stürmisch, dass die Tischdecke auf dem Terrassentisch ständig umklappte und Blätter, Zweige und leere Blumentöpfe durch die Gegend flogen.

Sofia stand auf dem Hügel vor dem Haus, und jeder Fremde, der sie nicht kannte, hätte vermutet, sie würde die düstere, aber klare Aussicht genießen.

»Meine Mutter wird verrückt«, sagte sie enttäuscht. »Da hat sie wochenlang gearbeitet und sich auf diesen Tag gefreut – und dann so ein Wetter.«

Jonathan nahm ihr die langen Haare im Nacken zusammen und drehte sie in den Fingern, so wie er es unzählige Male bei Giselle getan hatte. »Wart's ab. Vielleicht sieht es ja nachher ganz anders aus. Der Wind ist so stark, könnte ja sein, dass er die Wolken davonfegt und heute Abend wieder klarer Himmel ist.«

»Hoffentlich.«

»Ach, und noch etwas, Sofia. Bitte trage die Haare heute Abend so, im Nacken zusammengebunden. Es steht dir so gut! Trage es so oft wie möglich so, ja?«

Sofia nickte und lächelte.

In diesem Moment stürzte Amanda aus dem Haus. »Madonna puttana!«, blökte sie noch im Laufen. »Jetzt seht euch dieses Mistwetter an! Da heiratet meine Tochter einmal im Leben, und dann so was!«

Sofia ging ins Haus. Es war ihr nicht wichtig, wie das Wetter am Abend war, der ganze Trubel um diese Heirat machte sie ohnehin nervös. Am liebsten hätte sie nur still in Jonathans Armen gelegen und geflüstert: »Ich werde dich immer lieben. Bis ans Ende meiner Tage.« Aber jetzt würde es zig Zeugen dieses intimen Moments geben, und Sofia fürchtete sich davor.

Um fünfzehn Uhr begann die Messe. Die kleine Kapelle war brechend voll, und sogar noch draußen vor der Tür standen Hochzeitsgäste und versuchten, einen Blick auf Braut und Bräutigam zu erhaschen.

Zum ersten Mal seit Jahren oder Jahrzehnten hatte Riccardo kein kariertes Hemd und keine Arbeitshose an. Amanda hatte darauf bestanden, ihm einen dunklen Anzug zu kaufen, was er maulend hatte über sich ergehen lassen. Jetzt allerdings spürte man schon seinen Stolz, als er Sofia –

während die Orgel den Hochzeitsmarsch spielte – zum Altar führte, wo Jonathan bereits auf sie wartete.

Amanda saß in der ersten Reihe und putzte sich demonstrativ die Nase.

Sofia trug ein schmales weißes Kleid und hatte einen Kranz aus weißen Blüten im Haar. Sie sah aus wie ein Engel, zart, durchsichtig und irgendwie nicht von dieser Welt.

Jonathan war so überwältigt, dass er spontan vor ihr auf die Knie fiel. Ein Raunen ging durch die Kirche. Sofia war das unangenehm. Daher nahm sie seine Hand und zog ihn wieder hoch.

Er küsste sie auf die Stirn, und sie wandten sich dem Altar zu.

Der Organist war ein Kirchenmusiker aus Arezzo und offensichtlich von Don Lorenzo bestens über Amanda und ihre Wünsche informiert, denn er spielte, als ginge es um sein Leben: laut, pathetisch und viel zu viel.

Aber auch Don Lorenzo ließ sich nicht lumpen und predigte, wie er schon ewig nicht mehr gepredigt hatte. Er philosophierte, was das Zeug hielt, redete vom größten Geschenk, das der Mensch von Gott empfangen könne, nämlich jemandem zu begegnen, mit dem man das Leben teilen wollte. Er redete von Wundern und vom Schicksal und zitierte das »Hohe Lied der Liebe«, ohne es als Bibelzitat deutlich zu machen und die Quelle zu nennen.

»Wenn ich die Sprache von Menschen und Engeln sprechen könnte, aber die Liebe nicht hätte, wäre ich ein dröhnender Gong. Eine lärmende Klingel«, sagte er, »und wenn ich weissagen könnte, alle Geheimnisse wüsste, jede Erkenntnis besäße, alle Glaubenskraft hätte und Berge versetzen könnte, aber die Liebe nicht hätte, wäre ich nichts.«

»Bravo«, murmelte Amanda.

»Und wenn ich all meinen Besitz den Armen schenkte und mich selbst aufopferte und verbrennen ließe, aber die Liebe nicht hätte, nützte es mir nichts.«

Amanda gähnte herzhaft, dann fielen ihr die Augen zu, und sie schlief ein.

»Die Liebe ist geduldig und gütig. Sie kennt keinen Neid, sie macht sich nicht wichtig, sie bläht sich nicht auf, sie ist nicht taktlos und trägt Böses nicht nach, sie freut sich, wenn die Wahrheit siegt, und glaubt und hofft in jeder Lage. Die Liebe wird niemals enden. Glaube, Hoffnung und Liebe wird es immer geben, aber die größte unter ihnen ist die Liebe.«

Die eigentliche Trauung verlief ruhig und unspektakulär, Sofias »Sì« war so leise, dass es außer Jonathan und Don Lorenzo niemand hörte. Sie steckten sich gegenseitig die Ringe an, küssten sich, unterzeichneten die Heiratsurkunde und waren Mann und Frau.

»Wie war die Predigt, Riccardo?«, erkundigte sich Amanda, als sie aus der Kirche kamen. »Ich hab nicht alles mitgekriegt.«

»Gut. Alles gut«, antwortete Riccardo einsilbig und dachte daran, dass die Liebe geduldig und gütig ist. Das hatte Don Lorenzo gesagt, und das hatte ihm gefallen.

Noch nie hatte es auf La Passerella ein so großes Fest gegeben, Sofia konnte sich jedenfalls an kein einziges erinnern.

Aber es war nicht *ihr* Fest, nicht der schönste Tag *ihres* Lebens – es war Amandas Auftritt. Amanda aß und trank mehr und redete lauter als alle anderen. Sie sonnte sich in der Aufmerksamkeit, die ihr zuteilwurde, und scheuchte die Bedienungen, wenn sie sah, dass irgendein Glas nicht mehr gefüllt war.

Sofia stand allein und etwas verloren zwischen all den Menschen, lächelte unentwegt, ohne zu wissen, wer ihr Lächeln sah, stand den Geräuschen, die auf sie einstürmten, hilflos gegenüber, und auch ihr Geruchssinn ließ sie im Stich, weil er einfach überfordert war. Beinah jeder, der ihr die Hand gab, sie umarmte, küsste, ihr gratulierte, Glück, viele Kinder und ein langes Leben wünschte, roch nach Parfum, Eau de Toilette, Aftershave, aufdringlichem Deodorant oder beißender Billigseife. Dazu die Kochdünste, der Duft von Knoblauch und Basilikum, gebratenem Lamm und geschmorten Zwiebeln, und ab und zu trug der Wind, der sich seit dem stürmischen Morgen sehr abgeschwächt hatte, einen Hauch Lavendel herüber, der an der Schmalseite des Hauses üppig blühte.

Plötzlich legte sich ihr eine Hand auf die Schulter. Schwer und rau, und sie nahm den Geruch nach feuchter Erde und verbranntem Holz war. Riccardo.

»Mein Kind«, sagte er leise, »Bambina, Carissima, ich lasse dich gar nicht gerne gehen.«

»Aber ich bleibe doch hier, Bappo, ich gehe doch nicht weg!«

»Doch. Du gehörst jetzt einem anderen. Du wirst ihn um Rat fragen, nicht mich. Du wirst mit ihm reden, nicht mit mir.« Seine Stimme klang belegt.

»Wir haben nie viel miteinander geredet.«

»Nein, das haben wir nicht.«

»Das ist schade.«

»Ja, das ist sehr schade.«

Beide schwiegen.

Riccardo seufzte. »Bist du glücklich?«

»Ja, ich bin glücklich.«

»Liebst du ihn?«

»Natürlich liebe ich ihn.«

Und wieder entstand eine Pause.

»Und du? Bist du auch glücklich, Bappo? Freust du dich für mich?«

Riccardo antwortete nicht sofort. Er war froh, dass Sofia nicht sehen konnte, dass seine Augen feucht schimmerten.

»Ich versuche es. Aber ich weiß es nicht genau.«

»Warum? Was denkst du?«

»Er ist mir so fremd, Bambina, und ich weiß nicht, ob er dir Glück bringt. Es ist nur so ein Gefühl, weißt du? Aber vielleicht sollten wir heute Abend nicht darüber sprechen.«

»Stimmt. Das sollten wir besser nicht.«

Riccardo nahm ihre Hand und streichelte sie sanft. Dann flüsterte er kaum hörbar: »Ich wünsche dir alles Liebe, mein Kind.«

Ihr Herz zog sich zusammen. Noch nie hatte Riccardo so mit ihr geredet. Sie wollte gerade aufstehen, ihn in den Arm nehmen und minutenlang nicht loslassen, damit er wusste, wie sehr sie ihn liebte – aber da war er schon gegangen und zwischen den Gästen verschwunden.

Nach dem Essen nahm Jonathan Sofia an der Hand. »Komm, lass uns tanzen! Bevor wir den Tanz nicht eröffnet haben, fangen die anderen nicht an.«

»Ich kann das nicht!«

»Doch. Vertrau der Musik und vertrau mir!«

Unsicher und zaghaft folgte sie ihm auf die Terrasse, die freigeräumt worden war und jetzt als Tanzfläche diente.

Es war still geworden, die Unterhaltungen waren verstummt, alle beobachteten das Brautpaar, das jetzt den Tanz eröffnen wollte.

Die Musik setzte ein, und der Sänger der Band sang sehr gefühlvoll und mit hoher klarer Stimme »When I need you« von Leo Sayer.

Sofia versuchte, nicht mehr zu denken und die Leute um sie herum zu vergessen. Sie ließ sich fallen, sank in Jonathans Arm und gab sich Mühe, den langsamen Walzer, den er tanzte, mitzutanzen. Seine Bewegungen waren sanft, aber deutlich, und allmählich spürte sie den Takt, und die langsamen Drehungen kamen plötzlich automatisch. Sie spürte den Rhythmus, fühlte sich sicher durch seine Hand, die sie durch den Walzer trug, als könne sie schweben.

Es war ihr erster und der schönste Tanz ihres Lebens, und sie nahm es als Zeichen, dass ihr an seiner Seite nie wieder etwas geschehen würde, wenn sie ihm nur die Führung überließ und ihm vollkommen vertraute.

Nach dem letzten Takt ließ er sie in seinen Arm drehen und zog sie fest an sich. Einen Moment standen die beiden bewegungslos und ineinander verschlungen, während die Hochzeitsgäste applaudierten.

Es war ein Uhr nachts, als sich Sofia und Jonathan endlich zurückzogen. Amanda schlief auf einem rostigen Liegestuhl, der unter einer alten Eiche stand und noch eine zerfetzte, verblichene Auflage hatte. Seit zwei Jahren sollte er schon weggeworfen werden, aber bis jetzt hatte es noch niemand getan.

Riccardo war nirgends zu sehen. Wahrscheinlich hatte er schon vor Stunden das Fest verlassen und war in sein Zimmer gegangen, ohne dass es von irgendjemandem bemerkt worden war. Vermisst hatte ihn niemand.

Jonathan hatte an diesem Abend das halbe Dorf kennengelernt und mit großer Erleichterung gespürt, wie willkommen er war. Man achtete ihn, und dass er die blinde Sofia geheiratet hatte, rechnete man ihm hoch an.

Jetzt erst, als sie die Tür zum kleinen Apartment öffneten, wurde ihm bewusst, dass er sich kaum um Sofia gekümmert hatte. Seine Braut war diejenige gewesen, mit der er am wenigsten zu tun gehabt hatte, und jetzt tat es ihm leid.

Im Zimmer schaltete er das Licht nicht ein, sondern zündete ein paar Kerzen an.

»Es tut mir leid«, sagte er leise, »ich hatte so wenig Zeit für dich.«

»Ja«, antwortete sie, »ich habe dich vermisst unter all den Menschen.«

»Entschuldige, aber alle wollten mit mir reden, mich kennenlernen, wollten wissen, ob ich hier bleiben will, wovon wir leben werden – all das. Die Leute sind alle so verdammt neugierig, aber das kann man ja auch verstehen.«

»Und? Was hast du gesagt?«

»Ich habe gesagt, dass ich hierbleiben will. Nach Deutschland will ich nie mehr zurück. Aber wie das aussehen wird, habe ich mir noch nicht genau überlegt. Ich habe etwas Geld, Sofia. Wir müssen gemeinsam einen Plan machen. Vielleicht ein bisschen umbauen, damit wir beide Platz zum Wohnen haben. Und dann sollten wir vielleicht die Capanna ausbauen. So, dass wir von der Vermietung leben können. Du, deine Eltern und ich.«

Sie küsste ihn. Das ganze Leben erschien plötzlich so einfach, dieser Mann schaffte es, alle Sorgen vom Tisch zu wischen und alle Probleme zu lösen.

Er nahm ihre Hand und drehte den Ring an ihrem Finger.

»Ich werde dich lieben, achten und ehren, werde dir treu und für dich da sein, in Krankheit und Gesundheit, jetzt und alle Tage bis ans Ende unseres Lebens.«

»Voglio amarti, rispettarti e onorarti, sarò fedele e sempre di te, in salute e malattia, ora e tutti i giorni fino alla fine della nostra vita«, antwortete Sofia in ihrer Muttersprache.

Im Licht der Kerze flackerte Giselles Porträt, und ein zuckender Schatten lag über ihrem Gesicht. Jonathan hatte den Eindruck, sie lächelte ihm zu.

Sofia lehnte sich an Jonathans Schulter und fühlte sich glücklich und leicht.

Langsam zog sie den Reißverschluss ihres weißen Kleides auf und ließ es auf den Boden fallen. Auch ihre Unterwäsche zog sie aus und ließ sie auf den Boden gleiten, bis sie nackt vor ihm stand. Sie lächelte.

»Komm«, sagte sie und streckte die Hände nach ihm aus.

Noch nie war ihm bewusst geworden, wie schön sie war. Es war alles gut, alles egal, in dieser Nacht sollte sie ihm gehören.

Er zog sich ebenfalls aus und drückte sie an sich.

Sie spürte ganz deutlich, wie sehr er sie begehrte.

Als er sie hochheben und zum Bett tragen wollte, hörte er die Stimme zum ersten Mal.

DAS KANNST DU NICHT TUN!, flüsterte sie. LASS DAS, PAPA!

Er stand da wie erstarrt. Es war eindeutig *ihre* Stimme.

Wo bist du, Giselle, dachte er und sah zu dem Bild.

ICH BIN BEI DIR.

Sophia entwand sich seiner Umarmung, ging zum Bett und legte sich hin.

»Bitte, komm!«, wiederholte sie.

Ich habe es gesehen. Du willst mit deiner Tochter schlafen!!

Er hob sie hoch und trug sie zum Bett.

Ich verbiete es Dir!

Jonathan ignorierte die Stimme und schloss die Augen.

Sofia fühlte sich wie die schönste Frau der Welt. Seine Hände und seine Zunge, die überall gleichzeitig zu sein schienen, die sie überall berührten, jeden Zentimeter ihres Körpers elektrisierten und bis in Bereiche vordrangen, die außer ihm noch nie ein Mensch erkundet und in Brand gesetzt hatte, machten sie schier wahnsinnig. Durch ihn erfuhr und erlebte sie sich selbst. Sie bäumte sich ihm entgegen und wünschte sich mehr, immer mehr, sehnte sich nach Erfüllung, und gleichzeitig hoffte sie, dass es nie mehr aufhören würde.

Das, was geschah, war ihr so fremd, so ungewohnt, und sie genoss es in vollen Zügen. Für sie hatte sich eine Tür zum Paradies geöffnet, die nun immer offen stehen würde, Jonathan würde für immer bei ihr bleiben, ein völlig neues Leben begann, und sie war außer sich vor Glück.

Ihre Fingernägel krallten sich in seine Haut, und ihre Beine schlangen sich um seinen Rücken, als er in sie eindrang, um ihn nie, niemals wieder loszulassen.

Untersteh Dich!Die Stimme klang schrill, und Jonathan schaffte es nicht mehr, sie zu ignorieren.

Als er den Fehler machte, die Augen zu öffnen, traf ihn ihr Blick wie ein spitzer Pfeil.

Und alles war vorbei.

Er spürte noch, wie Sofia enttäuscht in sich zusammensackte – dann rastete er aus. Sprang aus dem Bett, rannte in die Küche und holte ein Messer aus der Schublade, das so scharf war, dass es ein fliegendes Blatt in der Luft zerschneiden konnte.

»Was tust du?«, wisperte Sofia ängstlich, die das Rütteln der Besteckschublade gehört hatte.

Jonathan antwortete nicht. Er war wütend, explodierte fast, konnte spüren, wie seine Halsschlagader Blut in seinen Kopf pumpte, und er glaubte, sein Schädel müsse platzen.

Wie in Trance und wie von Sinnen nahm er das Messer und stach dem Porträt beide Augen aus.

ENGELBERT

SIEBZEHN

Toskana, 2007

Jonathan sah auf die Uhr. Es war jetzt Viertel vor sieben, genug Zeit, um vor dem Abendessen noch E-Mails anzusehen und zu beantworten.

Seit seiner Heirat mit Sofia hatte Jonathan sein gesamtes Geld darin investiert, eine der beiden Ferienwohnungen zu modernisieren und komplett neu einzurichten. Dann hatte er den alten Schafstall abreißen lassen und an seiner Stelle eine luxuriöse kleine Landhausvilla gebaut, die keine Wünsche offenließ. Sie verfügte über einen eigenen Pool und zwei wunderschöne Terrassen mit einem traumhaften Blick über das Valdarno bis hin nach Siena.

Casa Gioia war so zu einem Traum für betuchte Ehepaare geworden, die ungestört in diskreter Abgeschiedenheit Urlaub machen wollten, in individuellem stilvollem Ambiente, aber doch nicht vollkommen allein, da das Haupthaus La Passerella, in dem Amanda, Riccardo, Sofia und Jonathan wohnten und in dem sich auch die anderen beiden Wohnungen befanden, nur sechzig Meter entfernt lag.

Seit Jonathan Anzeigen schaltete und eine Homepage ins Internet gestellt hatte, waren die Wohnungen und Casa Gioia den Sommer über bis in den Herbst hinein ausgebucht. Die Einnahmen reichten für die Familie, Sofia und Jonathan lebten ein bescheidenes, aber glückliches Leben.

Jonathan schaltete den Computer an und wartete, bis er hochfuhr. Er ging ins Internet und öffnete sein Postfach.

Zwei neue Mails wurden angezeigt.

Die erste war Werbung von einer Billigfluglinie. Er löschte sie, ohne sie zu öffnen.

Die zweite sah nach einer Buchungsanfrage aus, und er las sie sofort.

Sehr verehrte Familie Valentini,

wir haben Ihre Anzeige in der ZEIT gelesen und uns mit großem Interesse Ihre Homepage angesehen. Ihr Anwesen in der Toskana ist wirklich wunderschön, und wir möchten höflichst anfragen, ob die Landhausvilla Casa Gioia in der Zeit vom 8.–22. Juni noch frei ist.

In der Hoffnung auf eine positive Antwort
verbleibe ich
mit freundlichen Grüßen
Ingrid Kerner

Das ist ja wunderbar, dachte Jonathan. Er wusste ziemlich genau, dass die Villa zu dieser Zeit noch frei war, aber zur Sicherheit schaute er noch einmal im Kalender nach. Dann beantwortete er die Mail.

Sehr geehrte Frau Kerner,

wie schön, dass Ihnen Casa Gioia gefällt und Sie Ihren Urlaub bei uns verbringen möchten.

Ich habe die Landhausvilla jetzt in der Zeit vom 8.–22. Juni für Sie reserviert.

Bitte leisten Sie in den nächsten Tagen eine Anzahlung von achthundert Euro. Wenn das Geld auf unserem Konto gutgeschrieben ist, ist die Landhausvilla fest für Sie gebucht.

Wir freuen uns darauf, dass Sie unsere Gäste sein werden, und wünschen Ihnen bis zu Ihrem Urlaubsbeginn noch eine schöne Zeit.

Mit freundlichen Grüßen
Sofia und Jonathan Valentini

Er hatte sich angewöhnt, auch mit dem Namen Valentini zu unterzeichnen. Sein früherer Name hatte hier in der Toskana nichts mehr zu suchen, manchmal hatte er ihn schon fast vergessen.

Zufrieden schaltete er den Computer aus. Die Saison ließ sich gut an, jetzt gab es nur noch im September zwei Wochen, in denen die Landhausvilla nicht belegt war.

ACHTZEHN

Donato Neri hatte nicht geglaubt, dass einmal eine Zeit kommen würde, in der er gern ins Büro ging. Die Amtsstube der Carabinieri mit ihren gelb getünchten Wänden, dem hässlichen schwarzen Aktenschrank und dem hellbraunen schmucklosen Schreibtisch mit der rutschfesten dunkelgrünen Gummiauflage erschien ihm in ihrer Eintönigkeit auf einmal sonnendurchflutet und freundlich, die Landkarte an der Wand wirkte bunt und abwechslungsreich, und wenn er darauf starrte, konnte er immer neue kleine Orte entdecken, wo er noch nie gewesen war. Selbst die gähnende Langeweile seiner Tage war besser zu ertragen als der Irrsinn, der sich momentan bei ihm zu Hause abspielte.

Unvorstellbar lange neun Monate lagen hinter ihm, gefühlte neun Jahre, seit seine Schwiegermutter Gloria bei ihnen eingezogen war. In dieser Zeit bekamen Frauen Kinder, und jede noch so quälende Schwangerschaft endete irgendwann – der Besuch Glorias dagegen nie. Neri befürchtete, dass es nur einen Menschen auf der Welt gab, der ewig lebte, und das war Gloria. Sie hatte ihre Tochter Gabriella erst mit vierzig bekommen und war jetzt achtundsiebzig. Gloria hatte sich immer Kinder gewünscht, war aber einfach nicht schwanger geworden. Mit fünfunddreißig ging sie das erste Mal in ihrem Leben zum Frauenarzt und klagte ihr Leid. Der Gynäkologe machte diverse Untersuchungen, schickte Blutproben in unterschiedliche Labors und machte von Woche zu Woche ein bedenklicheres Gesicht.

»Mi dispiace«, sagte er schließlich, »aber Sie können keine Kinder bekommen. Da kann man nichts machen, das ist Schicksal.«

Gloria war tief enttäuscht und brauchte ein halbes Jahr, um über den Schock hinwegzukommen. Aber eines Morgens beim Frühstück klatschte sie plötzlich in die Hände, so dass ihr Mann überrascht seine Zeitung niederlegte, und sagte: »Va bene. Wenn es so ist, dann ist es eben so. Basta. Lass uns unser Leben genießen, Silvano!«

Silvano grinste. »Manchmal hast du wirklich gute Ideen, Gloria.«

Und das taten sie. Sie liebten sich frei, ohne von dem dringenden Kinderwunsch erdrückt zu werden, und vier Jahre später war Gloria schwanger.

»Alle Frauenärzte sind Idioten«, war Glorias Resümee, sie weigerte sich, jemals wieder einen aufzusuchen, und brachte mit vierzig Jahren ein gesundes Mädchen, Gabriella, zur Welt.

Im vergangenen Sommer war Neris Frau Gabriella überraschenderweise in ihre geliebte Heimatstadt Rom gereist, weil sie es vor Heimweh in dem Provinznest Ambra nicht mehr aushielt. Völlig unerwartet kam Gabriella bereits nach kurzer Zeit wieder, dafür aber mit Gloria im Gepäck, die von Tag zu Tag verwirrter wurde und in Rom allein nicht mehr zurechtkam.

Neri hatte sich bis auf die Knochen blamiert, als er die größte Suchaktion startete, die es im Valdambra jemals gegeben hatte, weil man vermutete, Oma habe sich im Wald verlaufen und irre seit Stunden orientierungslos durch die Berge. Als die Dunkelheit hereinbrach und die Nervosität der Helfer ihren Höhepunkt erreichte, tauchte Gloria vergnügt wieder auf. Sie hatte sich zusammen mit einer Nachbarin einen angeschäkert und damit eine Aktion ausgelöst, die ihrem Schwiegersohn jede Menge Spott und Ärger einbrachte.

Seither hatte Neri ein noch gestörteres Verhältnis zu Gloria und ergriff am liebsten die Flucht, wenn sie in der Küche saß, in unglaublicher Lautstärke ihren Milchkaffee schlürfte und dummes Zeug erzählte.

Am Wochenende frühstückten Neri, seine Frau Gabriella und Oma immer zusammen. Gianni, der siebzehnjährige Sohn der Neris, schlief meist noch und kam höchstens in die Küche, um sich – ohne irgendjemanden zu grüßen und ohne ein Wort zu sagen – einen Kaffee zu holen.

Die Gespräche an den Wochenenden wiederholten sich, manchmal fast wörtlich.

»Liebchen«, sagte Oma schlürfend zu Gabriella, »wie alt bist du jetzt eigentlich?«

Neri verdrehte die Augen, was Oma aber nicht mitbekam, da sie ihn gar nicht beachtete. Er war einfach Luft für sie.

»Achtunddreißig, Mama.«

»Ach, doch. So alt schon.« Oma nickte und machte ein Gesicht, als dächte sie ernsthaft nach.

»Bist du eigentlich verheiratet, Liebchen?«

»Ja, klar, Mama. Das weißt du doch!«

»Ach was!« Oma wirkte verärgert. »Mit wem denn?«

»Mit Donato, Mama. – Sag doch mal was zu Oma, Neri«, zischte Gabriella, »damit sie sich erinnert!« Aber

Neri schüttelte den Kopf, presste die Lippen aufeinander und schwieg.

»Weihnachten habt ihr immer zusammen gepuzzelt, Mama.«

»Das wüsste ich aber!« Oma war wütend. »Ist er tüchtig?«

»Aber ja. Sehr sogar.«

Oma nickte und schlürfte.

»Kannst du mich heute Nachmittag in die Via Cagliari bringen? Ich möchte Paola besuchen.«

»Die Via Cagliari ist in Rom, Mama. Und Paola ist seit zwei Jahren tot.« Gabriella seufzte.

»Ich möchte sie besuchen!«, beharrte Oma.

»Das geht nicht. Du bist hier in Ambra und nicht in Rom!«

»Wieso bin ich nicht in Rom?«

Das war der Moment, in dem Neri regelmäßig aufstand und hinausging. Gabriella überlegte, ob Oma vielleicht gar nicht so verwirrt war, sondern nur so tat und sie alle an der Nase herumführte. Ob sie diese Frage immer wieder aus reiner Bosheit stellte, um Neri zu ärgern, oder ob sie es wirklich so meinte, weil ihr noch eine kleine Erinnerung an ihr Leben in Rom geblieben war.

Denn jeden Sonntag stellte Oma diese verdammte Frage.

Gabriella seufzte. »Du lebst bei uns, und wir leben nun mal nicht in Rom, weil Donato keinen Job in Rom hat, sondern hier. Aber das habe ich dir doch schon tausendmal erklärt, Mama.«

Oma nickte und schob sich ein halbes Croissant in den Mund, was sie für einen Moment verstummen ließ.

»Liebchen«, sagte sie dann nach der unfreiwilligen Pause, »hast du eigentlich Kinder?«

»Ja. Einen Sohn. Gianni.«

»So, so. Wie alt ist er denn?«

»Siebzehn.«

»Aha. Und warum erfahre ich davon nichts? Ich würde den Bengel gern mal kennenlernen.«

In diesem Moment kam Gianni in die Küche. Nur mit Boxershorts bekleidet, zerzausten Haaren und völlig verschlafenen, kleinen Augen.

»Gianni«, meinte Gabriella mittlerweile sehr genervt, »bitte, sag deiner Oma Guten Morgen und erklär ihr, wer du bist.«

Gianni nahm seinen Kaffee, zeigte seiner Mutter einen Vogel und ging wieder hinaus.

Oma hatte ihn gar nicht registriert. »Bist du gut versorgt, Liebchen, oder muss ich mir Sorgen machen?«

»Es ist alles in Ordnung, Mama. Ich bin versorgt, habe einen lieben Mann, einen tüchtigen Sohn und fühle mich wohl. Du brauchst dir also keine Sorgen zu machen.«

Vier Behauptungen und drei Lügen, dachte Gabriella bitter. Das war kaum noch zu toppen.

Oma fragte nichts mehr. Sie schloss die Augen und schlief ein.

Jetzt öffnete Gabriella die Küchentür, um Neri zu signalisieren, dass die Fragestunde vorbei war. Neri kam wieder herein und frühstückte zu Ende, wobei sie fast immer schwiegen. Weil sie Oma um Gottes willen nicht wecken wollten und weil es einfach nichts zu sagen gab.

Um Punkt halb elf ordnete Neri in der Amtsstube seine Kugelschreiber, legte die noch nicht erledigten Papiere zusammen, verschloss seine Schreibtischschublade und schob sich den Schlüssel in seine Brusttasche. Er wollte nicht, dass sein Kollege Alfonso eventuell in Versuchung kam, in seinen privaten Sachen herumzuschnüffeln, auch wenn Neris Geheimnisse nichts weiter waren als seine Autoschlüssel, Papiertaschentücher, eine alte Uhr, die nicht mehr ging und die er schon vor Wochen zum Uhrmacher bringen wollte, ein Päckchen Kaugummi, ein Kartenspiel und Mückenspray.

Dann stand er auf, strich seine Uniformhose glatt, winkte Alfonso, der gerade telefonierte, kurz zu und verließ die Carabinieri-Station, um in der Bar della Piazza wie jeden Morgen um diese Zeit einen Kaffee zu trinken.

Seine Lederschuhe klackten hörbar auf den Steinquadern der alten Dorfstraße, er ging zügig mit langen Schritten und musste sich Mühe geben, nicht außer Atem zu geraten. Der Inhaberin des Geschenkartikelladens, die vor ihrem Geschäft eine Zigarette rauchte, nickte er kurz zu und bemerkte überrascht, dass ein Stück weiter das Haus des Schusters eingerüstet worden war. Porcamiseria, dachte er, jetzt wird die alte Bruchbude also doch noch restauriert. Und woher hat dieser Halsabschneider plötzlich das ganze Geld? Aber das würde er rauskriegen.

Neri genoss es, in der Bar von jedermann gegrüßt zu werden, und bestellte sich einen Cappuccino und zwei Croissants, die ihm zumindest hier Oma nicht wegfraß. Lieber noch hätte er einen Caffè Corretto getrunken, einen Espresso mit einem Grappa, aber das wagte er dann doch nicht, solange er im Dienst war.

»Buongiorno, Jonathan!«, sagte Neri, als er Jonathan an der Theke bemerkte, der sich einen Espresso holte. Neri freute sich immer, wenn er den Deutschen in der Bar oder auf dem Markt traf, und wechselte gern ein paar Worte mit ihm. Er mochte Jonathan, es imponierte ihm, wie liebevoll er sich um seine blinde Frau kümmerte, und Neri bewunderte, wie schnell und perfekt er Italienisch gelernt hatte.

Jonathan grinste und setzte sich zu Neri. »Ciao, Donato! Wie geht's?«

»Einigermaßen. Und bei euch? Alles in Ordnung auf La Passerella?«

»Alles bestens. Wir freuen uns auf den Sommer, auf die Gäste, richten Haus und Pool her, bepflanzen die Terrassen – aber die Arbeit wächst uns über den Kopf, und ich weiß nicht mehr, wie ich das alles schaffen soll. Kennst du nicht jemanden, der uns in der Saison ein bisschen zur Hand gehen kann? Im Garten, im Wald, bei den Oliven, gießen, wässern, mähen, was weiß ich?«

In diesem Moment kam Neri eine Idee.

»Ja, ich wüsste jemanden. Und zwar geht es um meinen Sohn Gianni. Er gammelt und mault zu Hause rum und wird seine Sommerferien im Bett verbringen, wenn er keine Aufgabe hat. Außerdem könnte er sein Taschengeld etwas aufbessern.«

Jonathan nickte erfreut. »Fabelhaft! So einen jungen kräftigen Kerl kann ich gut gebrauchen. Ich hoffe, er kann mit Rasenmäher, Motorsense und Kettensäge umgehen?«

Neri zuckte die Achseln. »Keine Ahnung, aber wenn nicht, wird er's lernen. Kann nicht schaden. Er muss einfach mal ein bisschen munter werden. Wann kann er denn anfangen?«

»Meinetwegen gleich morgen um acht.«

NEUNZEHN

Gianni arbeitete nur widerwillig auf La Passerella. Er kam morgens gegen Viertel nach acht auf seiner Vespa angefahren, stieg ab, schob die Hände in die Hosentaschen und sah Jonathan gelangweilt an.

»Was soll ich machen?«

»Schneide die Erika mit der Motorsense. Fang direkt hinter dem Parkplatz an und arbeite dich langsam vor bis zur Laterne am Weg.«

»Warum das denn?«

»Aus drei Gründen.«

»Zum Beispiel?« Gianni gähnte herzhaft.

»Weil du Geld verdienen willst, weil die Erika geschnitten werden muss, und weil ich es sage.«

Gianni verdrehte die Augen. »Aha. Geil. Wo ist die Scheiß motorsense?«

»Im Magazin. Wie immer, Gianni. Und Benzin ist im blauen Kanister.«

Gianni nickte, drehte den Schirm seiner Baseballkappe in den Nacken und schlurfte ins Magazin.

Eine große Hilfe war Gianni zwar nicht, aber immerhin, was er tat, war besser als nichts. Er schnitt die Erika, mähte den Rasen, harkte, verbrannte Gestrüpp, wenn es geregnet hatte und die Erde feucht war, hackte das Holz für den

Winter, stapelte es in der Scheune, saugte den Pool und fegte die Terrasse. Er hob Löcher aus und pflanzte Oliven, zupfte Unkraut im Kies oder brauste auf seiner Vespa los, um beim Baustoffhändler das Schubkarrenrad flicken zu lassen. Alles, was man ihm sagte, erledigte er, allerdings in Zeitlupe.

Ab und zu näherte sich Jonathan leise, weil er Gianni dabei erwischen wollte, wie er im Gras saß, schlief oder Löcher in die Luft guckte, aber es gelang ihm nicht. Immer wenn Jonathan überraschenderweise um die Ecke kam, arbeitete Gianni. Langsam zwar, aber er arbeitete, und Jonathan konnte nichts sagen, obwohl das Resultat nach acht Stunden immer mehr als dürftig war.

Gegen die Sonne hatte Gianni einen großen Strohhut auf dem Kopf, und wenn er irgendwo auf die Harke gestützt im Ginster stand, schien es, als ob er im Stehen schliefe.

Seitdem nannte Jonathan ihn deshalb »Der-auf-der-Harke-schläft«.

Hin und wieder trafen sich Neri und Jonathan in der Bar und tranken einen Kaffee zusammen.

»Es ist alles wunderbar«, berichtete Jonathan, »er macht seine Sache ordentlich. Ich möchte ihn nicht mehr missen. Du hast einen prima Sohn, Donato. Mach dir keine Sorgen, er wird seinen Weg schon finden.«

»Ich bin dir auch wirklich dankbar, Jonathan. Die Arbeit tut ihm gut, und er ist wie ausgewechselt. Wenn er nach Hause kommt, ist er müde und kaputt, aber er isst sogar Abendbrot mit uns, und gestern hat er sich zum ersten Mal mit seiner Oma unterhalten. Über den Papst.«

»Wie nett.«

»Ja, das schon, aber er hat ihr einen Floh ins Ohr gesetzt. Jetzt will sie unbedingt zu einer Papstaudienz nach Rom.«

Einen Tag bevor die nächsten Gäste, Frau und Herr Dr. Kerner, kommen sollten, ging Jonathan noch einmal hinunter zur Casa Gioia, um Haus und Pool zu kontrollieren. Chlor- und pH-Wert im Pool waren in Ordnung, die Wasserqualität war stabil. Kristallklar und mit leuchtend hellblauem Grund präsentierte sich das Schwimmbad, das acht Meter lang und fünf Meter breit war, in seiner ganzen Schönheit. Seine gemauerten Natursteinwände gaben dem Becken eine warme Atmosphäre und korrespondierten gut mit der typisch toskanischen Architektur.

Der Rasen war gemäht, das Unkraut zwischen den Rosenrabatten gezupft, und die frisch gewaschenen Polster waren auf Stühlen und Liegen festgezurrt. Jonathan ging ins Haus, suchte die Decke nach Spinnweben ab, kontrollierte Waschbecken, Toilette und Dusche, machte den Staubtest, indem er mit dem Finger über die Heizrippen der Heizung fuhr, sah in die Teetöpfe und Kaffeetassen, die auf dem Regal standen, ob eine Fliege darin verendet war, zupfte die Überdecke des Bettes glatt, öffnete die Schubladen unter dem Bücherregal, um zu sehen, ob sich eine Maus darin eingenistet hatte, und begutachtete das Weinregal, ob es komplett gefüllt und richtig sortiert war.

Jonathan war zufrieden, steckte eine neue Kerze neben die Madonna im kleinen Erker, schaltete den Kühlschrank an und sah sich abschließend um. Es war ein wunderschönes Haus geworden. Ein verglaster Torbogen in der geräumigen Küche bot einen herrlichen Blick weit übers Land, und auf der davorliegenden Terrasse konnte man vor allem die Abendsonne und den Sonnenuntergang über den bewaldeten Hügeln des Chianti genießen.

Seit zwei Jahren arbeitete Serafina auf La Passerella. Sie war eine kleine, rundliche Sizilianerin mit einer schrillen

Stimme und jeder Menge Kraft und Energie. Es hatte viel Mühe gekostet, ihr klarzumachen, wie sie arbeiten sollte, aber irgendwann hatte sie begriffen, dass es in einem Haushalt mit einer Blinden das Allerwichtigste war, nichts zu verändern, zu verrücken oder von links nach rechts zu räumen. Denn Serafina schob gerne alle Gegenstände auf Schreibtisch, Arbeitsplatte oder auf dem Fußboden zu Haufen zusammen, wischte gründlich und verteilte dann alles so, wie es ihr beliebte oder wie es ihren ästhetischen Ordnungsvorstellungen entsprach.

Sanft, aber energisch hatte Jonathan ihr klargemacht, dass sie die Ordnung und das System in diesem Haus zu akzeptieren hatte, und allmählich passte sich die quirlige und aufbrausende Sizilianerin den Valentinis an. Sie befreite den Fußboden in Amandas Küche von dicken Dreckschichten, saugte jahrealte Spinnweben von der Decke und säuberte die fettverklebten Küchenschränke. Sie lernte es, Schmutz zu sehen und zu beseitigen, und wurde im Lauf der Zeit immer sensibler, so dass Jonathan sie schließlich auch Casa Gioia putzen ließ.

Heute war Jonathan mit der Arbeit von Serafina durchaus zufrieden, verließ das Haus und schloss hinter sich ab.

ZWANZIG

Ingrid und Engelbert hatten in Bad Reichenhall in einer kleinen Pension übernachtet und waren nach einem kurzen Frühstück sehr zeitig aufgebrochen. Es würde ein heißer Tag werden, am Himmel zeigte sich keine Wolke, aber jetzt am frühen Morgen war es noch angenehm kühl.

Engelbert saß entspannt hinterm Steuer und hing seinen Gedanken nach. Nirgends konnte er so gut nachdenken wie beim Fahren, und auch wenn er auf langen Strecken unterwegs war, schien es ihn nicht anzustrengen. Jedenfalls wurde er nur selten müde und war nicht – wie Ingrid – anfällig für Sekundenschlaf.

Gerade hatten sie den Brenner hinter sich gelassen, und Ingrid blätterte die CDs durch, die in der Konsole gestapelt waren.

Sie legte Alexandra auf. Mein Gott, es musste vierzig Jahre oder länger her sein, dass deren Lieder sie zu Tränen gerührt hatten.

Ingrid schloss die Augen und lehnte sich zurück. Sie war glücklich, Engelbert an ihrer Seite zu haben. Er war der Mann, mit dem sie alt werden wollte. Die Abenteuer, die ihnen blieben, waren Reisen in ferne Länder oder Schiffstouren mit Henning und Hella.

Jetzt erwarteten sie zwei Wochen Toskana in einem kleinen Haus mit herrlichem Ausblick. Ein Ort, an dem sie jeden Tag genießen und ihrem Schöpfer danken konnten, dass es ihnen gutging.

Ingrid streckte die Füße aus, bewegte die Zehen, weil ihre Beine ganz steif waren, atmete tief durch und schloss die Augen. Das Leben war einfach großartig.

Engelbert lächelte am Steuer still vor sich hin. Er fuhr mit hundertdreißig Stundenkilometern gelassen und ruhig der Sonne entgegen, und sie liebte ihn in diesem Moment mehr denn je.

Dann schlief sie ein.

Kurz vor Modena, als Engelbert auf einen Rastplatz fuhr, um zu tanken, wachte sie auf. Engelbert parkte den Wagen kurz vor der Ausfahrt, ging auf die Toilette und ins Restaurant und kam mit zwei großen Milchkaffee und Käsebrötchen wieder.

»Hat mich ein Vermögen gekostet«, meinte er grinsend, »aber wer weiß, wann wir heute noch etwas zu essen bekommen. Ich bin gespannt, was für eine Räuberhöhle du uns da angemietet hast.«

Für die Reiseplanung war normalerweise Ingrid zuständig. Sie entschied, in welches Land sie fuhren, sie suchte Hotelzimmer oder Ferienhaus aus, buchte telefonisch oder mailte den Vermietern.

Engelbert lehnte am Kotflügel und aß sein Brötchen mit Appetit. Ingrid sah seinen Bauch, der sich über dem Gürtel wölbte, und sein Kinn, das sich längst nicht mehr so energisch vorschob wie früher, sondern weich geworden war und sich allmählich in ein Doppelkinn verwandelte.

Sie ging zu ihm und legte den Arm um ihn.

»Soll ich weiterfahren? Bist du müde?«

»Überhaupt nicht!« Engelbert schob sich den letzten Bissen des Brötchens in den Mund und wischte sich die Hände an seinem Taschentuch ab. »Ich kann bis nach Ambra fahren, wenn du willst. Und ich denke, das ist auch gut so, dann kannst du mich hinlotsen.«

La Passerella lag zu einsam, als dass ein Navigationssystem es finden konnte, aber Herr Valentini, der hervorragend deutsch schreiben konnte oder vielleicht sogar ein Deutscher war, hatte ihnen eine genaue Wegbeschreibung geschickt, und Ingrid war sicher, dass sie das Landgut finden würden.

»Okay«, sagte sie, »wenn du noch kannst – wunderbar. Dann lass uns fahren.«

Drei Stunden später nahm Engelbert die Ausfahrt Valdarno. Bis nach Monte Benichi brauchten sie noch eine Dreiviertelstunde und fuhren mit Hilfe des Navigationssystems. Unterhalb des Castelletto im Zentrum von Monte Benichi flötete die freundliche Frauenstimme »Sie haben Ihr Ziel erreicht«, und Engelbert schaltete das System ab.

»Wir fahren durch den Ort, bis sich die Straße gabelt, und dann rechts ab auf eine Natursteinstraße, immer an einer Trockenmauer entlang«, meinte Ingrid, und Engelbert nickte.

Er fuhr langsam auf der Straße, auf der er von einem Schlagloch ins nächste krachte, dann kroch er den Berg hoch, wobei ihm der Wagen fast absoff, weil er wegen der schlechten Wegstrecke zu wenig Schwung genommen hatte. Sie kamen an Olivenhainen und Weinbergen vorbei und hatten einen herrlichen Blick über das Valdambra auf der einen und die Weinberge des Chianti auf der anderen Seite.

»Traumhaft«, murmelte Ingrid beeindruckt. Zumindest an der Landschaft konnte Engelbert nichts auszusetzen haben.

Nach einem Kilometer begann der Eichenwald. Die ziemlich kleinen, krüppeligen Bäume standen nicht sehr eng, dazwischen wuchsen meterhohe Erika und dichter Weißdorn und nahmen ihnen die Sicht ins Tal.

Engelbert fühlte leichte Panik. So eine felsige, sandige, schlechte Straße war er mit seinem Wagen noch nie gefahren, und Ingrid wusste, dass er jetzt fieberhaft überlegte, wie er in den kommenden Tagen von La Passerella wieder wegkommen sollte, aber sie sagte nichts. Sie selbst empfand die holprige Straße nicht als Problem, und wenn Engelbert nicht wollte, würde *sie* eben die Einkäufe erledigen. Wahrscheinlich würde es ihr in ein paar Tagen auch gelingen, ihn zu dem einen oder anderen Ausflug zu überreden.

An einer gewaltigen frei stehenden Zeder bogen sie rechts ab, und von dort brauchten sie noch neunhundert Meter, bis sie linker Hand die Schlucht erreichten. Hier begann die letzte Steigung nach La Passerella, und als sie diese geschafft hatten, lag vor ihnen das Haus in der warmen, satten Nachmittagssonne.

Engelbert hielt an, sie stiegen aus und sahen sich um.

Statt einen Kommentar zu der Schönheit der Landschaft und zum herrlichen Panoramablick abzugeben, legte Engelbert den Arm um Ingrids Schultern und drückte sie an sich.

Jonathan hatte den Wagen gar nicht kommen hören. Aber Sofia, die am Fenster saß und einen Schal für Riccardo strickte, hatte den Kopf gehoben und gesagt: »Liebster, ich glaube, unsere Gäste sind da.«

Als er aufstand und aus dem Haus trat, sah er neben einem dunkelblauen Audi einen Mann und eine Frau stehen, die ganz ergriffen über die Hügel der Toskana blickten.

Herr und Frau Kerner, dachte er. Offensichtlich haben sie uns problemlos gefunden.

Lächelnd ging er auf die beiden zu und reichte ihnen die Hand.

»Herzlich willkommen auf La Passerella«, sagte er freundlich.

Auf einmal fühlte sich Jonathan seltsam gehemmt. Irgendwie kenne ich diesen Mann, dachte er, aber ich weiß nicht, woher. Verflucht nochmal, wo sind wir uns schon mal begegnet?

»Mein Name ist Valentini«, stellte er sich vor. »Ich hoffe, Sie hatten eine gute Reise?«

»Wunderbar!«, antwortete Ingrid sofort. »Es klappte alles vollkommen problemlos. Wir sind gut durchgekommen, nur vor Florenz gab es einen kleinen Stau, aber der war nicht weiter schlimm.«

»Das freut mich.« Jetzt betrachtete er Dr. Kerner von der Seite, aber mit dem Profil konnte er weniger anfangen, das brachte ihn nicht weiter.

Egal, dachte Jonathan, ich habe vierzehn Tage Zeit, herauszufinden, wo wir uns schon mal getroffen haben, zur Not werde ich ihn einfach fragen.

»Dann zeige ich Ihnen jetzt das Haus«, meinte Jonathan und deutete mit der Hand in Richtung der Villa. »Sehen Sie, dort hinter den Zypressen, wo Sie von hier aus nur das Dach und die Südfront sehen können, das ist Casa Gioia. Am besten, ich gehe vor, und Sie folgen mir mit dem Wagen, Sie können direkt am Haus parken und müssen dann das Gepäck nicht so weit tragen.«

»Ja. Vielen Dank.« Engelbert war schon wieder dabei einzusteigen. »Komm, Ingrid.«

Langsam rollte der Wagen hinter Jonathan her. Mit einer Armbewegung deutete Jonathan schließlich an, dass sie kurz vor dem Schlafzimmerfenster halten könnten, so waren es nur noch ungefähr zwölf Meter bis zur Haupteingangstür.

Engelbert und Ingrid ließen ihr Gepäck erstmal im Auto und folgten Jonathan an der Schmalseite des Hauses entlang, dann um die Hausecke herum bis direkt auf die große Terrasse, die vor der Eingangstür und oberhalb des hellblau und klar in der Sonne glitzernden Pools lag.

Ingrid blieb stehen und ließ den ersten Eindruck auf sich wirken.

»Traumhaft«, flüsterte sie.

»Heute ist leider nicht so klare Sicht«, bemerkte Jonathan, »dort hinten liegt, jetzt leider im Dunst etwas verschwommen, Siena. Aber in der Nacht sehen Sie die Lichter der Stadt.«

»Ich habe die Fotos im Internet gesehen«, meinte Engelbert, »und ich muss sagen, die Realität ist noch schöner. Sonst ist es ja meistens umgekehrt.«

»Danke. Das freut mich.«

Irgendwo habe ich diese Stimme schon mal gehört, überlegte Jonathan. Tief und voluminös.

»Gehen wir hinein?«, fragte er höflich.

Es war ihm fast unangenehm, aber er konnte einfach nicht lassen, seinen neuen Gast anzustarren.

»Gerne.«

Waren Ingrid und Engelbert von der Schönheit dieses Berges schon überrascht, so waren sie vom Inneren der Landhausvilla regelrecht erschlagen.

»Wenn es Ihnen nichts ausmacht, komme ich in einer Stunde wieder. Da haben Sie vielleicht das Haus schon ein bisschen in Besitz genommen. Wir regeln dann schnell das Finanzielle, und ich werde Sie nicht mehr stören. Bewegen Sie sich ganz frei und ungezwungen. Das Haus ist uneinsehbar, und auch ich werde nie unangemeldet auftauchen. Wenn ich mich um den Pool oder die Blumen kümmern muss, rufe ich vorher an.«

»Für die Blumen sorge ich!«, beeilte sich Ingrid zu sagen. »Das mache ich zu Hause auch. Es ist doch kein Problem, die Geranien zu gießen und hin und wieder die verwelkten Blüten abzuzupfen. Machen Sie sich darum keine Gedanken.«

»Furchtbar nett.« Jonathan mochte Gäste, die ihm das leidige Theater mit den Blumen vom Leib hielten.

Mit einem Lächeln und einer knappen Geste, die wie ein Winken aussah, ging Jonathan zurück zum Haupthaus.

Er spürte, dass ihm heiß war und sein Gesicht glühte. Dr. Engelbert Kerner. Kerner. Dr. Kerner.

Auch der Name kam ihm auf einmal bekannt vor.

EINUNDZWANZIG

Als der silbergraue Audi von Tobias und Leonie bei Tobias' Eltern Henning und Hella vorfuhr und in der Einfahrt parkte, stand Hella schon in der Eingangstür und breitete die Arme aus.

»Wie schön, dass ihr da seid! Wie geht's euch? Wie war die Fahrt? Alles in Ordnung?« Es war Hellas Angewohnheit, ihre Gäste bei der Begrüßung gleich mit einem Haufen Fragen zu bombardieren, auf die sie aber erst viel später eine Antwort erwartete.

Tobias und Leonie umarmten sie zur Begrüßung.

»Kommt rein, Kinder!« Sie ging vor, Leonie und Tobias folgten ihr.

Henning kam ihnen im Wohnzimmer entgegen und schloss seinen Sohn und seine Schwiegertochter ebenfalls in die Arme.

Der Esstisch war liebevoll gedeckt, und während Tobias eine Sektflasche öffnete, beobachtete Henning ihn nachdenklich. Tobias hatte die entspannten, beinah lächelnden Gesichtszüge eines Menschen, der vollkommen glücklich und zufrieden war, der Erfolg hatte und dabei war, sich eine glänzende Anwaltskarriere aufzubauen. Er war ein attraktiver Mann, der Intelligenz ausstrahlte und gleichzeitig ungeheuer charmant wirkte.

Er war stolz auf seinen Sohn und musste in diesem Moment daran denken, dass das nicht immer so gewesen war. Im Gegenteil.

Henning und Hella hatten damals ein verlängertes Wochenende in Hamburg verbracht und für den Abend Karten für »Das Phantom der Oper« gehabt. Sie waren gerade in ihrem Hotelzimmer, als Hennings Handy um sechzehn Uhr fünfundzwanzig klingelte.

»Ach du bist es, Tobi«, sagte Henning, »schön, dass du anrufst, Hella hat gestern Abend schon versucht, dich zu erreichen.«

»Papa!«, hauchte Tobias schluchzend ins Telefon. »Papa, bitte hilf mir! Ich habe eine Frau überfahren, ich weiß nicht, wie es passiert ist, ich weiß gar nichts, weil wir ein bisschen gefeiert haben. Ich weiß auch nicht, ob sie tot ist, ich hab nicht angehalten, bin gleich nach Hause gefahren.«

»Bleib, wo du bist!«, schrie er ins Telefon. »Wir kommen so schnell wie möglich.«

Während Hella in Windeseile ihre Sachen zusammenpackte, rief Henning seinen Freund Engelbert an und erklärte ihm, was passiert war.

»Du musst jetzt einen kühlen Kopf behalten, Henning, das ist das Wichtigste«, sagte Engelbert. »Tobias ist völlig neben der Mütze, er ist betrunken und hat einen Schock, aber du brauchst jetzt stahlharte Nerven. Egal wie kaputt er ist, sieh zu, dass er noch mehr trinkt, wenn du in Berlin bist. So viel er kann. Und lass ihn erbärmlich aussehen. In den letzten Klamotten, ungewaschen, ungekämmt, völlig fertig. Dann bring ihn zur Polizei. Er muss sich selbst stellen, das wirkt sich neben dem Alkohol ebenfalls strafmildernd aus.«

Als er aufgelegt hatte, dämmerte Henning langsam, dass sein Sohn und damit die ganze Familie ein riesiges Problem hatte.

Henning und Hella rasten über die Autobahn zurück nach Berlin.

Als sie gegen zwanzig Uhr ankamen, lungerten in ihrem Haus noch ungefähr fünfzehn betrunkene Jugendliche herum, Musik dröhnte, die Zimmer und der Garten waren verwüstet, und im Elternschlafzimmer trieb es ein Pärchen miteinander.

Tobias lag in seinem Zimmer und schlief schnarchend seinen Rausch aus.

Henning schüttelte ihn, aber Tobias war schlaff wie eine Stoffpuppe und wurde einfach nicht wach. Daraufhin schüttete Henning ihm eiskaltes Wasser ins Gesicht und ohrfeigte ihn, bis er zu sich kam.

»Verdammte Scheiße, du kannst jetzt nicht schlafen!«

»Wieso nicht?«, lallte Tobias. Er versuchte, sich wieder hinzulegen, aber Henning hinderte ihn daran.

»Hast du dich schon übergeben?«

Tobias schüttelte den Kopf, der ihm wieder kraftlos auf die Brust fiel.

»Okay. Komm, steh auf!«

Tobias versuchte aufzustehen, sank aber immer wieder zurück auf die Matratze.

Henning kontrollierte Tobias' Puls und maß seine Körpertemperatur. 36,9 Grad zeigte das Fieberthermometer. Unterkühlt war er also noch nicht.

In der Küche ignorierte Henning die übervollen Aschenbecher und die Teller und Tassen, die als solche hatten herhalten müssen, die leeren und halbvollen Flaschen, die Essensreste, das schmutzige Geschirr, das Erbrochene in der

Spüle und die Weinbrandlache auf dem Fußboden und füllte ein Wasserglas halbvoll mit Whisky.

»Weißt du noch, was passiert ist?«

Tobias sah seinen Vater mit großen Augen an und antwortete nicht.

»Weißt du noch, dass du uns heute Nachmittag angerufen hast?«

Tobias nickte zaghaft.

»Du hast eine Frau überfahren, und dann bist du abgehauen. Und jetzt haben wir ein Problem.«

Tobias fing wieder an zu weinen. Henning drückte ihm das Whiskyglas in die Hand.

»Los, trink!«

Tobias nahm einen Schluck, spuckte ihn aber sofort wieder aus. »Ich kann nicht«, stöhnte er.

»Natürlich kannst du. Du trinkst das jetzt, und fertig. Es ist wichtig. Wenn du willst, dass ich dir aus der Scheiße raushelfe, mach gefälligst, was ich sage.«

Tobias trank widerwillig und ständig würgend. Dann zog Henning ihn vom Bett hoch.

»Genug. Jetzt fahren wir zur Polizei. Und du sagst ihnen alles, was du noch weißt. Auch wenn es nicht viel ist. Und es tut dir verdammt leid, ist das klar?«

Tobias nickte. Henning legte sich seinen Arm um die Schultern und schleppte ihn zur Tür.

Auf dem Revier erfuhr Henning, dass die junge Frau noch an der Unfallstelle gestorben war. Er hatte Lust, Tobias, der wie ein Häufchen Elend in der Ecke stand und sich mühsam am Tresen festhielt, anzuschreien und zu verprügeln, und beherrschte sich nur mit Mühe. *Du musst jetzt einen kühlen Kopf behalten, Henning, das ist das Wichtigste,* hatte Engelbert gesagt. Das war ja richtig, aber es fiel ihm verdammt schwer, so wütend war er auf Tobias.

Der Polizist nahm alles auf, was Tobias zum Unfallhergang zu sagen hatte. Das war nicht viel, zumindest gab er jedoch eindeutig zu, betrunken am Steuer gesessen und den Unfall verursacht zu haben. Der Beamte notierte auch, in welch desolatem Zustand Tobias sich befand und dass er sich kaum auf den Beinen halten konnte.

Die anschließende Blutuntersuchung, deren Ergebnis einen Tag später vorlag, ergab einen Blutalkoholgehalt von 2,8 Promille, den man noch hochrechnete, da der Unfall zum Zeitpunkt der Blutabnahme bereits über vier Stunden her war.

Henning verbürgte sich dafür, dass Tobias, wenn er wieder nüchtern war, in den nächsten Tagen für weitere Befragungen selbstverständlich zur Verfügung stehen würde.

Dann fuhren sie nach Hause.

Auf der Fahrt sprachen sie kein einziges Wort. Tobias wartete auf Vorwürfe, Vorhaltungen, Fragen. Aber da kam nichts, gar nichts. Er starrte auf das unbewegliche Gesicht seines Vaters und wünschte sich, dass er ihn anschreien möge, damit es endlich vorbei wäre, aber Henning blieb stumm.

»Du sagst ja gar nichts«, sagte er nach einer Weile und hatte plötzlich das Gefühl, wieder vollkommen nüchtern zu sein.

»Es gibt nichts zu sagen«, meinte Henning sachlich. »Alles, was ich sagen könnte, weißt du ohnehin selbst.«

Als sie zu Hause waren, schmiss Henning alle raus, die noch in seinem Haus herumlungerten. Hella hatte bereits angefangen, Ordnung zu machen.

Dann sah Henning seinen Sohn an.

»Ich hau dich da raus.« Seine Stimme klang brüchig und kalt. »Mit Engelberts Hilfe hau ich dich da raus.« Damit ließ er Tobias einfach im Wohnzimmer stehen.

Sie sprachen nie wieder darüber. Auch Hella sagte keinen Ton. Nichts wurde erwähnt, nicht die Rotweinflecken im Teppich, nicht der verwüstete Garten, der verdreckte Pool, die Brandflecken im Sofa und auch nicht der Totalschaden des Wagens.

Über die tote junge Frau sprach erst recht niemand. Das Thema war tabu.

Tobias wusste nicht mehr ein noch aus. Er weinte in den Nächten und flehte den Himmel an, alles ungeschehen zu machen, aber dieses Wunder blieb aus.

»Tja, ihr Lieben«, meinte Henning und zündete sich ein Zigarillo an, »als ihr vorgestern angerufen und gesagt habt, dass ihr übers Wochenende kommt, haben wir uns natürlich riesig gefreut, ist ja klar, wir haben uns ja auch schon lange nicht mehr gesehen …, aber da gibt es doch sicher auch einen Grund, oder? Ist was passiert? Gibt's was Neues?«

»Wieso muss es denn unbedingt immer einen Grund geben, wenn Leonie und Tobias zu Besuch kommen?«, warf Hella ein.

Tobias sagte nichts dazu, sondern grinste nur. »Natürlich gibt es einen Grund. Es gibt sogar mehrere Gründe.« Er sah seinen Vater an. »Mach mal 'ne Flasche Schampus auf, damit wir auf das, was wir euch erzählen wollen, anstoßen können.«

»Was denn?« Hella platzte fast vor Neugierde, und Henning ging in die Küche.

Tobias wartete, bis sein Vater mit einer Flasche und vier Gläsern zurückkam. Während Henning die Flasche öffnete und einschenkte, redete Tobias weiter:

»Ich werde ab Oktober an einem ganz großen Fall arbeiten. Wirtschaftskriminalität. Unsere Kanzlei eröffnet eine Dependance in New York, aber ich werde mich hauptsächlich in Asien aufhalten müssen. Bangkok, Singapur, Jakarta, Hongkong. Für meine Karriere eine einmalige Chance. Wahrscheinlich die beste, die ich je hatte und je bekommen werde.«

Henning und Hella waren einen Moment sprachlos.

»Das ist ja großartig«, stotterte Hella nach einer Pause, »aber ich versteh nicht ganz …, du bist dann weg, in Asien, für immer? Oder wie lange?«

»Nicht für immer. Aber eine ganze Weile. Minimum acht Monate.«

»O Gott!« Hella nahm das Glas, das Henning ihr reichte.

»Darauf stoßen wir an«, meinte Henning, »das hört sich wirklich fantastisch an. Und wenn man bedenkt, dass du noch gar nicht lange in dieser Kanzlei und überhaupt in diesem Beruf arbeitest, dann ist das wirklich sensationell! Glückwunsch.«

Sie prosteten sich zu, aber Leonie, die ungewöhnlich schweigsam war, nippte nur an ihrem Champagner.

»Du sagst ja gar nichts«, meinte Hella zu ihr.

»Nein. Für Tobi ist das zwar toll, und ich freu mich riesig für ihn, aber für mich ist es nicht ganz so einfach.«

»Das versteh ich. So lange allein zu sein ist schwierig.«

»Ja.« Leonie lächelte traurig. »Vor allem, weil ich schwanger bin.«

Hella und Henning verschlug es zum zweiten Mal die Sprache.

»Was bist du?«

»Schwanger. Und jetzt werde ich das Kind wohl allein zur Welt bringen müssen. Ohne Tobias.«

Tobias strich ihr beruhigend übers Knie und meinte scherzhaft: »Ich mach mir ’ne Notiz im Terminkalender, und dann komm ich angeflogen!«

»Wann ist es denn so weit?«, fragte Hella Leonie.

»Mitte Januar.«

So einsilbig kannte Hella ihre Schwiegertochter gar nicht. »Wäre es dir denn lieber, wenn Tobias den Job nicht annimmt und hierbleibt?«

»Nein!« Leonie schüttelte heftig den Kopf. »Nein, auf gar keinen Fall. So eine Chance bekommt er nie wieder. Das ist mir schon klar. Wir haben lange darüber geredet, und ich finde es richtig, dass er fährt, aber man bekommt eben auch nicht alle nasenlang ein Baby, und wir hatten uns darauf gefreut, in der ersten Zeit gemeinsam viel mit dem Kind zusammen zu sein.«

Niemand sagte ein Wort.

Leonie spürte, dass die Stimmung dabei war, zu kippen, und meinte betont munter: »Aber das ist ja letztendlich alles kein Problem. Ich krieg das schon hin.«

»Kinder, macht euch bloß keine Gedanken!« Hella stand auf. »Wenn du willst, Leonie, komme ich, wenn es so weit ist, zu euch nach Buchholz und helfe dir. Ist doch gar keine Frage. Ich kann mir jederzeit Urlaub nehmen, auch länger, wenn es nötig sein sollte.«

Leonie nahm ihre Schwiegermutter in den Arm. »Du bist ein Engel, Hella!«

»Klasse«, sagte Tobias, »das erleichtert die Sache natürlich sehr.«

Und dabei überlegte er wie schon so oft, wie er die Trennung von Leonie überhaupt aushalten sollte.

ZWEIUNDZWANZIG

Ingrid lag am Pool im Liegestuhl unter dem Sonnenschirm und döste vor sich hin, Engelbert war im Wasser, hielt sich am Rand fest und machte langsame Beinbewegungen.

»Was gibt's heute zu essen?«, fragte er. Sie hatten um neun gefrühstückt, es war erst halb zwölf, aber er hatte schon wieder Hunger.

»Nur irgendeine Kleinigkeit. Einen Salat oder einen Mozzarella«, murmelte Ingrid, ohne die Augen zu öffnen, »und heute Abend grillen wir.«

Engelbert ließ das Wasser Wellen schlagen wie Kinder in der Badeanstalt. »Ja, das ist gut.«

Seit fünf Tagen wohnten sie nun in der Casa Gioia und genossen jede Sekunde. Noch nie hatten sie sich in einem Ferienhaus so wohlgefühlt.

Ingrid setzte sich auf. Ihr war heiß. Engelbert ruderte immer noch mit den Beinen. Sie überlegte, ob sie sich erneut eincremen oder lieber erstmal ins Wasser gehen sollte, aber entschließen konnte sie sich zu beidem nicht.

Sie stand auf und trat an den Poolrand. »Wie wär's, wenn wir die Valentinis fragen, ob sie Lust haben, heute Abend mit uns zu grillen?«, fragte sie Engelbert. »Fleisch habe ich, dazu mache ich einen Salat, und Wein ist genug da. Das wäre alles gar kein Problem.«

»Mir egal. Frag sie. – Ich komme jetzt raus.«

»Es ist dir egal? Wie *egal?* Hast du jetzt Lust, den Abend zusammen mit unseren Vermietern zu verbringen, oder möchtest du lieber, dass wir allein bleiben?«

»Ich hab dir schon mal gesagt – es ist mir egal! Wenn sie kommen, ist es okay, wenn nicht, ist es auch gut.«

»Also?«

»Also frag sie. Wo ist das Problem?«

»Himmel, bist du kompliziert!«

»Nein, ich bin gar nicht kompliziert. *Du* bist kompliziert, weil es für dich ein Problem zu sein scheint, wenn mir irgendetwas *egal* ist.«

Ingrid erwiderte nichts mehr, zuckte die Achseln, zog sich im Haus Shorts und ein T-Shirt über und ging die paar Schritte hinauf zum Haupthaus der Valentinis, um Jonathan und seine Frau persönlich zum Abendessen einzuladen.

DREIUNDZWANZIG

Sofia wirkte in ihrem Hosenanzug fast ein wenig overdressed. Wie immer machte sie Jonathan eine Freude, wenn sie ihn zu einem besonderen Anlass anzog. Es war derselbe, den Jonathan ihr vor Jahren an einem verschneiten Wintertag gekauft hatte, und sie hatte ihn so pfleglich behandelt, dass er immer noch aussah wie neu.

Die Kerners dagegen schienen mit ihrer legeren Freizeitbekleidung deutlich demonstrieren zu wollen, dass sie im Urlaub waren und ihr Freisein von Zwängen jeglicher Art genossen.

So trug Ingrid Kerner eine gestreifte Bermuda-Sommerhose und ein einfaches T-Shirt, und Engelbert kurze gestreifte Shorts, dazu ein grellrotes Hemd, graue Baumwollsocken und braune Gesundheitssandalen. Er wog ungefähr zehn Kilo zu viel, sein Bauch wölbte sich deutlich über der Hose, und er machte keine Anstalten, ihn zu verstecken.

Jonathan erinnerte er an die Karikatur eines typischen Deutschen, die er in einer Illustrierten gesehen hatte, und er hatte beobachtet, dass Dr. Kerner ähnliche Kombinationen auch trug, wenn er in den Supermarkt oder zur Besichtigung eines Klosters fuhr.

Die Begrüßung war so herzlich, wie es unter Vermietern und Gästen möglich war, wenn man sich fast gar nicht kannte.

Ingrid kredenzte ein Glas Prosecco als Aperitif.

Die Heizrippen des kleinen Elektrogrills, der den Gästen der Casa Gioia zur Verfügung stand, glühten, und Engelbert wendete Filets, die Ingrid bereits am Nachmittag in Knoblauch-Rosmarin-Öl eingelegt hatte.

Die Unterhaltung ließ sich zäh an. Kerners machten Komplimente über das Haus, und Jonathan fragte, was sie beruflich taten, um das Gespräch in Gang zu bringen und um vielleicht endlich einen Hinweis darauf zu bekommen, warum ihm dieser Mann so bekannt vorkam.

»Ich bin Rentner«, sagte Engelbert und grinste, »aber noch vor wenigen Monaten war ich Richter am Amtsgericht. Nichts Aufregendes. Zivilstreitigkeiten, Strafverfahren, ich stehe immer dann auf der Matte, wenn es brenzlig wird, wenn eine Person zu Schaden gekommen ist und es nicht nur um Kinkerlitzchen geht. War eine schöne Arbeit, hab ich gern gemacht, aber jetzt ist Schluss. Jetzt genieße ich mein Leben.«

Wenn eine Person zu Schaden gekommen ist, wiederholte Jonathan in Gedanken. *Nichts Aufregendes.*

Und in diesem Moment wusste er es. Schlagartig wurde ihm klar, dass er vor neun Jahren im Gerichtssaal einen ganzen Vormittag lang in dieses Gesicht des Richters gestarrt hatte, der über sein und das Schicksal des Mörders seiner Tochter entscheiden sollte.

Damals hatte Dr. Kerner noch etwas längeres, dichteres und graues Haar gehabt, mittlerweile war es schlohweiß. Er hatte eine Brille mit goldenem Rand getragen, jetzt war seine Brille randlos und fiel im Gesicht fast gar nicht mehr auf. Außerdem war er wesentlich schlanker gewesen. Und es war ein gewaltiger Unterschied, ob man einen Menschen in der Robe oder in Shorts und Sporthemd vor sich sah.

Der Abendwind war aufgekommen, und Ingrid ging ins Haus, um sich eine Jacke zu holen. Es würde ewig dauern, bis das Fleisch gar war, wegen des Windes wurde der Grill nicht heiß genug.

»Wie kommt es, dass ein Deutscher wie Sie sich hier in der Toskana so ein wunderbares Anwesen aufgebaut hat? Ich meine, wie haben Sie das gefunden? Was hat Sie hierherverschlagen?«, fragte Engelbert gerade, als Ingrid wieder auf die Terrasse kam.

Ja, er ist es, dachte Jonathan, er ist es wirklich. In seinem Kopf drehte sich alles, er konnte an nichts anderes denken und redete fast automatisch.

»Ach, das ist eine lange Geschichte, da würde dieser Abend nicht reichen, um sie zu erzählen …« Er warf einen kurzen Blick auf Sofia, die mit verschränkten Armen dasaß. »Ist dir kalt, Liebes? Soll ich dir deine warme Stola holen?«

»Nein. Nicht nötig. Es ist okay.«

Dennoch nahm Jonathan ihre Hände in seine und rieb sie warm. »Wirklich nicht? Es macht mir nichts aus, nochmal kurz ins Haus zu laufen.«

»Nein, Jonathan, lass es! Ich friere nicht!« Sofias Ton klang leicht genervt. Seine übertriebene Fürsorglichkeit erinnerte sie daran, dass Amanda an kühlen Frühlingsmorgen immer darauf bestanden hatte, dass sie warme Strumpfhosen anzog, während die anderen Mädchen in ihrer Klasse längst Kniestrümpfe tragen durften.

Jonathan hauchte ihr einen Kuss aufs Haar und wandte sich wieder Engelbert zu.

Verlier jetzt nicht die Nerven, sagte er sich, bleib ruhig und freundlich. Lass dir nicht anmerken, dass du ihn kennst.

»Aber zurück zu Ihrer Frage. Ich versuche es kurz zu machen. Die Liebe war der Grund. Ich habe hier in der Toskana Urlaub gemacht, habe Sofia gesehen, und da war es um mich geschehen.« Er legte ihr den Arm um die Schultern und zog sie kurz an sich. »Ich wusste in der ersten Sekunde, dass ich ohne sie nicht mehr leben kann, und bin geblieben.«

Es ist unglaublich, wie zärtlich und fürsorglich dieser Mann mit seiner Frau umgeht, dachte Ingrid. Er vergöttert sie ja geradezu.

»Und das Anwesen hier, La Passerella«, fuhr Jonathan fort, »gehört meinen Schwiegereltern. Mein Anteil ist lediglich, dass ich Casa Gioia gebaut und die übrigen Ferienwohnungen renoviert habe. Ich kümmere mich um die Vermietung, meine Schwiegereltern sprechen kein Deutsch, sie könnten zu deutschen Gästen keinen Kontakt aufbauen, und Sofia kann verständlicherweise nicht am Computer arbeiten. So ergänzen wir uns alle, und ich bin froh, dass es mit der Vermietung so gut läuft.«

»Was haben Sie denn vorher gemacht?«

»Ich war Fotograf. Aber seit das Fotografieren digitalisiert ist und jeder mit ein paar Klicks jedes Bild am Computer verändern kann, lässt sich damit kaum noch Geld verdienen. Heutzutage kauft man sich für zweihundert Euro eine winzige Kamera, die vollautomatisch arbeitet, und macht damit fantastische Bilder. Und man hat unendlich viele Versuche frei. Was nicht gefällt oder misslungen ist, wird gelöscht. Wozu braucht man da noch einen Fotografen?«

»Da haben Sie Recht. So hab ich mir das noch gar nicht überlegt.«

Die erste Runde Fleisch war gar, und Ingrid verteilte das Brot. Engelbert legte neue Filets auf den Grill und schenkte

Wein nach. Jonathan und Sofia hatten bisher an ihren Gläsern Wein nur genippt.

»Auch ich kann bis heute noch nicht glauben, was ich für ein Glück hatte«, sagte Sofia mit leiser Stimme. »Plötzlich war Jonathan hier. Mitten im November, es kam mir vor, als wäre er vom Himmel gefallen. Er hat mein Leben völlig verändert, ist mein ständiger Schutzengel. Ich kann mir gar nicht mehr vorstellen, wie es wäre, wenn er nicht da wäre. Ich wäre vollkommen hilflos. Und seit diesem November vor fünf Jahren ist er nie wieder gegangen.«

»Doch, einmal«, widersprach Jonathan, »da war ich zwei Tage in Deutschland zu meinem Scheidungstermin.«

»Darf ich Ihnen etwas Salat auftun?«, fragte Ingrid.

»Ja, gern«, sagte Sofia, »das ist nett, danke.«

Engelbert wendete die Fleischstücke und bepinselte sie mit Öl.

»Für Sofia das Fleisch bitte durchgebraten, nicht blutig«, bemerkte Jonathan, »sie sagt es meist nicht, weil sie nicht unhöflich erscheinen will, aber sie mag es einfach nicht. So ist es doch, stimmt's, Liebes?«

Sofia nickte. Natürlich roch sie sofort, wenn das Fleisch noch blutig war, aber er ließ ihr keine Gelegenheit, es selbst zu sagen. Er war einfach immer schneller und regelte alles für sie, was er regeln konnte. Im Grunde behandelte er sie wie ein Kind, und sie war mittlerweile unselbstständiger als früher, als Jonathan noch nicht da gewesen war.

Es war ihr klar, dass Jonathan sie lieben, umsorgen und beschützen wollte, aber es machte sie unfrei. Doch wenn dieser Gedanke auftauchte, verbot sie ihn sich sofort wieder und versuchte, dankbar zu sein.

»Kein Problem.« Engelbert spritzte Bier auf das Fleisch.

In diesem Moment klingelte Ingrids Handy.

»Bitte entschuldigen Sie mich einen Moment«, sagte sie, nahm das Handy und entfernte sich in Richtung Pool.

»Ist es eigentlich in Italien teurer als in Deutschland, ein Haus zu bauen?«, fragte Engelbert. Er spürte, dass ihm der Wein allmählich in den Kopf stieg, aber er fühlte sich ausgezeichnet und war bester Laune.

Jonathan bebte innerlich. Ich will jetzt nicht über das Haus reden, hämmerten seine Gedanken, ich will über damals reden, über den Prozess, ich will wissen, warum du den Mörder meiner Tochter ungestraft davonkommen lassen hast. Ich will wissen, was du dir dabei gedacht hast, du Schwein!

»Nein, teurer ist es nicht«, antwortete Jonathan, »ich würde eher sagen, vergleichbar. Aber es ist ungleich schwieriger. Das Problem sind die Baugenehmigungen. Sie sind mit einem unvorstellbaren bürokratischen Aufwand verbunden, dauern Jahre, und es wird immer schwieriger, überhaupt eine zu bekommen. Die Gesetze werden strenger, die Kontrollen härter – es ist eine Katastrophe.«

»Seien Sie froh, jetzt haben Sie ja alles gebaut, es kann Sie also nicht mehr tangieren.«

»Doch, schon. Ich würde Casa Gioia gern etwas vergrößern und am liebsten auch das Haupthaus noch verändern, Sofia und ich haben zu wenig Platz. Vor allem wenn wir Kinder kriegen sollten. Aber es ist hoffnungslos, wir bekommen keine Genehmigung.«

Engelbert hatte durchaus registriert, dass Sofia zusammengezuckt war, als Jonathan von den noch ungeborenen Kindern gesprochen hatte, aber er schwieg und wendete erneut das Fleisch.

»In Italien wird einfach mit zweierlei Maß gemessen. Wer prominent ist, kann aus einem einfachen Stall ein ganzes Dorf machen und aus einer winzigen Hütte ein Wellnesscenter oder ein Hotel mit vierhundert Betten. Beispiele gibt es hier zuhauf. Aber als Otto Normalverbraucher hast du keine Chance.«

»Sie müssten also ziemlich was rüberwachsen lassen.« Engelbert grinste.

»Ja, klar. Aber die Möglichkeiten habe ich nicht, denn dann könnte ich nicht mehr bauen. Oder aber man kennt den Bürgermeister oder den Chef der Baubehörde und hat mit ihm eine Leiche im Keller. Dann könnte es auch klappen.«

»Logisch. Wem erzählen Sie das. Auch in Deutschland funktionieren die wirklich wichtigen Dinge nur mit Vitamin B. Denn ohne Beziehungen sind Sie nichts. Da schwimmen Sie in der Masse, aber Sie machen niemals Karriere. Also ich meine, richtig große Karriere. Wenn Sie wissen, was ich meine.«

»Ja, ja, ich weiß.«

In diesem Moment kam Ingrid zurück an den Tisch. Sie strahlte.

»Das war Hella«, meinte Ingrid, »sie wollte sich nur mal melden, es ist alles in Ordnung, Tobias und Leonie sind gerade zu Besuch.«

Tobias? Der Tobias, der …

Jonathans Blut klopfte in den Schläfen, und sein Atem flatterte.

»Henning und Hella sind unsere besten Freunde«, erklärte Engelbert.

»Na, jedenfalls wollte mir Hella vor allem erzählen, dass Tobias einen großen Fall von Wirtschaftskriminalität übernehmen wird. Wahrscheinlich die Chance seines Lebens!«

»Setz dich, Ingrid, und iss was, das Fleisch wird kalt!«, sagte Engelbert und wandte sich wieder an Jonathan.

»Ich kann Ihnen nur sagen: Bauen Sie ein Netzwerk von einflussreichen Freunden auf – und Sie sind ein gemachter Mann. Das Beste ist, Sie haben in jeder Tasche ein anderes Parteibuch. Eine Hand wäscht die andere, und wenn Sie in der Scheiße stecken, gibt es immer einen guten Freund, der Sie wieder rauszieht. Ohne Freunde sind Sie ein armes Würstchen und werden vom erstbesten Hund, der vorbeikommt, gefressen.«

»Da ist was dran«, meinte Jonathan. »Ich habe lange Eventmanagement in Berlin gemacht. Der Erfolg eines großen Projektes fängt bei der Tischordnung an.«

»Genauso ist es.« Engelbert lachte. »Dann wissen Sie ja, wovon ich rede.«

»Hundertprozentig.«

»Als Richter hat man zwar eine gewisse Macht, aber auch nur in begrenztem Rahmen, verstehen Sie? Mein Freund Henning zum Beispiel, der, der gerade eben angerufen hat, ist ein begnadeter Ingenieur. Ich konnte ihm natürlich keinen Job bei Krupp verschaffen, aber bei anderen Sachen, da konnte ich ihm helfen. Es kommt eigentlich nur darauf an, dass man für jede Lebenskrise den passenden Freund hat, der irgendwas kann, was man selbst nicht kann. Am besten Sie haben in Ihrem Bekanntenkreis einen Arzt, einen Anwalt, einen Ingenieur, einen Automechaniker, einen Elektriker und so weiter. Sie wissen schon, was ich meine.«

»Tja, meine Kontakte hier beziehen sich leider nur auf Landarbeiter, Handwerker und Postboten.« Die Konversation fiel Jonathan verdammt schwer.

»Aber wie konnten Sie denn als Richter Ihrem Freund helfen?«, fragte Sofia, die sich bisher so gut wie gar nicht an der Unterhaltung beteiligt hatte.

»Ach – das war so eine liebe Sache.« Engelbert fühlte sich durch Sofias Frage geschmeichelt und erzählte die Geschichte gerne. »Hennings Sohn hatte da mal Mist gebaut. Er hatte gerade Abi gemacht, ein glänzendes Abitur übrigens, und das hat er mit seinen Freunden natürlich gefeiert. Na ja, und wie das so ist, hat er dabei ein paar Gläser zu viel getrunken. Und dann wollte er seine Freundin abholen, ist ins Auto gestiegen und hat im Suff einen Unfall verursacht. Ziemlich blöde Geschichte. Leider mit Personenschaden. Tja. Dumm gelaufen. Da stand eine junge Frau an der Ampel, und die hat er überfahren. War regelrecht tragisch. Und der Junge war hinterher völlig fertig. Psychisch dermaßen am Ende, das können Sie sich nicht vorstellen. Er ist ein hochintelligentes Bürschchen, macht ein glanzvolles Abi, und dann fährt er eine Frau tot! War nicht einfach für die Eltern, aber für ihn auch nicht. Wie soll so ein junger Mann denn damit klarkommen? Jetzt unterdessen – das haben wir ja gerade gehört – hat er eine Bombenkarriere gemacht. Stellen Sie sich vor, er hätte diesen Schock nicht überwunden. Was die Gesellschaft mit ihm für ein wertvolles Mitglied verloren hätte! Er ist jetzt ein Mann, der als hochdotierter Anwalt international für Gerechtigkeit sorgt. Und dieser Mann wäre beinahe an so einem Blödsinn, den er als junger Mensch gemacht hat, gescheitert!«

Unter dem Tisch drückte Jonathan mit aller Kraft seine Fingernägel in die Handballen, um nicht ohnmächtig zu werden.

»Ich verstehe nicht ganz«, fragte Sofia, »wie konnten Sie denn da helfen?«

»Na ja, um es kurz zu machen, ich hab dafür gesorgt, dass die Angelegenheit auf meinen Schreibtisch kam, hab die Sache entschieden und gesehen, dass der junge Mann mit einem blauen Auge davonkam. Der arme Kerl hatte ja nicht wirklich was verbrochen, und das Ganze war ihm sicher eine Lehre.«

»Ah ja.« Jonathans Kehle schnürte sich zusammen.

Im Namen des Volkes ergeht folgendes Urteil: Der Angeklagte unterliegt dem Jugendstrafrecht. Er wird wegen des Führens eines Fahrzeugs bei Trunkenheit und der fahrlässigen Tötung einer Frau verwarnt, erhält eine Geldstrafe von achttausend Mark und ist verpflichtet, innerhalb der nächsten drei Monate zweihundert Stunden gemeinnützige Arbeit zu verrichten. Der Führerschein wird ihm für ein halbes Jahr entzogen.

Die Sätze des Richters klangen Jonathan noch in den Ohren.

Ingrid stand auf und schaltete die Stereoanlage im Haus an. Leise drang Musik von Donovan durchs offene Fenster. Engelbert redete weiter.

»Wissen Sie, ich sehe meine Aufgabe nicht nur darin, die Leute zu drastischen Strafen zu verdonnern, ich glaube, es ist genauso wichtig, Gnade vor Recht ergehen zu lassen. Was hätte es denn genützt, wenn ich Tobias jetzt die gesamte Zukunft verbaut hätte? Nichts! Es hätte die junge Frau nicht wieder lebendig gemacht.«

Jonathan glaubte, sein Herz würde aufhören zu schlagen.

»Vor allem hab ich darauf geachtet, dass Tobias nicht vorbestraft ist. Das war das Wichtigste, sonst kriegt er ja nie mehr einen Fuß auf die Erde. Wenn man da an den falschen Richter kommt, dann hat man einen Makel fürs Leben, und – mein Gott – damals war der arme Kerl einfach zum falschen Zeitpunkt am falschen Ort. Das war alles. Wenn so ein junger Mensch begreift, dass das, was er getan hat, nicht richtig oder zumindest grob fahrlässig war, und sich die ganze Sache zu Herzen nimmt, dann ist es ja gut.«

»Und die junge Frau?«, fragte Jonathan, »sie war dann wohl auch zum falschen Zeitpunkt am falschen Ort?«

»Ja, so kann man das sagen.« Er machte ein ernstes Gesicht, schenkte Wein nach und hob sein Glas. »Kinder!«, rief er und sein Gesicht glühte, »trinken wir auf die Freundschaft!«

Tobias Altmann ist geständig und zeigt echte und tiefe Reue. Er hat seitdem keinen Alkohol mehr getrunken. Eine Wiederholung oder ein ähnliches Vergehen ist somit nicht zu befürchten.

Für den Angeklagten spricht auch die Tatsache, dass er sich bei den Eltern des Opfers entschuldigt hat. Dieses Verhalten hat ebenfalls zu dem milden Urteil beigetragen. Das Gericht möchte ihm die Chance lassen, ein verantwortungsvolles Leben zu führen und sich eine erfolgreiche Zukunft innerhalb der bürgerlichen Gesellschaft aufzubauen.

Vor der Verhandlung war ein schmaler junger Mann im Anzug auf Jonathan zugekommen und hatte ihm die Hand gegeben.

»Ich bin Tobias Altmann«, flüsterte er und blickte verschämt zu Boden, »ich wollte Ihnen nur sagen, wie leid mir das mit Ihrer Tochter tut. Bitte entschuldigen Sie.«

Dann hatte er sich umgedreht, war mit eiligen Schritten den Gerichtsflur hinuntergerannt und im Sitzungssaal verschwunden.

Wie einfach, dachte Jonathan, wie profan und so banal, dass es einem schon fast wehtut. Er knallt mir hier einen auswendig gelernten Satz um die Ohren und glaubt, dass in diesem Moment alles gut ist. Nein, Tobias Altmann, nein, ich entschuldige nicht. Da gibt es nichts zu entschuldigen, was du getan hast, ist unverzeihlich.

Überdies ist das Gericht zu der Überzeugung gekommen, dass es weder dem Opfer noch den Hinterbliebenen etwas nützt, wenn Tobias Altmann eine Freiheitsstrafe erhielte, die als Vorstrafe seiner Karriere ein Leben lang im Wege stünde. Daher ist das Gericht unter dem geforderten Strafmaß der Staatsanwaltschaft geblieben.

»Bitte entschuldigen Sie mich«, sagte Jonathan und stand auf, »es geht mir nicht gut, ich glaube, ich muss mich hinlegen, es tut mir leid. Komm, Sofia.«

»Was hast du? Warum ist dir nicht gut?«, fragte Sofia, obwohl sie die Unruhe spürte, die von Jonathan ausging, und legte ihm die Hand auf den Arm. Er antwortete nicht.

»Gute Nacht«, sagte sie, »und vielen Dank für das wundervolle Essen, es war sehr nett.«

Engelbert stand auf und umarmte Jonathan flüchtig mit einem angedeuteten Kuss über der rechten und der linken Schulter. Jonathan erstarrte und stand da wie ein Stock. Dann umarmte Engelbert Sofia. Er küsste sie auf beide Wangen und drückte sie an sich. Vielleicht für den Bruchteil einer Sekunde zu lang.

Jonathan wurde heiß. Die Wut stieg in ihm hoch, und er ballte seine Fäuste, um dem Richter nicht ins Gesicht zu schlagen. Du nimmst sie mir nicht, dachte er. Ich werde sie beschützen. Jetzt und alle Tage bis an mein Lebensende.

Engelbert grinste freundlich. »Kommen Sie gut nach Hause und lassen Sie das Auto stehen, Sie haben getrunken!«, scherzte er und lachte schallend über seinen gelungenen Witz.

Ingrid gab beiden die Hand, und dann gingen Jonathan und Sofia um das Haus herum und verschwanden, ohne sich noch einmal umzudrehen, in der Nacht.

Jonathans Herz raste. Die Wut tobte in seinem Kopf und in seinem Körper, er hatte das Gefühl, jeden Moment zu explodieren. Sofia fuhr ihm sanft übers Haar und über den Rücken.

»Du zitterst ja«, sagte sie leise. »Was ist los? Was ist passiert?

»Nichts, Sofia, es ist nichts.«

»Hat es irgendwas mit mir zu tun?«, fragte Sofia verunsichert.

»Aber nein!« Jonathan blieb stehen und nahm sie in den Arm. »So etwas darfst du nicht denken! Niemals! Ich glaube, es gibt nichts, was du sagst oder tust, was mich verärgern könnte.« Er küsste ihre Stirn, ihre Augen und ihren Mund.

Ihr Kopf lag immer noch an seiner Schulter, und sie nahm einen ganz feinen Schweißgeruch wahr, der sich mit dem Duft von Waschpulver vermischte.

Es war der Geruch der Angst, aber sie fragte nicht weiter.

Er konnte nicht schlafen. Quälend langsam vergingen die Minuten. Sofia lag neben ihm und atmete gleichmäßig, ihre kleine Hand lag auf seiner Brust, als wolle sie verhindern, dass er noch einmal aufstand.

Papa, hörst du mich? Ich muss dir was sagen.

Giselle?

Ich bin da.

Was soll das alles?, überlegte Jonathan, ich habe mich aufgeregt, bin übermüdet und sollte jetzt endlich schlafen. Morgen werde ich den Richter und seine Frau bitten abzureisen, damit der Spuk vorbei ist.

Nein, das wirst du nicht tun.

Ich will Frieden. Will nicht, dass alles wieder von vorn anfängt.

Der Mann, der mich totgefahren hat, führt ein fabelhaftes Leben. Dieser Man lebt, und ich nicht. Ich bin tot. Mir hat er alles genommen, und er ist kaum dafür bestraft worden. Eine Mauschelei unter Freunden. Das ist Betrug, Verrat! Das kannst Du doch nicht hinnehmen! Bitte, Papa, lass mich nicht im Stich!

Was soll ich tun?

Töte ihn. Nie wieder bekommst Du so eine Gelegenheit. Der Mann, der meinen Mörder beschützt hat, wohnt in Deinem Haus! Räche mich!

Wie denn?

Die Stimme antwortete nicht mehr.

VIERUNDZWANZIG

Direkt vor dem Haus stand ein Nussbaum, die saftig grünen Blätter waren selbst vom Bett aus zum Greifen nah. Der Baum verdunkelte das Schlafzimmer in angenehmer Weise, so musste man die Fensterläden nicht schließen und wurde doch nicht durch gleißendes Sonnenlicht geweckt. Die Vögel im Nussbaum und in den Zypressen veranstalteten ab Sonnenaufgang ein lautstarkes Konzert.

Engelbert hatte seinen linken Arm hinter dem Kopf angewinkelt, die Streckung in der Achsel tat ihm gut, er fühlte sich stark und gesund. Keinerlei Schmerzen in der Hüfte, vielleicht sollte er als Erstes ein Bad im Pool nehmen.

»Hörst du die Vögel?«, fragte er Ingrid. »Unglaublich, was die in den Zypressen für ein Spektakel veranstalten!«

»Bitte, Engelbert, ich schlafe noch«, gähnte Ingrid und drehte sich auf die Seite. Von hier aus konnte sie den Reisewecker erkennen. Halb sieben. Mein Gott, viel zu früh. Vor acht wollte sie eigentlich nicht aufstehen.

Engelbert stand auf und ging zum Fenster. Mit den Fäusten stützte er sich auf das Fensterbrett und sah hinaus.

»Herrlich«, murmelte er, »was für ein Tag!«

In dieser Haltung sah er aus wie ein Gorilla, der relativ gelassen sein Gegenüber anstarrt.

Was für ein breites Kreuz er hat, dachte Ingrid. Das war wahrscheinlich das Ergebnis der regelmäßigen Gartenarbeit und des Schwimmens immer dienstags und freitags um acht im öffentlichen Hallenbad. Zuerst war er sich uralt und dämlich dabei vorgekommen, zusammen mit vorwiegend älteren Damen seine morgendlichen Bahnen zu ziehen, aber dann hatte er gemerkt, wie gut ihm das tat. Seine Kondition wurde wesentlich besser, sein Blutdruck sank, und sein Kreislauf kam in Schwung. An den Tagen, an denen er morgens schwamm, war er wesentlich leistungsfähiger als an den übrigen.

Es hatte keinen Zweck, noch länger im Bett herumzuliegen. Sie stand auf und schlüpfte in ihren Morgenmantel.

»Ich mache uns einen Kaffee. Und dann gehe ich duschen.«

Es war angenehm, barfuß über die kühlen Terrakottafliesen zu gehen. Sie schaltete die Espressomaschine an und verschwand im Bad.

Engelbert trat auf die Terrasse und breitete die Arme aus. Keine zehn Pferde kriegen mich heute von diesem herrlichen Fleckchen Erde weg, schwor er sich. Ich fahre in keine Stadt, sehe mir nichts an und will auch nichts einkaufen. Ich bleibe einfach auf der Terrasse sitzen und genieße den Tag.

»Es hilft nichts, ich muss runterfahren«, sagte Ingrid beim Frühstück, »wir brauchen Eier, Milch und Brot, und der Salat im Kühlschrank taugt auch nichts mehr. Ich bringe uns dann auch eine Kleinigkeit zum Mittagessen mit. Kein Problem, du musst nicht mitkommen. Bleib am Pool und mach Gymnastik.«

»Ja, das ist gut«, murmelte Engelbert, »ich bleibe hier. Und bitte, bring mir eine deutsche Zeitung mit.«

»Welche?«

»Egal. Irgendeine.«

Ingrid räumte das Frühstücksgeschirr in die Spülmaschine, stellte Milch, Margarine, Marmelade und Käseecken in den Kühlschrank, wischte kurz über Tisch und Arbeitsplatte und nahm ihre Handtasche.

»Bis dann!« Sie hauchte Engelbert einen Kuss auf die Stirn und ging ums Haus herum zum Auto. Engelbert hörte noch den Motor, als sie startete, und freute sich auf zwei, drei ruhige Stunden.

Um zehn nach neun rief Dr. Kerner an. Jonathan saß gerade mit Sofia beim Frühstück und trank bereits seinen vierten Kaffee. Appetit hatte er nicht.

»Ist es immer noch dein Magen?«, fragte Sofia vorsichtig.

»Ja, ich glaub schon.«

»Dann solltest du Tee und keinen Kaffee trinken. Und vielleicht einen Zwieback essen.«

Das Telefonklingeln ersparte Jonathan die Antwort.

»Einen wunderschönen guten Morgen«, sagte Engelbert, »es tut mir ja furchtbar leid, Sie so früh schon zu stören, aber wir haben kein Wasser. Weder in der Küche noch im Bad, nirgends. Keinen Tropfen. Meine Frau hat heute Morgen noch problemlos geduscht, aber jetzt ist Tabula rasa. Niente.« Er lachte. »Meine Frau ist zum Einkaufen gefahren, ich wollte auch gerade duschen und bin ja froh, dass ich noch nicht eingeschäumt bin.«

»Ich komme runter. Kein Problem. In zwei Minuten bin ich da.«

»Furchtbar nett. Danke.« Engelbert legte auf.

Jonathan stand auf. »Die haben Probleme mit dem Wasser, ich kümmer' mich drum.«

Sofia nickte und umfasste ihre Tasse, als wolle sie sich trotz der hochsommerlichen Temperaturen ihre Hände wärmen.

Als er über die Wiese zur Casa Gioia lief, sprach sie wieder zu ihm.

NA ALSO. DAS SCHICKSAL MEINT ES GUT MIT DIR.

Er hörte den Song durch das zur Terrasse hin geöffnete Fenster bereits, bevor er die Breitseite des Hauses erreichte.

»Time to say goodbye.«

Ein diffuses Kribbeln zog durch seinen Körper, ihm wurde übel, und er musste stehen bleiben. Alles, was er sah, verschwamm vor seinen Augen, er fürchtete zu fallen und hielt sich an der Hausmauer fest.

Erst nach einigen Sekunden ging er weiter, und seine eigenen Schritte dröhnten in seinem Kopf.

»Buongiorno«, rief er, bevor er am Schlafzimmerfenster vorbeimusste, und versuchte mühsam, seiner Stimme einen festen Klang zu geben.

»Con te partirò …«

»Ja, ja, kommen Sie nur!«, antwortete Engelbert fröhlich, und Jonathan ging am Schlaf- und Badezimmerfenster vorbei und ums Haus herum.

Er hatte das Gefühl, sich wie eine Marionette zu bewegen. An Fäden aufgehängt und fremdgesteuert. Engelberts Stimme hörte er wie durch Watte: dumpf, weit entfernt und gedehnt wie in Zeitlupe.

Engelbert kam gerade die steinerne Treppe vom Pool herauf und blieb auf der obersten Treppenstufe stehen.

»Guten Morgen, Herr Valentini! Geht es Ihnen besser? Nett, dass Sie vorbeikommen.«

»Ja, es geht mir besser, danke.« Jonathan hatte einen säuerlichen Geschmack im Mund und merkte, wie sich sein ganzer Körper verkrampfte.

»*Io con te*«, sang Bocelli.

»Sagen Sie, kann es sein, dass Sie gestern Abend irgendetwas in den falschen Hals bekommen haben?«, fragte Engelbert. »Meine Frau und ich hatten den Eindruck! Wissen Sie, Herr Valentini, das täte mir leid, denn auch ich habe gestern noch lange an unser Gespräch gedacht. Als wir über die Freundschaft und all das geredet haben. Ich glaube einfach, dass manche Menschen schicksalhaft aufeinandertreffen. Sie haben da gestern diese junge Frau angesprochen. Das beschäftigt mich auch, weil es so ungerecht erscheint, dass sie ihr Leben verlieren musste, aber manchmal setzt das Schicksal eben derart den Hobel an – da fallen Späne!«

Was?, schrie Jonathan in Gedanken, was meint dieses Arschloch? Meine Tochter hatte eben Pech, sie war eben nur einer der »Späne«?!

JETZT!

Jonathan sah Engelbert wutverzerrt an. Voller Hass. Dann gab er ihm einen gewaltigen Stoß.

Engelbert konnte sich nirgends halten und stürzte rückwärts die Treppe hinunter.

Die Treppe war aus groben Natursteinen gebaut, sie hatte hohe Stufen und extrem scharfe Kanten. Auf der linken Seite zur Liegewiese hin gab es kein Geländer, auf der rechten säumte eine flache Mauer das steil abfallende Rosenbeet zwischen oberer und unterer Terrasse.

Mit dem Hinterkopf schlug er gegen einen scharfkantigen Stein der flachen Mauer und blieb mit dem Kopf nach unten auf der untersten Treppenstufe liegen, die Beine auf der steilen Treppe nach oben hin grotesk gespreizt. Seine frisch operierte Hüfte war gebrochen.

Jonathan nahm aus der Trockenmauer, die die Eiche neben der Treppe umkränzte, einen schweren Stein, lief die

Treppe hinunter, beugte sich über ihn und schlug ihm den Stein ohne Vorwarnung und mit aller Kraft auf den Kopf, während er ihm eiskalt in die Augen sah.

Engelbert röchelte, und der Terrakottafußboden färbte sich rot.

TÖTE IHN!

»Du verstehst nicht, was hier los ist, stimmt's?«, flüsterte Jonathan, und es klang wie das Zischen einer Schlange. »Du weißt nicht, warum ich dir den Schädel zertrümmert habe, stimmt's? Du begreifst gar nichts!«

Er packte Engelbert an der Schulter und drehte ihn ruckartig zur Seite und auf den Bauch. Engelbert stöhnte auf vor Schmerz.

»Bitte nicht«, röchelte Engelbert, und sein Gesicht war angstverzerrt. »Warum ...«, presste er noch hervor, aber dann spuckte er Blut.

»Ich bin der Vater der jungen Frau, die an der Ampel überfahren worden ist. Und ich wollte, dass du das weißt, bevor du stirbst.«

Engelbert begann zu schreien.

TÖTE IHN!

Jonathan ließ erneut den schweren Stein auf Engelberts Schädel krachen.

TÖTE IHN!

Er schlug noch einmal zu. Auf den Hinterkopf. Mit aller Kraft.

Gianni wollte gerade seine Motorsense starten, als er den fürchterlichen Schrei hörte. Er hielt inne und runzelte die Stirn. So einen durchdringenden, verzweifelten Schrei hatte er noch nie gehört. So schrie niemand, dem ein Vorschlaghammer auf den Fuß gefallen war, der sich in den Finger geschnitten hatte oder von einer Viper gebissen worden war. So schrie man in Todesangst, überlegte Gianni und fand seinen Gedanken im selben Moment viel zu pathetisch.

Blödsinn. Hier wohnten Deutsche, komische Leute, und für das Geschrei gab es sicher eine ganz harmlose Erklärung.

Aber der Schrei wollte nicht enden, und Gianni setzte sich in Bewegung. Langsam, wie es nun mal seine Art war.

Auch Sofia hatte den Schrei gehört und war zu Tode erschrocken. Da war ein Mensch in höchster Not, so viel war ihr klar.

Sie lief los, rannte zur Capanna, so schnell ihr das mit ihrer Behinderung überhaupt möglich war. Zweimal stürzte sie, aber sie rappelte sich auf und lief weiter.

»Fahr zur Hölle«, sagte Jonathan knapp, nahm die blutige Stelle am Hinterkopf genau ins Visier, holte aus und schlug ihm den Stein ein letztes Mal mit voller Wucht in die Wunde.

Engelbert bäumte sich stöhnend auf. Sein Gesicht war blutüberströmt, und sein immer noch angstverzerrter Blick wurde langsam glasig und trüb.

Jonathan drehte ihn zurück auf den Rücken, so dass es aussah, als wäre er mit dem Hinterkopf auf die scharfe Kante der untersten Treppenstufe aufgeschlagen.

Auge in Auge mit seinem Mörder hörte Engelbert auf zu atmen und sackte in sich zusammen.

Jonathan rannte zum Wasserhahn an der Hauswand, unter dem ein steinerner Trog stand, und wusch das Blut vom Stein und von seinen Händen. Dann warf er den Stein so weit er konnte ins Dickicht. Es hatte ihn immer geärgert, dass unterhalb des Hauses seit Jahren, vielleicht sogar seit Jahrzehnten die meterhohe Erika und der dichte Weißdorn nicht mehr gerodet worden waren, jetzt war er dankbar dafür.

GUT GEMACHT, PAPA. ICH LIEBE DICH.

»Herr Dr. Kerner?«, rief Sofia. »Ist etwas passiert, kann ich Ihnen helfen?«

Totenstille. Niemand antwortete, Jonathan rührte sich nicht.

»Dr. Kerner?«

Sofia fühlte sich unglaublich hilflos, wusste nicht, was sie tun sollte, wagte sich vorsichtig vor und ging langsam weiter um das Haus herum bis zur Treppe.

Die Sonne gewann allmählich an Kraft und verstärkte die Gerüche. Blut. Sie roch eindeutig Blut. Aber da war auch noch der Geruch, den sie so gut kannte: nach warmem Honig, Federn, Zimt und Borkenrinde.

»Jonathan!«, rief sie. »Bist du hier? Was ist passiert?«

Keine Reaktion. Vögel sangen, und aus dem Tal drangen Autogeräusche bis hier herauf.

Es klang, als wäre sie allein, aber sie spürte, dass doch ein Mensch in der Nähe war.

In diesem Moment tauchte Gianni an der Hausecke auf.

»Was ist denn hier los?«, fragte er und kniff die Augen zusammen, als sähe er direkt in die Sonne und bräuchte außerdem eine Brille.

»Wie lange stehst du da schon?«, schrie Jonathan, aber Gianni zuckte nur die Achseln, als könne er zwei Minuten von zwei Sekunden nicht unterscheiden.

Sofia wurde es eiskalt. Jonathan war also doch da, hatte aber auf ihr Rufen und Fragen nicht reagiert. Er hatte sie einfach ignoriert, hatte sich vor ihr verstecken wollen.

»Jonathan! Was ist hier los? Warum antwortest du mir nicht?«

»Dr. Kerner ist die Treppe runtergefallen!« Jonathans Ton klang sachlich, da war kein Entsetzen in seiner Stimme.

Gianni nickte.

»Ich glaube, er ist tot!«

Gianni nickte erneut.

»Ruf deinen Vater an, Gianni! Er soll sofort herkommen, ich telefoniere mit der Dottoressa!«

Gianni nickte und zog sein Handy aus der Hosentasche. Zum Telefonieren wandte er sich ab und ging hinter die Hausecke.

Jonathan rief dann doch nicht die Dottoressa an, sondern den Rettungsdienst, der nur kam, wenn es um Leben und Tod ging, bei Herzinfarkten, Schlaganfällen, akuten Vergiftungen, Atemstillstand oder Ähnlichem. Es war zwar völlig klar, dass es hier nichts mehr zu retten gab, aber egal. Er wollte, dass es so aussah, als habe er nichts unversucht gelassen.

Gianni kam wieder hinter dem Haus hervor und nickte zum hundertsten Mal.

»Er kommt«, sagte er knapp.

»Jonathan!« Sofia fühlte sich vollkommen kraftlos. Sie konnte nicht mehr stehen und rutschte langsam die Natursteinwand hinunter, ohne zu merken, dass sie sich dabei den Rücken aufschürfte. Völlig erschöpft saß sie auf der Erde.

»Jonathan, bitte!« Ihre Stimme war ungewohnt hoch und schien zu kippen. »Bitte erklär mir, was hier passiert ist!«

»Es war ein Unglück, Sofia, ein fürchterliches Unglück, so wie es jeden Tag tausendfach passiert. Niemand kann etwas dafür. Wenn du willst, geh nach Hause, du kannst nicht helfen. Hier kann niemand mehr helfen.«

FÜNFUNDZWANZIG

Erst fünfundvierzig Minuten später trafen Neri und sein Kollege Alfonso auf La Passerella ein. Alfonso war fünf Jahre jünger als Neri und mit seinem Polizistendasein in Ambra vollkommen zufrieden. Er war am Ziel seiner Wünsche angelangt, träumte von keiner anderen Stadt und keiner großen Karriere. Die Menschen in Ambra mochten und akzeptierten ihn, und wenn er hin und wieder ein Auge zudrückte, so geschah dies nie zu seinem Nachteil.

Als an diesem Morgen um sechs Uhr dreißig der Wecker geklingelt hatte, hatte Alfonso sterben wollen. Sein Kopf dröhnte, und er wusste, dass er auf gar keinen Fall aufstehen und ins Büro gehen konnte. Gestern Abend war es in der Scheune eines Landarbeiters, der beim Kartenspielen ein Ferkel gewonnen hatte, zu einem spontanen Grillfest mit anschließendem Besäufnis gekommen. Um zwei Uhr hatten Nachbarn die Polizei alarmiert und Neri rausgeklingelt. Völlig verschlafen und missgelaunt war Neri hingefahren und hatte Alfonso unter den Ruhestörern entdeckt. Wortlos hatte er auf dem Absatz kehrtgemacht und war wieder nach Hause gefahren. Daher wunderte es ihn gar nicht, dass Alfonso heute Morgen nicht im Büro erschienen war und auch nicht anrief, um sich krankzumelden. Neri wusste Bescheid.

Deswegen empfand er höchste Genugtuung, Alfonso nun doch aus dem Bett werfen zu müssen, denn es ärgerte ihn schon lange, dass er bei solchen Festen meist außen vor blieb. Jetzt freute es ihn umso mehr, als er sah, wie Alfonso blass und mit blutunterlaufenen Augen angefahren kam und sich offensichtlich quälte.

»Gianni sagte mir, ein Feriengast auf La Passerella ist eine Treppe hinuntergefallen, hat sich den Kopf aufgeschlagen und ist tot.«

»Hm«, grunzte Alfonso desinteressiert, denn für ihn gab es im Moment nichts Schlimmeres als seine quälenden Kopfschmerzen.

Der Notarzt war zusammen mit zwei Helfern der Misericordia bereits vor zwanzig Minuten eingetroffen und hatte zweifelsfrei den Tod des Feriengastes festgestellt. Jetzt ging er am Pool auf und ab, rauchte und wartete zusammen mit Jonathan, Sofia und Gianni auf das Eintreffen der Polizei.

Sofia weinte. Jonathan hatte den Arm um sie gelegt und versuchte, sie zu trösten.

»Da kann keiner was dafür«, sagte er leise, »Unfälle passieren eben. Das ist furchtbar, aber nicht zu verhindern.«

Sofia nickte und weinte weiter.

Neri stand vor der Leiche und runzelte die Stirn. Er ertappte sich dabei, dass er darüber nachdachte, ob der Blutfleck wohl jemals wieder von den Terrakottafliesen abzuwaschen wäre.

Unterdessen zog Alfonso seine Latexhandschuhe aus der Uniformjacke, streifte sie sich mühsam über und drehte den Kopf des Toten so, dass er die Wunde am Hinterkopf sehen konnte.

»Porcamiseria«, stöhnte er, »wie kann man sich beim Trepperunterfallen nur derart den Schädel zertrümmern. Das ist ja unglaublich!«

Der Arzt trat dazu. »Für mich ist die Sache relativ eindeutig: Er ist hier auf diese Kante gefallen, Sie sehen ja das Blut. Natürlich gibt es Menschen, die fallen so eine Treppe runter und tun sich bis auf ein paar Schürfwunden gar nichts, dieser Mann hatte wahrscheinlich einfach Pech. Außerdem kommt es auch immer darauf an, wie beweglich ein Mensch ist. Ob er in der Lage ist, noch im Fallen den Sturz zu korrigieren, ihn im letzten Moment günstig abzufangen, geschickt abzurollen oder Ähnliches. Der hier muss jedenfalls abgestürzt sein wie ein schwerer Sack. Und dann ist er auch noch auf den Hinterkopf geprallt. Die denkbar ungünstigste Variante. So hatte er noch nicht einmal die Chance, zum Schutz die Hände vorzustrecken.«

»Warum ist er überhaupt rückwärts runtergefallen?«, warf Alfonso ein. »Normalerweise fällt man doch vorwärts, wenn man stolpert! Und das hätte niemals so schlimm geendet!«

»Könnte ja sein, dass er gerade die Treppe hochgekommen war, aus irgendeinem Grund das Gleichgewicht verloren hat und dann rücklings abgestürzt ist«, meinte Jonathan.

»Ja, das könnte sein.« Neri fasste den Toten nicht an. Er betrachtete ihn nur von oben, ging dann um den Pool herum und versuchte, sich die Szene aus der Entfernung vorzustellen. »Falls er sich erschrocken haben sollte, werden wir wohl nie mehr erfahren, worüber.«

»Das ist typisch für dich, Neri.« Alfonso hatte einen hochroten Kopf und merkte, dass er fürchterlich schlechte

Laune bekam. »Die Ermittlungen haben noch gar nicht begonnen, da sind sie für dich schon wieder abgeschlossen.«

Gianni kam dazu, hielt sich im Hintergrund und beobachtete stumm die Szene.

»Was willst du denn hier ermitteln?«, schrie Neri. »Da fällt ein Feriengast die Treppe runter. Wie mysteriös! Sollen wir nach dem Schwarzen Mann fahnden, der hinter dem Oleander gesessen und ihn hinuntergeschubst hat?«

Dieser Alfonso ist unerträglich, dachte Neri, wenn es doch nur irgendeine Chance gäbe, hier wegzukommen. Es musste ja nicht gleich Rom sein. Siena, Arezzo oder Florenz wären auch schon eine erhebliche Verbesserung.

»Soll ich eine gerichtsmedizinische Untersuchung beantragen?«, fragte der Arzt.

»Nein. Wenn wir jeden Unfall wie einen Meuchelmord behandeln würden, hätten wir viel zu tun!« Neri stellte auf stur.

Genau so hatte Jonathan Neris Reaktion eingeschätzt, als er Gianni bat, seinen Vater anzurufen. Er jubelte innerlich und konnte seine Erleichterung kaum verbergen.

Sofia hatte aufgehört zu weinen und klammerte sich an ihn.

»Erzählen Sie doch mal, Jonathan«, bohrte Alfonso, »was ist heute Morgen passiert? Und wie und wann haben Sie den Toten gefunden?«

»Also ...« Jonathan führte Sofia zu einer Brüstung, auf der Geranientöpfe standen, und bat sie, sich zu setzen. Er musste sich jetzt konzentrieren, und es störte ihn, sie unentwegt im Arm zu halten.

»Wir hatten gestern ein sehr nettes gemeinsames Abendessen«, begann er, »das Sofia und ich aber relativ früh verließen, da ich mir irgendwie den Magen verdorben hatte und mich nicht richtig wohlfühlte. Heute Morgen rief Dr. Kerner an und bat mich herunterzukommen, weil es im Haus kein Wasser gab.«

»Und dann?«, fragte Alfonso weiter und drehte am Außenhahn, der über dem Steintrog angebracht war und vor allem beim Gießen benutzt wurde. Es kamen drei Tropfen Wasser, dann blieb der Hahn trocken.

Jetzt wurde es schwierig. Dadurch, dass völlig unvermutet dieser blödsinnige Gianni aufgetaucht war, der ansonsten nie zu finden war und immer durch Abwesenheit glänzte, hatte Jonathan keine Zeit gehabt, sich die Geschichte in Ruhe zurechtzulegen. Er spürte, dass ihm der Schweiß ausbrach.

»Ich ging also zum Haus hinunter, habe ziemlich laut ›Herr Dr. Kerner!‹ gerufen, bekam aber keine Antwort. Ich glaube, ich rief sogar ein paarmal, ich weiß es nicht genau. Jedenfalls ging ich dann einfach am Badezimmer vorbei um die Hausecke herum und sah nach ein paar Schritten den Mann auf der Erde liegen. Ich hab einen fürchterlichen Schreck gekriegt, bin zu ihm hingerannt, und da hab ich auch schon das ganze Blut gesehen.«

»Lebte er noch?«

»Ja. Er konnte nichts sagen, aber er röchelte ganz fürchterlich. Wenn er diese Geräusche nicht gemacht hätte, hätte ich gedacht, er wäre tot, denn seine Augen waren weit offen und ganz starr. Er bewegte die Lider nicht, blinzelte nicht ein einziges Mal, und das war schrecklich.«

»Was haben Sie dann gemacht?«

»Ich konnte kaum sprechen, so hab ich gezittert. Ich weiß auch nicht mehr, was ich genau gesagt habe, ich glaube, so etwas wie: nicht bewegen, gleich kommt der Arzt, keine

Angst, es wird alles wieder gut … Aber dann hab ich schon gesehen, dass seine Augen so merkwürdig wegkippten, dann wurde sein Blick ganz glasig, und dann war er tot.«

»Woran haben Sie das gemerkt?«

»Na, weil er nicht mehr atmete!«, brüllte Jonathan. »Ich hab ihn angesprochen, hab ihn berührt, hab ihn ganz zart in die Wange gekniffen – er hat auf nichts reagiert. Vielleicht war er auch nicht tot, kann ja sein, ich dachte jedenfalls, dass er tot ist. Und in diesem Moment tauchte Gianni auf, und ich hab ihn gebeten, seinen Vater anzurufen. Ich selbst habe den Rettungsdienst alarmiert.«

»Warum denn den Rettungsdienst, wenn Sie doch dachten, er wäre tot?«, hakte Alfonso stur und emotionslos nach, und Jonathan hasste ihn in diesem Moment.

»Himmelherrgott nochmal! Was sollte ich denn machen? Ich war völlig durcheinander! Natürlich dachte ich, dass er tot ist, aber ich wollte nicht, dass mir hinterher irgendjemand vorwirft, ich hätte nicht alles versucht, ihn zu retten! Es dauert immerhin lange genug, bis der Rettungsdienst auf La Passerella ist!«

Jonathan war mit den Nerven fertig. Neri legte ihm die Hand auf den Arm. »Bitte, reg dich nicht auf. Niemand macht dir irgendeinen Vorwurf. Du hast getan, was du konntest. Wir werden jetzt Ivo anrufen, damit er die Leiche abtransportiert.«

Ivo war der örtliche Bestattungsunternehmer, der Einzige im Ort, der seinen Mitbürgern keine gute Gesundheit und ein langes Leben wünschte, sondern in der Bar della Piazza saß und darauf wartete, dass er den nächsten Toten mit den Füßen voran aus seiner Wohnung holen durfte. Jeden Sonntag betete er in der Kirche um die Gnade des Todes, nicht für sich selbst, sondern für seine Mitmenschen, aber Gott erhörte ihn nicht oft, die meisten Menschen in Ambra erreichten ein biblisches Alter. Wenn jemand im Dorf blass und krank aussah und wirkte, als würde er jeden Moment tot umfallen, dann war es Ivo selbst.

»Was ist mit seiner Frau?«, bemerkte Sofia mit leiser Stimme. »Ihr könnt ihn doch nicht wegbringen, ohne dass sie von ihm Abschied genommen und überhaupt begriffen hat, was passiert ist!«

»Stimmt. Da hat sie Recht.« Neri sah Jonathan an. »Hat die Signora ein Handy, und weißt du die Nummer?«

Jonathan schüttelte den Kopf. »Nein. Keine Ahnung. Wir haben uns ja im Grunde auch erst gestern Abend ein wenig kennengelernt.«

»Also warten wir. Wäre es vielleicht möglich, dass wir ein Laken über den Toten decken?«

»Natürlich!« Jonathan lief ins Haus. Im Schlafzimmer stand eine Truhe, in der die frische Bettwäsche aufbewahrt wurde. Jonathan nahm ein Laken heraus, lief zurück zu der Leiche und deckte das Tuch vorsichtig, fast zärtlich über den Toten.

PRIMA, PAPS. ES HAT ALLES FABELHAFT GEKLAPPT.

»Brauchen Sie uns noch?«, fragte der Arzt. »Es gibt viele dringende Dinge, die ich ansonsten erledigen müsste.«

»Nein, wir brauchen Sie nicht mehr. Fahren Sie nur. Es ist so weit alles in Ordnung.«

Der Arzt übergab Neri den Totenschein, auf dem »Unfall« und »kein Fremdverschulden« angekreuzt war.

Alfonso widersprach Neri nicht, was aber nur daran lag, dass seine Kopfschmerzen regelrecht hämmerten und ihm das Denken schwermachten. Aber für ihn war an diesem Fall überhaupt nichts in Ordnung. Sein Bauchgefühl sagte ihm, dass man so ohne weiteres nicht einfach rückwärts eine Treppe hinunterfiel und dann dabei auch noch gleich zu Tode kam. Ihm stank die ganze Sache, aber er fühlte sich heute Morgen einer Auseinandersetzung mit Neri nicht gewachsen. Es ist zum Verrücktwerden, dachte er, monatelang passierte in diesem Käsenest gar nichts, aber wenn man einmal einen über den Durst trank, stolperte man gleich in so eine komplizierte Kiste.

Der Arzt nickte den Anwesenden zu und fuhr zusammen mit seinen Kollegen im Wagen der Ambulanza davon. Er wollte mit der Angelegenheit nichts weiter zu tun haben, denn wenn ein deutscher Tourist zu Schaden kam, gab es immer Scherereien mit den Behörden.

So ähnlich dachte auch Neri, als er mit auf dem Rücken verschränkten Armen am Pool auf und ab ging.

Allmählich wurde es warm, die Sonne schien von Minute zu Minute mehr Kraft zu entwickeln, und Neri begann, in seiner Uniform zu schwitzen.

Jetzt war es erst einmal wichtig, dass der Tote so schnell wie möglich nach Deutschland verfrachtet wurde. Darum kümmerte sich normalerweise auch Ivo. Nicht gerne zwar, weil ihm eine Beerdigung in Italien viel mehr Geld einbrachte, aber immerhin. Es war besser als nichts.

Alfonso war zu dem Toten getreten, zog ihm das Laken vom Gesicht und sah ihn noch einmal nachdenklich an. Er konnte sich einfach nicht damit abfinden, dass die Sache einfach so zu den Akten gelegt werden sollte. So stirbt man nicht, dachte er. Nicht einfach so an einem sonnigen Morgen in der Toskana, ohne Grund und ohne Anlass. Der Arzt hatte weder einen Herzinfarkt noch irgendetwas anderes festgestellt, das zu einer momentanen Übelkeit, einer kurzen Schwäche oder Bewusstlosigkeit hätte führen können. Der Mann war völlig gesund und fiel rückwärts die Treppe runter. So etwas gab es einfach nicht.

»Lass gut sein, Alfonso«, sagte Neri scherzhaft, »auch wenn du ihn noch fünf Stunden anstarrst, wird er dir nicht erzählen, warum ihm schwindlig geworden ist und er den Halt verloren hat.«

Alfonso hätte Neri für diesen dummen Satz würgen können, aber er sagte nichts und deckte das Laken wieder über das blutige, mittlerweile braun verkrustete Gesicht.

Neri legte den Arm um Jonathans Schultern. »Es tut mir so verdammt leid für dich«, sagte er leise, »aber mit Vermietungen ist das so eine Sache. Die Leute kriegen Herzinfarkte, Schlaganfälle, fallen Treppen hinunter, werden im Pool bewusstlos und ertrinken, nehmen sich mit Blick auf den herrlichen Sonnenuntergang das Leben, verirren sich beim Wandern, verunglücken auf der Straße, werden vom Blitz getroffen, von Vipern gebissen oder versehentlich von Jägern erschossen. Haben wir alles schon gehabt. Dein Gast hier hatte heute Morgen einfach Pech. Aber ich helfe dir, dass du da keine großen Schwierigkeiten kriegst und dass dieses Desaster schnell über die Bühne geht.«

»Das ist nett von dir, Donato«, murmelte Jonathan und war in diesem Moment unendlich dankbar.

Natürlich war nichts von all diesen Schauerszenarien beim Agriturismo im Valdambra je passiert. Neri hätte es sich gewünscht, weil es neben dem Bleistiftspitzen eine Abwechslung geboten hätte. Aber die Touristen liefen quietschfidel in kurzen Hosen und Sandalen durch die Gegend, auch wenn es schüttete und der Wetterbericht fünfzehn Grad Höchsttemperatur versprach, suchten im Supermarkt Cola light und Nutella und holten sich höchstens mal einen Zeckenbiss, der bei ihnen dann allerdings eine mittelschwere Panik auslöste, mit der sich der Pronto Soccorso in Montevarchi herumschlagen musste.

Alfonso setzte sich auf den Mauervorsprung und rauchte eine Zigarette nach der anderen. Dadurch wurde sein Kopf zwar nicht besser, aber das war ihm egal. Er wollte nur noch weg hier. Weg, nach Hause und ins Bett.

SECHSUNDZWANZIG

Jetzt am Vormittag war der Himmel bereits leuchtend blau, was nicht selbstverständlich war, die letzten Tage waren durchweg diesig gewesen und der Himmel blass.

Ingrid fuhr bei weit geöffnetem Fenster langsam den holprigen Weg entlang und war richtig froh. Sie hatte neben vielen anderen Dingen ein paar Gamberetti zum Abendbrot besorgt, die gut zum Ciabatta passten, außerdem Parmaschinken und toskanische Salami, frischen Salat, Sellerie, Knoblauch und Tomaten und zum Frühstück Kirschen, Engelberts Lieblingsobst.

Was für ein herrlicher Tag, dachte sie und dankte dem Himmel für die tiefe Zufriedenheit, die sie in diesem Moment empfand.

Kurz vor der Schlucht kam ihr ein Wagen der Ambulanz entgegen, was sie merkwürdig fand, da es an dieser Straße außer La Passerella keine weiteren einsamen Gehöfte gab.

Die beiden Wagen trafen sich an einer engen Stelle. Ingrid setzte ein paar Meter zurück und fuhr rückwärts in einen schmalen, zugewucherten Weg, damit der Krankenwagen passieren konnte.

Ingrid fand die Begegnung mit dem Notarzt zwar irgendwie irritierend, zwang sich aber, nicht mehr daran zu denken. Der Tag war viel zu schön, um sich darüber den Kopf zu zerbrechen.

Als sie La Passerella erreichte, sah sie als Erstes das Auto der Carabinieri. Jetzt bekam sie es mit der Angst zu tun. Erst der Krankenwagen, dann die Carabinieri. Was war hier passiert?

Sie fuhr vor bis zur Casa Gioia, stieg aus, nahm ihre Einkaufstüten und ging am Haus entlang. Da hörte sie schon die Stimmen, und ihr Herz begann noch schneller zu schlagen.

Das Erste, was sie sah, als sie um die Hausecke bog, war ein weißes Laken auf dem Fußboden am Ende der Treppe. Ein weißer Fleck zwischen blühenden Geranien, Hibiskussträuchern, Rosenstöcken und Oleanderbüschen, der in der Sonne blendete. Es war etwas, das da ganz und gar nicht hingehörte und ihr Angst machte. Undeutlich zeichnete sich unter dem Laken die Form eines Körpers ab.

Sie registrierte unscharf, dass Jonathan Valentini und zwei Carabinieri sie anstarrten, Sofia saß auf dem kleinen Mäuerchen und hatte verweinte Augen. Engelbert war nicht da.

»Engelbert«, flüsterte sie, aber niemand reagierte.

»Engelbert«, sagte sie noch einmal, aber ihr Ton klang wie eine Frage.

Schließlich ging Jonathan auf sie zu und legte ihr den Arm um die Schulter.

»Frau Kerner«, sagte er leise und betont ruhig, »Ihr Mann hatte einen schrecklichen Unfall. Er ist diese Treppe hier hinuntergestürzt.«

»Und?« Ihre Stimme kippte weg, sie klang hoch und ganz jung.

»Er ist tot, Frau Kerner, und es tut mir so unendlich leid!« Er nahm sie in den Arm und wollte ihr Gesicht an seine Schulter drücken, aber sie schob ihn weg und ging zu der Stelle, wo der Leichnam ihres Mannes unter dem Laken lag.

Neri und Alfonso traten auf sie zu, gaben ihr die Hand und verbeugten sich leicht.

»Mi dispiace«, sagten beide.

Ingrid sah aus, als hätte sie weder etwas gehört noch etwas begriffen, denn sie wirkte sehr gefasst, hockte sich hin und hob das Laken an.

Der Anblick des blutüberströmten Gesichts mit den starren toten Augen, die gen Himmel blickten, traf sie wie ein Keulenschlag.

»Sieh mich an!«, flüsterte sie. »Bitte, sieh mich an. Engelbert, bitte!« Sie nahm seinen blutüberströmten Kopf in beide Hände und streichelte ihn. Dann drückte sie ihre Wange gegen seine.

»Engelbert! Komm zu mir zurück! Bitte, Liebster!«

Niemand sagte ein Wort, noch nicht einmal ein Räuspern war zu hören.

Ingrid legte ihren Kopf auf seine Brust und weinte.

Irgendwann, mehrere Stunden später, war die Leiche abtransportiert, die Carabinieri weggefahren, und Jonathan und Sofia hatten sich zurückgezogen, aber nicht ohne Ingrid mehrmals freundlich und ausdrücklich zu sagen: »Bitte sagen Sie Bescheid, wenn Sie irgendetwas brauchen. Wir sind für Sie da. Rund um die Uhr!«

Ingrid hatte nur genickt.

Jetzt saß sie vor dem Haus auf der Terrasse und sah über das Land. Es war kurz nach vier. Vereinzelt zogen ein paar leuchtend weiße Nachmittagswölkchen am blauen Himmel vorüber. ›Schönwetterwolken‹, hatte ihre Mutter immer gesagt, ›die schaden nicht, die werden von der Sonne gefressen.‹

Sie sah den Himmel und die Wolken, in der Ferne das gewaltige Massiv des Monte Amiata und die in der Hitze flimmernde, unscharfe Silhouette Sienas. Die Autos auf der Schnellstraße schienen durch die Entfernung extrem langsam zu fahren und wirkten winzig wie Spielzeug.

In jedem Wagen sitzt ein Mensch, dachte Ingrid, und jeder von ihnen hat ein Ziel, eine Aufgabe, ein Zuhause. Jemanden, der auf ihn wartet. Eine Familie, eine Hoffnung und eine Zukunft.

Ich habe nichts mehr. Mit Engelbert habe ich die Lust verloren, weiter auf dieser Welt zu leben. Bis gestern war dieser Blick traumhaft, heute bedeutet er mir nichts mehr. Ich habe weder die Kraft noch den Willen, mich neu zu orientieren und mich allein zurechtzufinden. Ich glaube auch nicht mehr daran, dass ich mich jemals wieder über etwas freuen werde, ohne die Freude mit Engelbert teilen zu können.

Ich bin am Ende.

Sie stand auf und ging ins Haus. Legte sich ins Bett und wünschte sich, einzuschlafen und nie mehr aufzuwachen.

SIEBENUNDZWANZIG

»Buongiorno, junger Mann!«, sagte Oma, als Neri zum Abendessen in die Küche kam.

Neri ignorierte die Begrüßung, setzte sich und schlug die *La Nazione* auf. Es hatte einfach keinen Zweck, sich mit Oma zu unterhalten, außerdem ging ihm die ganze Situation unsagbar auf die Nerven. Zumal er sowieso nicht bei der Sache war. In Gedanken war er bei Jonathan und Sofia und bei der Ehefrau des Toten, die er am liebsten ins Krankenhaus eingeliefert hätte, weil sie einen Schock hatte und völlig hysterisch war. Aber sie hatte sich dagegen gewehrt. Wahrscheinlich hatte sie Angst vor italienischen Krankenhäusern, in denen sie sich noch hilfloser fühlen musste, als sie ohnehin schon war. Auf jeden Fall hatte er noch nie in seinem Leben einen so blassen Menschen gesehen. Als wenn kein Tropfen Blut mehr in ihren Adern flösse.

»Wollen Sie sich nicht vorstellen?«, fragte Oma spitz und sah Neri aufmüpfig an.

Neri war hinter seiner Zeitung verschwunden und reagierte gar nicht.

»Mama, das ist Donato, mein Mann. Er braucht sich nicht vorzustellen, er wohnt hier.« Gabriella seufzte, weil sie diese Erklärung fast jeden Tag abgeben musste.

»Ach so. Na, das kann man ja nicht ahnen. Mir sagt ja keiner was.« Oma war beleidigt.

Neri legte die Zeitung weg. Er hatte keine Lust mehr, sich ständig zu verstecken, nur weil Oma ihn nicht kannte oder nicht kennen wollte und ihn schikanierte. Er war es leid. Er wollte sich mit Gabriella unterhalten, wenn er nach Hause kam, so wie früher, wollte ihre Meinung hören, auch wenn sie ihn manchmal aufregte. Immer noch besser als dieses Schweigen, um nicht noch mehr blödsinnige Bemerkungen seiner Schwiegermutter zu provozieren.

»Ich war heute bei den Valentinis«, sagte er.

»Ach?« Gabriella hörte auf, Karotten zu schälen und sah auf. »Wie geht's Jonathan? Und vor allem Sofia?«

»Ganz gut, aber sie haben ein Problem. Einer ihrer Feriengäste ist die Treppe runtergefallen. Er ist tot.«

»Waaaas?« Gabriella setzte sich. Zum ersten Mal seit langer Zeit war sie wieder ganz auf ihn konzentriert und nicht auf Oma.

»Ja. Üble Geschichte. Aber so was kommt eben vor.«

In diesem Moment kam Gianni in die Küche und öffnete den Kühlschrank.

»Kein Bier mehr da?«

»Nein.«

»Ist ja zum Kotzen.«

»Ja.« Gabriella wollte mehr von den Valentinis hören und sich nicht über fehlendes Bier unterhalten. Sie mochte die beiden sehr.

»Erzähl mal ganz genau, was auf La Passerella passiert ist!«, bat sie Neri. »Bitte!«

Gianni wollte eigentlich gerade wieder die Küche verlassen, aber jetzt blieb er und sah seinen Vater abwartend an.

»Wann gibt es hier denn endlich was zu essen?«, fragte Oma.

»Gleich«, meinte Gabriella unwirsch.

»Ich habe Hunger.«

»Ja, ich weiß. Aber du wirst doch wohl noch einen Moment warten können! Geh in dein Zimmer und löse ein Kreuzworträtsel. Wenn du fertig bist, bin ich hier auch fertig.«

»Ach! Du willst mich loswerden!« Oma verschränkte kampfeslustig die Arme.

»Also, was war bei den Valentinis?« Gabriella hatte beschlossen, Oma einfach zu ignorieren.

»Ein Gast ist die Steintreppe zum Pool runtergefallen und hat sich den Hinterkopf aufgeschlagen. So unglücklich, dass er daran gestorben ist. Jonathan und Sofia sind völlig verstört, das kannst du dir vorstellen.«

»Er ist rückwärts runtergefallen?«

Neri nickte. »Davon gehen wir aus.«

»Wieso das denn?«, bohrte Gabriella. »Ich kenne die Treppe. Wenn man sie runtergehen will und dabei stolpert oder danebentritt, dann fällt man sie vorwärts runter. Da kann man sich vielleicht noch mit den Armen abfangen und bricht sich die Handgelenke. Aber kein Mensch fällt rückwärts!«

»Er ist aber rückwärts gefallen! Mein Gott, wir waren ja nicht dabei! Vielleicht ist er die Treppe raufgegangen und rückwärts runtergefallen. Oder er hat sich in der Luft gedreht?«

»Dazu ist die Treppe zu kurz, Tesoro. Es sind fünf oder sechs Stufen.«

»Neun.«

»Gut, dann eben neun. Egal. Aber da kann man keine Pirouetten drehen. Und wenn man rückwärts runterfällt, wurde man wahrscheinlich von oben gestoßen, Neri. Darüber solltest du dir mal ein paar Gedanken machen.«

»Wenn du meinst.« Neri wurde schon wieder ungehalten. Es war fürchterlich. Gabriella wusste immer alles besser. »Jedenfalls ist er auf den Hinterkopf gefallen, lag auf dem Rücken und gab keinen Mucks mehr von sich. Und so hat ihn Jonathan gefunden, als er nach der Wasserpumpe sehen wollte.«

»Es ist doch wurscht, ob Jonathan die Pumpe reparieren, Blumen gießen oder in der Nase bohren wollte! Wichtig ist, dass kein Mensch ohne Grund rückwärts eine Treppe runterfällt. Wenn man beim Hochlaufen ins Straucheln kommt, fällt man die Treppe rauf. Und dabei passiert nicht viel. Das musst du dir mal überlegen, und da würde ich nachhaken.«

»Wie denn ›nachhaken‹?«

»Na, ermitteln eben. Das ist schließlich dein Job!«

Neri spürte, dass der Zorn wie giftige Galle in ihm hochstieg. »Herrgott nochmal, Gabriella! Der Mann war allein! Seine Frau war einkaufen gefahren. Wer sollte ihn denn da schubsen? Gianni vielleicht? Du musst nicht überall Gespenster und Meuchelmörder sehen. Es gibt auch ganz verfluchte, aber stinknormale Unfälle auf der Welt!«

»Er hat ihn nicht tot gefunden«, sagte Gianni in einen Moment der Stille, und alle zuckten erschrocken zusammen, weil es Monate, gefühlte Jahre her war, dass sich Gianni an einem Gespräch beteiligt hatte.

»Wie meinst du das?«, stotterte Neri.

»Ich meine, dass er ihn nicht tot gefunden hat.« Gianni verdrehte die Augen. So ein einfacher Satz müsste doch eigentlich zu verstehen sein. »Jonathan war bei ihm, und der Tote hat geschrien.«

»Hast du das gesehen?«

»Nee, nur gehört. Ich war da noch zu weit weg. Aber es war ziemlich laut.«

»Wie hörte sich das denn an?« Jetzt stellte Gabriella die Fragen.

»So wie man wahrscheinlich schreien würde, wenn man ohne Narkose operiert wird.«

Gabriella sah ihren Mann eindringlich an und beugte sich ein Stück näher zu ihm vor. »Schreit man, wenn man die Treppe runtergefallen ist, Neri?«

Neri zuckte die Achseln. »Was weiß ich? Ich bin noch keine Treppe runtergefallen. Der eine schreit, der andere nicht. Das ist wahrscheinlich ganz unterschiedlich.«

»Blödsinn. Man schreit nicht! Man liegt da und hat einen Schock. Und auch wenn man sich sonst was gebrochen hat – der Körper empfindet im ersten Moment noch keinen Schmerz. Man weiß, dass etwas Fürchterliches mit einem passiert ist, aber man kann es noch nicht verstehen. Auf jeden Fall schreit man nicht. Erst später, wenn die Schmerzen einsetzen.«

»Und das weißt du alles?«

»Ja, das weiß ich, weil ich als Kind nämlich mal aus dem fahrenden Bus gefallen bin und mir ein Bein gebrochen habe.«

»Mein Gott, Kind, das ist ja schrecklich! Davon hast du mir nie etwas erzählt!«, krähte Oma dazwischen, aber niemand kümmerte sich darum.

»Das kann ja alles sein, Gabriella. Tatsache ist jedenfalls, dass dieser Dr. Kerner geschrien hat. Punktum.«

»Und genau das finde ich merkwürdig. Normalerweise schreit ein Mensch nur, wenn er extreme Angst hat, in Panik ist, auf sich aufmerksam machen will oder Fürchterliches erwartet. Aber wenn er begreift: Das ist mir passiert, jetzt ist es vorbei, schlimmer wird's nicht – dann schreit er nicht. Und auf gar keinen Fall schreit er, wenn jemand bei ihm ist, der ihm helfen will.« Gabriella ärgerte sich, dass Neri offensichtlich gar keine Lust hatte, den Unfall ein bisschen zu hinterfragen. Daher wandte sie sich wieder an Gianni.

»Und dann? Was ist dann passiert?«

»Mehr hab ich nicht gehört. Als ich um die Hausecke gebogen bin, hat Jonathan sich erschrocken, als er mich gesehen hat, und gesagt, der Typ wäre tot und ich sollte Bappo anrufen.«

»Ich hab Hunger«, quengelte Oma, aber niemand beachtete sie.

»Was sagst du dazu, Neri?« Gabriella sah ihren Mann mit klarem, aufmerksamem Blick an.

»Nichts. Ob er noch ein paar Sekunden gelebt hat, als Jonathan dazukam, ändert ja nichts an der Tatsache. Er ist ihm wahrscheinlich einfach unter den Händen weggestorben.«

»Und warum hat er dir das dann nicht auch genauso erzählt?«

»Das hat er mir ja genauso erzählt!«

»Dann hast *du* es mir eben aber ganz falsch erzählt!«

»Ja, kann sein, Gabriella, ich hab jetzt nicht jeden Satz auswendig gelernt, und ich bin auch ein bisschen fertig nach der ganzen Sache, das kannst du mir glauben.«

»Das glaub ich dir ja.« Ihre Stimme wurde weich, und sie schlug bewusst diesen sanften Tonfall an, weil sie wusste, dass sie ihn dann besser erreichte. So hörte er ihr wenigstens zu. Wenn sie ihn kritisierte, machte er dicht oder ging aus dem Zimmer. »Vielleicht solltest du so bald wie möglich ein ganz detailliertes Gedankenprotokoll anfertigen, solange du dich noch erinnerst, damit du nicht noch mehr vergisst.«

Neri nickte, obwohl es ihn ungemein störte, dass sie ihn wie einen dummen Schuljungen behandelte. Aber warum hatte Jonathan nicht erzählt, dass der Gast vor Schmerzen geschrien hatte? *Er konnte nichts sagen, er röchelte ganz fürchterlich.* Das war Jonathans Aussage gewesen, und das hörte sich ganz anders an.

»Könnte es vielleicht sein, dass Jonathan sich mit diesem Gast gestritten hat und irgendwas mit der Sache zu tun hat?«, erkundigte sich Gabriella vorsichtig. »Ich meine, fragen und nachdenken kostet ja nichts …«

»Nein, das kann nicht sein«, explodierte Neri, »deine Horrorfantasien gehen mir auf den Geist, Gabriella, und jetzt möchte ich davon nichts mehr hören! Keinen Ton! Sondern endlich – verdammt nochmal – was essen!«

»Guter Junge«, kommentierte Oma und sah Neri dankbar an. Offensichtlich war dieser Fremde der Einzige, der ihr zugehört hatte und sich dafür interessierte, was sie sagte.

SOFIA

ACHTUNDZWANZIG

Den Abschied von Sofia konnte er einfach nicht vergessen. Sie hatte sich verzweifelt an ihn geklammert, geschluchzt und geweint und ihn unaufhörlich angefleht, nicht wegzufahren.

»Ich kann nicht leben ohne dich, Jonathan! Und ich will auch nicht mehr leben ohne dich!«

»Ich komme wieder, Sofia. Das verspreche ich dir! Aber siehst du denn nicht ein, dass ich da hinfahren muss? Ich will kondolieren, und es geht nicht, dass ich jetzt einfach nur eine Antwort schicke, und das war's dann.«

»Ja«, hauchte sie. »Aber trotzdem.«

Fünf Tage nachdem die Leiche Dr. Kerners nach Deutschland überführt worden war, kam die Todesanzeige.

Was einer ist, was einer war,
beim Scheiden wird es offenbar.
Wir hören's nicht, wenn Gottes Weise summt;
Wir schaudern erst, wenn sie verstummt.

Hans Carossa (1878–1956)

stand oben links in der Ecke.

Und darunter:

DR. ENGELBERT KERNER
(23.3.1945 – 14.6.2007)

wurde durch einen tragischen Unfall
aus unserer Mitte gerissen.

In tiefer Trauer
Ingrid Kerner
und Familie

Die Beerdigung findet am 24.6. um 10 Uhr 30 auf dem Marienfriedhof in der Waldstraße statt, mit anschließender Trauerfeier im Restaurant Zur Linde.

Statt Blumen erbitten wir eine Spende an das Unfallopfer-Netz e.V.

Er las die Karte bestimmt fünfundzwanzigmal.

FAHR HIN!, schrie die Stimme.

Engelberts Familie würde bei der Beerdigung anwesend sein, außerdem Kollegen, Bekannte und Freunde. Hundertprozentig Engelberts bester Freund, der Ingenieur. Und ganz bestimmt auch dessen Sohn Tobias, der gefeierte Jurist.

Und somit stand sein Entschluss fest.

Mit zitternden Fingern fuhr Sofia ihm durch die Haare und übers Gesicht, streichelte ihn und weinte dabei.

»Ich liebe dich so sehr«, flüsterte sie, »das kannst du dir vielleicht gar nicht vorstellen.«

»Doch, das kann ich.« Er küsste sie und schmeckte ihre salzigen Tränen.

»Was soll ich bloß tun?«

»Wir telefonieren jeden Tag. Und du darfst niemals daran zweifeln, dass ich wiederkomme. Keine Sekunde. Du musst einfach an mich und an uns glauben.«

Sie nickte.

Er nahm sie in den Arm und küsste sie lange. »Pass auf dich auf.«

Dann stieg er in den Wagen und startete den Motor. Als er losfuhr, sagte sie nichts mehr, sie stand nur da, winkte und sah aus, als würde sie jeden Moment einfach umfallen, weil ihr Herz sich weigerte weiterzuschlagen, wenn er nicht in ihrer Nähe war.

Jetzt hielt er vor der Bar, um sich ein paar belegte Brötchen für die lange Fahrt zu kaufen, und wurde dieses Bild nicht mehr los. Daher überlegte er ernsthaft umzukehren. Einfach in Italien zu bleiben, so weiterzuleben wie bisher und zu versuchen zu vergessen. Bestimmt würde irgendwann auch das Bild des Dr. Kerner in seiner Erinnerung verblassen.

Es war ganz einfach. Er brauchte nur den Motor zu starten, zurück nach La Passerella zu fahren, und nichts würde geschehen. Die Leiche würde in Kürze beerdigt sein, er hatte keine Schwierigkeiten bekommen, die Carabinieri hatten sich mit seiner Schilderung zufriedengegeben, obwohl er genau wusste, dass Alfonso seine Zweifel hatte.

Alles war gut. Er sollte es nicht aufs Spiel setzen.

FAHR ENDLICH LOS!

Sofia tut mir so leid.

FAHR!

Sie war also wieder da. Sagte ihm, was zu tun war, und nahm ihm die Entscheidungen ab.

Er betrat die Bar, kaufte drei belegte Brötchen mit Schinken und Käse und machte sich auf den Weg nach Deutschland.

Kurz hinter dem Brenner hatte er eine heftige Müdigkeitsattacke und wäre beinah am Steuer eingeschlafen, daher bog er unmittelbar nach der deutschen Grenze auf die Landstraße ab und suchte sich ein Hotel.

Er bekam ein kleines Zimmer in einem ländlichen Gasthof mit einem winzigen Balkon, einem Trockenblumenstrauß auf dem Tisch und einem zu kurzen Bett. Aber er spürte ein undefinierbares Gefühl von Freiheit, obwohl er Sofia vermisste. In seinem früheren Leben hatte er in allen Ritz Carltons, Steigenbergers, Radissons, Intercontis und Hiltons dieser Welt übernachtet, hatte sich aufgeregt, wenn der Prosecco in der Minibar fehlte, im Badezimmer ein Haar zu finden war, die Nachttischlampe nicht brannte und der bestellte Salat eher als Dekoration denn als Zwischenmahlzeit zu bezeichnen war. Er hatte sich auf höchstem Niveau aufgeregt, und jetzt war er in diesem primitiven Zimmer, das sicher keinem Zwei-Sterne-Standard entsprach und weit davon entfernt war, überhaupt über eine Minibar zu verfügen, absolut zufrieden.

Das Leben kann so einfach sein, dachte er und ging hinunter zur Rezeption, um sich zwei Bier zu holen, die der Pförtner an Ort und Stelle öffnete. Er bot noch an, ein Glas aus der Küche zu besorgen, Jonathan lehnte jedoch dankend ab. Vielleicht in Erinnerung an vergangene Zeiten, als er wochenlang nur aus der Flasche getrunken hatte.

Diagonal im Doppelbett liegend, trank er das Bier in kleinen Schlucken und merkte, wie die Müdigkeit langsam in ihm hochkroch und binnen einer Stunde seinen ganzen Körper erfüllte. Er fühlte sich so schwer, als drückten ihm Sandsäcke auf Brust und Beine, und konnte sich nicht mehr wehren. Er vergaß sogar, Sofia anzurufen, und schlief einfach ein. Ohne sich auszuziehen, ohne sich die Zähne zu putzen, ohne das Licht zu löschen und ohne daran zu denken, was er noch vor sich hatte.

Der Morgen war hell und klar. Vor den Bergen hing eine dünne Nebelschnur, Relikte der Nacht und ohne Bedeutung für das Wetter des Tages. Der Autoradiowetterbericht hatte ein stabiles Hoch sowohl über Italien als auch über Österreich und Deutschland angesagt, und Jonathan atmete auf dem Balkon, der so schmal war, dass kaum ein Stuhl darauf passte, die frische kühle Morgenluft tief ein. Anschließend duschte er kurz und fuhr nach einem frustrierend kargen Frühstück weiter.

Während der gesamten Fahrt sprach die Stimme kein Wort.

Um sechzehn Uhr passierte er den Berliner Bären, der auf dem Mittelstreifen der Autobahn stand und anzeigte, dass jetzt das Berliner Stadtgebiet begann. Er fuhr bis zum Funkturm und verließ dann die Autobahn. Es war Jahre her, aber er glaubte sich an eine kleine verschwiegene Pension in Wilmersdorf zu erinnern. Er wollte seine Ruhe haben, ein Hotel ohne Rezeption.

Jonathan fand die Pension auf Anhieb. Er klingelte, aber niemand öffnete. Auf dem messingfarbenen Pensionsschild war eine Telefonnummer eingraviert, die er mit seinem Handy anrief.

»Ich komme sofort«, sagte eine erfreute Frauenstimme. »In zehn Minuten bin ich da.«

»Kein Problem, ich warte.« So hatte er sich das vorgestellt. Wahrscheinlich musste er eine gewisse Zeit im Voraus bezahlen, bekam einen Haus- und einen Zimmerschlüssel und konnte kommen und gehen, tun und lassen, was er wollte.

Eine halbe Stunde später hatte er bei einer freundlichen Sechzigjährigen vierhundertachtzig Euro für eine komplette Woche bezahlt, hatte die Schlüssel erhalten und packte jetzt seine Sachen aus.

Die Pension lag im vierten Stock eines Altbaus, den man zu Fuß über eine breite Treppe mit angenehm flachen Stufen oder mit einem klapprigen Fahrstuhl, der beängstigend ratternde und scheppernde Geräusche machte, erreichte. Jonathans Zimmer war groß und hell, hatte eine hohe stuckverzierte Decke und war eingerichtet wie zu Großmutters Zeiten. Dennoch faszinierten ihn das geschwungene Messingbett, der Kleiderschrank aus dunklem Eichenholz und das knarrende Parkett.

Als seine Kleider verstaut waren, ließ er das Fenster offen und ging zum Griechen an der Ecke. Er brauchte jetzt dringend etwas zu essen und ein paar Gläser Retsina, um sich abzulenken. Denn er bekam fürchterliches Herzklopfen, wenn er an morgen dachte.

Als er erwachte, war strahlend schönes Wetter, das ihn an Italien erinnerte. Sommer in Berlin. Warm, windstill und sonnig. Absolut kein Wetter für eine Beerdigung. An einem Grab zu stehen assoziierte er immer mit Regen und Kälte.

In der Küche stand ein kleines Transistorradio, das er einschaltete. Der Stadtsender, der eingestellt war, sagte zweiunddreißig Grad voraus.

Er hatte noch zwei Stunden Zeit. Im Bad blieb er vor dem Spiegel stehen. Es war jetzt neun Jahre her, dass Tobias Altmann ihn gesehen hatte. Im Gerichtssaal und in den paar Sekunden auf dem Flur, als er sich entschuldigt hatte. Damals hatte Jonathan kaputt, krank und völlig verwahrlost ausgesehen. Er hatte lange, ausgefranste Haare, einen Fünf- bis Sechstagebart und dunkle Schatten um die Augen gehabt. Jetzt war er ein völlig anderer Mensch. Hatte kurze Haare, eine leichte, gesunde Bräune und glatt rasierte, gepflegte Haut. Mit großer Wahrscheinlichkeit war er für Tobias nicht wiederzuerkennen, aber sicherheitshalber rasierte er sich den Schädel noch vollkommen kahl. Mit dem Ergebnis war er sehr zufrieden, erkannte sich selbst kaum wieder und fühlte sich vollkommen entstellt.

Anschließend duschte er, zog sich eine leichte Sommerhose an und ging frühstücken. Kaffee, Marmelade und ein leichtes Croissant. Danach quälte er sich in seinen schwarzen Anzug, den er ewig nicht mehr getragen hatte. Aber er passte noch, in den letzten Jahren hatte er seine Figur gehalten. Er versuchte sich zu erinnern, wann er den Anzug das letzte Mal bei einer Premiere, einem Ball oder Event gebraucht hatte, aber es gelang ihm nicht.

In einer Blumenhandlung kaufte er eine weiße Lilie, rief ein Taxi, setzte sich eine dunkle Sonnenbrille auf und machte sich auf den Weg zum Marienfriedhof, um den Mörder seiner Tochter zu treffen.

Vor der Kapelle waren mindestens fünfzig Leute versammelt. Jonathan wusste, dass er nicht gut schätzen konnte, vielleicht waren es auch achtzig oder mehr.

Er stand ein bisschen verloren herum, trat von einem Fuß auf den anderen und merkte, dass ihm in seinem Anzug allmählich der Schweiß ausbrach. Die Gesichter waren ihm alle fremd.

Um fünf Minuten vor halb elf fuhr ein dunkler Audi vor, und Ingrid stieg aus. Am Steuer saß eine sportliche Frau, die Jonathan ungefähr gleich alt schätzte, und ein blasser, beinah magerer Mann.

In diesem Moment folgte ein silbriger Mercedes und parkte unmittelbar hinter dem Audi. Jonathan erkannte den Fahrer am Steuer sofort: Tobias. Und neben ihm seine Frau.

Er ist es, dachte er, verdammt nochmal, er ist es wirklich. Hass stieg in ihm auf, und ihm wurde schwindlig.

Die fünf gingen in die Kapelle, wo Sitzplätze in der ersten Reihe für sie reserviert waren. Die übrigen Gäste folgten, aber ein Drittel musste draußen stehen bleiben, die Kapelle war zu klein.

Unter ihnen auch Jonathan.

Er wartete eine Dreiviertelstunde, hörte unterschiedliche Stimmen, die mehr oder minder salbungsvoll und nur von Orgelmusik unterbrochen Reden hielten, aber er konnte den Wortlaut nicht verstehen. Am Schluss ertönte der Song *San Francisco* von Scott McKenzie vom Band.

Aha, dachte Jonathan, ein Relikt der Männerfreundschaft oder Ingrids Erinnerung an romantische Stunden.

Als der Sarg aus der Kirche getragen wurde, stand Jonathan an der Seite und ließ den Trauerzug an sich vorbeiziehen. Sein Interesse galt vor allem Tobias und seiner Frau. Er erkannte ihn wieder, die Szene im Gerichtssaal hatte er noch klar vor Augen, aber Tobias hatte nichts Jungenhaftes mehr an sich, sondern war zu einem attraktiven, aber ernst wirkenden Mann gereift, was natürlich auch mit der Begräbnissituation zu tun haben konnte. Er trug einen perfekt sitzenden Anzug und hatte einen Kurzhaarschnitt. Seine Gesichtszüge waren ebenmäßig und strahlten Intelligenz aus, er machte alles in allem einen vertrauenerweckenden Eindruck.

Die Frau an seiner Seite hielt seine Hand und wirkte traurig. Sie war keine vollkommene Schönheit, aber eine interessante Person, auf die man aufmerksam wurde, wenn man sie sah. Selbst hier auf dem Friedhof und trotz ihrer Trauer hatte sie eine offene und lebensbejahende Ausstrahlung.

Jonathan suchte den Augenkontakt mit Tobias, er wollte testen, ob Tobias ihn ebenfalls erkannte oder von seinem Anblick zumindest irritiert war.

Doch nichts dergleichen geschah. Jonathan konnte sicher sein, dass er sich nicht an ihn erinnerte. Beruhigt und äußerst zufrieden schloss er sich nun dem Trauerzug an.

Auch am Grab stand Jonathan etwas abseits, aber so, dass er Tobias und seine Frau im Blick hatte.

GANZ RUHIG, sagte die Stimme, DU BRAUCHST JETZT VIEL GEDULD.

Der Sarg wurde in die Erde gelassen. Ingrid weinte nicht mehr. Mit trockenen Augen starrte sie in das Grab und versuchte zu begreifen, was gerade geschah. Dann warf sie als Erste drei Schaufeln Erde auf den Sarg und wandte sich schnell ab, als könne sie diesen Moment nicht länger ertragen.

Jonathan reihte sich in die lange Schlange derer ein, die auch Erde auf den Sarg warfen. Außerdem ließ er die Lilie ins Grab fallen.

Anschließend ging er zu Ingrid und sah die Überraschung in ihren Augen, als sie ihn erkannte.

»Es tut mir so unendlich leid«, sagte er leise und nahm ihre Hand in die seinen. »So unendlich leid. Bitte glauben Sie mir.«

Ein Lächeln huschte über Ingrids Gesicht. »Danke, vielen Dank. Es ist wirklich nett, dass Sie extra gekommen sind! Sehen wir uns noch zur Trauerfeier?« Jonathan nickte, deutete eine Verbeugung an und entfernte sich.

Das Restaurant Zur Linde lag neben dem Haupteingang zum Friedhof, nur ungefähr fünfzig Meter entfernt. Jonathan achtete darauf, nicht als Erster, aber auch nicht zu spät dort aufzutauchen, und bemühte sich, einen Platz in Tobias' und Leonies Nähe zu bekommen, was ihm auch gelang.

Ingrid hatte ein verspätetes Frühstück bestellt, mit süßen oder herzhaft belegten Brötchen, je nach Geschmack.

»Danke, dass ihr alle da seid«, begann sie, als die Gäste Platz genommen hatten, »es tröstet mich zu wissen, wie viele Freunde und Bekannte ich habe, die Engelbert auch mochten und die mich in dieser schweren Stunde nicht alleinlassen. Bitte greift zu, es ist genug da, bestellt euch Tee, Kaffee, auch Wein, wenn ihr wollt – alles kein Problem.« Sie setzte sich wieder und machte einen sehr gefassten Eindruck. Hella, die neben ihr saß, legte ihr den Arm um die Schulter.

Jonathan schwieg eine Weile und aß ein Lachsbrötchen. Dann lächelte er Leonie zu, die ihm gegenübersaß. Leonie lächelte zurück.

»Vielleicht darf ich mich vorstellen«, sagte Jonathan, »mein Name ist Jonathan Valentini. Ich lebe in Italien, und bei mir ist dieses schreckliche Unglück passiert.«

»Oh!«, meinte Leonie erschrocken.

Tobias sah auf. »Hatten Sie gerade in Deutschland zu tun, oder sind Sie extra wegen der Trauerfeier hergekommen?«

»Ich bin extra hierhergefahren. Ich dachte, ich wäre es zumindest seiner Frau schuldig, schließlich war es meine Treppe, die er hinuntergefallen ist. So profan sich das auch anhören mag.«

»Das finde ich hochanständig von Ihnen.«

Jonathan atmete tief durch und blickte auf seinen Teller. »Ich kann es immer noch nicht fassen. Er muss so unglücklich gestürzt sein … Das war wie der berühmte Bordstein, über den man stolpert und sich dabei das Genick bricht.«

Tobias ging nicht darauf ein und wechselte das Thema. »Seit wann leben Sie denn in Italien?«

»Oh, lassen Sie mich nachdenken … Ja, ich glaube, es sind jetzt schon zwanzig Jahre. Wieso fragen Sie?«

»Sie kommen mir irgendwie bekannt vor«, antwortete Tobias lächelnd. »Hatten wir schon mal irgendetwas miteinander zu tun?«

»Nein, nicht dass ich wüsste. Ich komme auch nur selten nach Deutschland. Es zieht mich nichts mehr hierher, und seit meiner Scheidung habe ich dazu überhaupt keinen Grund mehr. Ich glaube, ich war in den letzten zwanzig Jahren vielleicht dreimal zu einem Kurzbesuch hier. Und diese Besuche sind – so wie heute – meist nicht sehr angenehm.«

»Nein. Wahrlich nicht.«

Die Szene im Gerichtsflur hatte Jonathan deutlich vor Augen. Dieser verstörte junge Mann, der auf ihn zukam und eine verdammt unangenehme Pflicht erledigte: *»Ich bin Tobias Altmann, ich wollte Ihnen nur sagen, wie leid mir das mit Ihrer Tochter tut. Bitte entschuldigen Sie.«*

Jonathan überlegte, ob er Tobias erkannt hätte, wenn er nicht gewusst hätte, wer er war. In einem ganz anderen Umfeld, einer völlig anderen Situation. Vielleicht, vielleicht aber auch nicht. Tobias war älter geworden, trug die Haare anders, hatte eine Brille. Nein. Mit großer Wahrscheinlichkeit hätte er ihn nicht erkannt.

Leonie stand auf. »Ich setz mich mal rüber zu Hella.«

Tobias nahm sich ein weiteres Brötchen mit Schinken von der großen Platte in der Mitte des Tisches.

»Herr Dr. Kerner hat viel von Ihnen erzählt. Und von Ihrem Vater.«

»Ach?« Tobias sah auf.

»Ja. Wir haben am Abend vor seinem Tod zusammen gegessen. Er erzählte von Ihrem sagenhaften Jobangebot und war mächtig stolz auf Sie.«

Tobias nickte geschmeichelt, wollte aber nicht näher darauf eingehen.

»Sie sind also Anwalt? Für Wirtschaftskriminalität?«

»Ja.«

»Interessant.« Jonathan seufzte innerlich und nicht hörbar. Dieser Tobias war ein harter Brocken, für eine leichte, unverbindliche Konversation offensichtlich überhaupt nicht zu haben oder nicht geeignet.

»Kommen Sie«, versuchte es Jonathan erneut, »lassen Sie uns ein Glas Sekt zusammen trinken. Wo ist Ihre Frau? Will sie vielleicht auch mit anstoßen?«

»Sicher nicht.« Er beugte sich vor. »Rufen wir sie gar nicht erst, sie darf nämlich nichts trinken, sie ist schwanger!«

»Noch ein Grund mehr!« Jonathan winkte der Bedienung. »Bitte bringen Sie uns doch zwei Gläser Sekt!« Die Serviererin nickte stumm.

»Wann ist es denn so weit?«

»Ende Januar. So um den zwanzigsten herum.«

Jonathan hielt den Atem an, überlegte, und nur im Bruchteil einer Sekunde reiften in ihm ein Plan und ein Entschluss.

»Bei meiner Frau wird es so um Weihnachten herum sein«, sagte er schnell, »ein Christkind!«

»Wie?« Tobias lächelte. »Ihre Frau ist auch schwanger?«

»Ja!« Jonathan strahlte stolz.

»Das ist ja großartig!«

Die Bedienung brachte die beiden Gläser.

»Trinken wir auf unsere beiden hoffentlich gesunden Kinder!«

Sie stießen an, prosteten sich zu und tranken.

»Ingrid hat von Ihrem Anwesen erzählt, es muss wunderschön sein. Vielleicht kommen wir ja mal vorbei und machen ein paar Tage Urlaub!«

»Sie sind jederzeit herzlich willkommen!«

Bravo, Paps!

Leonie kam zurück an den Tisch. »Dein Vater ist ziemlich fertig, Tobi, vielleicht gehst du mal zu ihm.«

»Ja, das mach ich.« Tobias stand auf und zog eine Visitenkarte aus seiner Brusttasche. »Hier haben Sie unsere Adresse und Telefonnummer. Und falls Sie mal in Hamburg zu tun haben, schauen Sie doch einfach bei uns in Buchholz vorbei. Würde mich freuen!«

»Danke. Sehr freundlich.«

Tobias gab Jonathan die Hand, was Jonathan wunderte, da er davon ausging, dass Tobias sicher auf seinen Platz zurückkehren würde, aber dann dachte er nicht weiter darüber nach.

In der Tasche hatte er die Visitenkarte und befühlte sie mit den Fingern. Ihm wurde klar, dass dieses kleine Stück Papier wahrscheinlich das Wichtigste war, das er in den vergangenen Jahren in der Hand gehabt hatte.

NEUNUNDZWANZIG

Es war lausig kalt in der Kirche. Er hatte sich extra lange Unterwäsche, gefütterte Stiefel und den dicken Anorak angezogen, den er sonst bei der Feldarbeit trug, aber er fror trotzdem. Die lilafarbene Stola hatte er über den Anorak gehängt, es war ihm klar, dass sein Aufzug mehr als merkwürdig aussah, aber es war dunkel im Beichtstuhl. Er brauchte sich keine Gedanken zu machen, ob es irgendjemanden störte, denn er war allein. Wie fast jeden Samstagnachmittag saß er so in Dunkelheit und Kälte, aber es kam selten jemand. Unmittelbar vor Weihnachten und Ostern beichteten ein paar alte Frauen, und er fragte sich, warum. Es war ihnen kaum möglich zu sündigen, und außer dass sie einer Nachbarin im Streit die Pest an den Hals gewünscht hatten, gab es nichts zu sagen und nichts zu bereuen.

Er rieb sich die Hände und versuchte, die Zehen zu bewegen, damit seine Füße warm wurden, aber es half alles nichts. Ich werde Tiziano anrufen und mir eine kleine Lampe in den Beichtstuhl legen lassen, dann kann ich lesen, und die Zeit ist wenigstens nicht ganz verloren, überlegte er. Und ihm fiel ein, dass er noch das abgestorbene Holz aus dem Wald holen und die Erika auf dem Südhang in Richtung Berardenga schlagen musste. Das waren drei Hektar, und die brauchten ihre Zeit. Bis März musste er fertig sein, denn er wollte noch einen neuen Weinberg anlegen und die Oliven beschneiden. Dreihundert Bäume. Eine Heidenarbeit.

Er grinste, als ihm die Bedeutung dieses Wortes einfiel. Er war ein Gottesmann und hatte ständig eine »Heidenarbeit«. Aber anstatt im Wald zu schuften und wenigstens das eine oder andere zu erledigen, was ihn immer mit tiefer Befriedigung erfüllte, saß er hier dumm rum.

Er hielt seine Armbanduhr dicht vor die Augen und versuchte im Dunkeln das Ziffernblatt zu erkennen. Noch eine Viertelstunde.

Oh Herr, ich gehe, betete er. Ich halt's nicht mehr aus, es nervt mich. Es kommt ja doch keiner. Ich schließe jetzt die Kirche ab und nehme ein heißes Bad. Dieser wöchentliche Beichttermin in dieser eisigen Kirche war keine gute Idee von dir, wenn ich das sagen darf.

Don Lorenzo wollte gerade die Stola ablegen, als er die Kirchentür knarren hörte. Er verkniff sich innerlich einen deftigen Fluch, seufzte und verharrte auf seinem hölzernen Schemel. Dass Gott auf seine Kritik so schnell reagiert hatte, wunderte ihn wirklich.

Bereits als sie den Beichtstuhl betrat, spürte er, wie zart und jung sie war. Das war ungewöhnlich. Er konnte sich kaum erinnern, wann das letzte Mal ein junger Mensch zur Beichte gekommen war.

»Salve«, flüsterte sie.

»Der Herr sei mit dir«, entgegnete er, und sie antwortete: »Und mit deinem Geiste.«

Sie hatte ein wollenes Tuch über dem Haar und hielt die Augen geschlossen. Ihre Schönheit blieb ihm dennoch und auch in der fast völligen Dunkelheit nicht verborgen.

»Sprich«, begann er, »womit ist deine Seele belastet?«

»Ich bin nicht gekommen, um zu beichten«, sagte sie leise und zögernd, »ich bin gekommen, weil ich keinen einzigen Menschen auf dieser Welt habe, mit dem ich reden kann.«

»Aber du bist jung. Hast du keine Freunde?«

»Nein.«

»Einen Mann?«

»Ja. Sie selbst haben mich vor vier Jahren getraut. Es war eine sehr schöne Hochzeit.«

Allmählich wurde ihm klar, wer da vor ihm saß. Die blinde Braut mit der unverschämten Mutter von La Passerella. Sofia. Nie im Leben würde er diese Hochzeit vergessen.

»Warum redest du nicht mit deinem Mann?«

»Er ist ein Teil des Problems. Oder er ist vielleicht sogar das Problem überhaupt.«

Sie räusperte sich verlegen.

»Alles, was du sagst, werde ich in meinem Herzen verschließen«, beruhigte er sie.

Sofia holte tief Luft. Das Ganze war ihr furchtbar unangenehm, aber sie war so unglücklich, dass sie einfach keinen anderen Ausweg mehr gesehen hatte. Nach dem Mittagessen hatte sie zu Riccardo gesagt: »Bitte fahr mich zur Kirche, ich möchte beichten.«

Sie konnte sich vorstellen, wie ungläubig Ricardo geguckt haben musste, denn so einen Wunsch hatte sie noch nie geäußert. Aber er war widerstandslos mit ihr ins Dorf gefahren und hatte die Gelegenheit genutzt, in die Bar zu gehen.

»Mein Mann ist zurzeit in Deutschland«, begann sie zaghaft, »er musste zu einer Beerdigung. Und ich kann nachts nicht mehr schlafen, so eine Angst habe ich, dass er nicht wiederkommt.«

»Aber warum sollte er nicht? Habt ihr euch gestritten?«

»Nein. Wir streiten nie.«

»Ja, aber dann gibt es doch gar keinen Grund, nicht wiederzukommen. Betrügt er dich?«

»Niemals! Das tut er nicht! Das wäre unvorstellbar!«

»Aber wo liegt dann dein Problem, ich verstehe nicht …«

Sie antwortete sehr schnell, und ihre Stimme rutschte ein bisschen höher. »Jonathan liebt mich. Er liebt mich sehr. Ich spüre es bei jeder Geste, jedem Satz, jedem Wort. Er trägt mich auf Händen! Und ich liebe ihn auch. Mehr, als ich beschreiben kann.«

»Ja, Sofia. Ja, und?«

»Ich könnte glücklich sein, aber ich bin es nicht. Denn er liebt mich zwar, aber auf seine ganz eigene Art. Irgendwie nicht richtig.«

Don Lorenzo schwieg, um sie zum Weiterreden zu animieren. Aber da kam nichts mehr. Auch Sofia schwieg.

»Was ist es denn? Was ist irgendwie nicht richtig?«

Sofia nahm scheinbar Anlauf, um den Satz endlich zu wagen. »Er schläft nicht mit mir, Don Lorenzo.«

Sofia saß im Beichtstuhl wie ein kleines, verunsichertes Mädchen. Das Tuch war ihr auf die Schultern gefallen, und sie drehte mit einem Finger eine Haarsträhne zu einer Locke. Aber ihr Ton war glasklar, so wie man nur redete, wenn man über eine Sache schon hundertmal nachgedacht hatte. »Er hat ein einziges Mal mit mir geschlafen. Sechs Wochen nachdem er hier in Italien angekommen war. Dann nie wieder. Zuerst dachte ich, er will nur nicht vor der Hochzeit – aber dann ist es so geblieben.«

Don Lorenzo war fassungslos. »Auch nicht in der Hochzeitsnacht?«

»Auch nicht in der Hochzeitsnacht.« In Sofias Augen schwammen Tränen.

»Kind! – Porcamiseria!« Der Fluch war ihm so herausgerutscht, und er ging schnell darüber hinweg. »Was soll denn das?« Don Lorenzo wusste nicht, was er sagen sollte. Wenn Sofia ihm ihr Leid geklagt hätte, dass er sie keine Nacht in Ruhe ließ oder dass sie verzweifelt war, weil sie nicht schwanger wurde – das alles hätte er verstanden, aber doch nicht so etwas! Sofia war jung, Sofia war schön, und an ihrer Blindheit hatte sich Jonathan noch nie gestört.

»Da gibt es absolut keinen Grund«, murmelte Don Lorenzo, »ich verstehe die Welt nicht mehr. Hast du es denn versucht?«

»Immer wieder.«

»Hast du mit ihm darüber geredet?«

»Ich hab ihn oft gefragt. Aber er hat mir nie geantwortet.«

»Dann muss er krank sein.«

»Nein, das ist er nicht. Das weiß ich.«

Don Lorenzo spürte, wie ihm die Galle hochkam. Wenn er hier wäre, würde ich ihn mir vorknöpfen, dachte er, was bildet der Kerl sich denn ein? Bekommt die schönste Frau der Welt und lässt sie links liegen?

»Es ist nicht so, dass ich generell unglücklich bin«, erklärte Sofia, »oder frustriert. Das ganz bestimmt nicht. Mein Leben ist so viel schöner geworden mit ihm. Es ist besser als vorher, und ich bin ihm sehr dankbar.«

Don Lorenzo pfiff kaum hörbar durch die Zähne.

»Ich bin nicht mehr allein«, sprach sie weiter, »er ist zärtlich zu mir. So unendlich zärtlich, das können Sie sich nicht vorstellen!«

»Hm.«

»Er ist immer bei mir, er beschützt mich, er umsorgt mich, wo er nur kann, wir fahren zusammen weg, gehen spazieren und reden viel. Stundenlang abends am Kamin. Und dann schlafe ich in seinen Armen ein. Das ist wunderbar, und ich möchte nie mehr ohne ihn sein. Aber – so bekommt man kein Kind.« Jetzt weinte Sofia. »Und ein Kind ist mein allergrößter Wunsch!«

»Weiß er das?«

Sofia nickte. »Ich habe gebettelt, habe ihn angefleht, aber es hat nichts genutzt.«

»Was für ein sciocco«, murmelte er, was so viel hieß wie: was für ein Dummkopf, denn er konnte diesen Deutschen auf La Passerella überhaupt nicht verstehen. Was sollte er diesem armen Menschenkind denn jetzt raten?

»So etwas gibt es ja gar nicht«, flüsterte er, »außer im Kloster.« Und auch da war er sich gar nicht so sicher, ob es stimmte, was er sagte.

»Sofia«, sagte er schließlich, »ich kann dir in diesem Fall nicht raten. Ich weiß auch keinen Ausweg. Aber der Herr wird eine Lösung finden. Da bin ich ganz sicher. Bitte ihn darum! Bete! Flehe ihn an! Und wenn du fest daran glaubst, dann wird auch ein Wunder geschehen. Der Herr lässt dich nicht im Stich!«

Es entstand eine quälend lange Pause. Keiner sagte ein Wort.

Schließlich hauchte Sofia so leise, dass er sie kaum verstand: »Danke, Don Lorenzo, grazie, per tutto. Sie haben mir sehr geholfen.«

Damit verließ sie den Beichtstuhl. Ihre Schritte hallten in der leeren Kirche und dröhnten in Don Lorenzos Schädel.

Was bin ich für ein armseliger Seelsorger, dachte er, Sofia hat ein existenzielles Problem, und mir fällt nichts weiter ein, als sie zum Gebet zu verdonnern und ihre Hoffnung zu schüren.

Er schüttelte sich und merkte, dass er jetzt noch stärker fror als zuvor.

Als das Angelusläuten einsetzte und die Kirche unter dem Glockenklang, der bis weit ins Tal zu hören war, zu beben schien, ging er hinaus, schloss die schwere Kirchentür sorgfältig ab und fühlte sich so erbärmlich, so armselig wie eine Spinne, die in einem Geschirrschrank ihre Netze webt, wohl wissend, dass sich dorthin nie eine Fliege verirren wird.

Als Sofia auf die Straße trat, fühlte sie sich weder erleichtert noch getröstet. Gebetet hatte sie in den letzten Jahren schon genug. Ununterbrochen. Bei jeder Umarmung Jonathans hatte sie ein Stoßgebet zum Himmel geschickt – aber es war immer vergebens.

Manchmal träumte sie von einem anderen Mann, einem Fremden. Nur für eine Nacht. Oder nur für eine Stunde. Einem, den sie nicht kannte und nicht liebte, aber der ihren größten Wunsch erfüllte.

Das hatte sie sich nicht getraut, Don Lorenzo zu beichten, obwohl es sicher eine Sünde war.

Jonathan, dachte sie, verflucht nochmal, Jonathan.

DREISSIG

Die Beerdigung von Dr. Engelbert Kerner war zwei Tage her, und die Telefonate mit Sofia gestalteten sich immer noch als sehr schwierig. Sie war schweigsam und verschlossen, und auch Jonathan musste feststellen, dass er – wenn es um private Dinge ging – zum Telefonieren so gar kein Talent hatte.

»Wie geht es dir?« So begann fast jedes Gespräch.

»Gut.«

»Gibt es was Neues?«

»Nein. Nichts.«

»Was macht Amanda?«

»Das weißt du doch!«

»Und du? Was machst du den ganzen Tag?«

»Ich warte auf dich. Gestern war ich spazieren. Aber es macht keinen Spaß allein.«

Das war der Punkt, an dem ihm meist nichts mehr einfiel. Er wollte ihr sagen, wie sehr er sie vermisste – aber er konnte es nicht. Es erschien ihm so absurd, wenn sie ihm nicht nahe, sondern eintausendfünfhundert Kilometer entfernt war.

»Wann kommst du wieder?«

»Bald. Ganz bestimmt. In ein paar Tagen. Ich brauche noch etwas Zeit.«

»Wofür?«

»Ich hab dir doch schon gesagt, dass meine Cousine krank ist, Sofia, ich muss mich noch ein paar Tage um sie kümmern, sie hat doch nur mich! Und jetzt schlaf, meine Liebe, und träum was Schönes!«

»Ja. Ich liebe dich!« Damit beendete Sofia jedes Gespräch und legte auf. Sie gab ihm keine Chance, »ich liebe dich auch« zu sagen.

Seinen Wagen mit dem italienischen Kennzeichen ließ er in Wilmersdorf vor der Pension stehen und nahm sich bei einer kleinen, unbekannten Firma, die nur zwei Straßen weiter ihr Büro hatte, einen Mietwagen. Er bekam einen Golf, der bestimmt schon zehn Jahre alt war und dem man auch anmerkte, dass er jahrelang von unterschiedlichen Fahrern gequält worden war.

Gegen fünfzehn Uhr erreichte er Buchholz in der Nordheide. An einer Tankstelle fragte er nach der Adresse, aber der Tankwart schüttelte nur den Kopf. Semmeringweg? Den Straßennamen hatte er noch nie gehört.

Jonathan fragte sich weiter durch. Endlich kam einer Hausfrau mit zwei kleinen Kindern der Name bekannt vor, und sie schickte ihn auf die Buchholzer Landstraße Richtung Holm.

»Fahren Sie immer geradeaus. Zwei oder drei Kilometer, bis zu einem kleinen Kiosk. Daneben ist eine Bushaltestelle. Direkt hinter der Bushaltestelle biegen Sie rechts ab, und die erste oder zweite Querstraße müsste dann eigentlich der Semmeringweg sein.«

Jonathan bedankte sich, fuhr los und fand das Haus nach der Beschreibung der Frau auf Anhieb.

Kein Auto stand vor der Tür. Eine Garage sah er nicht, nur einen Carport, und der war leer. Im Schritttempo fuhr er an dem Bungalow vorbei, wagte es aber nicht anzuhalten.

Das Haus Nummer 25 lag am Ende der Straße. Es war vollkommen eingewachsen, umgeben von hohen Tannen und wild wuchernden Büschen. Der Gartenpforte direkt gegenüber begann dichter Wald mit altem Baumbestand und undurchdringlichem Unterholz. Vor diesem Grundstück, am Ende der Sackgasse, konnte niemand unbemerkt parken oder vorbeispazieren.

Jonathan wendete und hielt in der Nähe des Kiosks. Dann ging er zu Fuß noch einmal zurück, nahm aber den unbequemen Weg durch den Wald und bewegte sich mühsam parallel zur Straße.

Er zerriss sich die Hose, als er sich im Brombeergestrüpp verhedderte, zerkratzte sich die Arme und trat sich einen Weißdornsplitter in den Fuß, bis er nach fünfzehn Minuten das Haus wieder erreicht hatte. Vom Dickicht geschützt, hatte er einen guten Blick auf den Eingang und die gesamte Rückfront des Flachdachbungalows und war sich ziemlich sicher, vom Innern des Hauses aus nicht gesehen zu werden. Zumal Tobias und Leonie auch niemanden im Wald vermuteten, der sie beobachtete.

Um achtzehn Uhr dreißig kam Leonie nach Hause. Mit Schwung fuhr sie in die Auffahrt und schleuderte fast ungebremst in den Carport. Das zeugte von hundertfacher Übung. Dann sprang sie aus dem Auto und lief ins Haus. Die Haustür, die Jonathan aus seinem Versteck nicht sehen konnte, flog zu. Er hörte das Schloss einschnappen.

Eine Stunde später kam Tobias. Er parkte in der Einfahrt, nahm eine Einkaufstüte aus dem Wagen und ging ins Haus. Ruhig und langsam. Kurz darauf ging die Außenbeleuchtung des Hauses an.

Jonathan wartete zehn Minuten. Dann wagte er sich in den Garten. Das Grundstück war nicht eingezäunt, so hatte er leichten Zugang. Noch war auch die Gartenbeleuchtung nicht eingeschaltet, aber er musste vorsichtig sein und damit rechnen, dass sie jeden Moment anging und er im Licht stand.

Dichte, hohe Büsche bildeten die Grundstücksgrenze und schützten vor den Blicken der Nachbarn. Jonathan bewegte sich vorsichtig dahinter, bis er die Gartenseite des Hauses im Blick hatte. Fast die gesamte Rückfront des geräumigen Bungalows war aus Glas, so hatte man von innen einen ungehinderten Blick in den Garten und konnte sich beinah fühlen, als säße man im Freien.

Da der Garten jetzt noch im Dunkeln lag, das Wohnzimmer jedoch hell erleuchtet war, hatte Jonathan uneingeschränkte Sicht in das Innere des Hauses. Gardinen gab es nicht, wahrscheinlich ließen sie nur nachts die Jalousien herunter. Ansonsten fühlten sie sich in ihrer Waldrandlage offenbar vollkommen unbeobachtet.

Ein Fehler, dachte Jonathan lächelnd.

»Liebling«, sagte Leonie. »Wir haben Post von einem Toten bekommen. Ist das nicht schrecklich? Vor zwei Tagen haben wir ihn beerdigt, und jetzt ist seine Karte im Briefkasten. Sie müssen sie gleich am Anfang ihres Urlaubs abgeschickt haben, und dann war sie sechzehn Tage unterwegs. Das finde ich richtig gruselig!«

»Lies mal vor. Ich kann Ingrids Schrift nicht lesen.«

»Ihr Lieben, es ist wunderschön hier, übertrifft alle unsere Erwartungen. Wetter, Essen und Laune sehr gut. Gestern waren wir auf einem mittelalterlichen Fest in Ambra. Es war toll, ganz märchenhaft, wie aus einer anderen Welt. Liebe Grüße,

Ingrid und Engelbert.« Leonie sah Tobias an und hatte Tränen in den Augen. »Das ist echt makaber, finde ich.«

Tobias legte ihr den Arm um die Schulter. »Komm, wir machen uns was zu essen. Ich hab einen Mordshunger.«

Jonathan sah, dass sich am hinteren Ende des Wohnzimmers eine offene Küche mit einem langen Tresen befand. Tobias setzte sich und entkorkte eine Flasche Wein, Leonie arbeitete hinter dem Tresen, deckte den Tisch, holte Wurst, Käse, Oliven und andere Kleinigkeiten aus dem Kühlschrank, wusch das Gemüse und schob Tobias ein Brett und ein Messer zu, damit er den Salat schneiden konnte.

GEDULD!, mahnte die Stimme.

Jonathan wartete weiter ab.

Tobias schnitt den Salat fertig und stand auf. Er ging aus dem Zimmer, und Sekunden später ging Licht in einem ebenfalls vollkommen verglasten Raum direkt neben dem Wohnzimmer an.

Aha. Das war also Tobias' Arbeitszimmer.

Jonathan machte sich Notizen und fertigte eine Skizze von dem Haus an, soweit er es sehen und sich vorstellen konnte. In Italien wollte er ein möglichst präzises Bild vor Augen haben, um dann in Ruhe planen zu können.

Tobias setzte sich an den Schreibtisch und öffnete die Post. Er las die Briefe durch, glättete sie und schob sie in eine Ablage. Sein Gesicht war dabei vollkommen emotionslos. Dann schaltete er seinen Computer ein und checkte seine E-Mails. Jedenfalls ging Jonathan davon aus.

Es dauerte keine fünf Minuten, und Tobias verließ den Schreibtisch wieder. Den Computer ließ er an, die Schreibtischlampe schaltete er aus. Jonathan sah den hellen Bildschirm im Dunkeln flackern.

Im Wohnzimmer schenkte Tobias den Wein ein. Jonathan konnte erkennen, dass Leonie nur einen winzigen Schluck zum Anstoßen im Glas hatte.

Brav, dachte er, pass gut auf dich und das Baby auf!

»Manchmal denke ich, ich würde mich wohler fühlen, wenn wir hier Gardinen vor den riesigen Fenstern hätten«, meinte Leonie, während sie den Salat aß. »Ich fühle mich wie auf dem Präsentierteller. Das ist ein ganz blödes Gefühl. Da draußen ist es duster, jeder kann uns beobachten und hat einen vollkommen freien Blick in unser helles Wohnzimmer!«

»Aber Schatz, da draußen ist doch keiner! Wer soll uns denn hier beobachten?! Hier kraucht doch kein Mensch in der Nacht rum, um uns in die Bude zu gucken!«

»Das weißt du doch gar nicht! Einbrecher gibt's überall!«

»Na gut, dann liegen sie jetzt da draußen im Dreck und sehen, dass wir zu Hause sind und sie sich lieber ein anderes Haus zum Einbrechen suchen sollten.«

»Ja, schon, sie sehen aber auch ganz genau, was hier im Haus alles rumsteht und dass es sich lohnen würde. Und dann kommen sie ein anderes Mal wieder. Oder es sind die ganz schlimmen Typen, die sich noch nicht mal davon abhalten lassen, wenn jemand zu Hause ist.«

Tobias seufzte, stand auf, ging zur Terrassentür neben dem Kamin und schaltete die Gartenbeleuchtung an.

»Besser so? Jetzt kannst du genau sehen, dass da draußen niemand ist.«

Leonie nickte. »Etwas besser ist es. Aber ein bisschen Angst macht mir das Haus immer. Es ist einfach für jedermann viel zu einsehbar.«

Jonathan hatte sich unwillkürlich geduckt und einen halben Meter weiter zurückgezogen, denn er ahnte intuitiv, dass Tobias die Gartenbeleuchtung anmachen würde, als er aufstand und zur Tür ging. Wahrscheinlich hatte er Glück gehabt, die beiden hatten ihn nicht bemerkt.

Er robbte davon. Hatte genug gesehen. Und für alles Folgende alle Zeit der Welt.

Jonathan verließ das Grundstück, schlug sich noch ungefähr zwanzig Meter im schwachen Licht der Straßenbeleuchtung durch den Wald und ging dann auf der Straße zurück zu seinem Wagen.

Noch in dieser Nacht fuhr er zurück nach Berlin und startete dann morgens um sechs Richtung Italien.

Und die Stimme schwieg.

EINUNDDREISSIG

Nachdem Jonathan von der Beerdigung des Richters und dem kurzen Abstecher nach Buchholz zurückgekehrt war, legte sich der Sommer wie eine stickige, dumpf-schwüle Glocke über das Land. Grillen zirpten vom frühen Morgen bis spät in die Nacht, und wochenlang zeigte sich keine Wolke am Himmel. Sofia begann jeden Morgen um sechs, Blumen, Büsche und Bäume zu gießen, und war immer erst um neun damit fertig.

Gäste kamen und gingen. Interessante und langweilige, nette und nervige. Aber alle waren süchtig nach Sonne und Wärme, und je unerträglich heißer es wurde, umso zufriedener waren sie.

Im Oktober zogen schwere Gewitter über La Passerella, Blitze zerstörten die Brunnenpumpe und die Warmwassertherme, und sintflutartige Regenfälle spülten die ausgetrocknete Erde weg und zerschlugen die letzten Blüten an Geranien und Hortensien.

Es war an einem Freitag gegen zwölf. Jonathan arbeitete in der letzten Kurve vor der langen, geraden Auffahrt bis zum Haus. Er pflanzte eine Zypresse, denn die junge, die er im Frühjahr gesetzt hatte, war im langen Sommer vertrocknet, es hatte sich auch nie jemand die Mühe gemacht, die Gießkanne bis zur Kurve zu schleppen, um das Bäumchen zu wässern. Ein paarmal hatte er es dem Der-auf-der-Harke-schläft gesagt, aber Gianni hatte es wohl immer wieder vergessen beziehungsweise aus Bequemlichkeit vergessen wollen. Jetzt war die kleine Zypresse tot, und Jonathan hatte eine neue besorgt. Im feuchten Herbst hatte das Bäumchen eine bessere Überlebenschance.

Er sah den weißen Lieferwagen des Elektrikers den gegenüberliegenden Berg herunterkommen, ließ den Spaten stecken und rannte los. Bis zum Haus waren es ungefähr fünfhundert Meter, die leicht, aber stetig anstiegen. Vollkommen außer Atem und erschrocken darüber, dass er schlechter in Form war, als er dachte, erreichte er die Terrasse.

»Bitte, komm mit!«, sagte er keuchend zu Sofia. »Komm ins Haus!«

Sofia las in einem Buch mit Blindenschrift, ihre Finger tasteten über die Punkte, und sie hob den Kopf.

»Warum denn? Was ist denn los?«

»Das erkläre ich dir später.« Er nahm ihre Hand. Widerwillig stand sie auf, folgte ihm jedoch, als er sie ins Haus zog.

»Was soll denn das?«, fragte sie beinah trotzig, als sie ihm im Zimmer gegenüberstand.

Sanft fuhr er über ihre Wange. »Du wirst es vielleicht nicht verstehen, aber ich muss auf dich aufpassen. Du bist mir so unendlich wichtig, und es wäre furchtbar, wenn dir etwas passiert!«

Sofia warf den Kopf in den Nacken und atmete laut aus. »Was soll mir denn um Himmels willen geschehen, wenn ich auf der Terrasse sitze? Wirst du jetzt sonderbar, Jonathan?«

Jonathan reagierte nicht darauf.

»Liebst du mich, Sofia?«

»Aber natürlich!« Sofia spürte, dass ihr das Blut ins Gesicht schoss.

»Liebst du mich wirklich?«

Wie konnte er nur so etwas fragen. »Aber natürlich liebe ich dich, Jonathan! Mehr, als ich sagen kann. Ich habe doch nur dich in meinem Leben …«

»Gut«, sagte er ruhig und küsste sie aufs Haar. »Wenn du mich wirklich liebst, dann tu bitte, was ich will. Bleib im Haus, bis ich dir sage, dass du wieder herauskommen kannst.«

Er drehte sich um, ging aus der Wohnung und schloss die Tür hinter sich ab.

Sofia sank in einen Sessel. Sie wollte ja alles tun, was er wollte, aber sie verstand ihn nicht. Und in letzter Zeit machte er ihr immer häufiger Angst.

In den darauffolgenden Wochen begann Jonathan, Sofia konsequent von der Außenwelt abzuschotten. Wenn Handwerker kamen, sperrte er sie ins Haus, er nahm sie nicht mehr zum Einkaufen mit, sondern notierte sich ihre Wünsche und kaufte das, was sie haben wollte.

»Irgendwann wird diese Zeit vorbei sein«, sagte er lapidar, »und vielleicht wirst du eines Tages einsehen, dass dies alles gut und richtig war.«

Für Sofia sprach er nur noch in Rätseln. Sie verstand die Welt nicht mehr und wurde immer unglücklicher. Am meisten sehnte sie sich danach, mit irgendeinem Menschen zu sprechen und ihr Herz auszuschütten. Aber das war unmöglich. Jonathan trug das tragbare Telefon immer mit sich herum.

»Ich will für das Krankenhaus erreichbar sein«, meinte er zu Sofia, »meiner Cousine geht es erheblich schlechter. Und außerdem – wer ruft denn schon an, mein Engel? Es sind doch fast nur Gäste. Und da ich die Organisation der Vermietung mache, ist es einfach praktischer, wenn ich das Telefon bei mir habe. Sag mir, wenn du telefonieren willst, dann geb ich es dir.«

Aber Sofia wollte nicht, da er sie nie allein ließ, sondern während des ganzen Gesprächs neben ihr stand.

Wenn er zum Einkaufen fuhr, nahm er das tragbare Telefon einfach mit. In die Rückwand des Wohnzimmerschrankes hatte er ein Loch gebohrt, so dass er die Station nachts in die Steckdose stecken und das Telefon aufladen konnte. Den Schrankschlüssel versteckte er. Als Blinde hatte Sofia keine Chance, ihn zu finden.

»Warum tust du das?«, wollte sie wissen. »Warum sperrst du mich ein, isolierst mich und nimmst mir jede Freiheit? Ich bin ja gar kein Mensch mehr!«

»Es ist besser für dich«, sagte er lächelnd. »Glaub mir einfach. Eines Tages wirst du es verstehen.«

Im November rief Gabriella an. Sie hatte sich in den Kopf gesetzt, kurz vor Weihnachten auf der Piazza von Ambra einen dreitägigen Basar zu veranstalten. Von dem Erlös wollte sie Spielzeug für den ortsansässigen Kindergarten kaufen und die Räume des »Asilo infantile« neu streichen lassen.

»Es ist auch für dich gut«, hatte sie zu Neri gesagt, »wenn die Leute mich als eine Person im Gedächtnis haben, die sich um die Gemeinschaft kümmert und Gutes tut. Du wirst sehen, das öffnet dir die Türen. Die Menschen in Ambra werden wesentlich zutraulicher werden.«

Noch zutraulicher brauchen sie gar nicht zu sein, dachte Neri grimmig, aber er sagte es nicht, weil er seiner Frau die gute Laune nicht verderben und ihr nicht die positive Energie rauben wollte.

»Sicher«, sagte er daher nur. »Wahrscheinlich wird es so sein. Mach, wie du willst.«

Aus diesem Grund rief Gabriella auf La Passerella an, hatte Jonathan am Apparat und fragte ihn, ob sie vielleicht Kleidungs- oder kleine Möbelstücke, Haushaltsgegenstände, Nippes oder Krimskrams hätten, den sie entbehren und dem Basar zur Verfügung stellen könnten.

»Ja, sicher, da haben wir bestimmt einiges. Ich werde mit Sofia mal gucken, was wir spenden können.«

»Hast du was dagegen, wenn ich zu euch komme? Dann kann ich an Ort und Stelle entscheiden, was ich von dem, was ihr aussortiert habt, gebrauchen kann und was nicht. Dann musst du nicht alles nach Ambra schleppen.«

»Nein«, sagte Jonathan entschieden. »Das passt uns im Moment nicht.«

»Es dauert bestimmt nicht lange.« Gabriella war hartnäckig. »Zehn Minuten, dann bin ich wieder weg und nehme die Sachen gleich mit.«

»Nein. Tut mir leid, Gabriella. Sofia fühlt sich nicht wohl. Sie ist im achten Monat schwanger und möchte ihre Ruhe haben.«

»Waaas? Sie ist im achten Monat? Das wusste ich ja gar nicht! Das ist ja wundervoll!«

»Gabriella, bitte! Das bleibt unter uns, ja? Ich glaube, ich habe mich jetzt ein bisschen verquatscht, Sofia wollte nicht, dass irgendjemand von ihrer Schwangerschaft weiß, bevor das Baby auf der Welt ist.«

»Von mir erfährt niemand etwas.«

»Danke, Gabriella. Ich komme in den nächsten Tagen bei dir vorbei«, sagte er abschließend.

Aber für Gabriella war das Thema noch nicht beendet.

»Kann ich Sofia mal sprechen?«

»Nein. Sie schläft.«

»Dann rufe ich heute Abend nochmal an.«

»Tu das. Ciao, Gabriella. Grüß Donato.« Damit legte er auf.

»Ich schlafe nicht«, sagte eine leise Stimme. Jonathan drehte sich um. Sofia stand in der Tür. Ihre Unterlippe zitterte. »Ich hätte gern mit Gabriella gesprochen.«

»Ein andermal, Liebes.« Er war erleichtert. Das, was sie ihm vorwarf, hörte sich nicht so an, als hätte sie auch mitbekommen, was er von der Schwangerschaft gesagt hatte.

»Warum verleugnest du mich?«

»Weil ich dich liebe, Schatz!«, flüsterte er. »Und wenn du mich auch liebst, dann hältst du dich im Moment ein bisschen zurück und verzichtest aufs Telefonieren. Eine Weile noch. Ist das so schlimm?«

»Nein«, stotterte sie verwirrt.

»Na also. Irgendwann wirst du alles verstehen. Für mich ist es ein Beweis deiner Liebe, wenn du genau das tust, was ich sage.« Er küsste sie aufs Haar und ging aus dem Zimmer.

»Im Sommer habe ich wieder Arbeit für dich, da kannst du wiederkommen«, hatte Jonathan Ende Oktober zu Serafina gesagt. »Jetzt machen wir erst einmal eine Winterpause.«

»Waaas?«

Jonathan hätte niemals geglaubt, dass ein Mensch wie Serafina so hasserfüllt schauen konnte.

»Sie schmeißen mich raus? Was soll das denn, zum Teufel? Warum halbieren wir nicht einfach die Stundenzahl wie im letzten Jahr, wenn weniger zu tun ist?«, hatte Serafina gefragt und die Fäuste in die Hüften gestemmt.

»Weil wir eine Winterpause machen! Hab ich mich nicht deutlich ausgedrückt?«

Serafina machte ein Geräusch, als würde sie ein lästiges Haar ausspucken, nahm ihre Sachen und ging. Jonathan glaubte nicht daran, dass sie im Frühjahr wieder bei ihm arbeiten würde, aber das konnte er nicht ändern. In den nächsten Monaten konnte er Serafina jedenfalls nicht im Haus gebrauchen. Niemand sollte Sofia sehen. Dann musste er eben in den sauren Apfel beißen und im Frühjahr eine neue Putzfrau anlernen.

Es musste sein.

Er ging ins Magazin, holte Eimer, Scheuerlappen und Schrubber und machte sich daran, die Küche zu wischen.

»Wo ist Serafina?«, fragte Amanda, als sie zum Mittagessen in der Küche erschien.

»Sie arbeitet nicht mehr für uns«, erwiderte Jonathan, »darum putze ich ja jetzt die Küche.«

»Was soll der Unfug? Serafina war die beste Putzfrau, die wir je hatten. Warum schmeißt du sie raus, verdammt? Bist du verrückt geworden?«

»Serafina ist von allein gegangen, Amanda. Wahrscheinlich hat sie was Besseres gefunden. Ich habe gehört, die Amerikaner zahlen das Doppelte.«

»Zum Teufel mit den Amis, denen das Geld zu den Ohren rauskommt«, knurrte Amanda, und damit war das Thema für sie erledigt und Serafina für alle Zeiten vergessen.

ZWEIUNDDREISSIG

»Ich möchte in die Christmette«, sagte Sofia einen Tag vor Weihnachten zu Jonathan. »Bitte, lass uns zusammen hingehen!«

»Nein.« Jonathans Stimme klang so endgültig und kalt wie eine eiserne Zellentür, die ins Schloss fällt.

Sie zuckte unwillkürlich zurück und fragte: »Warum?« Als sie es aussprach, wusste sie, dass es ein Fehler gewesen war. Es würde ihn wieder wütend machen, und eine Antwort bekam sie ohnehin nie.

»Sofia, bitte, lass mich endlich mit dieser ewigen Fragerei in Ruhe! Es dauert nicht mehr lange. Höchstens noch bis zum Frühjahr, dann kannst du wieder tun und lassen, was du willst!«

»Ich bin deine Frau und nicht deine Gefangene, Jonathan.«

»Du bist mein Ein und Alles, Sofia, mein Leben und meine Liebe, alles, was ich will, hoffe und wünsche. Ohne dich kann ich nicht atmen, nicht schlafen, nicht essen und nicht trinken, verstehst du? Du bist das Kostbarste, was ich habe, und darum sei so lieb, und lass mich dich beschützen. Ich habe die Verantwortung für dich.«

Sofia verstummte. Was sollte sie dazu noch sagen? Seine Worte klangen wie die Liebeserklärung einer Schlange, kurz bevor sie das Kaninchen fraß.

Sie liebte Jonathan, wie sie noch keinen Menschen geliebt hatte, aber sie spürte auch, dass jeden Tag ein kleines Stück ihrer Liebe verlorenging, weil sie ihn nicht mehr verstand und er ihr immer mehr Angst machte. Bis zu ihrer Hochzeit hatte sie geglaubt, ihn zu kennen, jetzt hatte sie mehr und mehr das Gefühl, einen Fremden neben sich zu haben.

Nach der Hochzeit hatte Jonathan das Haus umgebaut und die kleine Ferienwohnung, einen Magazinraum und einen winzigen Abstellraum zu ihrer gemeinsamen Wohnung gemacht. Riccardo und Amanda hatten jeder ein eigenes, aber kein gemeinsames Zimmer.

Als die Maurer und Maler mit Umbau und Renovierung fertig waren und Jonathan die Wohnung eingerichtet hatte, führte er Sofia durch die neuen Räume.

»Das Herzstück unserer Wohnung ist diese wunderbare Wohnküche. Und wenn du hier von der Tür sieben Schritte genau geradeaus gehst, stehst du direkt vor meiner Überraschung für dich.«

Sofia machte ein paar Schritte und erreichte einen großen Esstisch. Ungläubig befühlte sie das schwere Eichenholz, die grobe Maserung, die winzigen Astlöcher und Unebenheiten. So einen alten rustikalen Tisch hatte sie sich immer gewünscht.

»Ich hab ihn in Arezzo gefunden.«

»Er ist traumhaft! Endlich haben wir einen Platz, wo wir auch mit Freunden sitzen und essen können, während einer von uns in der offenen Küche noch irgendetwas zubereitet, ohne dass er von den anderen isoliert ist. Jonathan, das ist herrlich!«

Sie fiel ihm um den Hals und küsste ihn.

»Wenn du dich jetzt nach links wendest, gibt es auch noch eine gemütliche Sitzecke, direkt daneben die Anlage, damit du Musik hören kannst.«

»Dann steht der Esstisch jetzt beim Kamin?«

»Ja, weil wir dort einfach viel häufiger sitzen werden. Nächtelang wahrscheinlich. Und auch von unseren Freunden setzt sich nie jemand in die Sessel.«

»Das finde ich wunderbar, Jonathan.«

Anschließend zeigte und erklärte er ihr die neue Küchenzeile, das Bad und das Schlafzimmer.

»Ich hätte nicht gedacht, dass es so schön wird«, seufzte Sofia.

Mit den Händen tastete sie Möbel und Wände ab, aber stutzte, als sie neben dem Schlafzimmer noch eine Tür entdeckte.

»Was ist das?«

»Die alte Abstellkammer. Dadurch, dass die Wohnung jetzt größer geworden ist, weil wir die Wand zum Magazin rausgenommen haben, ist sie mit integriert.«

Sofia drückte die Klinke herunter. Die Tür war abgeschlossen.

»Was ist da drin?«

»Nichts Besonderes. Ein paar Kleinigkeiten. Sachen von früher.«

»Und warum hast du die Tür abgeschlossen?«

»Sofia, bitte! Frag mir jetzt keine Löcher in den Bauch! Ich habe dort ein paar persönliche Dinge verwahrt. Der Raum ist nicht groß, aber ich brauche ihn für mich. Nur für mich.«

Sie nickte, aber sie hatte keinerlei Verständnis dafür. Warum hatte er Geheimnisse vor ihr?

»Ich brauche einfach ab und zu mal einen Ort, wo ich ungestört und allein sein kann.«

Es gab ihr einen Stich, als er das sagte.

»Aber ich störe dich doch nicht! Du kannst überall allein sein! Ich seh ja noch nicht mal, was du tust, wenn ich mit dir im selben Raum bin!«

»Sofia, das ist meine Kammer, und basta.« Die Zärtlichkeit in seiner Stimme und die Freude über die neue gemeinsame Wohnung waren verschwunden. Er klang hart und kalt, und sie zuckte zusammen.

Sofia sprach ihn nicht wieder auf die Kammer an, aber sie litt darunter. Er hatte sich etwas erschaffen, was sie trennte. Sie waren nicht mehr eins.

Es war vor zwei Monaten an einem kühlen Herbstmorgen im Oktober. Jonathan duschte gerade, als er hörte, dass Riccardo vor dem Haus einen lauten Schrei ausstieß. Sofort kam Jonathan aus der Dusche, sprang in Windeseile in seine Jeans, zog sich einen Pullover über, stürzte ins Freie und sah Riccardo im Gras sitzen, neben seinem Trecker, dessen Motor noch lief. Riccardo wimmerte vor Schmerzen, und im ersten Moment dachte Jonathan, er wäre von seinem eigenen Trecker überfahren worden, aber als er ihn fragte, schüttelte Riccardo den Kopf und zeigte auf sein Bein.

»Fahr mich zum Pronto Soccorso«, bat er, »da drin hat was geknallt, und irgendetwas Schreckliches ist mit meinem Bein passiert, ich kann keinen Schritt mehr laufen.«

Jonathan hievte ihn in sein Auto und fuhr sofort los.

Sofia ging zurück in die Wohnung. Sie fröstelte und hielt die Hand über die Feuerstelle. Wahrscheinlich war noch Glut vorhanden, denn sie spürte Wärme und legte einige Holzscheite in den Kamin. Dann setzte sie sich in ihren Sessel und hörte Musik.

Irgendwie musste sie eingeschlafen sein, denn als sie erwachte, war es im Zimmer warm und gemütlich, und anderthalb Stunden waren vergangen.

Mit schlechtem Gewissen stand Sofia auf und wusch das Frühstücksgeschirr ab. Anschließend ging sie ins Bad. Sie ertastete Zahnpastareste im Waschbecken, holte sich einen Lappen und begann, das Waschbecken und die Ablageflächen zu putzen.

Plötzlich spürte sie etwas, und ihr Herz schlug schneller.

Jonathan hatte beim eiligen Anziehen und dem anschließenden hastigen Aufbruch seine Kette vergessen. Die silberne Kette mit dem kleinen Schlüssel.

Dem Schlüssel zur Kammer.

Sofia musste sich am Waschbeckenrand festhalten, so aufgeregt war sie. Jonathan war schon zweieinhalb Stunden unterwegs. Er konnte jederzeit wiederkommen.

Dennoch ging sie langsam zur Kammertür. Nach einer Weile fand sie das Schlüsselloch, der Schlüssel drehte sich ganz leicht, und die Tür ging auf.

Sofia atmete tief durch.

Die Kammer war winzig. Ohne sich zu bewegen, konnte sie alle Wände mit ihren Händen erreichen.

Direkt vor ihr stand eine kleine Kommode mit drei Schubladen. Intuitiv zog sie die linke auf.

Darin lag eine CD. Sie tastete die Plastikhülle ab und erschrak. Rechts oben in der Ecke klebte ein Herz. Es war ihre Lieblings-CD. *Romanza* von Andrea Bocelli. Von einem Tag auf den anderen war die CD vor zwei Jahren plötzlich verschwunden. Fast panisch hatte Sofia ihre gesamte Musiksammlung durchsucht, doch die CD war wie vom Erdboden verschluckt. Sie erinnerte sich noch gut an die Situation in Siena, als Jonathan auf das Auto eingeschlagen hatte, aus dem Bocellis *Time to say goodbye* erklang. Daher glaubte sie auch nicht, dass Jonathan die CD hatte, er hatte schließlich selbst unter Tränen gesagt, er könne die Musik nicht ertragen, aber sie fragte ihn trotzdem.

»Ich suche meine CD von Bocelli«, begann Sofia, »aber ich kann sie nirgends finden. Sie scheint sich in Luft aufgelöst zu haben. Hast du sie irgendwo gesehen?«

»Nein«, antwortete Jonathan wie aus der Pistole geschossen. »Keine Ahnung, wo sie ist. Vielleicht hast du sie ganz in Gedanken verlegt. Wenn ich sie finde, gebe ich sie dir.«

Es klang so aalglatt. Sie hatte das Gefühl, dass er log, aber wie immer diskutierte sie nicht weiter, um ihn nicht zu verärgern.

Und jetzt lag die CD hier in seiner geheimen Kammer.

Die anderen beiden Schubladen der Kommode waren leer.

Sofia begann, die Kommode genauer zu untersuchen.

Obenauf lag eine seidige Decke mit Spitzenrand, vielleicht geklöppelt, das konnte sie nicht genau erfühlen. Sie ertastete einen Bilderrahmen, dann noch einen und noch einen. Fünf insgesamt. Eine kleine Vase mit Wasser und frischen Blumen darin. Einen gewaltigen und schweren Kerzenständer und Kerzen. In allen Formen und Größen. Daneben ein Päckchen Streichhölzer. Ersatzkerzen in einer schweren Silberschale, die es in ihrem Haushalt noch nie gegeben hatte. Offensichtlich hatte Jonathan sie nur zu diesem Zweck angeschafft.

Und dann stießen ihre Finger an einen i-Pod auf einem kleinen Lautsprecher. An der oberen Kante waren Kopfhörer eingestöpselt. Sofia brauchte eine Weile, fand die Taste zum Einschalten, steckte sich die Kopfhörer in die Ohren und knipste den i-Pod an.

»Time to say goodbye«, sangen Andrea Bocelli und Sarah Brightman im Duett.

Sofia zuckte zusammen und schaltete weiter. Wieder dasselbe Lied. Und nochmal und nochmal und immer wieder. Es gab keinen anderen Song auf dem i-Pod.

Es war ihr klar, dass sie sich in Jonathans Allerheiligstes vorgewagt hatte, aber sie dachte nicht mehr daran, was geschehen könnte, wenn er jetzt überraschend nach Hause käme, sie wollte nur noch wissen, was mit ihrem Mann los war, den sie immer weniger verstand.

Und der ihr allmählich unheimlich wurde.

Sofia tastete sich weiter vor und erkannte, dass über der Kommode ein Bild hing. Und jetzt konnte sie das alles auch interpretieren: Es handelte sich nicht um einen privaten Raum zur Entspannung, nein, sie befand sich vor einem Altar. Vor Jonathans geheimem Altar.

Hier saß er in den Nächten und weinte. Hier vor diesem Bild.

Sie versuchte es zu erfühlen. Durch die Ölfarbe war das sogar annähernd möglich. Es war ein Gemälde. Mindestens fünfzig mal achtzig Zentimeter groß. Sofia ertastete es Zentimeter für Zentimeter, meinte die Struktur von Haaren zu spüren, dann fand sie die geringen Erhebungen, die sie als leicht geöffnete, lächelnde Lippen interpretierte, und erforschte das Gesicht weiter.

Und plötzlich erschrak sie, eine heiße Woge durchflutete ihren Körper, denn sie konnte es einfach nicht glauben: Dort, wo sie die Augen vermutete, waren zwei Löcher. Die Leinwand war durchstoßen, die Augen zerstochen und in einer wütenden Drehbewegung herausgeschält worden.

Sofia bebte. Die Angst saß ihr im Nacken wie eine eiskalte Hand.

In diesem Moment hörte sie das Auto und stolperte rückwärts aus der Kammer. Dabei stieß sie so unglücklich an die Tür, dass der Schlüssel, der im Schloss gesteckt hatte, herunterfiel.

Sie brach in Panik aus, ging auf die Knie und tastete mit fliegenden Fingern den Boden ab, fand den Schlüssel nach einigen Sekunden, die ihr wie eine Ewigkeit vorkamen, und versuchte ihn ins Schloss zu stecken. Ihre Hände zitterten so, dass sie es kaum schaffte, immer wieder abrutschte und das Gefühl hatte, der Schlüssel könnte überhaupt nicht passen.

Währenddessen hörte sie die Stimmen von Jonathan und Riccardo vor dem Haus.

Sie wurden lauter und kamen näher.

Endlich passte der Schlüssel ins Schlüsselloch, sie schloss ab und lief, so schnell sie konnte, ins Bad. Dabei krachte sie mit der Hüfte gegen den Esstisch, verzog das Gesicht vor Schmerz, hastete weiter und hatte die Kette mit dem Schlüssel gerade auf die Ablage zurückgelegt, genau dorthin, wo sie ihn gefunden hatte, als Jonathan die Wohnung betrat.

»Hallo!«, rief er. »Sofia?«

»Ich bin hier!« Sie kam aus dem Bad und versuchte so gelassen und normal wie möglich zu erscheinen, aber es gelang ihr noch nicht einmal, ruhig zu atmen.

»Ist irgendwas passiert?«

»Nein. Gar nichts.«

»Du siehst aus, als wärst du im Badezimmer einem Gespenst begegnet!«

»Nein, nein, es ist nichts. Alles in Ordnung.« Sie zwang sich zu lächeln.

Jonathan ging zu ihr und gab ihr einen Kuss.

»Bei deinem Vater ist die Achillessehne gerissen. Er muss operiert werden. Wahrscheinlich schon morgen.«

Normalerweise hätte sich Sofia bei dieser Nachricht erschrocken, aber es war ihr im Moment egal, die Kammer ging ihr nicht mehr aus dem Kopf.

Denn seit sie die ausgestochenen Augen gefühlt hatte, hatte sie eine diffuse Angst vor Jonathan.

»Ich möchte, dass du mir dein Wort gibst, Sofia.«

Es war Januar, und Jonathan war dabei, seine Koffer zu packen. »Gib mir dein Ehrenwort und schwöre auf die Bibel und beim Leben deiner Eltern, dass du dieses Haus nicht verlässt, solange ich weg bin! Va bene? Fahr nicht mit Riccardo ins Dorf, auch nicht, wenn es nur für die Dauer eines Kaffees auf der Piazza ist, und empfange niemanden! Hörst du, niemanden! Wenn ein Handwerker kommt, geh ins Haus und schließ dich ein! Zeig dich nicht und bleib in deinem Zimmer. Versteck dich! Es ist so ungemein wichtig, Liebste, und nur wenn du dich daran hältst, kann ich wiederkommen! Wahrscheinlich ist es auch das allerletzte Mal, dass ich dich darum bitten muss!«

Sofia hatte keine Kraft mehr. Sie wehrte und empörte sich nicht, sie fragte nicht nach, sondern schwor beim Leben ihrer Eltern, sich während Jonathans Abwesenheit mit keinem Menschen zu treffen. Mit wem auch? Sie hatte schon lange keine Freunde mehr.

Vor zehn Tagen hatte er ihr abends am Kamin ganz überraschend mitgeteilt, dass er nach Deutschland fahren müsse. Weil es seiner Cousine schlechter ginge. Sehr viel schlechter.

»Ich glaube, sie wird sterben«, sagte er, »und ich will in ihren letzten Tagen bei ihr sein.«

Sofia hatte Verständnis dafür, obwohl ihr die Cousine mysteriös erschien, Jonathan hatte in den letzten Monaten, seit er auf der Beerdigung von Dr. Kerner gewesen war, nur einmal von ihr gesprochen, und es hatte sie auch gewundert, warum er nie mit ihr oder zumindest mit dem Krankenhaus telefoniert hatte.

»Wie heißt deine Cousine eigentlich?«, fragte sie.

Jonathan zögerte nur den Bruchteil einer Sekunde zu lange, bis er »Daniela« sagte, aber Sofia hatte es bemerkt.

Am zwölften Januar, morgens um sechs, kam der Abschied. Draußen war es stockdunkel. Sofia spürte noch die Bettwärme auf ihrer Haut, als sie in der Kälte stand und ihn umarmte.

»Wie lange?«, flüsterte sie. »Wie lange denn diesmal?«

»Nicht lange.« Jonathan küsste ihre Augenlider. »Denk daran, was du versprochen hast, dann wird auch nichts geschehen, und ich bin bald zurück. Und dann wirst du alles verstehen.«

Ja, dachte sie, fahr, fahr los, wo immer du auch hinwillst. Und ihre nackten kalten Füße in den Badelatschen waren ihr unangenehmer als der Gedanke, dass sie gleich allein sein würde. Komm wieder und erzähl mir, was los ist. Vielleicht konnte es dann ja doch noch einmal einen neuen Anfang geben. Mit einem Mann, der seit fast fünf Jahren nicht mehr mit ihr geschlafen hatte, sondern lieber nachts vor einem Gemälde mit ausgestochenen Augen weinte.

Jonathan fuhr los. Sie stand da und winkte. Er beobachtete sie im Rückspiegel und war noch nicht aus ihrem Blickfeld verschwunden, da lief sie schon zurück ins Haus. Vielleicht drei oder vier Sekunden zu früh und zu eilig, aber diese blieben ihm schmerzlich in Erinnerung.

DREIUNDDREISSIG

Am vierzehnten Januar bezog er sein Quartier im Wald. Bei einem Outdoor-Ausrüster hatte er sich spezielle Winterkleidung zugelegt. Jacke, Hose und Stiefel, die auch für eine Tour in der Arktis geeignet gewesen wären, denn er rechnete damit, eventuell tagelang auf seinem Beobachtungsposten liegen zu müssen.

Seit zehn Tagen waren die Temperaturen in Deutschland nicht mehr über null Grad gestiegen, und der Boden war hartgefroren. Jonathan hatte eine Isomatte dabei und hoffte, sie würde die Kälte abhalten und ihm ermöglichen, sich wenigstens ab und zu hinzusetzen und ein bisschen auszustrecken. Außerdem hatte er in den geräumigen Taschen seiner Jacke heißen Tee in einer Thermoskanne, belegte Brötchen, ein Taschenmesser und eine Taschenlampe verstaut. Sein Handy hatte er leise und nur auf Vibration gestellt.

Das Risiko, von Spaziergängern entdeckt zu werden, war ziemlich gering, der Weg befand sich auf der anderen Seite des Hauses, hier gab es nur Dickicht, und es war davon auszugehen, dass bei diesem ungemütlichen Wetter niemand durchs Unterholz schlich. Lediglich von einem Hund konnte er aufgespürt werden, aber mit dieser Gefahr wollte er sich jetzt nicht auseinandersetzen. Wenn es so weit war, würde er darauf reagieren, vorher nicht.

Er wartete fünf Stunden, bis er sie zum ersten Mal sah. Vollkommen zerzaust und ziemlich verschlafen schleppte sie sich zur Küche, nahm ein Glas aus dem Schrank, füllte es mit Wasser aus der Leitung und trank es hastig aus. Dann stützte sie sich auf den Tresen, wartete einen Moment und rang pumpend nach Atem, so dass sich ihr Brustkorb extrem hob und senkte.

Als hätte sie einen Hundertmetersprint hinter sich, dachte Jonathan.

Ihr Bauch, den sie mit der rechten Hand umfasste und zu stabilisieren versuchte, hatte bedrohliche Ausmaße angenommen, die sich unter dem engen T-Shirt, das sie trug, deutlich abzeichneten.

Jonathan jubilierte innerlich. Ich bin also noch nicht zu spät! Gott sei Dank bin ich noch rechtzeitig gekommen. Und wie es aussieht, dauert es nicht mehr lange.

Ein Auto fuhr vor und parkte in der Einfahrt. Es war nicht Tobias' Wagen, das sah Jonathan sofort.

Hella stieg aus. Sie hatte zwei Einkaufstüten und eine Babytragetasche dabei, an der noch das Preisschild baumelte, und ging ins Haus. Im Wohnzimmer umarmten sich die beiden Frauen, Leonie begutachtete die Tragetasche von allen Seiten und strahlte. Sie küsste ihre Schwiegermutter auf die Wange.

Diese lächelte und begann, sich in der Küche zu schaffen zu machen.

Jetzt werden sie das Abendbrot zubereiten, überlegte Jonathan. Vielleicht konnte er sich für ein paar Stunden entfernen. Babys kamen meist in den frühen Morgenstunden zur Welt. Spätestens um Mitternacht wollte er wieder auf seinem Posten sein.

Erst als er durch den Wald zurück zu seinem Auto ging, merkte er, wie verfroren er war und wie steif seine Knochen geworden waren. Er konnte kaum gehen, und seine Nase lief. Eine Erkältung konnte er jetzt auf keinen Fall gebrauchen.

Er fuhr zu seiner kleinen Pension außerhalb von Buchholz, in der er sich unter falschem Namen eingemietet hatte, ließ heißes Wasser einlaufen und legte sich in die Badewanne. Allmählich wurde ihm warm, und er spürte, wie das Blut wieder zu fließen begann und sein Körper weich und geschmeidig wurde. Die Augen fielen ihm zu, aber bevor er tatsächlich in der Wanne einschlief, stand er auf, frottierte sich ab, zog sich an und fuhr nach Buchholz in ein kleines Bistro. Dort aß er eine gemischte Nudelpfanne, trank zwei Bier und fuhr zurück in seine Pension. Den Weckruf seines Handys stellte er auf kurz vor Mitternacht und fiel augenblicklich in einen tiefen Schlaf.

»Dreiundzwanzig Uhr und fünfzig Minuten. Zeit aufzustehen!«, sagte die monotone Computerstimme. Nach der dritten Wiederholung begriff Jonathan, dass er gemeint war. Im ersten Moment hatte er nicht gewusst, wo er sich befand. Sofia, dachte er und tastete links neben sich, aber seine Hand fiel ins Leere. Da war nicht Sofias Bett, sondern nur ein abgetretener und verblichener Bettvorleger.

Augenblicklich war er hellwach, richtete sich ruckartig auf und schaltete den Weckruf des Handys aus.

BEEIL DICH!

Jonathan zog sich eilig an, kochte frischen Tee mit einem altmodischen Tauchsieder, den er in Amandas Küchenschrank gefunden und mitgebracht hatte, füllte den Tee in die Thermoskanne, steckte sich zwei Äpfel ein, kontrollierte, ob er auch wirklich die Taschenlampe dabeihatte, und fuhr los.

In der Nacht wagte er sich bis auf dreißig Meter in die Nähe des Hauses. Er parkte den Wagen in einem kleinen, fast zugewucherten Waldweg, von dem er ausging, dass er nicht mehr benutzt wurde, und schlich zum Grundstück, ohne die Taschenlampe einzuschalten.

Mittlerweile kannte er sich gut aus und fand die Stelle, wo er tagsüber gelegen hatte und von der aus er Wohnzimmer, Arbeitszimmer und Küche im Blick hatte, trotz Dunkelheit auf Anhieb. So geht es Sofia immer, dachte er, sie bewegt sich nur in der Dunkelheit, das ist ja unerträglich.

Im Haus war alles dunkel, und auch die Gartenbeleuchtung war nicht angeschaltet. Jonathan konnte absolut nichts erkennen. Trotz Isomatte und Bergsteigerbekleidung kroch ihm die Kälte bereits nach zehn Minuten durch sämtliche Glieder. Seine Nase tropfte, und er zog sie so laut und ungeniert hoch, dass er in der Stille der Nacht selbst über das Geräusch erschrak.

Ich hau ab, überlegte er, ich geh in mein Zimmer und schlafe bis morgen früh. Auf keinen Fall kann ich hier übernachten. Schwiegermutter, Mutter und Kind schlafen fest, und ich Idiot liege hier im festgefrorenen Laub. Irgendwie werde ich morgen früh schon rauskriegen, falls sie heute Nacht noch in die Klinik gefahren ist.

BLEIB!

Jonathan wagte es nicht aufzustehen und hörte zumindest für eine Weile auf, über seine missliche Situation nachzudenken. Die Augen wurden schwer und fielen ihm immer wieder zu. Ihm wurde klar, dass er erfrieren würde, wenn er jetzt einschlief, und er ertappte sich bei dem Gedanken, dass es ein schöner Tod wäre. Jetzt einfach schlafen, und alles wäre vorbei. Ein für alle Mal.

In diesem Moment ging im Wohnzimmer das Licht an.

Leonie kam herein. Sie war barfuß und hatte ein Nachthemd an, das über ihrem prallen Leib spannte, ging zum Kühlschrank, nahm Milch heraus und trank sie direkt aus der Tüte. Dabei hielt sie sich den Rücken und streckte ab und zu den Kopf in den Nacken, als habe sie große Schmerzen.

Plötzlich wandte sie sich um und sah in den Garten. Jonathan hatte das Gefühl, sie sähe ihn direkt an, und hielt den Atem an, aber dann – erst nach einigen Sekunden – sagte er sich, dass es unmöglich war. Aus dem hell erleuchteten Wohnzimmer konnte sie niemals erkennen, was sich draußen in der Dunkelheit abspielte.

Er war so mit seinen Gedanken und seiner eigenen Beruhigung beschäftigt, dass er zu spät registrierte, dass Leonie die drei Schritte zum Kamin gegangen war und die Gartenbeleuchtung angeschaltet hatte.

Jonathan machte einen Satz nach hinten. Der Busch bewegte sich, Zweige knackten.

Leonie rief ihre Schwiegermutter und deutete mit ausgestrecktem Arm angstvoll nach draußen. Hella ging vor direkt bis ans Fenster, sah angestrengt nach draußen und schüttelte schließlich den Kopf.

Jonathan vermutete erleichtert, dass sie wahrscheinlich »da ist nichts« zu Leonie gesagt hatte.

Er war jetzt hoch konzentriert und übervorsichtig, immerhin war es möglich, dass eine der beiden in den Garten kam, um genauer nachzuschauen, und so schnell konnte er unbemerkt nicht flüchten. Aber dann vertraute er darauf, dass sie sich beide zu sehr davor fürchteten, das schützende Haus zu verlassen. Wenn Tobias da gewesen wäre – er wäre bestimmt hinausgegangen, schon um Leonie zu beruhigen, aber Tobias war zum Glück nicht da. Wahrscheinlich machte er seinen Job in Bangkok oder Singapur. Gut so.

Eine halbe Stunde später ging das Licht wieder aus, Hella und Leonie verließen das Wohnzimmer, und dann war alles ruhig. Nichts passierte. Kein Laut. Jonathan fror erbärmlich.

BLEIB!, sagte die Stimme.

Jonathan blieb und musste doch eingeschlafen sein, denn plötzlich schreckte er hoch. Im Wohnzimmer war alles dunkel, aber er hörte, wie die Haustür zugeschlagen und kurz darauf ein Wagen angelassen wurde.

Innerlich fluchend, robbte er zurück, aber als er die Straße erreichte und zu seinem Auto rannte, sah er in der Ferne nur noch die Rücklichter, deren Leuchtkraft immer schwächer wurde, und plötzlich war da nur noch tiefschwarze Nacht.

Er war wütend auf sich selbst. Er tobte innerlich. Leonie war ins Krankenhaus gefahren, und er wusste nicht, in welches. Wenn das Kind auf normalem Weg zur Welt kam, hatte er jetzt zwölf, maximal vierundzwanzig Stunden Zeit herauszukriegen, wo sich Leonie befand. Spätestens dann würde sie mit dem Kind wieder zu Hause sein, und seine Chance war vertan.

Jetzt musste er erst einmal den Vormittag abwarten, und dann brauchte er Geduld und ein bisschen Glück.

VIERUNDDREISSIG

»Tschüss, mein Spatz, sei schön lieb, vielleicht geht die Oma ja heute mit dir auf den Spielplatz, dann kannst du wieder schaukeln.« Tillie sah ihre Mutter fragend an, aber diese stand mit zerzausten Haaren und verschränkten Armen im Nachthemd im Flur und reagierte gar nicht.

Tillie wusste, dass ihre Mutter jetzt erst einmal Kaffee trinken und mehrere Zigaretten rauchen würde, dann würde sie sich im Bad fertig machen und anziehen und Yvonne währenddessen sich selbst überlassen. Tillie durfte gar nicht daran denken, sonst wurde sie verrückt. Aber sie hatte keine andere Möglichkeit, als die Kleine der Oma zu überlassen. Sie war alleinerziehend und hatte für Yvonne immer noch keinen Kindergartenplatz bekommen. Und eine Tagesmutter konnte sie sich nicht leisten.

»Mami kommt bald wieder, ja?« Yvonne fing an zu weinen. »Ich beeil mich. Heute Nachmittag bin ich wieder da!« Sie schloss ihre dreijährige Tochter in die Arme, und Yvonne krallte sich mit ihren winzigen Ärmchen fest in Tillies Jacke.

»Mein Gott! Jeden Tag dasselbe Drama, das geht einem ja auf die Nerven«, knurrte Tillies Mutter.

Tillie umarmte ihre Mutter widerwillig. »Bitte, sei nett zu ihr und pass gut auf sie auf!«

»Ja, ja, ja, ja. Was soll ich denn sonst tun?«

»Tschüss, ihr beiden.« Tillie küsste ihre kleine Tochter Yvonne noch einmal und versuchte nicht zu weinen. Dann ging sie, winkend und lächelnd, aber ihr Herz war so schwer wie ein Stein.

Als sie sich ins Auto setzte, um zur Klinik zu fahren, fühlte sie sich schon so erschöpft, als hätte sie den langen Arbeitstag bereits hinter sich.

Es war zwanzig Minuten vor sieben, und im Autoradio kam ihr Lieblingssong von Melanie C, *The first day of my life*, der es schaffte, sie wenigstens ein paar Minuten von ihren Sorgen abzulenken.

Um sieben Uhr war auf der Säuglingsstation Schichtwechsel. Die Nachtschwestern gingen nach Hause und übergaben die Station der Frühschicht.

»Ein Neuzugang in Zimmer fünf«, sagte Schwester Helga zu Tillie, »Leonie Altmann, fünfundzwanzig Jahre, verheiratet, Erstgebärende. Sie kam heute Nacht selbstständig in Begleitung ihrer Schwiegermutter. Hatte bereits regelmäßige Wehen, alle drei Minuten. Vor einer halben Stunde hat sie ein kleines Mädchen geboren. Lisa-Marie soll sie heißen, das hatte sie sich wahrscheinlich schon lange überlegt. Mutter und Kind sind wohlauf, wie es aussieht, ist das Kind gesund, die Hebamme ist noch bei ihr und macht die Erstuntersuchung.«

»Ach, wie schön!« Zum Glück begann der Morgen gleich mit einer guten Nachricht. Das war auch einer der Gründe, warum Tillie unbedingt Kinderkrankenschwester hatte werden wollen. Da bekam sie es nicht nur mit Krankheit und Tod zu tun, sondern erlebte immer wieder Glücksmomente, wenn ein Kind geboren wurde. Und es war für sie jedes Mal wieder ein Wunder.

»Hier ist die neue Akte«, meinte Helga noch, legte sie auf den Tisch und stand auf. »Ich mach mich auf die Socken, muss meinen Sohn in den Kindergarten bringen. Ich wünsch dir was!«

»Ich dir auch!«

Tillie blätterte kurz in der Akte von Leonie Altmann und legte sie dann gedankenverloren wieder auf den Tisch. Sollte sie jetzt schon bei ihrer Mutter zu Hause anrufen, um wenigstens zu erfahren, ob Yvonne aufgehört hatte zu weinen? Oder wartete sie lieber noch ab, bis sie ein, zwei Kaffee getrunken und ihre erste Runde gemacht hatte? Schweren Herzens entschied sie sich zu warten, es war schließlich besser, die Sorgen zu ertragen, als ihre Mutter noch mehr zu verärgern, was dann letztendlich Yvonne ausbaden musste.

Jonathan erwachte um zehn und fluchte innerlich. Das Frühstück in dieser lausigen Pension war gerade vorbei, aber er hatte den Schlaf gebraucht. Für das, was er vorhatte, benötigte er seine ganze Konzentration.

Um sieben war er schon einmal aufgewacht. Völlig zerschlagen und mit zentnerschwerem Kopf, als habe er die Nacht durchgesoffen. Er schleppte sich zur Toilette und spürte, dass er beim Schlucken Schmerzen hatte. Verdammt nochmal, es hat mich erwischt, es hat mich also wirklich erwischt.

So schnell wie möglich verkroch er sich wieder im Bett und hoffte beim Einschlafen, dass ein Wunder geschehen und er die drohende Erkältung wegschlafen könnte, aber als er aufwachte, hatte er nicht nur Hals-, sondern auch Kopf- und Ohrenschmerzen.

Er ging schnell ins Bad und duschte sehr heiß und sehr lange. Danach fühlte er sich wesentlich besser, kochte sich einen Tee und war schließlich davon überzeugt, die Kraft zu haben, die Erkältung wegzudrücken. Schließlich musste er nun keine Nächte mehr in der Kälte verbringen.

Um elf rief er bei Engelberts Witwe, Ingrid Kerner, an. Er hatte erwartet, eine gedämpfte und immer noch von Trauer erfüllte Stimme zu hören, aber sie war erschreckend laut und aufgekratzt.

»Nein!«, rief sie. »Sie? Wie geht es Ihnen?«

»Gut. Danke. Aber eigentlich wollte ich mich erkundigen, wie es Ihnen geht?«

Sie wurde ruhiger, als fiele ihr erst in diesem Moment ihr Schicksal wieder ein. »Besser. Danke. Ich gewöhne mich allmählich an den Zustand, allein zu leben. Es ist schwer, aber es geht. Und Sie? Von wo rufen Sie an?«

»Aus Italien! Wie immer. Ich habe mich nur gerade daran erinnert, bei der Trauerfeier gehört zu haben, dass das Kind von Leonie und Tobias im Januar geboren wird. Wie sieht es denn aus?«

Ingrid kiekste, und dann überschlug sich ihre Stimme fast. »Na so was! Sie scheinen den siebten Sinn zu haben, oder es war Gedankenübertragung. Ja, wirklich, heute Morgen hat Leonie ein kleines Mädchen geboren! Lisa-Marie soll sie heißen. Ich habe den Anruf auch erst vor zwei Stunden von Hella bekommen. Leider habe ich heute noch einen Zahnarzttermin – aber ich denke, morgen früh fahre ich nach Buchholz.«

»Das ist ja wunderbar. Nein, das freut mich wirklich!«

»Soviel ich weiß, ist Tobias gerade in New York, aber vielleicht schafft er es ja, seine Frau und seine Tochter ein paar Tage zu besuchen.«

»Ich würde es ihm wünschen. Sagen Sie, Frau Kerner, wissen Sie zufällig, in welchem Krankenhaus Leonie liegt? Ich würde ihr gerne ein paar Blumen schicken.«

»Aber natürlich. Moment.« Ingrid legte den Hörer zur Seite und suchte nach ihrem Notizbuch. Dann gab sie Jonathan Adresse und Telefonnummer des Krankenhauses, außerdem Station und Zimmernummer von Leonie und legte auf. Sie war überrascht und gerührt, was der Vermieter aus Italien für einen regen Anteil am Schicksal ihrer Familie und ihrer Freunde nahm.

Und Jonathan war äußerst zufrieden mit sich. Jetzt musste er noch ein paar Einkäufe tätigen, dann hatte er so ziemlich alles, was er brauchte.

Leonie war jetzt seit fast zweiunddreißig Stunden ununterbrochen wach. Sie war den ganzen Tag über von dem kleinen Wesen in ihrem Arm so fasziniert gewesen, dass sie die Müdigkeit gar nicht gespürt hatte, aber jetzt merkte sie, dass ihre Kräfte rapide nachließen, sie musste dringend schlafen. Die Milch schoss in ihre Brüste, sie hatte Lisa-Marie schon einmal gestillt und war ganz glücklich. Alles war gut. Um neun hatte Tobias aus New York angerufen. Er hatte so mit den Tränen gekämpft, dass er kaum sprechen konnte.

»Ich komme«, hatte er immer wieder gestottert, »ich komme, so schnell ich kann. Pass gut auf unseren kleinen Schatz auf. Ich bin stolz auf dich, Leonie, du bist die tollste Frau der Welt, und ich liebe dich.«

Dann war er weg. Ob er aufgelegt hatte oder das Gespräch unterbrochen worden war, wusste sie nicht, es war ja auch egal. Alles war in Ordnung. Sie liebte ihre kleine Tochter, die eine Stupsnase und einen weichen blonden Flaum auf dem Kopf hatte, jetzt schon über alles. Ich geb dich nie wieder her, dachte sie. Nie wieder. Du bist das größte Wunder und das größte Glück meines Lebens.

Dann klingelte sie nach der Schwester. »Tillie«, sagte sie matt, »ich bin so müde, ich muss unbedingt eine Weile schlafen. Können Sie die Kleine mit ins Wachzimmer nehmen?«

»Aber natürlich!« Tillie nahm Lisa-Marie aus ihrem Bettchen. »Wir passen auf sie auf und werden sie wickeln, wenn es nötig ist. Sollen wir Sie wecken, wenn sie gestillt werden muss?«

»Ja, bitte.« Leonie lächelte dankbar, drehte sich auf die Seite und schlief augenblicklich ein.

Jonathan ging ins Bad, betrachtete ein paar Sekunden sein Gesicht im Spiegel eines altmodischen Allibert und begann, sich sorgfältig zurechtzumachen.

Es war jetzt zwanzig vor elf. Zeit der Visite und daher viel zu gefährlich. Er wollte noch zwei Stunden warten, denn es erschien ihm günstiger, wenn auf den Stationen das Mittagessen gerade vorbei war und das Geschirr abgeräumt wurde.

In den letzten zwei Wochen hatte er sich einen Bart wachsen lassen, den er jetzt sorgfältig schnitt, so dass er gepflegt wirkte. Der schlohweiße Bart störte ihn maßlos, er kam sich verwahrlost und unsauber vor, geradezu verwildert. Aber es handelte sich ja nur noch um wenige Stunden. Wenn alles erledigt war, würde er ihn abrasieren.

Die Perücke hatte er schon vor Wochen in Florenz gekauft. Sie war aus Echthaar, handgeknüpft, und hatte über fünfhundert Euro gekostet. Das war es ihm wert. Graue, drei bis vier Zentimeter lange Haare, die sehr natürlich wirkten und gut zu seinem schmalen Gesicht passten. Er streifte sie über seine eigenen millimeterkurzen Haare, und damit die Perücke nicht verrutschte, fixierte er sie an den Schläfen und oberhalb der Stirn am Haaransatz mit Mastix. Ein Spezialklebstoff, der im Theater in der Maske verwendet wurde. Hinterher würde er die Perücke so bald wie möglich verbrennen.

Zum Schluss setzte er eine Brille mit Fensterglas und zartgoldenem Rand auf, die ihm einen intellektuellen, distinguierten Touch gab. Kein Problem, sie danach auf der Autobahn aus dem Fenster zu werfen.

Er wirkte wie ein Professor Anfang sechzig, dem man ohne weiteres Respekt zollte und Vertrauen schenkte. Perfekt. Er war zufrieden.

Das Zimmer hatte er bereits am Abend zuvor bezahlt. Er packte seine Sachen und verließ zwanzig Minuten später das Hotel vollkommen unbemerkt. Die Rezeption war in diesem kleinen Hotel nur selten besetzt.

Ideal für ihn, der ungesehen verschwinden wollte.

Es war jetzt kurz nach elf. Noch zu früh. In Gedanken ging er noch einmal die Liste durch, ob irgendetwas fehlte. Aber ihm fiel nichts ein. Er hatte an alles gedacht.

Also blieb ihm nur noch ein Waldspaziergang, um zwei weitere Stunden totzuschlagen.

Um dreizehn Uhr fünfundzwanzig hielt er vor der Klinik und parkte am Nebeneingang auf einem für Ärzte reservierten Parkplatz. Weiße Hosen, weißes Hemd und weißen Kittel hatte er bereits im Auto angezogen, Stethoskop und obligatorischer Kugelschreiber steckten in der Brusttasche.

So betrat er das Krankenhaus. Dem Pförtner nickte er kurz zu, und dieser grüßte automatisch zurück.

Um dreizehn Uhr achtundzwanzig bekam Schwester Tillie auf der Station einen Anruf von einem hausinternen Apparat.

»Hier Dr. Werner, Kardiologie«, sagte eine Männerstimme, »es geht um Lisa-Marie Altmann. Die Hebamme hat Meldung gemacht, sie hat Auffälligkeiten bei den Herztönen festgestellt. Wir wollen kurz Ultraschall machen. Bringen Sie die Kleine runter auf die 3 A? Ich habe gerade einen Moment Zeit.«

Komisch, dachte Tillie, warum sagte das die Hebamme nicht direkt auf der Station, sondern informierte gleich die Kardiologen? Stand es so schlecht um die kleine Lisa-Marie?

»Ist gut, ich komme runter«, sagte sie. »Es ist günstig, die Mutter schläft gerade.«

»In einer Viertelstunde hat sie das Baby wieder.« Dr. Werner legte auf.

Tillie steckte ihr Rufgerät ein, nahm die Patientenakte von Lisa-Marie Altmann, die immer noch auf dem Tisch im Schwesternzimmer lag, und schob das Bettchen mit dem Baby aus der Station und in den Aufzug, um in den dritten Stock zu fahren.

Vor der Milchglastür der Kardiologie wartete schon Dr. Werner. Er trug einen Arztkittel, hatte einen Bart und eine Brille. Tillie hatte ihn noch nie gesehen.

»Guten Tag, ich bin Dr. Werner, der neue Oberarzt der Kardiologie.«

Tillie lächelte und erwiderte den Gruß. »Schwester Tillie.«

Dr. Werner beugte sich über das Bettchen. »Da haben wir ja das kleine Mädchen. Eine ganz Hübsche! Na, dann woll'n wir mal sehen, ob die Vermutung der Kollegin stimmt. Ich denke, ich brauche fünfzehn bis zwanzig Minuten für die Untersuchung. Wenn ich fertig bin, rufe ich Sie an, und dann können Sie sie wieder abholen, ja?«

»In Ordnung.« Tillie drehte sich um. Die Fahrstuhltür stand immer noch offen. Tillie ging hinein, die Tür schloss sich, und der Fahrstuhl fuhr nach oben.

Jonathan atmete tief durch. Dann nahm er den nächsten Fahrstuhl und fuhr mit Lisa-Marie in ihrem rollenden Bettchen ins Erdgeschoss.

Als er die Klinik durch einen Notausgang verließ, trug er das Neugeborene hinaus in die Kälte und die wenigen Meter bis zu seinem Auto, legte es in die Tragetasche auf dem Beifahrersitz und fuhr davon.

Er war so glücklich wie seit Jahren nicht mehr. Hatte keinerlei Schuldbewusstsein. Denn er hatte das Kind nicht entführt, sondern zu sich geholt. Und das war – verdammt nochmal – sein gutes Recht.

Auf der Säuglingsstation war die Hölle los. Tillie wickelte im Akkord, ein Baby übergab sich pausenlos, eine Mutter mit Brustentzündung hatte starke Schmerzen, und inmitten dieses Chaos, als Tillie an alles gedacht hatte, aber nicht an Lisa-Marie in der Kardiologie, klingelte um Viertel nach zwei Leonie und verlangte ihr Kind.

Tillie sah auf die Uhr. Eine Dreiviertelstunde war um. Die brauchten aber lange mit der Untersuchung, hoffentlich war das kein schlechtes Zeichen. Sie erklärte der erschrockenen Leonie die Situation und versprach, gleich mal in der Kardiologie anzurufen und zu fragen, ob sie Lisa-Marie jetzt abholen könne.

»Waaaaas?«, brüllte Oberschwester Ute aus der Kardiologie entsetzt, und es tat Tillie in den Ohren weh. »Was erzählen Sie da? Hier gibt es keinen Dr. Werner. Ich habe den Namen noch nie gehört. Und – warten Sie mal kurz …« Tillie, die sich wunderte, dass sie überhaupt noch am Leben war, so eine Angst breitete sich in ihrem Bauch aus, hörte das Rascheln von Papieren. »Nein, hier ist nichts notiert. Kein Hinweis, dass ein Neugeborenenultraschall angeordnet worden ist. Du lieber Himmel, was ist denn da los bei euch?«

Tillie legte auf. In ihrem Kopf drehte sich alles. Das war der Supergau. Das Schlimmste, was überhaupt passieren konnte. Wer war dieser Mann gewesen? Jemand, der sich als Arzt verkleidet hatte, um einen Säugling zu stehlen? War sie wirklich auf einen Verbrecher und einen ganz miesen, aber simplen Trick hereingefallen? Nein, das konnte nicht sein! Das war unmöglich!

Es ist sicher nur ein Missverständnis, dachte sie, ein Kommunikationsproblem, die haben in der Kardiologie irgendwas falsch verstanden, Lisa-Marie ist irgendwo, vielleicht haben sie sie zum Röntgen gebracht.

So eine Klinik war ein Moloch, ein Gewirr aus Fluren, Etagen, Stationen und Zimmern, von Mitarbeitern, Zuständigen, Verantwortlichen, Chefs und Untergebenen, ein bürokratischer Riesenapparat. Dennoch löste sich ein Baby in einem Krankenhaus nicht einfach in Luft auf.

Ihre Angst wurde stärker. Es hatte keinen Zweck, weiter zu spekulieren, sie musste Alarm schlagen.

Bevor sie der Mutter Bescheid sagte, alarmierte sie den Oberarzt und all ihre Kolleginnen, dieser informierte den Chefarzt. Man sprach mit sämtlichen Kollegen in der Kardiologie, befragte den Pförtner, aber auch dem war nichts Außergewöhnliches aufgefallen.

Und dann erfuhren Leonie und Hella das Ungeheuerliche: Ihre neugeborene, kerngesunde, hübsche Lisa-Marie war von einem Unbekannten aus der Klinik entführt worden. Leonie sagte gar nichts. Sie war kalkweiß im Gesicht und unfähig zu begreifen, was geschehen war. Ganz ruhig lag sie da und wartete darauf, aus diesem Alptraum zu erwachen.

FÜNFUNDDREISSIG

Tillie kam erst kurz vor Mitternacht zurück.

»Entschuldige«, stotterte sie, »aber ich konnte nicht früher, da ist was in der Klinik passiert.«

»Da gibt's nichts zu entschuldigen«, schnauzte ihre Mutter. »Du lässt mich hier mit Yvonne den ganzen Tag hocken, rufst nicht mal an, sagst nicht, was los ist, ich kann ja seh'n, wo ich bleibe, als wenn ich weiter nichts zu tun hätte.«

Die Augen ihrer Mutter schimmerten wässrig.

»Wo ist sie?«

»Sie schläft, verdammt. Endlich! Sie hat fast den ganzen Tag nur geschrien. Das kann ja kein Mensch aushalten. Es ist die Hölle!«

Tillie stand schweigend auf und ging ins Schlafzimmer. Yvonne lag auf dem ungemachten Bett ihrer Mutter, sie war noch nicht mal ausgezogen, hatte immer noch die Sachen an, mit denen sie den ganzen Tag auf dem Teppich herumgerutscht war. Dabei hatte Tillie Schlafanzug, Badetuch, Wäsche zum Wechseln, mehrere Sockenpaare und verschiedenes Spielzeug für sie hiergelassen. Aber auf dem Bett lag nichts. Noch nicht mal ihr geliebtes Schmusetier, ein flauschig weicher Eisbär mit freundlichen Knopfaugen. Yvonnes Gesichtchen war rot und verschwollen vom vielen Weinen.

Tillie packte hastig alle Kindersachen in ihre Reisetasche, die neben dem Kleiderschrank stand, nahm die schlafende Yvonne auf den Arm und ging in die Küche. Ihre Mutter hatte sich vom Küchentisch nicht wegbewegt.

»Trotzdem tausend Dank für alles«, schaffte sie zu sagen, »gute Nacht.«

»Was ist denn so Weltbewegendes passiert?« Ihre Mutter hatte die Augen geschlossen und kratzte sich am Kopf. Sie sah nicht aus, als würde es sie wirklich interessieren.

»Erzähl ich dir ein andermal. Ich bin jetzt einfach zu müde.«

»Na, dann kann es ja nicht so dramatisch gewesen sein.«

»Nein.« Tillie ging ohne ein weiteres Wort.

Als sie in ihrer kleinen Eineinhalbzimmerwohnung ankam, wachte Yvonne auf und begann zu quengeln. Sie machte ihr eine warme Milch mit Honig, zog sie aus, sang ihr ein paar Lieder vor, und bald schlief Yvonne ruhig und fest.

Als Tillie anschließend in der Küche saß und einen heißen Instanttee trank, stürzten die Ereignisse noch einmal mit Gewalt auf sie ein.

Die Polizei traf eine Viertelstunde, nachdem Ärzte und Krankenschwestern alarmiert waren, ein, das gesamte Krankenhaus wurde durchsucht, von Lisa-Marie fehlte jede Spur. Im Klinikflur stand das leere Kinderbett, der Täter hatte offensichtlich mit dem Kind vollkommen unbehelligt durch einen Nebenausgang das Haus verlassen.

Das Einzige, was der Oberarzt Tillie zuzischte, war ein knappes: »Wie kann man nur so naiv sein!« Mehr sagte er nicht, aber Tillie fühlte sich wie ein Käfer, der von einem schweren Stiefel zertreten wird.

Sie versuchte die Nerven zu behalten, und mobilisierte ihre letzten Kräfte, um der Polizei eine möglichst detaillierte Beschreibung dieses Dr. Werner zu geben. Schließlich fuhr sie mit aufs Revier, und am Computer wurde ein Phantombild erstellt.

»Der Bart könnte falsch und die Brille nur Tarnung sein«, gab der Computerfachmann zu bedenken. »Wir werden mindestens vier Varianten veröffentlichen: eine mit Bart und Brille, eine ohne alles, eine nur mit Bart und eine nur mit Brille. Wäre doch gelacht, wenn diesen Typen nicht irgendeiner erkennt.«

Nach ihrem Besuch bei der Kripo fuhr Tillie noch einmal zurück ins Krankenhaus. Sie überlegte, ihre Mutter anzurufen, ließ es aber dann bleiben, weil sie sich nicht in der Lage fühlte, das Geschehene zu schildern. Außerdem wusste sie, dass ihre Mutter ihr Vorwürfe machen würde, und das konnte sie jetzt nicht auch noch ertragen. Meist gipfelten diese Anschuldigungen dann darin, dass sie ihr vorwarf, eine miserable Mutter ohne jedes Verantwortungsgefühl und nicht in der Lage zu sein, ein Kind wie Yvonne allein großzuziehen.

Als Tillie ankam, hatte Leonie das Krankenhaus bereits verlassen. Tillie war fast froh darüber, so blieb es ihr erspart, ihr noch einmal gegenübertreten und in die Augen sehen zu müssen.

Sie ging auf ihre Station und verabschiedete sich von ihren Kollegen.

»Ich habe gekündigt«, sagte sie, »alles, was passiert ist, ist meine Schuld. Wie ich das aushalten soll, weiß ich nicht, ich weiß nur, dass ich hier nicht mehr arbeiten kann. Ich würde vor Angst um jedes Baby verrückt werden, ich würde jedem Menschen, jedem Vater, jedem Besucher misstrauen, es geht einfach nicht. Ich wünsche euch alles Gute!«

Das Schweigen im Raum war unerträglich.

Schließlich nahm sie ein Kollege in den Arm. »Mach's gut!«, flüsterte er.

Auch die anderen folgten nun seinem Beispiel. Einige verdrückten ein paar Tränen. Tillie hatte immerhin neun Jahre auf der Station gearbeitet und war eine verlässliche, angenehme Kollegin gewesen. Sie würde ihnen fehlen.

SECHSUNDDREISSIG

Der Lufthansaflug aus Frankfurt landete pünktlich in Fuhlsbüttel. Tobias kam jede Minute vor wie eine Stunde, er konnte es einfach nicht mehr erwarten, endlich sein kleines Töchterchen zu sehen und im Arm zu halten. Er hatte in den letzten Tagen in New York zu tun gehabt, war jetzt seit fünfzehn Stunden unterwegs und fühlte sich todmüde und hellwach zugleich. Auf die Gepäckausgabe musste er nicht warten, da er nur mit Handgepäck reiste, und zum ersten Mal drängelte und schubste er, um schneller aus dem Flugzeug zu kommen.

Als er durch die Halle hastete, blieb er plötzlich wie vom Donner gerührt stehen. Aus einem Fernseher, der unermüdlich Nachrichtensendungen ausstrahlte, hörte er den Namen *Lisa-Marie Altmann*.

Das ist ein seltener Name, schoss ihm in Bruchteilen von Sekunden durch den Kopf, so einen Zufall gibt es nicht, die meinen mich, uns, das Baby. Und er spürte, dass ihm der Angstschweiß ausbrach und augenblicklich seinen Anzug durchfeuchtete.

Er war kaum in der Lage, zu begreifen, was berichtet wurde, und nur Bruchstücke hakten sich in seinem Gehirn fest. *Baby aus der Klinik gestohlen* war der einzige Satz, der schließlich noch in seinem Kopf kreiste. Sein Baby war gestohlen? Das konnte nicht sein. Es musste sich einfach um eine andere Lisa-Marie, eine zweite Lisa-Marie Altmann handeln, sagte er sich, um sich selbst zu beruhigen und hier in der Flughafenhalle nicht zusammenzubrechen. Aber gleichzeitig war ihm klar, dass es niemals eine zweite neugeborene Lisa-Marie Altmann in Buchholz geben konnte.

Mit zitternden Händen nestelte er sein Handy aus der Innentasche seines Anzugs, dabei fiel es ihm aus der Hand und auf den Boden. Als er es aufhob, hatte es einen Sprung auf dem Display, ließ sich aber noch anschalten. Es schien Ewigkeiten zu dauern, bis das Handy die PIN akzeptiert hatte und hochgefahren war. Sieben neue Nachrichten zeigte es an.

Tobias hörte sie nicht ab, sondern rannte los.

Er sprang in ein Taxi, lockerte seine Krawatte, weil er zu ersticken glaubte, und merkte gar nicht, dass er seine Adresse schrie.

Der Taxifahrer zog die Augenbrauen hoch, schüttelte den Kopf und fuhr los.

Leonie sah aus wie ein Gespenst, als sie ihm in die Arme fiel. Blass und schwach und mit tiefen, dunklen Schatten unter den Augen, die er zuvor noch nie an ihr gesehen hatte.

Sie war nicht in der Lage zu reden, sondern weinte unaufhörlich.

Alles, was geschehen war, erfuhr er von Hella.

Als sie fertig war und er alles wusste, was man wissen konnte, wurde Tobias aktiv. An Schlaf war gar nicht mehr zu denken.

Er zog sich ins Arbeitszimmer zurück und telefonierte.

– Er bat einen befreundeten Arzt aus Hamburg, sich um Leonie zu kümmern, da er sich ernsthaft Sorgen um sie machte.

– Er rief in New York an und sagte, dass er nicht in drei Tagen zurück sein würde. Deutete kurz an, was passiert war und ließ offen, wann er seine Arbeit wieder aufnehmen würde.

– Er cancelte seinen Rückflug.

– Er führte ein langes Gespräch mit der Polizei und dem Chefarzt der Klinik.

– Er bat seinen Vater, zu kommen.

Bereits abends um sieben traf Henning im Haus seines Sohnes ein.

Beim Abendbrot schwiegen sie. Die Trauer war so übermächtig, dass es unvorstellbar schien, etwas zu sagen.

Leonie hatte eine Spritze bekommen, lag im Bett und schlief.

Nach dem Essen legte Tobias sein Besteck zur Seite und sah seine Eltern an. »Nur eines wollte ich euch noch sagen, und es ist mir verdammt ernst damit: Wer immer das getan hat – wenn sie ihn finden, bringe ich ihn um! Das schwöre ich.«

Henning hatte seinen Sohn noch nie so entschlossen, klar und eiskalt erlebt.

Er sagte nichts dazu. Auch Hella schwieg.

Und beide konnten ihn sogar verstehen.

JONATHAN

SIEBENUNDDREISSIG

Jonathan war vollkommen übermüdet. Alle zwei Stunden fuhr er auf einen Rastplatz, schüttete das Trockenmilchpulver auf der Toilette in ein Fläschchen, goss warmes Leitungswasser dazu, schüttelte es ausgiebig und fütterte die kleine Lisa-Marie, die gierig trank. Er betete, dass das Wasser in Ordnung war und Lisa-Marie es vertragen würde. Wenn er endlich auf La Passerella war, konnte er das Wasser abkochen.

Er hatte achtundvierzig Fertigwindeln, Babycreme, eine warme Babydecke, fünf Erstlingsstrampler, Jäckchen, Socken, Mütze und winzige Handschuhe gekauft und eine Tragetasche, in der Lisa-Marie lag und die er auf den Beifahrersitz zwischen Handschuhfach und Rückenlehne klemmte. So konnte er die Kleine beim Fahren streicheln, mit ihr reden und ihr den Schnuller immer wieder in den Mund stecken, wenn sie ihn ausspuckte und schrie. Natürlich wusste er, dass er Lisa-Marie auf diese Weise alles andere als sicher transportierte, aber jetzt auf die Schnelle konnte er es nicht ändern und war überzeugt davon, dass so kleine, vollkommen unschuldige Seelen mindestens einen, wenn nicht mehrere Schutzengel hatten.

Lisa-Marie trank gut, hatte keinen wunden Po und war äußerst genügsam. Meist schlief sie. Manchmal seufzte sie tief, und Jonathan wunderte sich, dass Neugeborene, die erst wenige Stunden alt waren, schon so tief und herzhaft seufzen konnten.

Um siebzehn Uhr hatte er Hamburg verlassen. Lisa-Marie schlief und wurde nur einmal wach. Er fuhr so schnell, wie es sein Wagen erlaubte, und war nachts um eins in München.

Jonathan konnte nicht mehr. Er war vollkommen fertig und schaffte es nur mit Mühe bis zum Rasthof Holzkirchen. Dort fütterte und wickelte er Lisa-Marie wie in Trance, so müde war er, und als sie still in ihrer Tasche lag, fiel er in einen tiefen, traumlosen Schlaf.

Um drei Uhr wurde er wach und fühlte sich fit genug, um weiterzufahren. Lisa-Marie atmete ruhig, ihre Wangen waren leicht gerötet. Hoffentlich hat sie kein Fieber, dachte Jonathan und hatte nur den einen Wunsch, so schnell wie möglich La Passerella zu erreichen.

Jetzt in der Nacht war die Autobahn frei, und er raste dem Brenner entgegen.

Bei Sonnenaufgang, kurz vor Verona, begann Lisa-Marie zu schreien, und er musste anhalten. Füttern, wickeln, und diesmal komplett neu einkleiden, weil der Strampler vollkommen durchnässt war. In der Raststätte gab es keinen Wickelraum, und Jonathan musste die ganze Prozedur auf dem Beifahrersitz bewältigen.

Es war bitter kalt. Jonathan ließ den Motor laufen, aber er sah, wie Lisa-Marie zitterte, als er sie auszog und abtrocknete. Um das Auto fegte ein scharfer Wind.

Lisa-Marie glühte. Sie hatte eindeutig Fieber. Aber sie trank. Jonathan legte sie trocken und zog sie warm an. »Werd mir nicht krank, mein Mädchen, mein süßer Schatz«, flüsterte er, »halte durch, bald sind wir zu Hause!«

Den Gedanken, dass das Fieber steigen und sie sterben könnte, versuchte er zu verdrängen.

Bevor er den Wagen anließ, versuchte er noch, Sofia anzurufen. Lisa-Marie schlief bereits, sie würde keinen Ton von sich geben.

Aber Sofia hob nicht ab.

Jonathan sah auf die Uhr. Es war jetzt Viertel nach acht. Um diese Zeit war Sofia immer wach. Er hatte in den vergangenen fünf Jahren keinen Morgen erlebt, an dem sie nicht um sieben Uhr oder früher aufgestanden war. Aber sie hob nicht ab, obwohl das Telefon im ganzen Haus zu hören war.

Sie hatte ihm ihr Ehrenwort gegeben.

Aber sie war nicht da.

Jonathan versuchte es nicht weiter und drückte aufs Gas. Vor Wut auf Sofia und aus Angst um Lisa-Marie.

ACHTUNDDREISSIG

Leonie wusste im Grunde ihrer Seele, dass sie Lisa-Marie nie wiedersehen würde. Es hatte keinen Zweck, an ein Wunder zu glauben.

Hella betäubte ihre Verzweiflung damit, immer neu darüber zu spekulieren, was mit ihrem Enkelkind geschehen sein könnte.

»Sieh mal«, sagte sie zu Leonie, »kein Mensch stiehlt ein Neugeborenes aus dem Krankenhaus, um es umzubringen. Das ist Blödsinn. Insofern können wir ziemlich sicher davon ausgehen, dass Lisa-Marie lebt. Und das ist doch schon mal ungemein tröstlich.«

Leonie nickte brav, aber sie fand diesen Gedanken überhaupt nicht tröstlich. Lisa-Marie lag nicht in ihrem Arm – das war das einzig Entscheidende.

»Wahrscheinlich hat dieser Mann Lisa-Marie für seine Frau gestohlen. Weil seine Ehe kinderlos ist. Seine Frau ist seit Jahren vollkommen verzweifelt, sie ist depressiv, hat schon zweimal versucht, sich umzubringen, was weiß ich. Er konnte es einfach nicht mehr aushalten und hat es gewagt, sich als Arzt auszugeben und das Kind zu holen. Es war ein Risiko, und er hat es geschafft.«

»Bitte, Hella, hör auf!« Leonie war plötzlich furchtbar schwindlig.

»Ich wollte damit nur sagen«, fuhr Hella fort, »wenn die Frau dieses Mannes Lisa-Marie hat, dann wird sie sich rührend um sie kümmern. Sie ist beschützt, sie ist gesund, es wird auf sie aufgepasst, verstehst du?«

Leonie nickte erneut und schwieg.

»Die Polizei wird sie finden und bringt sie dir wohlbehalten zurück. Da bin ich ganz sicher.«

»Hör auf!«, schrie Leonie plötzlich schrill, und Hella zuckte zusammen. »Hör auf, mich mit diesem Schmus vollzulabern! Sie ist weg, und sie kommt nicht wieder! Kapierst du das nicht? Ich bin keine Fünfjährige, der du ein Märchen erzählen kannst, damit die schwarzen Männer aus ihren Träumen verschwinden. Und schließlich nimmt sie das Däumchen und schläft friedlich ein! Hella, komm zu dir! Seit zwei Tagen versuchst du, mir Hoffnung zu machen, und das macht es nur noch schlimmer, weil es so verdammt dumm ist! Nur ein Vollidiot kann an all das glauben, was du erzählst! Weißt du, was das bedeutet, was du mir sagst? Kapierst du das? Ich seh mein Kind nie wieder! Wenn es ein Kidnapper entführt hätte und eine Lösegeldforderung stellen würde, dann wüsste ich, es ist ein Pfand. Ich habe eine Chance, es für irgendeine Summe X zurückzukaufen. Es hat einen Wert für den Verbrecher. Aber so verschwindet meine Tochter auf Nimmerwiedersehen in irgendeiner Familie bei einer geistesgestörten Frau! Die meldet sich nicht, und die gibt es auch nie wieder her! Ist das denn so schwer zu verstehen?«, brüllte Leonie.

Hella war wie vor den Kopf geschlagen. Das ist nicht fair, dachte sie, jetzt wird Leonie gemein. Ich hab es schließlich nur gut gemeint.

Sie spürte, wie ihr die Tränen in die Augen schossen, aber sie unterdrückte sie, wollte jetzt nicht weinen.

Leonie konnte sich nicht beruhigen. »Irgendeine Frau auf dieser Welt läuft jetzt froh und glücklich mit einem Kinderwagen durch die Gegend, und alle bewundern ihr Baby. Natürlich macht sie das nicht da, wo alle Welt sie kennt und es den Nachbarn auffallen würde, dass sie keinen Bauch hatte. Nein, so bescheuert ist sie nicht. Wahrscheinlich zieht sie gerade in eine neue Wohnung und verkauft Lisa-Marie allen als ihr kleines süßes, neues Kind! Und meldet es auch noch offiziell beim Amt an. Muss ja alles seine Ordnung haben. Niemand wird je Verdacht schöpfen. Deine kleine Enkelin ist weg, Hella, sie haben die Tochter deines Sohnes einfach mitgehen lassen, und du wirst sie nie auf den Knien haben und mit ihr Hoppe, hoppe, Reiter spielen können! So sieht es nämlich aus! Und jetzt lasst mich alle in Ruhe!«

Damit rannte sie aus dem Raum und warf die Tür zu, dass das Krachen durchs ganze Haus zu hören war.

Die Regionalnachrichten um neunzehn Uhr dreißig brachten ein Bild von Leonie und Lisa-Marie, das Hella kurz nach der Geburt aufgenommen hatte. Darauf eine strahlende Leonie und in ihrem Arm ein Säugling mit rotem Gesichtchen, der die Augen geschlossen hatte und die winzigen Finger abwehrend abspreizte.

Der Fall wurde kurz geschildert, man zeigte die verschiedenen Varianten des Phantombildes, das nach Tillies Aussage erstellt worden war, und bat die Bevölkerung um Mithilfe. Vielleicht hatte irgendjemand diesen Mann mit einem Baby gesehen. Hinweise bitte an jede Polizeidienststelle. Außerdem wurde die Telefonnummer von Kommissar Wittek eingeblendet, der den Fall übernommen hatte und mit dem Tobias fast rund um die Uhr in Kontakt stand.

Wittek war selbst Vater dreier Kinder und konnte gut nachempfinden, wie es der Familie Altmann zurzeit ging. Daher ging es ihm auch nicht auf die Nerven, wenn Tobias fünfmal am Tag anrief, um sich zu erkundigen, ob es irgendetwas Neues gegeben hatte und vielleicht ein Silberstreif am Horizont zu sehen war.

»Wir überprüfen zurzeit ähnliche Fälle von Kindesentführung, bei denen das Kind nach Stunden oder wenigen Tagen wiedergefunden wurde. Auch wenn die Tat Jahre zurückliegt, denn der eine oder die andere kann es vielleicht nicht lassen. Und wir gehen jedem Hinweis aus der Bevölkerung nach. Mehr können wir im Moment nicht tun.«

»Das ist zu wenig«, meinte Henning am Abend zu seinem Sohn. »Ich finde, wir sollten nichts unversucht lassen und zusätzlich eine renommierte Detektei einschalten. Solange die Spur heiß ist, müssen wir Himmel und Hölle in Bewegung setzen. In einem Monat ist es zu spät.«

Tobias nickte. Sein Vater hatte völlig Recht. Im Moment interessierten sich Freunde, Bekannte, Verwandte und vor allem die Medien für die kleine geraubte Lisa-Marie, spätestens in ein paar Wochen würden sie jedoch wieder völlig auf sich allein gestellt sein.

»Es tut mir leid.« Leonie stand blass und schmal in der Tür. »Ich weiß nicht, warum ich so ausgeflippt bin, es ist mir auch klar, dass du es nur gut gemeint hast. Bitte, sei nicht böse.«

»Schon gut.« Hella stand auf und nahm Leonie in den Arm. »Schon gut.« Sie küsste ihre Schwiegertochter auf die Wange. »Wir haben alle keine Nerven mehr, aber wir sollten versuchen, uns nicht zu streiten. Sonst können wir die Situation nicht aushalten.«

Ich kann die Situation schon lange nicht mehr aushalten, was weißt du denn, dachte Leonie. Sie hatte ihre kleine Tochter nur wenige Stunden gesehen, gestreichelt und liebkost, aber sie hatte das Gefühl, noch nie ein Wesen so sehr geliebt zu haben.

NEUNUNDDREISSIG

Mittags um halb zwei erreichte Jonathan La Passerella. Er war von Verona bis zum Valdarno ohne Pause durchgefahren, da Lisa-Marie fast ununterbrochen schlief. Ihr kleines Gesicht glühte, und auch während er über die Autobahn raste, schob er ihr immer wieder die Nuckelflasche zwischen die Lippen, damit sie bei dem hohen Fieber nicht austrocknete. Das Autofenster war auf der Fahrerseite nur einen Spaltbreit offen, die dicke Babydecke hatte er auf den Rücksitz gelegt und Lisa-Marie nur mit einem leichten Pullover zugedeckt. Es war wichtig, dass ihr Körper Hitze abgeben konnte, aber sie durfte auf gar keinen Fall Zug bekommen.

Fast lautlos rollte er in seinem Wagen vor das Haus. Von drinnen war kein Laut zu hören. Riccardo und Amanda machten wahrscheinlich Mittagsschlaf, aber Sofia schlief nie nach dem Essen.

Sein Herz krampfte sich zusammen. Wo war sie?

Er nahm Lisa-Marie auf den Arm und trug sie ins Haus.

Sofia saß mit dem Rücken zu ihm in ihrem Lieblingssessel am Fenster, hatte Kopfhörer auf den Ohren und hörte Musik. Daher merkte sie nicht, wie er ins Zimmer kam.

Einen Augenblick verharrte er reglos und sah sie an. Alle Wut, dass er sie telefonisch nicht erreicht hatte, war verflogen.

Jetzt würde er ihr sein größtes Geschenk machen.

Langsam ging er zu ihr und legte ihr das Baby auf den Schoß.

Sofia erschrak im ersten Moment, aber dann befühlte sie ungläubig und fassungslos das kleine Wesen mit der heißen Nase.

»Sie ist für dich«, sagte Jonathan leise. »Deine und meine Tochter. Sie hat ihre Mutter verloren. Liebe sie, sorge für sie, sie hat niemand anderen mehr.«

Sofia fing vor Aufregung an zu stottern. »Jonathan, ich versteh nicht …«

»Ich werde dir alles erklären, Liebste.« Er küsste sie aufs Haar. »Aber zuallererst müssen wir uns um die Kleine kümmern. Sie muss gewickelt und gefüttert werden, und sie hat Fieber.«

Sofia stand auf und hielt ihm das Baby hin. »Hilf mir!« Sie war unsicher, hatte noch nie so ein zerbrechliches Wesen auf dem Arm gehabt und Angst, irgendetwas falsch zu machen.

»Wie heißt sie?«

»Sie ist erst drei Tage alt und hat noch keinen Namen.«

»Wer ist ihre Mutter?«

»Meine Cousine. Sie ist bei der Geburt gestorben.«

Sofia befühlte das zarte Gesichtchen und küsste es. Sie hielt einen Moment inne und sagte schließlich: »Dann lass sie uns wie deine Cousine Daniela nennen.«

Von nun an änderte sich Sofias Leben von Grund auf.

Jonathan und Sofia wickelten und fütterten sie, flößten ihr lauwarmen Fencheltee ein, und während Sofia ihr kühle Essigwadenwickel machte, fuhr Jonathan ins Dorf, um Fieberzäpfchen für Säuglinge zu besorgen.

Das Fieber war gesunken, und Daniela schlief auf Sofias Arm, als Jonathan am Abend in der Küche Danielas Geschichte erzählte.

Amanda konnte sich an dem Baby nicht sattsehen und vergaß vor Aufregung, sich etwas zu trinken zu holen. Riccardo saß angespannt auf seinem harten, geflochtenen Stuhl und hielt die Hände auf die Tischplatte gestützt, als wolle er zum Sprung ansetzen. So aufmerksam hatte Jonathan ihn in den letzten Jahren nicht erlebt.

»Ich wusste seit Monaten, dass es meiner Cousine schlecht geht«, begann Jonathan, »aber es war mir nicht klar, dass sie ihre Krankheit nicht überleben würde. Sie hatte Knochenkrebs und konnte sich nur unter Schmerzen und auf Krücken durch ihre Wohnung schleppen. Es war furchtbar, aber sie hat fest daran geglaubt, dass sie wieder gesund werden würde. Die Ärzte haben ihr auch große Hoffnungen gemacht.

Und obwohl sie sich mit fortschreitender Schwangerschaft kaum noch bewegen konnte, hat sie sich wie wahnsinnig auf das Kind gefreut. Irgendwie lebte sie in der Vorstellung, dass sie nach der Geburt schmerzfrei sein und sich wie jede andere Mutter auch um ihr Kind kümmern könnte. Sie glaubte fest daran, dass Schwangerschaft und Krankheit mit einem Mal beendet sein würden.

Ich habe das immer für eine Illusion gehalten, aber ich habe es ihr natürlich nicht gesagt. Ich machte mir riesige Sorgen um meine Cousine und beschäftigte mich monatelang mit dem Gedanken, das Neugeborene zu mir nehmen zu müssen. Und jetzt werden wir dieses kleine Waisenmädchen wie unser eigenes aufziehen.«

»Wie ist sie gestorben?«, hauchte Sofia.

»Sie lag zwölf Stunden in den Wehen. In den letzten beiden Stunden war ich bei ihr. Als das Kind dann endlich geboren war, hatte sie keine Kraft mehr. Sie hat Daniela noch anderthalb Stunden im Arm gehalten. Dann gab sie sie mir, so wie ich sie dir heute gegeben habe, Sofia. Ohne ein Wort. Sie lächelte, machte die Augen zu und schlief ein. Ganz friedlich. Als habe sie ihr letztes großes Werk vollbracht. Monatelang hatte sie sich noch gequält, jetzt konnte sie endlich gehen.«

»Ist sie zu Hause gestorben?«, fragte Amanda seltsam ruhig.

»Ja. Sie wollte auf keinen Fall ins Krankenhaus. Hatte Angst um das Kind. Hatte Angst, dass man es ihr wegnehmen und sie in die bürokratischen Mühlen geraten könnte. So weiß keiner von Daniela. Nur ich und sie. Und ich fühle mich wie der Vater.«

»Aber du bist es nicht!« Amanda hatte eine Spur Misstrauen in der Stimme.

»Nein, ich bin es nicht. Daniela war für mich immer wie eine Schwester.«

»Wer ist denn dann der Vater, verdammt? Wo treibt sich der Halunke rum?«, fragte Amanda wütend. Sie hatte die ganze Zeit keinen Schluck getrunken, jetzt stand sie auf, um eine Flasche zu öffnen.

»Ich weiß es nicht genau. Daniela hat immer nur Andeutungen gemacht. Sie hatte sich wohl im Urlaub auf Gotland in einen Schweden verliebt, aber nach ihrer Heimkehr war der Kontakt abgebrochen. Als sie wusste, dass sie schwanger ist, hat sie sich auch nicht bei dem Schweden gemeldet. Sie wollte es einfach nicht. Ich glaube, sie hatte nicht mal mehr seine Adresse.«

»Das sind ja schöne Zustände!«, grummelte Amanda.

Riccardo schwieg noch immer, aber er sah Daniela unverwandt an.

»Hatte Danielas Mutter keine Eltern?«, fragte Sofia, und die Angst, dass man ihr dieses kleine Wesen doch noch einmal wegnehmen könnte, schwang in ihrer Stimme mit.

»Ihr Vater war der Bruder meines Vaters«, erklärte Jonathan, »mein Onkel Herbert. Er ist zusammen mit seiner Frau im Dezember 2004 bei dem großen Tsunami in Thailand ums Leben gekommen. Die beiden sind über Weihnachten und Neujahr oft nach Asien gefahren, weil sie den Weihnachtsrummel in Deutschland und das schlechte Wetter nicht ausstehen konnten. Und das ist ihnen dann zum Verhängnis geworden. Und mein Vater ist gestorben, als ich zwei Jahre alt war. Ich habe ihn nie kennengelernt. Aber das ist ja auch egal, Daniela hatte außer mir wirklich niemanden, und ich bin der Einzige, der sich um ihr Kind kümmern kann, wenn ich nicht will, dass es ins Heim kommt.«

Es war still in der Küche.

»Das wäre ja wohl das Allerletzte«, brummte Amanda schließlich, und Riccardo bestätigte es. »Kommt gar nicht infrage. Sie bleibt natürlich bei uns!«

»Gut! Wenn ihr das auch wollt, und wenn wir alle an einem Strang ziehen, dann ist es jetzt abgemachte Sache: Daniela wird als unsere Tochter aufwachsen, ich werde sie hier in Italien offiziell anmelden, und alles hat seine Richtigkeit.«

Sogar Amanda sparte sich diesmal einen Kommentar und nickte nur.

Jonathan ging in der Küche auf und ab und blieb vor dem Herd stehen. Von dort hatte er sowohl Amanda als auch

Riccardo und Sofia im Blick und sprach zu ihnen wie vor Publikum.

»Ich bitte euch jetzt nur noch um eines. Und das ist ganz wichtig: Was ich getan habe, war legal, aber niemand darf es je erfahren. Niemand darf erfahren, dass ich das Kind mitgebracht habe. Sofia hat es geboren! Ist das klar? Es ist Sofias Kind! Unser gemeinsames Kind! Ihr dürft niemals irgendetwas anderes erzählen. Sie wird Daniela heißen, und in einem halben Jahr lassen wir sie taufen. Was geschehen ist, bleibt unser Geheimnis, und alles, was ich euch erzählt habe, wird diese Küche niemals verlassen, va bene?«

Keiner sagte einen Ton.

»Amanda?«

»Für wen hältst du mich?«, empörte sie sich. »Ich bin doch nicht bescheuert! Natürlich erfährt niemand von mir auch nur ein Sterbenswörtchen. Riccardo und Sofia wissen, wie verschwiegen ich bin.«

Riccardo ersparte sich einen Kommentar und meinte nur sachlich: »Auf mich kannst du dich verlassen, Jonathan.«

Jonathan lächelte.

Sofia vergrub ihre Nase in die Schulterfalte des Babys. Darum hatte er sie also weggesperrt und nicht mehr mit ins Dorf genommen. Weil er mit dem Tod seiner Cousine gerechnet hatte. Er wollte sich die Möglichkeit freihalten, das Baby als ihres auszugeben. Jetzt verstand sie alles und schämte sich dafür, dass sie manchmal an Jonathan gezweifelt und ihm nicht vertraut hatte.

Don Lorenzo hatte Recht behalten. Der Herr hatte ihre Gebete erhört, und das Schicksal hatte ihr eine kleine Tochter geschenkt. Die Wege des Allmächtigen waren wahrlich unergründlich.

Sie liebte Daniela bereits mehr als ihr eigenes Leben, und sie würde sie nie wieder hergeben. Nie. Das schwor sie sich in Gedanken. Und dafür war sie bereit, alles, aber auch wirklich alles zu tun.

VIERZIG

Zehn Tage waren vergangen, und von dem geraubten Säugling fehlte jede Spur. Die wenigen Hinweise, die von der Bevölkerung nach der Veröffentlichung des Phantombildes des mysteriösen Dr. Werner eingegangen waren, hatten sich alle als haltlos erwiesen und führten zu nichts. Es gab Menschen, die auf jedem Phantombild glaubten, irgendjemanden zu erkennen, aufgeregt bei der Polizei anriefen und konkrete Namen nannten. Kommissar Wittek kannte dieses Phänomen nur allzu gut, aber er überprüfte alle erwähnten Personen und ging jedem Hinweis akribisch nach. Doch es war sinnlos. Lisa-Marie blieb verschwunden.

Wittek war ein fleißiger Mann. Er arbeitete gerne, und er arbeitete viel. Wenn er einen Erfolg witterte, zählte er nicht mehr die Überstunden, die er machte. Auf die Nerven ging ihm allerdings, wenn er bei einem ungelösten Fall zur Untätigkeit verdammt war, wenn er alle Spuren verfolgt, aber nirgends auch nur einen Zentimeter weitergekommen war. Er hatte etliche Male mit der Krankenschwester Tillie geredet, ob ihr an dem Mann noch irgendetwas Außergewöhnliches aufgefallen war, aber Tillie war selbst verzweifelt, dass sie der Polizei so wenig helfen konnte. Sie war jetzt arbeitslos und zermarterte sich von früh bis spät das Hirn. Ohne Erfolg.

Punkt achtzehn Uhr verließ Wittek das Büro. Er freute sich auf einen ruhigen Abend mit seiner Frau, wollte nur noch kurz in der Apotheke vorbeifahren und dann schleunigst nach Hause. Er hatte schon lange nicht mehr mit seinen Kindern gespielt oder sich für deren Hausaufgaben und Noten interessiert, heute Abend wollte er nicht mehr an Lisa-Marie denken, sondern sich ganz auf seine Familie konzentrieren.

Gerade als er seinen Wagen aufschloss, klingelte sein Handy.

»Wann kommst du?«, fragte seine Frau, und sie klang freundlich, ohne jeden Vorwurf in der Stimme.

»Bald«, antwortete er, »in einer halben Stunde. Ich wollte nur noch zur Apotheke.«

»Ach, das ist schön! Wenn du da bist, schiebe ich ein Blech mit Pizza in den Ofen. Dann können wir alle gemeinsam essen.«

Sie beendete das Gespräch.

Wittek freute sich auf zu Hause. Ein Pizzaessen im Kreis der ganzen Familie, dazu ein kühles Bier, das war jetzt genau das Richtige. Seine Kinder waren neun, elf und vierzehn Jahre alt, und es war selten, dass zum Abendessen alle zu Hause waren.

Er musste langsam fahren, weil der Wind ums Auto peitschte und den Wagen immer wieder zur Seite drückte, außerdem glänzte die Straße im Licht der Laternen, und er fragte sich, ob die Nässe bereits dabei war, zu überfrieren.

Doch eine entspannte Feierabendstimmung, die er sich sehnlichst wünschte, wollte nicht aufkommen. Lisa-Marie ging ihm einfach nicht aus dem Kopf, sie wurde bereits zu einer fixen Idee, einem Trauma, das ihn ewig verfolgen würde, wenn er sie nicht fand. Seit über zwanzig Jahren arbeitete er jetzt bei der Kripo, und es waren nicht nur Bagatelldelikte, um die er sich gekümmert hatte. Gerade hier, im Wald bei Buchholz, hatte er ermordete Frauen gesehen, und ihr Anblick hatte ihn monatelang in seinen Träumen verfolgt. Erst als der Mörder gefasst war, hatte er sich langsam von den Bildern befreien können.

Das Schlimme war, dass er bei diesem Fall das starke Gefühl hatte, etwas übersehen zu haben. Wahrscheinlich kein ungewöhnlicher Gedanke für einen Ermittler, aber er ließ ihn nicht mehr los. Irgendwo da draußen war Lisa-Marie, und wenn er sie nicht zurückholte, würde sie bei Verbrechern aufwachsen und nicht bei ihren leiblichen Eltern.

Obwohl er mit Tobias und Leonie schon unzählige Gespräche geführt hatte, musste er einfach noch einmal mit ihnen reden. Sonst konnte er Pizza und Bier nicht genießen.

Hinter dem Wald bog er in den Weg ein, in dem die Altmanns wohnten. Kurz überlegte er noch, ob er zu Hause Bescheid sagen sollte, dass es nun doch ein wenig später werden würde, aber dann ließ er es bleiben. Er fürchtete sich davor, wie so oft die Enttäuschung in der Stimme seiner Frau herauszuhören.

Im Haus brannte Licht. Leonies Wagen stand im Carport, Tobias' in der Einfahrt. Sie waren also beide zu Hause.

Tobias öffnete, als Wittek klingelte.

»Guten Abend«, sagte Tobias und war über den Besuch keineswegs überrascht, »bitte, kommen Sie herein.« Er ging voran ins Wohnzimmer. »Nehmen Sie doch Platz. Möchten Sie etwas trinken?«

»Nein danke, ich werde Sie auch nicht lange stören, ich habe nur eine Frage.«

Leonie kam herein. Wittek hatte sie jetzt ein paar Tage nicht gesehen, aber so mager hatte er sie nicht in Erinnerung.

Wittek begrüßte sie und fragte: »Ihre Schwiegereltern sind abgereist?«

»Ja. Es wurde mir zu viel. Ich brauche ein bisschen Ruhe.«

Wittek nickte. »Es tut mir sehr leid, dass ich Sie immer wieder belästigen muss, aber ich möchte Ihnen heute noch einmal eine Frage stellen, die ich Ihnen zu Beginn der Ermittlungen schon gestellt habe, weil ich glaube, dass dort der Schlüssel zur Lösung des Falles zu finden ist.«

Leonie setzte sich in den Sessel, der von Wittek am weitesten entfernt war. Sie rieb ihre Hände so fest aneinander, als wolle sie sich die juckende Haut abschälen.

»Fragen Sie«, sagte Tobias. »Wir müssen ja irgendwie weiterkommen, und wahrscheinlich müssen wir auch immer wieder darüber reden, um nicht verrückt zu werden.«

»Also eins ist völlig klar: Lisa-Marie wurde nicht zufällig geraubt. Der Täter hat nicht wahllos irgendein Baby mitgenommen, weil sich gerade eine günstige Gelegenheit bot, sondern er hat bewusst Lisa-Marie gestohlen. Er wollte sie, nur sie und kein anderes Kind! Und das ist der entscheidende Punkt in der ganzen Geschichte. Warum wollte er *Ihr* Neugeborenes? Und obwohl es erst wenige Stunden auf der Welt war, wusste der Täter, dass das Baby Lisa-Marie heißt. Das finde ich merkwürdig. Gut, auf der Säuglingsstation kannten den Namen alle Schwestern, aber wer noch? Sie beide hatten sich den Namen schon vor der Geburt überlegt. Wem haben Sie denn den Namen Ihrer Tochter genannt? Kurz vor der Geburt oder unmittelbar danach?«

»Meine Schwiegermutter kannte ihn. Sie war ja auch bei der Geburt dabei.« Leonie sprach so leise, dass Wittek sie kaum verstehen konnte.

»Sicher hat sie den Namen meinem Vater erzählt. Denn sie hat ihn ja auch sofort angerufen, als das Kind geboren war«, bemerkte Tobias. »Aber meines Wissens hat sie sonst niemanden angerufen.«

»Doch«, warf Leonie ein, »sie hat Ingrid Bescheid gesagt. Ingrid wollte auch herkommen, aber ich hab sie gebeten, unter diesen Umständen zu Hause zu bleiben.«

»Wer ist Ingrid?«

»Die beste Freundin meiner Eltern. Ihr Mann ist im vergangenen Sommer bei einem Unfall in Italien ums Leben gekommen.«

Wittek machte sich eine Notiz, aber die verwitwete und trauernde Freundin der Familie brachte ihn auf keinen Fall weiter.

»Vielleicht ist der Täter der Freund einer Krankenschwester?«, überlegte Tobias. »Sie hat ihn angerufen, hat erzählt, dass Lisa-Marie geboren ist, hat ihm den vollen Namen genannt, und dann ist er als Dr. Werner aufgetreten.«

»Das ist möglich. Aber ich habe alle Mitarbeiter und Mitarbeiterinnen der Säuglingsstation überprüft. Da ist niemand dabei, der sich sehnlichst ein Kind wünscht und selbst keins bekommen kann. Ich habe auch alle zu Hause aufgesucht. Das hat nichts gebracht. Nein – die undichte Stelle muss irgendwo anders sein.«

Wittek stand auf und ging ein paar Schritte im Zimmer auf und ab. Er konnte im Sessel nicht denken. »Und die zweite Frage ist das Motiv, gerade *Ihr* Baby zu stehlen. Haben Sie Feinde? Neider oder Konkurrenten im Beruf? Mit welchen Fällen haben Sie sich in der letzten Zeit beschäftigt? Oder womit beschäftigen Sie sich im Augenblick? Hatten Sie mit der Mafia zu tun? Könnte es sein, dass sich irgendjemand an Ihnen rächen will?«

»Nein«, sagte Tobias sehr bestimmt. »Das halte ich für völlig unwahrscheinlich. Und mit der Mafia oder ähnlichen Organisationen hatte ich noch nie Kontakt.«

»Na gut. – Aber haben Sie vielleicht in Ihrem persönlichen Umfeld jemanden, der unter Kinderlosigkeit leidet? Bitte, denken Sie nach: Gibt es in Ihrer Vergangenheit irgendetwas, was schiefgelaufen ist? Eine alte Geschichte vielleicht, die man innerlich längst abgehakt hat? Oder eine Rechnung mit einem alten Freund oder Feind, die noch offen ist? Eine Kleinigkeit, die Sie vielleicht schon vergessen haben, könnte die Querverbindung zum Motiv sein. Wir müssen in Ihrem privaten und beruflichen Umfeld und in Ihrer Vergangenheit graben, nur so kommen wir dem Täter auf die Spur. Glauben Sie mir. Nur so. Das ist unsere einzige Chance.«

Er hatte ewig nicht mehr daran gedacht. Jetzt schoss ihm der Gedanke beinah schmerzhaft in den Kopf. Der Unfall. Das war der einzige schwarze Fleck in seinem Leben. Leonie wusste nichts davon, er hatte nie mit ihr darüber gesprochen, und auch seine Eltern hatten in ihrer Gegenwart nie über diese unangenehme Geschichte geredet. Vielleicht würde er ihr irgendwann alles erzählen, aber sicher nicht jetzt, nicht in dieser Situation. Sie würde die Tatsache, dass er den Unfall ihr gegenüber jahrelang verschwiegen hatte, als Vertrauensbruch interpretieren. Und außerdem konnte er sich beim besten Willen nicht vorstellen, was der Unfall mit seiner kleinen Tochter zu tun haben könnte. Da gab es keine offene Rechnung mehr. Er war vor Gericht gestellt worden und hatte seine Strafe bekommen. Eine geringe zwar, aber immerhin. Er hatte sich entschuldigt, die Sache war erledigt. Seine Jugendsünde war jetzt zehn Jahre her, das eine hatte mit dem anderen nichts zu tun, das alte Kapitel war abgeschlossen und längst Vergangenheit.

»Nein«, sagte Tobias entschlossen, »nein, da gibt es absolut nichts. Glauben Sie mir, ich hab mir auch schon den Kopf zerbrochen, bin Fotoalben und alte Adressbücher durchgegangen und habe überlegt, wer so eine Wut auf mich haben könnte, dass er mir mein Kind wegnimmt, wer eventuell Rachegefühle haben könnte – aber da ist mir absolut niemand eingefallen. Wir haben keine Feinde. Auch nicht im beruflichen Umfeld.«

»Mir geht es genauso«, ergänzte Leonie. »Ich lebe mit niemandem im Streit.«

Es war zum Verzweifeln. Wittek hatte fest damit gerechnet, dass die beiden ihm irgendeine vergangene Geschichte erzählen würden, die nicht so glatt gelaufen war. Die beiden führten eine Bilderbuchehe. Das war ja nicht normal. Zwei schöne Menschen, gebildet, charmant, intelligent, sie liebten sich, es gab keinen Streit, keine Konflikte, sie hatten ein schönes Haus, Erfolg im Beruf, ein gesundes Kind …, nicht zum Aushalten. Und in diese heile Welt platzte ein Irrer, der unbedingt das Leben dieser Familie zerstören wollte. Dieser Irre musste einen guten Grund haben. Einen sehr guten Grund. Und tief in seinem Inneren wusste das einer von beiden.

Er hatte keine Chance. Solange Tobias und Leonie ihm irgendetwas verschwiegen, würde er Lisa-Marie nicht wiederfinden.

Er verabschiedete sich und machte sich auf den Heimweg. Die Lust auf Pizza und Bier war ihm vergangen, aber vielleicht würden ihn die Sorgen seiner Kinder von seinen eigenen ein wenig ablenken.

EINUNDVIERZIG

Nicht übel, dachte Peter Hinz, als er vor der Villa stand, man kann wirklich schlechter wohnen in Berlin.

Bevor er klingelte, ging er um das Haus herum und sah über die Hecke in den Garten, um sich einen ersten Eindruck zu verschaffen.

Das Grundstück war sehr gepflegt, die große Rasenfläche extrem kurz gehalten, das konnte Hinz sogar jetzt im Winter erkennen, wo kein Garten besonders vorteilhaft aussah. Am Rande des Rasens gab es zahlreiche Sitzgelegenheiten in Form von geschmackvollen steinernen Bänken, und hinter den Büschen kleine Laternen, die wohl eher indirektes Licht gaben. Die Terrasse war sauber gefegt, die Gartenmöbel waren unter Plastikplanen ordentlich und wasserdicht verpackt und vor der Mauer zum Nachbargrundstück gestapelt. In dem riesigen Wintergarten mit großen, weiten Fenstern zum Garten hin befand sich offensichtlich das Ballettstudio.

Überhaupt machte die gesamte Villa einen überaus weitläufigen Eindruck, das Holz der Fenster war frisch behandelt und das ganze Haus wohl erst vor kurzem neu gestrichen worden.

Hinz hatte sich bei Jana Jessen telefonisch angemeldet und sah auf die Uhr. Er war immer noch fünf Minuten zu früh. Das war sein altes Problem. Wegen seiner panischen Angst, zu spät zu kommen, war er überall zu früh.

Es nieselte leicht. Der Schnee, der in der vergangenen Woche gefallen war, lag nur noch zu Resthaufen zusammengeschoben an den Straßenecken, schwarz, verdreckt und deprimierend. Hinz fröstelte, die Feuchtigkeit kroch ihm allmählich durch den ganzen Körper, und er beschloss hineinzugehen.

Jana öffnete sofort und lächelte abwartend.

»Frau Jessen?«, fragte Hinz.

»Ja«, antwortete sie knapp.

»Mein Name ist Peter Hinz. Privatdetektiv. Wir waren verabredet.«

»Bitte, kommen Sie herein.«

Hinz war von den weiten, hellen und sehr elegant eingerichteten Räumen beeindruckt. Ganz so extravagant hatte er die Inneneinrichtung nach dem äußeren Eindruck des Hauses nicht erwartet.

Er nahm auf einem weißen Ledersofa Platz und sah sich um. »Sehr schön haben Sie es hier.«

»Danke. Darf ich Ihnen etwas anbieten?«

»Ein Glas Wasser. Gerne.«

Hinz nutzte die Zeit, während Jana Gläser und Wasser holte, sich möglichst viel einzuprägen. Das war Routine für ihn, und er hatte sein Gehirn in dieser Richtung schon erstaunlich trainiert. Normalerweise konnte er einen Raum zu Hause detailgetreu aus dem Gedächtnis nachzeichnen.

Das Auffälligste waren die übergroßen, gerahmten Theaterfotos, die Jana als Primaballerina zeigten. Sie war immer noch eine schöne Frau, aber damals musste sie einfach umwerfend ausgesehen haben. Auch die Fotos mussten von einem Profi gemacht worden sein, das sah Hinz sofort.

»Was führt Sie zu mir?«, fragte Jana, als sie das Wasser eingeschenkt und sich gesetzt hatte.

»Ich weiß nicht, ob Sie in der Zeitung gelesen oder im Fernsehen gesehen haben, dass in Buchholz in der Nordheide ein neugeborenes Mädchen aus der Klinik entführt worden ist?«

»Ja, ich habe davon gehört«, bestätigte Jana.

»Der Täter war ein Mann und hat sich bewusst die kleine Lisa-Marie Altmann ausgesucht. Sagt Ihnen der Name Altmann etwas?«

Jana schüttelte den Kopf und runzelte die Stirn. Es verunsicherte sie, dass sie nicht wusste, worauf das Ganze hinauslief.

»Der Großvater von Lisa-Marie hat mich mit dem Fall beauftragt, und ich habe ein bisschen recherchiert. Tobias Altmann, der Vater des Babys, war vor zehn Jahren der junge Mann, der in betrunkenem Zustand Ihre Tochter bei einem Unfall tödlich verletzt hat.«

Jana schluckte. »Ja«, meinte sie schließlich zögerlich, »ja, das kann sein. Jetzt – wo Sie den Namen sagen … Ich hatte ihn völlig verdrängt, und ich war ehrlich gesagt froh, als es endlich aufhörte und ich nicht mehr Tag und Nacht daran denken musste.«

»Der Täter hat nicht zufällig irgendein Baby gekidnappt, weil die Gelegenheit günstig war, sondern es ging ihm ganz gezielt um Lisa-Marie Altmann. Und wir fragen uns, warum. Wer will sich an Tobias Altmann und seiner Frau rächen? Wer ist darauf aus, diese junge Familie zu zerstören?«

»Ich weiß es nicht«, sagte Jana eisig, denn jetzt wurde ihr klar, worauf Peter Hinz hinauswollte. »Wir haben jahrelang unter dem Tod unserer Tochter gelitten, aber die Rechnung ist beglichen. Es ist vorbei. Mein Gott, es sind zehn Jahre vergangen! Das ist eine lange Zeit. Tobias Altmann kam vor Gericht und wurde bestraft. Wir haben ihn mittlerweile vergessen.«

»Ich würde mich gern auch mit Ihrem Mann unterhalten, Frau Jessen.«

»Mit meinem geschiedenen Mann.«

»Ja, richtig. Wissen Sie, wie ich ihn erreichen kann?«

»Nein. Ich kann ihn ja selbst nicht erreichen. Was ich auch gar nicht will – aber selbst wenn ich es wollte, ich weiß nicht, wo er ist und wo er wohnt.«

Natürlich, dachte Hinz, es ist doch immer dieselbe Scheiße. Irgendeiner, und meistens das wichtigste Glied in der Kette, ist unauffindbar und verschollen. Es macht alles keinen Spaß!

»Ich verstehe nicht«, fragte er höflich.

»Wir haben uns vor sechs Jahren scheiden lassen. Mein Mann ist nach Italien gegangen, aber ich weiß nicht, wohin. Er hat mir die Adresse nicht sagen wollen. Meines Wissens hat er auch wieder geheiratet. Eine Italienerin. Und so weiß ich noch nicht mal, wie er jetzt heißt. Denn ich bin ziemlich sicher, dass er seinen Namen nicht behalten hat. Wenn mein Mann etwas macht, macht er es richtig.«

»Er hat also bewusst alle Brücken nach Deutschland abgebrochen und ist hier auch nicht mehr gemeldet?«

»Genauso ist es. Drei Jahre nach Giselles Tod ist er nur mit einem Koffer und ein paar Mark in der Tasche abgehauen und hat sich in Italien eine neue Existenz aufgebaut. Fragen Sie mich nicht, wie er das geschafft hat. Mir hat er nie etwas davon erzählt. Er war dann nur noch einmal zum Scheidungstermin in Deutschland. Wir haben uns finanziell geeinigt, ich bekam das Haus und habe ihn ausgezahlt, und dann habe ich ihn nie wiedergesehen.«

Na, dachte Hinz, den finde ich nie.

»Hat er ein Handy?«, fragte Hinz.

»Ja, natürlich. Vor unserer Scheidung haben wir noch hin und wieder telefoniert.«

»Rufen Sie doch mal an! Vielleicht gilt die Nummer noch?«

Jana suchte in ihrem Filofax die Nummer und wählte. »Die Nummer existiert nicht mehr«, sagte eine freundliche, blecherne Computerstimme.

»Sehen Sie? Wer keinen Kontakt mehr mit seiner Vergangenheit haben will, ändert natürlich auch seine Handynummer.«

Hinz nickte. Aber einen Versuch war es wert gewesen.

»Was machte Ihr Mann beruflich?«

»Er war Fotograf und Eventmanager. Tja, er hatte richtig Karriere gemacht, aber das war ihm wohl alles nichts wert.«

»Warum ist er gegangen? Ging es um eine andere Frau?«

»Nein!« Jana lachte. »Vielleicht wäre das sogar einfacher gewesen. Nein, es war alles wegen Giselle. Er kam mit seiner Trauer nicht zurecht, kam über ihren Tod nicht hinweg und war unfähig, in einer Umgebung weiterzuleben, in der alles an sie erinnerte. Auch ich habe ihn jeden Tag an sie erinnert. Und da ist er irgendwann gegangen. Regelrecht geflohen eigentlich.«

Aha. Daher also diese fantastischen Fotografien überall. Allmählich verstand Hinz die Situation. Wer diese wunderschöne Frau, seine Karriere, dieses luxuriöse Haus und überhaupt ein Leben, von dem die meisten nur träumen konnten, in den Wind schoss, um in einer kargen Hütte und mit drei Olivenbäumen noch einmal von vorne anzufangen, der konnte nicht ganz bei Sinnen sein, oder er war krank vor Liebe zu seiner Tochter. Und wahnsinnig geworden nach deren Tod.

Er musste Jonathan Jessen finden. Das war ihm klar, als er Janas Haus verließ. Das Einzige, was er von ihr erbeten hatte, war ein Foto von Jonathan, wie er vor zehn Jahren ausgesehen hatte. Es war nicht viel wert, wahrscheinlich hatte er sich so verändert, dass er nicht mehr wiederzuerkennen war, aber es war ein Anfang. Er hatte ja sonst nichts und kaum Hoffnung, Jonathan jemals ausfindig zu machen.

ZWEIUNDVIERZIG

Vielleicht gab es Menschen, die erst nach Jahren resignierten. Oder die Hoffnung nie aufgaben. Sie aber war nicht so dumm, an etwas Unmögliches zu glauben und ihr Leben damit zu verbringen, vierundzwanzig Stunden am Tag zu warten. Darauf, dass das Telefon klingelte oder die Polizei vor der Tür stand und die Erlösung brachte. Eben darauf, dass das Wunder geschah und ihr eine freundliche alte Dame vom Roten Kreuz ein in eine flauschige Decke eingewickeltes Baby in den Arm legte.

Oder vielleicht darauf, dass eine engagierte angehende Kriminalbeamtin auf ein Baby deutete, das mittlerweile völlig anders aussah als die Lisa-Marie, die sie geboren hatte, und sagte: »Das ist sie. Ihre Tochter. Wir haben sie in einem Abbruchhaus gefunden. Inmitten von Obdachlosen. Ein Mann hatte sie für seine sechsundvierzigjährige drogenabhängige Lebensgefährtin gestohlen. Sie ist wohlauf, aber was ihr am meisten fehlt, ist ein Bad. Freuen Sie sich?«

Nein, so naiv war sie nicht. Sie hatte die Hoffnung aufgegeben und wartete schon lange nicht mehr. Lisa-Marie würde sie nie wieder im Arm halten.

Als sie erwachte, brauchte sie zehn Sekunden, bis ihr wieder einfiel, dass heute ein besonderer Tag war. Die Qual war vorbei, es mussten nur noch einige Dinge geregelt werden.

Sie stand auf, fuhr sich einmal kurz mit beiden Händen durch die lockigen Haare, zog sich ihren Bademantel an und ging in die Küche.

Tobias stand am Fenster. Es regnete. Nicht übermäßig stark, aber anhaltend. Ein düsterer, ungemütlicher Tag. Er sah hinaus und hielt in der linken Hand eine Scheibe Toastbrot mit Honig, in der rechten einen großen, bauchigen Becher Milchkaffee. Als er sie kommen hörte, drehte er sich um und lächelte.

»Guten Morgen, Liebes!«

»Guten Morgen.« Sie lächelte zaghaft, ging zur Kaffeemaschine und schenkte sich eine Tasse halbvoll.

»Wie geht es dir?«, fragte er.

»Einigermaßen.«

»Und wie hast du geschlafen?«

»Gut.«

»Was hast du heute vor?«

»Ich weiß noch nicht.«

»Vielleicht solltest du mal wieder den Verlag anrufen. Ein bisschen Arbeit wäre doch nicht schlecht, oder? Ich denke, das würde dich ein wenig ablenken.«

»Ja, du hast Recht«, meinte sie lustlos. »Und du?«

»Ich fahre in die Kanzlei, aber spätestens um achtzehn Uhr bin ich zurück. Ich beeile mich. Soll ich irgendwas zum Abendessen besorgen?«

Leonie schüttelte den Kopf. »Wir haben genug.«

Tobias öffnete kommentarlos den Kühlschrank. Bis auf einen halben Salatkopf, zwei Tomaten, eine Packung Schnittkäse und ein Glas Gurken, das schon wochenlang offen sein musste, denn im Gurkenwasser schwammen Schlieren, herrschte gähnende Leere. Aber er sagte nichts. Würde sie einfach überraschen und etwas mitbringen. Vielleicht Sushi oder Scampi, die sie so sehr liebte.

Mittlerweile hatte Tobias seinen Job in Asien gekündigt. Er wollte bei Leonie sein, spürte, dass es nicht gut war, sie jetzt allein zu lassen. Aber er konnte es auch nicht verhindern, wenigstens ein paar Stunden am Tag in die Kanzlei zu gehen.

»Wie fühlst du dich?«, fragte er vorsichtig.

»Gut. Ja, ja, doch, gut. Alles bestens.«

Am Wochenende waren Henning und Hella abgereist. Sie riefen zwar zwei- oder dreimal am Tag an, trotzdem war Leonie lange allein. Zu lange. Und Tobias hatte Angst um sie.

Er schob sich den Rest seines Toasts in den Mund, spülte ihn mit dem letzten Schluck Kaffee hinunter, küsste sie auf den Mund und ging.

»Mach's gut«, sagte er, »bis nachher.«

»Ja, bis nachher.« Ihre Lippen formten noch ein ›Ich liebe dich‹, aber sie blieb stumm, und er bekam es nicht mit.

Als er gegangen war, schossen ihr die Tränen in die Augen. Aber sie wischte sie schnell mit dem Ärmel ihres Bademantels weg und ging ins Bad.

Eine halbe Stunde später trug sie Jeans und Pullover, hatte ihre Haare mit einer großen Spange am Hinterkopf zusammengesteckt und machte sich an die Arbeit. Sie war nie ein Mensch gewesen, der gern geputzt hatte, und tat es nur, wenn es unbedingt sein musste.

Heute war alles anders. Heute sollte es perfekt sein.

Sie saugte und wischte die Fußböden, entstaubte die Möbel und sogar die Bücher in der Bibliothek, was sie seit ihrem Einzug in das Haus in Buchholz noch nie getan hatte, putzte Bad und Küche und anschließend sämtliche Fenster, obwohl der Februarregen unaufhörlich gegen die Scheiben nieselte. Sie bezog die Betten neu und steckte die alte Bettwäsche in die Waschmaschine, räumte herumliegende Zeitungen weg und fegte sogar die Blätter von der Terrasse, obwohl in den nächsten drei Monaten sicher niemand dort sitzen würde.

Sie tat, was sie tun konnte.

Um halb drei war sie fertig. Das Haus war so ordentlich und sauber wie schon lange nicht mehr. Als Letztes trank sie ein Glas Mineralwasser, spülte das Glas aus, trocknete es ab und stellte es zurück in den Schrank. Dann legte sie einen Zettel auf den Küchentisch, darauf stand »Ich liebe dich«. Der Satz, den sie am Morgen nicht herausgebracht hatte.

Es war genug. Mehr hatte sie nicht zu sagen.

Tobias hatte an diesem Tag zwei Klientengespräche, aber er konnte sich nicht konzentrieren und hörte bei der Schilderung der Fälle nur mit halbem Ohr hin. Als er anschließend allein in seinem Büro saß, stellte er fest, dass er die beiden Fälle, die sich ähnelten, durcheinanderwarf.

Es hatte keinen Zweck. Er war nicht bei der Sache, sondern dachte nur an Leonie. Die Ruhe, die sie heute Morgen ausgestrahlt hatte, war so untypisch für sie und machte ihn nervös. Er hatte schon oft in Büchern darüber gelesen, dass einer den anderen nicht an-, sondern durch ihn hindurchsah. Bisher hatte er davon nur eine ungefähre Vorstellung gehabt, aber heute Morgen hatte er es zum ersten Mal erlebt. Leonie war völlig abwesend gewesen.

In den Tagen seit Lisa-Maries Verschwinden war sie von einem Extrem ins andere gefallen. Sie hatte nur geweint, mit ihrem Schicksal gehadert, geschimpft und das Krankenhaus verflucht, dann war sie still geworden, hatte sich die Bettdecke über den Kopf gezogen und war stundenlang nicht mehr aufgetaucht, es gab Momente, in denen sie euphorisch war und voller Hoffnung, oder aber laut und streng und voller Aktionismus. Dann plante sie Flugblätter zu verteilen, rief den Kommissar an und meldete sich beim Fernsehen, um dort einen Aufruf an die Bevölkerung durchzusetzen.

Das war Leonie. Immer hundertfünfzigprozentig und nicht zu bremsen.

Heute Morgen war sie so erschreckend gleichgültig gewesen. Oder ihr hatte noch die Müdigkeit in den Knochen gesessen.

Manchmal weinte sie nachts im Schlaf, wimmerte wie ein kleines Kind, gluckste, schnappte nach Luft und stieß leise Schreie aus, ohne aufzuwachen. Dann streichelte er sie und redete sanft auf sie ein, bis sie wieder ruhiger schlief.

Letzte Nacht jedoch war sie gar nicht im Bett gewesen. Er hörte sie im Arbeitszimmer rumoren, wollte noch aufstehen und sie fragen, was los sei, aber dann hatte ihn die Müdigkeit übermannt, und er war einfach eingeschlafen.

Sicher hatte es einen ganz banalen Grund, dass sie heute Morgen so komisch, so anders gewesen war, trotzdem hielt er es im Büro nicht mehr aus und fuhr nach Hause.

Als er in den Waldweg einbog, sah er gerade noch, wie Leonie vom Grundstück fuhr und in der entgegengesetzten Richtung davonbrauste.

Er folgte ihr.

Leonie raste über die Landstraße.

Tobias hatte Mühe, ihr bei diesem Wahnsinnstempo zu folgen, aber sie schien es gar nicht zu registrieren, dass er ihr hinterherfuhr, sie achtete einfach nicht darauf. Sie achtete auf gar nichts – ignorierte Kinder am Straßenrand, die an einer Bushaltestelle warteten, und überholte unentwegt, ohne dass sie den weiteren Straßenverlauf einsehen konnte. Tobias schwitzte Blut und Wasser und riskierte sein Leben, um ihr auf den Fersen bleiben zu können. Er ahnte, dass diese Höllenfahrt niemals gut enden konnte, und fing an, auf sich aufmerksam zu machen. Er blinkte sie an, hupte – alles ohne Erfolg. Entweder sie bemerkte ihn wirklich nicht, oder sie wollte ihn nicht bemerken.

Dann hörte er damit auf. Ließ sich etwas zurückfallen, vielleicht fühlte sie sich von ihm gejagt und würde langsamer werden, wenn sie ihn nur noch entfernt oder gar nicht mehr im Rückspiegel sah.

Sie hatte ihr Ziel klar vor Augen: Die Plakatwand vor der Brandmauer kurz vor der Abbiegung zum Einkaufszentrum.

Ein paarmal schon war sie an dem riesigen Bild vorbeigefahren. Es zeigte ein kleines Kind im Kindersitz, das am Verschluss des offenen Sicherheitsgurtes nuckelte. Das Rückfenster war zur Hälfte heruntergekurbelt, die feinen, blonden Haare des Kindes wehten im Wind. ›Bitte, schnall mich an, Mama‹, stand darunter, und dann in roter Signalschrift: *Sorge für dein Kind, damit ihm nichts passiert!*

Leonies Wagen raste auf die Brandmauer zu.

Sie öffnete den Sicherheitsgurt, ließ das Lenkrad los und verschränkte die Arme hinter ihrem Kopf. Dann schloss sie die Augen.

Nur vage und im Unterbewusstsein registrierte Tobias das Plakat und den Kinderkopf. Er war voll auf Leonie konzentriert und erkannte plötzlich, dass sie die Kurve vor der Brandmauer auf keinen Fall schaffen würde.

Er trat voll in die Bremse, hupte, blinkte, schrie, so laut er konnte, und sah, wie sie im gleichen Moment in voller Fahrt mit mindestens hundertzwanzig Stundenkilometern frontal in das Plakat raste und gegen die Mauer krachte.

Leonies Wagen hing auf die Hälfte zusammengestaucht in dem völlig zerfetzten Bild. Da gab es keinen Platz mehr für den Menschen hinter dem Steuer.

Als Tobias ausstieg und zu dem Wrack rannte, schrie er immer noch. Aber er merkte es nicht.

DREIUNDVIERZIG

Amanda war nicht wiederzuerkennen. Sie lag nicht mehr bis um zwölf im Bett, sondern stand oft um acht Uhr auf, um mit Sofia und Daniela zu frühstücken. Wenn Jonathan vom Berg gefahren war, um auf dem Markt oder im Supermarkt einzukaufen, oder wenn er Stunden beim Geometer oder bei der Baubehörde in Bucine verbrachte, weil er eine Genehmigung brauchte, um noch zwei Räume an das Haus anzubauen, dann half sie Sofia, das Fläschchen warmzumachen und Bananenbrei für Daniela zu kochen. Sofia konnte die Maßeinheiten auf dem Messbecher nicht sehen und die Mengen nur schätzen, aber Amanda ließ sie nie im Stich. Sie himmelte ihre kleine Enkelin an, schleppte sie stundenlang durch Haus und Garten oder lag mit ihr im Schatten unter dem Nussbaum und sang ihr Kinderlieder vor. Ganz allmählich verwandelte sie sich von einer versoffenen Schlampe in eine liebevolle Großmutter, und die ganze Familie beobachtete es mit Staunen.

Daniela war mittlerweile auf den Namen Daniela Josefina Valentini offiziell angemeldet und ins Geburtsregister eingetragen. Für Freunde, Verwandte, Bekannte und alle, die die Valentinis kannten, war es ganz normal und ein freudiges Ereignis, dass Sofia endlich Mutter geworden war und ihrem sympathischen deutschen Ehemann eine Tochter geboren hatte.

Im April wurde Daniela getauft. Für Don Lorenzo war es die wohl schönste Taufe seiner gesamten Amtszeit. Im letzten Sommer erst hatte Sofia ihm ihr Leid geklagt, und jetzt hielt er bereits ihr Kind über das Taufbecken. Auf eine ganz unauffällige Weise hatte Gott die Dinge gefügt, und Don Lorenzo war beeindruckt. Wenn ich noch nicht gläubig wäre – jetzt würde ich es werden, dachte er. Oh Herr, ich danke Dir!

Diesmal hielt sich Amanda sehr zurück, und das Fest reduzierte sich auf ein Abendessen im kleinen Rahmen. Unter den Gästen waren auch Neri und Gabriella. So blieb es nicht aus, dass über den tödlichen Unfall im vergangenen Juni gesprochen wurde.

»Ich habe an der Treppe zum Pool ein Geländer angebracht«, bemerkte Riccardo, »das sieht jetzt zwar nicht mehr ganz so schön aus wie vorher, aber dafür kann so etwas nicht noch einmal passieren.«

»Bravo«, sagte Neri. Auch als Carabiniere musste man einfach öfter an das Gute im Menschen glauben und nicht immer das Schlechteste vermuten, wie es Alfonsos und Gabriellas Art war. Er hatte mal wieder Recht behalten. Letztendlich wurde immer alles gut.

Der Sommer kam und mit ihm neue Gäste. Jonathan war dazu übergegangen, jeden Gast, der sich anmeldete, zu googeln, er wollte nicht wieder so eine Überraschung erleben wie mit Dr. Engelbert Kerner.

Es war alles in Ordnung. Er hatte eine glückliche Frau, ein gesundes, wunderschönes Kind, ein solides Auskommen, und bis auf ganz wenige Ausnahmen schwieg die Stimme.

Und doch gab es da etwas, das ihn wurmte, das ihn unzufrieden und nervös machte.

Und erst ganz allmählich wurde ihm klar, was ihn störte, oder besser: was ihm fehlte. Er konnte den gelungenen und unentdeckten Mord, den Sieg über Tobias, den Besitz von dessen einzigem Kind und die Dankbarkeit und Zufriedenheit seiner Frau nicht genießen. Er wollte sehen und miterleben, wie Tobias litt.

Und sein Wunsch wurde immer stärker, Tobias noch mehr und noch heftiger zu quälen.

Es war der dreizehnte Juli um zweiundzwanzig Uhr fünfzehn. Sofia saß mit geschlossenen Augen im Schaukelstuhl und verfolgte eine Nachrichtensendung im Fernsehen, Daniela schlief in ihrem Bettchen. Jonathan setzte sich an den Schreibtisch und schrieb, sorgfältig mit einem Füllfederhalter, einen anonymen Brief an Tobias. Einen Brief, der nur aus zwei Sätzen bestand:

Auch ich habe einmal ein Kind verloren, aber das Schicksal hat mir ein neues geschenkt. Mach dir keine Sorgen, auch dein Schicksal wird sich irgendwann wieder zum Guten wenden.

Das war der blanke Hohn, und Jonathan war begeistert. Er schlug sich lachend auf die Schenkel, so heftig, dass Sofia irritiert den Kopf hob.

»Was ist?«

»Nichts, gar nichts. Ich hab nur gerade an was Komisches gedacht – aber das liegt lange zurück.«

Sofia schloss die Augen und konzentrierte sich wieder auf die Sendung.

Jonathan faltete das Briefpapier sorgfältig zusammen und schob es in einen Umschlag. Dann suchte er drei Babybilder von Daniela heraus und legte sie dazu. Eins im Garten, auf dem sie nur mit einer Windel bekleidet auf einer Babydecke lag und strampelte, eins, auf dem sie durch das Gras krabbelte, und eins, auf dem sie in ihrem Kinderstühlchen saß und begeistert Bananenbrei in sich hineinstopfte.

Er klebte den Umschlag zu, beschriftete ihn mit Tobias' und Leonies Adresse in Buchholz und ließ den Absender weg. Dann frankierte er ihn und legte ihn auf die Kommode in der Diele, dorthin, wo neben seinen Autoschlüsseln immer die Post lag, die nach Ambra gebracht werden musste. Diesen Brief wollte er morgen allerdings in Florenz einstecken, da er zu IKEA fahren musste, um Teelichter, Schwimmkerzen, Fackeln, Tischdecken und neue Gläser zu kaufen. Aber noch wichtiger war auf jeden Fall zu vermeiden, dass auf dem Poststempel »Ambra« zu lesen war.

GANZ PRIMA!, sagte die Stimme, und Jonathan musste grinsen.

Als er kurz darauf im Sessel saß, sich ein Glas Wasser einschenkte und darüber nachdachte, was er im Begriff war zu tun, waren seine Gefühle zerrissen. Es war schon fantastisch, sich vorzustellen, wie Tobias stöhnte, schrie oder weinte, wenn er den Brief öffnete, den Text las und dazu die Bilder betrachtete. Noch schlimmer würde es Leonie treffen, denn sie hatte ihr Kind ja zumindest ein paar Stunden im Arm gehabt, Tobias dagegen kannte es gar nicht. Als er aus New York zurückkam, war es schon weg gewesen. Tobias hatte diesen Verlust also sicher wesentlich leichter verschmerzen können als seine Frau, die Wunde war wahrscheinlich schon verheilt, und das durfte nicht sein. Jonathan wollte, dass sie wieder aufplatzte, er wollte Salz hineinstreuen und hoffte, dass Tobias nie mehr Ruhe fand. Er wollte ihn mit klugen Sprüchen und Bildern von Danielas Entwicklung bombardieren, bis es Tobias und Leonie das Herz zerriss. Sie sollten nachts von nichts anderem träumen als von ihrem Kind, das eine glückliche Kindheit erlebte, irgendwo auf dieser Welt, aber nicht bei ihnen.

Als er daran dachte, lächelte er äußerst zufrieden, aber gleichzeitig wurde ihm klar, dass er ein sehr hohes Risiko einging und die Sicherheit seiner Familie aufs Spiel setzte. Vielleicht war es doch ein Fehler, überhaupt Kontakt zu Tobias aufzunehmen.

Eine diffuse Angst breitete sich in ihm aus, die jedoch nicht so stark war wie die Freude, die es ihm machte, Tobias in Gedanken leiden zu sehen.

Egal. Er hatte noch eine ganze Nacht Zeit, sich darüber klarzuwerden, ob es richtig oder falsch war, den Brief abzuschicken. Morgen früh um zehn, wenn er nach Florenz fuhr, sah die Welt sicher ganz anders aus als jetzt um kurz vor elf in einem dunklen Raum, in dem nur der Fernseher lief und eine Schreibtischlampe brannte und das Zimmer in eine Melancholie tauchte, die sicher schuld daran war, dass er sich überhaupt Sorgen machte.

VIERUNDVIERZIG

Es knackte einmal kurz, und dann setzte Musik ein. Sofia schreckte auf und fuhr hoch. Im Bett sitzend, brach ihr augenblicklich der Schweiß aus, und zum ersten Mal musste sie überlegen, ob der Nachttisch rechts oder links von ihr war. Mit zitternden Händen drückte sie die breite, unterste Taste des Radioweckers, und eine monotone Computerstimme plärrte: »Guten Morgen! Es ist sieben Uhr dreißig! Zeit aufzustehen!«

»Jonathan!« Sofias Stimme klang hoch und schrill. Sie schüttelte ihn. »Jonathan, bitte wach auf! Es ist etwas mit Daniela!«

Jonathan fuhr jetzt genauso elektrisiert in die Höhe wie noch ein paar Sekunden zuvor Sofia.

»Was denn? Wieso?«

»Der Wecker hat eben geklingelt, es ist schon halb acht! Sie ist nicht aufgewacht!«

Seit Daniela bei ihnen war, hatten sie den Wecker nicht mehr gebraucht und nicht mehr gehört, wenn er sich morgens einschaltete, denn Daniela schlief nie länger als bis sechs, allerhöchstens bis halb sieben. Aber auch das war erst zweimal vorgekommen.

Jonathan sprang aus dem Bett und rannte ins Nebenzimmer, wo Danielas Bettchen stand. Die Tür zwischen den beiden Zimmern stand immer offen, so dass Sofia und Jonathan sofort hörten, wenn Daniela irgendwelche Probleme hatte.

Sie lag ganz ruhig da, und als er sie hochhob, blinzelte sie, rieb sich mit ihrer kleinen Faust die Augen, und dann lachte sie.

»Sofia, komm her, es ist alles in Ordnung! Sie hat heute Morgen einfach nur mal richtig ausgeschlafen!«

Sofia hatte das Gefühl, Jonathan könne den Stein hören, der ihr von der Seele fiel. Sie nahm Daniela auf den Arm, bedeckte ihr Gesicht mit Küssen, streichelte und kitzelte sie, drückte sie an sich und flüsterte ihr ins Ohr. Dann legte sie sie auf die Kommode, die zum Wickeltisch umfunktioniert worden war, und begann sie auszuziehen.

Jonathan küsste Sofia aufs Haar und verschwand im Bad, um sich zu duschen.

Eine Dreiviertelstunde später kamen Sofia und Jonathan mit ihrer frisch gewickelten und fröhlich vor sich hin brabbelnden Daniela auf dem Arm aus ihrer kleinen Wohnung, um nach oben in die Küche zum Frühstück zu gehen.

Eher zufällig fiel Jonathans Blick auf die Kommode in der Diele.

Der Brief war nicht mehr da.

»Verdammt nochmal, wo ist der Brief, den ich gestern Abend auf die Kommode im Flur gelegt habe?«, brüllte Jonathan.

Amanda hielt sich demonstrativ die Ohren zu. »Der kann doch nicht weg sein«, murmelte sie, »hier schmeißt doch keiner Briefe in den Müll!«

»Aber er ist weg! Verschwunden! Porcamiseria!«

»Was war denn das für ein Brief?«, fragte Sofia vorsichtig, während sie Daniela den Sabberlatz umband.

»Das ist doch egal!«, fuhr ihr Jonathan über den Mund. »Es war eben ein Brief, und zwar ein verdammt wichtiger Brief!«

»Vielleicht ist er hinter die Kommode gerutscht.« Amanda blieb völlig gelassen und stand auf, um den Babybrei zu kochen. Sie hatte wenig Verständnis dafür, dass Jonathan wegen eines albernen Briefes so einen Aufstand machte.

»Da hab ich schon geguckt. Da ist nichts.«

»Oder Riccardo hat ihn mitgenommen. Er wollte nach Ambra. Und er nimmt doch sonst auch immer die Post mit, die da auf der Kommode liegt!«

Das stimmte. Die Kommode war der Sammelpunkt für Briefe, die weggeschickt werden sollten. Und wer die Post aus Ambra holte, legte dann wiederum die angekommenen Briefe auf die Kommode.

Amanda zerquetschte die Banane. »Ich nehme mal an, dein heiliger Brief lag da nicht nur zur Zierde. Also sei doch froh, wenn Riccardo ihn abgeschickt hat.«

Jonathan wusste plötzlich nicht mehr, ob er froh wäre, wenn der Brief abgeschickt wurde. Er war jetzt völlig verunsichert. Auf jeden Fall war es nicht gut, dass er in Ambra und nicht in Florenz aufgegeben wurde. Er hatte verhindern wollen, dass es Tobias gelingen könnte, den Wohnort des Absenders ausfindig zu machen.

»Wann ist er gefahren?«

»Um kurz vor acht.«

Jonathan sah auf die Uhr. Es war jetzt halb neun. Vielleicht hatte Riccardo ja erst einen Kaffee getrunken, bevor er zur Post ging.

Ein einziger winziger Hoffnungsschimmer.

Ohne ein weiteres Wort raste er aus der Küche, sprang ins Auto und fuhr los, dass der Kies unter seinen Reifen nur so durch die Gegend spritzte.

FÜNFUNDVIERZIG

Wortlos legte Tobias seinen Eltern den Brief und die Fotos auf den Tisch. Er war direkt nach der Kanzlei ins Auto gestiegen und nach Berlin gefahren. Jetzt war es kurz vor dreiundzwanzig Uhr.

»Sagt mir, was ihr darüber denkt!«

Tobias stand auf und ging zum Fenster. Er wollte seinen Eltern mit der Ungeheuerlichkeit Zeit lassen. Er selbst hatte die zwei Sätze bestimmt schon hundertmal gelesen, und von Mal zu Mal kamen sie ihm arroganter vor. Bösartiger. Intriganter.

Sein Hirn hatte die Bilder fotografiert. Tausendfach. Lisa-Marie war eine kleine Schönheit, das hübscheste Baby der Welt, und die Sehnsucht nach ihr war so stark, dass sein gesamter Brustkorb schmerzte. Er hatte jetzt einen winzigen Strohhalm in der Hand und die Gewissheit, dass sie lebte und es ihr gutging. Das war unendlich viel. Leonie hätte nicht sterben müssen. Sie wäre außer sich gewesen vor Glück.

»Ich glaube, du musst damit zur Polizei gehen«, durchbrach Hella als Erste die Stille. »Der Brief muss labortechnisch untersucht werden. Vielleicht sind DNA-Spuren daran. Und wenn sie die Bilder in ihren Spezialcomputer eingeben, können sie sicher Dinge erkennen, die wir nicht mal erahnen.«

»Nun mal langsam«, meinte Henning, »wir sind bestimmt alle schon ein bisschen müde, aber wir sollten jetzt keinen Fehler machen und erstmal sortieren, was wir wissen. Also: Der Entführer wollte definitiv Lisa-Marie haben, sonst würde er Tobias jetzt keinen Brief schicken. Meines Erachtens ist er ein Sadist, weil er unsere Wunden immer wieder aufreißen will, oder ein Wahnsinniger, denn es wäre klüger, die Sache auf sich beruhen zu lassen. Er hat das Kind, und niemand ist ihm bisher auf die Spur gekommen. Warum meldet er sich? Er benimmt sich wie ein Täter, der zum Tatort zurückkehrt. Wahrscheinlich ist er ein Getriebener, der seinen Frieden noch nicht gefunden hat.«

»Aber wann hat er denn seinen Frieden? Was will er denn noch? Er hat Lisa-Marie, reicht ihm das nicht?«

»Nein.« Henning stand auf und holte aus seinem Barschrank den teuersten Cognac, den er besaß, und schenkte sich und Tobias einen Schluck ein. Für Hella nahm er erst gar kein Glas heraus, da er wusste, dass sie Cognac nicht mochte.

»Nein«, wiederholte er, »dieser Typ will euch zerstören. Dich und Leonie. Oder nur einen von euch beiden. Keine Ahnung. Er will euch am Boden sehen. Und er will wissen, dass ihr kaputt seid. Eine bloße Ahnung reicht ihm da nicht.«

»Leonie ist tot.«

»Ja. Aber das muss der Entführer nicht unbedingt wissen. Er lebt in Italien. Zumindest kommt dieser Brief aus Italien. Und da pfeifen es nicht unbedingt die Spatzen von den Dächern, dass sich die Mutter eines entführten Babys umgebracht hat.«

Tobias sah sich noch einmal genau den Poststempel an. »Er ist in Anbra oder Ambra abgestempelt. Genau kann man das nicht lesen. Keine Ahnung, wo das liegt.«

Hella ging zum Schreibtisch und fuhr den Computer hoch. Dann gab sie bei Google Earth »Anbra« ein.

»Anbra gibt es nicht, aber Ambra. Das liegt in der Toskana. Es liegt zwischen Siena und Arezzo in der Nähe von Bucine.«

»Aber ich gehe nicht davon aus, dass der Entführer da wohnt«, bemerkte Henning, »er wäre schön blöd, den Brief an seinem Wohnort abzuschicken. Wahrscheinlich kommt er aus Rom oder Mailand, hat in der Toskana ein paar Tage Urlaub gemacht und bei der Gelegenheit den Brief abgeschickt. Oder er ist ein Urlauber aus Deutschland, und er ist sich ganz sicher, dass man ihm von Italien aus nicht auf die Spur kommt.«

»Das glaube ich auch.« Hella schaltete den Computer wieder aus.

»Auch ich habe einmal ein Kind verloren, aber das Schicksal hat mir ein neues geschenkt …«, las Henning laut. »Was soll das? Was meinte er damit? Hat er ein Baby gestohlen, weil sein eigenes gestorben ist? Ist es vielleicht genau in diesem Krankenhaus gestorben, in dem Leonie lag? Und ist er deswegen dorthin zurückgekehrt?«

»Kann ja alles sein. Aber dann hätte er irgendeines nehmen können. Warum wollte er unbedingt meins?« Tobias spürte, dass sie sich mit ihren Gedanken im Kreis drehten und dabei etwas Wichtiges übersahen. Aber er kam nicht darauf, was.

»Und um all diese Dinge überprüfen zu können, musst du die Polizei einschalten. Unbedingt!« Hella blieb bei ihrer Meinung.

»Wittek ist es leid. Ich glaube nicht, dass er jetzt nach einem halben Jahr die Akte wieder aufklappt und mit den Ermittlungen wieder von vorn beginnt, nur weil ich einen mysteriösen Brief bekommen habe. Und ist es wirklich der Entführer, der mir da geschrieben hat? Ist das Kind auf den Fotos wirklich Lisa-Marie? Oder ist es nur ein mitfühlender Zeitgenosse, der von dem Fall gehört hat und mir Mut machen will? Alles ist möglich. Vielleicht sehe ich allmählich auch Gespenster und interpretiere viel zu viel in die Dinge hinein. Und darum bin ich heute Abend zu euch gekommen. Dass wir alle drei auf den Boden der Tatsachen zurückkehren, bevor wir die ganze Welt verrückt machen. Oder aber wirklich verstehen, was es mit dem Brief auf sich hat.«

»Es ist der Entführer, der dir hier geschrieben hat. Auf jeden Fall.« Henning war sich dessen vollkommen sicher. »Warum sollte ein mitfühlender Mensch plötzlich auf die Idee kommen, dir Kinderfotos seiner Tochter zu schicken? Warum? Das ist doch völliger Unsinn, vor allem, da der Fall seit Monaten aus den Schlagzeilen raus ist und niemand mehr daran denkt. Und woher hat ein einfacher Zeitungsleser oder Fernsehzuschauer deine Adresse? Nein, er ist es. Hundertprozentig. Und er denkt jeden Tag an dich und hofft, dass es dir wehtut.«

»Ein Perverser also.«

»Ein sehr Perverser.«

Was sein Vater gesagt hatte, leuchtete Tobias ein. Er trank seinen Cognac aus.

»Noch einen?«, fragte Henning und schraubte die Flasche auf.

Tobias schüttelte den Kopf. »Nein, danke. Ich bin jetzt zu müde, kann überhaupt nicht mehr denken. Lasst uns morgen beim Frühstück weiterreden. Wann steht ihr auf?«

»Wir frühstücken um halb neun. Wie immer.«

»Okay. Bei Tag haben wir vielleicht noch eine andere Idee. Gute Nacht!« Er küsste seine Mutter auf die Wange, drückte seinem Vater freundschaftlich die Schulter und ging aus dem Zimmer.

Obwohl er todmüde gewesen war, hatte er Schwierigkeiten einzuschlafen. Ihn plagte diese Ahnung, irgendetwas Wichtiges übersehen zu haben. Doch auch wenn er das Gespräch mit seinen Eltern und all seine Gedankengänge mit ihren vielen Wenn und Aber Revue passieren ließ, kam er einfach nicht darauf.

Um vier Uhr wurde er wach, weil er fror. Sein T-Shirt war vollkommen durchgeschwitzt, er hatte sich aufgedeckt, und die Luft, die über seinen feuchten Rücken strich, fühlte sich eiskalt an. Er stand auf und ging ins Bad, zog sich ein trockenes T-Shirt an und trank einige Schluck Wasser direkt aus dem Hahn.

Zurück im Zimmer setzte er sich aufs Bett und sah sich um. Es war sein altes Jugendzimmer, aus dem er vor neun Jahren ausgezogen war. Seine Eltern hatten nichts verändert und nichts von den Sachen weggeworfen, die er in seine erste eigene Studentenbude nicht mitgenommen hatte.

Er öffnete den Schrank. Seit seinem Auszug hatte er nicht mehr hineingesehen. Hier waren alte Schulbücher und Kisten gestapelt, in denen er über Jahre sein Spielzeug aufbewahrt hatte. Er zog eine Kiste heraus. Sie war voller Plastik- und Gummitiere. Elefanten, Giraffen, Pferde, Esel, Kühe, Hunde und Hühner, aber auch Dinosaurier. Mit ihnen hatte er seine Fantasielandschaften bevölkert.

Er schob die Kiste zurück und zog die nächste heraus. Sie war voller kleiner Ritter, kunstvoll angemalt, und er konnte sich noch daran erinnern, dass er sein Taschengeld lange sparen musste, um sich eine neue Figur kaufen zu können. Auf dem Boden der Kiste lag eine zusammengefaltete Pappburg, die er eigenhändig zusammengesteckt und bemalt hatte.

Er versuchte, die Burg wieder aufzubauen und sich daran zu erinnern, wie es funktioniert hatte.

Plötzlich hielt er inne. Ihm wurde heiß. Und in diesem Moment wusste er, was in seinem Unterbewusstsein gespukt und gearbeitet, aber nicht an die Oberfläche gekommen war.

Ambra. Die Ansichtskarte, die Engelbert und Ingrid aus ihrem Urlaub geschickt hatten, war aus Ambra gekommen. *Gestern Abend waren wir auf einem mittelalterlichen Fest in Ambra, es war fantastisch* … hatte da sinngemäß gestanden.

Er hatte nur gewusst, dass Engelbert und Ingrid in die Toskana gefahren waren. Mehr nicht. Sie waren also in der Nähe von Ambra gewesen. War das ein Zufall? Oder gab es da irgendeinen Zusammenhang, den er nur noch nicht kannte?

Die ganze Sache wurde immer mysteriöser.

Es hatte jetzt keinen Zweck, wenn er noch einmal versuchte weiterzuschlafen, er war aufgewühlt, und viel zu viel ging ihm im Kopf herum.

Innerhalb weniger Minuten traf er eine Entscheidung. Er würde nicht zurück nach Buchholz fahren, sondern gleich nach Italien. Seine Kreditkarte hatte er dabei, seine Papiere auch, das Rasierzeug nahm er aus dem Badezimmer mit, das ihm hier immer zur Verfügung stand, falls er über Nacht blieb. Unterwäsche und ein paar T-Shirts konnte er sich in jedem Supermarkt kaufen.

Er legte seinen Eltern einen Zettel auf den Küchentisch, dass er schon abgereist sei, steckte den Brief und die Fotos in seine Jackentasche, nahm eine Flasche Wasser und zwei Äpfel für unterwegs mit und fuhr um fünf Uhr dreißig auf die Autobahn in Richtung München.

SECHSUNDVIERZIG

Obwohl er in der Nacht kaum geschlafen hatte, verspürte er während der ganzen Fahrt nicht den geringsten Anflug von Müdigkeit. Er stand wie unter Strom. Irgendetwas würde passieren. Die Zeit der Ungewissheit war vorbei, und das gab ihm Kraft.

Das Außenthermometer des Wagens zeigte achtunddreißig Grad, und die Klimaanlage fauchte. Wenn Tobias anhielt, um zu tanken oder einen Kaffee zu trinken, traf ihn die Hitze wie ein Keulenschlag. Und je weiter er nach Italien hineinfuhr, umso heißer wurde es.

Um achtzehn Uhr dreißig erreichte er Ambra. Obwohl es schon früher Abend war, hatte es sich noch kein bisschen abgekühlt. Tobias parkte am Eingang des Ortes vor einem Outlet für Lederwaren und ging dann langsam durch die kleine Stadt. Während der Fahrt war er noch voller Energie und Hoffnung gewesen, beinah enthusiastisch, jetzt war er nur noch müde. Mit jedem Schritt fühlte er sich einsamer. Leonie fehlte ihm so sehr. Mit ihr wäre dies alles einfacher gewesen, sie hatte ihn beruhigen können, wenn er nervös und ungeduldig wurde, und wenn er nicht mehr weiterwusste und resignierte, hatte sie immer noch eine Idee gehabt und einen Ausweg gefunden. Der Mann, den er suchte, hatte nicht nur sein Kind geraubt, sondern auch seine Frau getötet.

Vor der Bar della Piazza setzte er sich unter einen Sonnenschirm und bestellte ein Schinkenbrötchen, ein kühles Glas Weißwein und eine Flasche Wasser. Mit jedem Zentimeter seines Körpers spürte er die Hitze, die auf ihm lastete und sogar das Atmen schwermachte, so dickflüssig erschien ihm die Luft.

Alte Männer saßen im Schatten der Hausmauer. Sie aßen und tranken nicht und sagten nur hin und wieder ein Wort. Ansonsten schwiegen sie. Saßen stumm auf der Piazza, bis sie eines Morgens einfach nicht mehr aufwachten. Und keiner von ihnen sah so aus, als ob er noch irgendeinen unerfüllten Wunsch oder ein Ziel im Leben hätte.

Sie sagen nichts, aber wahrscheinlich wissen sie alles, dachte Tobias, wenn ich ein Quartier für die Nacht gefunden habe, werde ich sie fragen. Jeden Einzelnen. Auch im Zeitungsgeschäft, beim Bäcker, beim Fleischer, auf der Post, in der Bank und im Alimentariladen.

Er fühlte sich besser und gekräftigt, bezahlte und ging weiter. Der Weg in die Altstadt war steil, und der Schweiß floss ihm in kleinen Rinnsalen den Rücken hinunter.

Ein leichter Wind wehte, als er auf dem freien Platz vor der Kirche stand, und er setzte sich einen Moment auf eine steinerne Bank direkt neben dem Portal.

Die Sonne brannte. Eine Geranie vertrocknete in einem viel zu kleinen Topf vor geschlossenen Fensterläden. Er dachte an seine Tochter, die er noch nie geküsst und gestreichelt, deren Duft er noch nie gerochen hatte, und er stellte sich den Mann vor, der sie bei sich hatte und den er nicht kannte. Noch nicht kannte. Und wieder fühlte er in sich die Lust zu töten.

Kurz bevor es über die Brücke und zum Ort hinaus führte, sah er an einem Fensterladen ein Schild, auf dem *Camere* und *Zimmers* geschrieben stand. Das Haus, in dem offensichtlich Zimmer zu mieten waren, war ursprünglich einmal gelb gewesen, jetzt war der Putz großflächig abgeplatzt, und es war mehr grau als gelb. Schwarze Sprenkel bis zu einem Meter Höhe zeugten davon, dass der Schwarzschimmel dabei war, das gesamte Haus in Besitz zu nehmen. Im ersten Stock sah man deutlich, dass es vor einer Fenstertür mal einen Balkon gegeben hatte, der aber offensichtlich abgeschlagen worden war. Man hatte ihn nicht erneuert, sondern lediglich ein Gitter vor dem Fenster angebracht.

Tobias betrat das Haus und stand ziemlich verloren in der Diele, weil nirgends ein Laut zu hören war.

»Buonasera!«, rief er zaghaft. Es war ihm unangenehm, einfach so und unangemeldet in einem fremden Haus zu stehen.

Nichts rührte sich. Erst als er dreimal und jedes Mal lauter gerufen hatte, klappte oben eine Tür auf, und eine magere, ungefähr vierzigjährige Frau kam die Treppe herunter, wobei sie sich eilig die langen Haare am Hinterkopf zusammensteckte, als hätte man sie gerade beim Liebesspiel überrascht.

»Si?«, sagte sie, blieb wie vom Donner gerührt stehen und runzelte die Stirn, als sie Tobias sah. Viele Gäste hatte sie offensichtlich nicht.

»Ich möchte ein Zimmer mieten«, stotterte Tobias in seinem holprigen und mühsam mit dem Wörterbuch zusammengesuchten Italienisch. »Für ein, zwei oder drei Nächte.«

Begeistert schien die Frau über den unerwarteten Gast nicht zu sein, aber sie zwang sich zu einem Lächeln.

»Va bene. Venga.« Sie ging voran, und Tobias folgte ihr.

Das Zimmer war winzig. Ein Bett, ein Tischchen, ein Stuhl und ein Waschbecken. Anstelle eines Schrankes an der Wand vier Haken. Das Fenster ging zur Straße raus und befand sich genau dort, wo früher einmal der Balkon gewesen war.

Tobias war zufrieden. Was brauchte er mehr? Er hatte sowieso keine Sachen dabei.

»Die Toilette ist unten«, sagte die Frau, »und wenn Sie duschen wollen, können Sie unser Bad benutzen. Das ist auch unten.«

Tobias erahnte nur, was sie gesagt hatte, und nickte ergeben. Es interessierte ihn überhaupt nicht.

»Was kostet das Zimmer?«

»Dreißig Euro.«

»Okay.« Tobias drückte ihr dreißig Euro in die Hand. Die Frau strahlte. »Ich heiße übrigens Viola«, sagte sie.

Tobias gönnte sich eine Viertelstunde, um sich an dem kleinen Waschbecken wenigstens frischzumachen, am offenen Fenster einige Minuten tief durchzuatmen und seine Gedanken zu ordnen.

Ich bin in Italien, dachte er, irgendwo in einem gottverlassenen Nest in der Toskana, um mein Kind zu suchen, das ich noch keine Sekunde in meinem Arm gehalten habe. Das ist alles absoluter Wahnsinn.

Dann ging er los.

In Ambra war jetzt wesentlich mehr Betrieb. Die Leute kamen aus ihren Häusern, erledigten noch ein paar kleinere Einkäufe, unterhielten sich mit Nachbarn und saßen zum Feierabend vor ihren Häusern oder auf der Piazza. Tobias hatte sich mit Hilfe des Wörterbuchs seine Frage zurechtgelegt und erkundigte sich in jedem noch geöffneten Laden nach einem Deutschen, der hier mit einem ungefähr sieben Monate alten Kind lebte.

»Ich weiß nicht, wie er heißt und wo er wohnt«, sagte er, »ich weiß nur, dass er ein kleines Kind hat. Ich muss ihm eine sehr wichtige Nachricht überbringen.«

Alle, die er fragte, lächelten und schüttelten den Kopf, als hätten sie sich verschworen. Es kannten zwar viele irgendwelche Deutsche, die zurückgezogen in den Bergen in einsamen Häusern lebten, aber von einem Baby wusste niemand etwas.

Mit jeder vergeblichen Frage wurde Tobias müder und verzweifelter. Es waren also doch eine Schnapsidee und ein Irrsinn gewesen, so überstürzt nach Italien zu fahren.

Zum Schluss trank er noch ein Glas Wasser in der Bar und machte sich dann auf den Weg zu seinem Zimmer. Er musste unbedingt schlafen. Vielleicht hatte er ja morgen, wenn er ausgeschlafen war, noch eine Idee.

Viola saß zusammen mit ihrem Mann Franco vor dem Haus, als er kam. Sie hatte ihre nackten Füße auf einen Klappstuhl gelegt und grinste breit. Franco schüttelte ihm die Hand. Einen Gast zu haben war etwas ganz Besonderes. Auch in der Hauptsaison. Ein Geschenk des Allmächtigen.

Viola deutete Tobias an, er möge sich setzen, und lief ins Haus, um eine Flasche Wein zu holen. Um nicht unhöflich zu erscheinen, nahm Tobias die Einladung an.

Als Viola Tobias ein Glas randvoll geschenkt und sich und Franco nur einen Fingerhut voll eingegossen hatte, fragte Tobias nach dem Deutschen und dem Kind, weil er nicht wusste, was er sonst sagen sollte, und weil es das Einzige war, das er mittlerweile fließend auf Italienisch konnte.

Viola und Franco überlegten erst kurz, und dann begannen sie miteinander zu diskutieren. Tobias verstand kein Wort und wartete geduldig ab. Die Diskussion wurde immer hitziger, zum Schluss schrien sie sich an, bis sie ganz plötzlich, wie auf Anweisung eines Dirigenten, der mit einem gewaltigen Schlussstrich die Symphonie beendet, verstummten.

»Nein«, sagte Viola schließlich, »es tut uns furchtbar leid, aber wir kennen keinen Deutschen mit einem kleinen Kind. Jedenfalls nicht hier in Ambra.«

Tobias hatte Lust, sein Weinglas gegen die Wand zu werfen, aber er beherrschte sich, bedankte sich, stand auf und ging in sein Zimmer.

Er putzte sich nur noch die Zähne, schloss die Fensterläden, kroch mühsam unter das unter der Matratze festgezurrte Laken und schlief sofort ein. Selbst die ungewohnten Straßengeräusche hörte er nicht mehr, auch nicht das Bremsen der Autos direkt unter seinem Fenster, bevor sie langsam über die künstliche Bodenwelle zur Verkehrsberuhigung fuhren, um danach sofort wieder Gas zu geben. Ein Geräusch, das störender war, als wenn sie ihr Tempo gleichmäßig beibehalten hätten. Er nahm nichts mehr wahr, schlief traumlos und fest bis um sieben Uhr früh, als Viola lautstark an seine Tür hämmerte.

Er fiel fast aus dem Bett, so erschrak er, murmelte fast automatisch und immer noch schlaftrunken »si, si« und versuchte, sich mühsam in der absoluten Dunkelheit zu orientieren. Dann stolperte er zum Fenster und klappte die Fensterläden auf. Sonnenlicht durchflutete das Zimmer.

Sich räuspernd und einmal kurz durch die Haare fahrend, ging er zur Tür und öffnete.

Viola strahlte ihn an. »Buongiorno«, sagte sie, »haben Sie gut geschlafen?«

Tobias nickte matt.

»Hören Sie, ich habe mit meinem Schwager gesprochen. Er hat eine kleine Osteria und kennt hier jeden. Und ich glaube, er kennt auch den Deutschen, den Sie suchen.«

Bis auf »tedesco« verstand Tobias kein Wort, aber Violas glänzende Laune interpretierte er so, dass endlich jemand etwas wusste.

Er hob die Hand, ging zu seiner Jacke, die über der Stuhllehne hing, zog einen winzigen Notizblock und einen Kugelschreiber aus der Jackentasche und reichte beides Viola. Mit einem aufmunternden Nicken.

Viola verstand und malte umständlich und ungeübt mit großen krakeligen Großbuchstaben die Adresse auf den Zettel.

La Passerella / Monte Benichi stand darauf.

SIEBENUNDVIERZIG

»Amore«, sagte Sofia leise, denn Daniela schlief auf ihrem Arm, »ich höre ein Auto. Es kommt langsam den Berg herunter und wird gleich hier sein. Aber wenn mich nicht alles täuscht, sind alle unsere Gäste zu Hause. Wer kann das sein? Hast du Handwerker bestellt?«

»Nein.«

Es war noch keine richtige Angst, sondern nur ein unangenehmes Gefühl, das sich langsam in ihm breitmachte. Die Furcht, dass eine ungute Ahnung sich bewahrheiten könnte.

»Bitte geh mit Daniela ins Haus! Ich will erstmal sehen, wer das ist.«

Kommentarlos stand Sofia auf. Sie hatte sich daran gewöhnt, dass Jonathan im Hinblick auf sie und Daniela überängstlich war, empfand es jedoch nicht mehr als einengend oder erdrückend.

Jonathan ging auf dem Weg ein Stück vor bis zur großen Zeder. Von dort hatte er einen Einblick auf die Straße und konnte einige Sekunden lang sehen, was für ein Auto sich näherte. Es glänzte silbrig in der Sonne und war eine relativ große Limousine. Ein Wagen, der es auf dieser holprigen Straße schwer hatte, und eine Automarke, die in dieser Gegend selten gefahren wurde.

Der Wagen verschwand in der Nähe der Schlucht am tiefsten Punkt zwischen den beiden Bergen und kam jetzt wieder herauf. Nun vernahm auch Jonathan das Motorengeräusch, das Sofia schon wesentlich früher gehört hatte.

Mit gespreizten Beinen und verschränkten Armen stand er da und wartete.

Zwei Minuten später bog der Wagen um die letzte Kurve. Er fuhr auffallend langsam, als wäre er nicht sicher, in das richtige Grundstück gefahren zu sein.

Direkt neben Jonathan hielt er an.

»Entschuldigen Sie«, begann Tobias und sah Jonathan dabei ins Gesicht. Und dann stutzte er. »Ich glaube, wir kennen uns. Lassen Sie mich einen Moment überlegen …«

Jonathan lächelte milde.

Tobias stieg aus und reichte Jonathan die Hand. »Jetzt fällt es mir wieder ein! Wir haben uns auf der Beerdigung von Engelbert Kerner getroffen.«

»Ja, richtig!« Jonathan schüttelte die Hand. »Jetzt erinnere ich mich auch.«

»Tobias Altmann. Wir haben uns gegenübergesessen und ein paar Worte miteinander gewechselt.«

»Ja ja ja, genau! Schön, dass Sie einmal vorbeigekommen sind! Fahren Sie doch einfach noch ein Stück weiter, dort hinten links ist ein kleiner Parkplatz, da können Sie Ihren Wagen abstellen.«

Jonathan machte eine auffordernde, freundliche Geste wie ein Verkehrspolizist, und Tobias fuhr an ihm vorbei. Als er sein Auto geparkt hatte, war auch Jonathan am Parkplatz angelangt.

»Kommen Sie doch bitte herein, oder besser gesagt auf die Terrasse! Sie müssen meine Frau und meine Tochter kennenlernen! Machen Sie Urlaub in der Toskana?«

»So ungefähr«, antwortete Tobias zögerlich.

»Warum haben Sie denn Ihre Frau nicht mitgebracht?«

»Sie ist tot.«

»Oh!« Das hatte Jonathan nicht erwartet. »Das tut mir aber leid!«

Tobias sah sich um. »Und hier also ist Engelbert verunglückt?«

»Ja. Dort hinten, bei der Casa Gioia. Auf der anderen Seite des Hauses, die Sie von hier aus nicht sehen können. Ich kann Ihnen jetzt leider nicht die Treppe zeigen, die er hinuntergestürzt ist, weil die Villa vermietet ist und wir die Gäste stören würden. Es sei denn, sie fahren heute noch runter ins Dorf, dann können Sie die Unglücksstelle sehen.«

»Ist nicht so wichtig. – Aber es ist wirklich wunderschön hier! Ein traumhafter Blick. Ich kann mir gut vorstellen, dass sich Engelbert und Ingrid hier wohlgefühlt haben.«

Jonathan nickte. Sie hatten die Terrasse erreicht und setzten sich. »Darf ich Ihnen etwas anbieten? Ein Wasser, einen Wein? Eine Kleinigkeit zu essen?«

»Ein kühles Wasser wäre sehr schön. Danke.«

Jonathan ging ins Haus und kam kurz darauf mit den Getränken und gefolgt von Sofia, die Daniela auf dem Arm hatte, wieder.

Tobias erkannte das Baby sofort. Es war dasselbe wie auf den Fotos, die ihm geschickt worden waren.

»Darf ich Ihnen vorstellen: Meine Frau Sofia und meine Tochter Daniela.« Tobias verbeugte sich und küsste die Hand, die ihm Sofia entgegenstreckte, und erst jetzt bemerkte er, dass Sofia blind war.

Das Baby quengelte und war unwillig. Und so wütend und verweint sah es jetzt etwas anders aus als das lachende Kind auf den Fotos.

Sofia nahm eine Babydecke, die auf einem der Liegestühle lag, breitete sie auf einem kleinen Rasenstück vor dem Haus aus und setzte Daniela darauf, die sofort begeistert versuchte, zu krabbeln.

Ja. Das war sie! Das war genau die Decke auf einem der Fotos. Eine hellblaue Decke mit weißen Elefanten! Er hatte sich also doch nicht getäuscht.

Aber warum schickte ihm Jonathan die Fotos? Und schrieb ihm diesen banalen, klischeehaften Satz: *... auch dein Schicksal wird sich irgendwann zum Guten wenden,* der in seinen Ohren einfach nur bösartig klang. *Auch ich habe einmal ein Kind verloren ...* warum schrieb er ihm das? Sie hatten nicht den geringsten Kontakt, hatten sich nur einmal kurz gesehen. War Jonathan nicht ganz bei Trost?

Jonathan unterbrach Tobias' Gedanken. »Entschuldigen Sie, aber was ist mit Ihrer Frau geschehen? Ich kann gar nicht glauben, was Sie da sagen, sie war jung, erschien so gesund und war mir ungemein sympathisch. War sie krank?«

»Nein. Sie hat sich umgebracht, weil sie den Verlust unserer Tochter Lisa-Marie nicht verkraftet hat. Das Baby wurde gestohlen. Direkt nach der Geburt, aus dem Krankenhaus.«

»O Dio, das ist ja entsetzlich!«, murmelte Sofia leise, ohne ihre Aufmerksamkeit von Daniela abzuwenden. Sie hatte immer ein kleines Stückchen des Bandes ihres Strampelanzugs in der Hand. So behielt sie die Kontrolle darüber, wo Daniela war, behinderte sie aber nicht in ihren Krabbelversuchen.

»Ja, das wusste ich«, sagte Jonathan, »ich habe irgendwann einmal mit Ingrid Kerner telefoniert, und sie hat es mir erzählt. Wir haben sehr losen Kontakt miteinander, aber vom Selbstmord Ihrer Frau hat sie nichts gesagt.«

Tobias sah in die Ferne. Die Hitze stand über den Bergen, und er stellte sich vor, die Wälder, Weinberge und Olivenhaine würden in Flammen aufgehen und die Feuerwalze würde sich langsam auf La Passerella zu bewegen. So wie die verheerenden Feuer, die jedes Jahr in Kalifornien wüteten. Einen Moment dachte er, dass es ein herrliches Bild wäre.

Er war enttäuscht. Seine Reise hatte sich als sinnlos herausgestellt, er war Lisa-Marie nicht einen Zentimeter näher gekommen, sondern tausendfünfhundert Kilometer zu einem Spinner gefahren, dem es an Mitgefühl mangelte, da er sich nicht vorstellen konnte, was sein schwachsinniger Brief und die Fotos seines Kindes bei einem Menschen auslösen mussten, der sein Kind verloren hat.

Aber dennoch bemühte er sich, seine Wut und seine Frustration nicht zu deutlich zu zeigen und sachlich zu fragen: »Warum haben Sie mir diesen Brief, der ja eigentlich nur aus zwei Sätzen bestand, geschrieben, und warum haben Sie mir Fotos Ihrer Tochter geschickt? Konnten Sie sich nicht vorstellen, dass Sie mir damit nicht helfen, sondern alles nur noch schlimmer machen?«

»Sind Sie deshalb gekommen?«

»Ja.«

»Um mir Vorhaltungen zu machen?«

»Ich weiß es nicht. Ich wollte mit Ihnen darüber reden.«

»Du hast mir nie etwas von diesem geraubten Kind erzählt«, warf Sofia ein.

»Nein. Ich wollte dich nicht beunruhigen. Du bist sowieso schon so überängstlich, was Daniela betrifft.«

»Tut mir leid, aber ich verstehe Sie nicht. Ich kann Ihre Motivation nicht nachvollziehen, mir so einen Brief zu schicken.« Tobias wurde immer wütender. Jonathan kam ihm vor wie ein schleimiger, glatter Aal, der einem unentwegt aus der Hand flutschte, wenn man schon glaubte, ihn gefangen zu haben.

»Ich wollte Sie weder kränken noch beleidigen noch Ihren Schmerz verschlimmern«, sagte Jonathan ruhig und jubilierte innerlich. Jetzt hatte er die Reaktion auf seinen Brief, so wie er sie sich gewünscht hatte, direkt vor sich, hier auf seiner Terrasse. »Ich wollte Sie trösten. Ihnen etwas Nettes, Aufmunterndes schreiben. Mehr nicht. Wenn ich damit genau das Gegenteil erreicht habe, dann entschuldigen Sie das bitte. Es war nicht meine Absicht.« Jonathan hörte selbst, wie geschraubt das alles klang, aber er konnte es nicht ändern.

Tobias schwieg. Ihm war übel. Übel vor Hunger, weil er bis auf ein Croissant den ganzen Tag noch nichts gegessen hatte, und übel von der Leere, die sich jetzt in seinem Kopf und in seinem ganzen Körper ausbreitete. Er konnte es einfach nicht ertragen, dass die Hoffnung von einer Sekunde zur anderen vollkommen vorbei sein sollte.

»Bleiben Sie länger in der Toskana?«, fragte Jonathan freundlich.

»Nein. Ich fahre morgen zurück.«

»Darf ich Ihnen dann anbieten, für diese Nacht mein Gast zu sein? Eine unserer Ferienwohnungen ist zufällig frei, und ich möchte auch ein wenig wiedergutmachen, was ich durch diesen Brief angerichtet habe. Schließlich habe ich das ganze Ungemach ja zu verantworten.«

Tobias überlegte. Er war müde, hungrig und durstig und hatte nicht die geringste Lust, noch eine Nacht in dem winzigen Zimmer in Ambra mit lediglich einem Waschbecken statt einer Dusche zuzubringen. Der Vorschlag war durchaus reizvoll. Es war wunderschön hier, und er sehnte sich nach einer Dusche und hatte auch gegen etwas Essbares und ein Glas Wein nichts einzuwenden.

»Das ist furchtbar nett«, sagte er daraufhin, »wenn es Ihnen wirklich nichts ausmacht, nehme ich Ihr Angebot gerne an.«

»Gar kein Problem. Kommen Sie, ich zeige Ihnen, wo Sie heute Nacht schlafen.« Jonathan lächelte. Ein wunderbarer Abend lag vor ihm, an dem er seinen Gast in Ruhe beobachten konnte, wie einen zappelnden Käfer unterm Mikroskop.

Tobias folgte Jonathan und wusste immer noch nicht, was er von der ganzen Sache halten sollte. Dieser Mann war offensichtlich strohdumm, aber deswegen noch lange kein schlechter Mensch.

ACHTUNDVIERZIG

Tobias erwachte früh. Am vergangenen Abend hatte er wenig Lust gehabt, sich mit Jonathan und Sofia zu unterhalten, und sich bereits unmittelbar nach dem Abendessen verabschiedet. Er sah auf die Uhr. Jetzt war es sieben. Er würde nur kurz einen Kaffee trinken und sofort losfahren. Am späten Abend könnte er dann schon wieder in Buchholz sein. Es gab eben Dinge im Leben, die anstrengend, aber letztendlich sinnlos waren und zu nichts führten. Die musste man abhaken und durfte nicht länger darüber nachdenken.

Er duschte kurz und fühlte sich fit und ausgeruht, als er auf die Terrasse trat. Die Luft roch intensiv nach blühendem Jasmin, noch war es diesig, und das Sonnenlicht, das jetzt am frühen Morgen das Land in Pastelltöne tauchte, flimmerte leicht. Sicher wieder ein herrlicher Tag in der Toskana, sonnig und heiß, aber er sehnte sich zurück in sein Haus mit den hohen dunklen Tannen hinter dem Garten. Merkwürdigerweise fühlte er sich dort weniger depressiv als hier in der hellen, lieblichen Weite.

Es war still vor dem Haus, niemand war zu sehen. Er hatte gestern Abend auch noch kurz Jonathans Schwiegereltern kennengelernt. Amanda hatte mit einer Flasche Wein vor der Küche auf dem Portico gesessen, und Riccardo hatte ihm zur Begrüßung die Hand geschüttelt und war dann wieder verschwunden. Auch von diesen beiden war niemand in Sicht, und die übrigen Gäste schliefen wohl noch.

Einen Kaffee konnte er auch in Ambra trinken – das war nicht das Problem, aber er wollte nicht unhöflich erscheinen und scheute sich, einfach so zu verschwinden, ohne sich zu verabschieden.

Er klopfte an die Tür von Jonathans und Sofias Wohnung. Es war jetzt fast halb acht, eigentlich eine zivile Zeit, Leute auf dem Land schliefen nie lange.

Nichts rührte sich, aber er hörte leise Musik.

Tobias drückte die Klinke hinunter und öffnete die Wohnungstür.

»Herr Valentini? Sind Sie da?«

Liebes, die Gerechtigkeit hat gesiegt!

DAS IST WUNDERVOLL.

Er leidet, sein Schmerz ist unermesslich.

DAS IST GUT SO.

Bist du glücklich?

JA, ICH BIN GLÜCKLICH.

Jonathan kniete in seiner Kammer. Er hatte den Moment genutzt, weil Sofia und das Kind wie jeden Morgen einen kleinen Spaziergang machten, und wollte sich auf seine Andacht konzentrieren. Bei ihr sein und mit ihr reden.

Er hörte ihr Lied.

»Quando sei lontana sogno all' orrizonte
e mancan le parole, e io si lo so
che sei con me, con me,
tu mia luna tu sei qui con me,
mio sole tu sei qui con me,
con me, con me, con me …«

Er spürte nicht mehr seine schmerzenden Knie und merkte nicht, wie das Wachs einer Kerze, die er in der Hand hielt, auf seine Hand tropfte und die Haut verbrannte.

Zum ersten Mal rührte ihn dieses Lied nicht zu Tränen, sondern verursachte ein Hochgefühl.

In diesem Moment hörte Jonathan Tobias' rufende Stimme.

Oh, dachte er, wir bekommen Besuch. Wie schön.

Er kommt, um dich zu sehen, Giselle.

Die Tür flog auf.

Tobias stieß vor Schreck einen unterdrückten Schrei aus. Vor ihm stand Jonathan mit weit geöffneten Armen im Schein von Dutzenden flackernder Kerzen vor einem Altar.

»Time to say goodbye.«

Über dem Altar ein Gemälde, das Tobias wie hypnotisiert anstarrte.

Und dann stürzte alles auf ihn ein. Wie ein Schiff aus dem Nebel tauchte die Erinnerung auf, und ein Bild explodierte in seinem Kopf, von dem er gar nicht mehr wusste, dass er es gehabt hatte: Dieses schöne Mädchen an der Ampel, ihr dunkles, langes Haar und ihr ebenmäßiges Gesicht, die Todesangst in ihrem Blick und die absolute Gewissheit, dass sie in der nächsten Sekunde sterben würde. Vollkommen reglos stand sie da, als warte sie auf den Tod, und starrte ihn an. Sah ihm in die Augen, und er konnte nichts tun und musste ebenso wie sie mit ansehen, wie sein Wagen gegen ihren Körper schleuderte und sie durch die Luft wirbeln ließ.

Dieser Blick, den er vergessen und verdrängt hatte, war wieder da. Mit ihren ausgestochenen, toten Augen sah sie ihn an.

Tobias schrie.

Das Porträt der Frau, die er überfahren hatte, hing hier in diesem Zimmer. In dieser merkwürdigen Kammer.

Jonathan hatte immer noch kein Wort gesagt. Aber sein Lächeln ließ Tobias' Blut in den Adern gefrieren.

Auf einmal begriff Tobias die Zusammenhänge.

»Sie sind der Vater«, sagte er tonlos.

»Ja, so ist es«, flüsterte Jonathan, »das ist das Porträt meiner Tochter.« Er sah Tobias nicht an, sondern blickte wie entrückt in die Flamme einer brennenden Kerze.

»Du hast mir meine genommen, ich nehme dir deine. Auge um Auge, Zahn um Zahn. Glaube nicht, dass du sie jemals wiederbekommst. Durch deine Schuld hast du sie für immer verloren!« Jonathan lachte leise.

Tobias war jünger, größer und stärker als Jonathan. Und er war ihm überlegen, weil Jonathan überhaupt nicht damit rechnete, was jetzt geschah.

Blitzschnell griff Tobias einen Kerzenleuchter aus schwerem Messing und ließ ihn mit aller Kraft auf Jonathans Schädel krachen. Das Splittern der Knochen machte ein widerliches Geräusch, wie ein dicker Ast, den der Sturm vom Stamm bricht.

Im Augenwinkel bemerkte er Sofia, die lautlos hereingekommen war und mit dem Kind auf dem Arm in der Tür stand.

Jonathan sah Tobias ungläubig an, so wie ihn selbst Engelbert vor einem Jahr angesehen hatte. Sein Kopf hatte eine tiefe Delle, eine riesige Wunde klaffte auf seiner Stirn, und das Blut floss ihm über das ganze Gesicht. Er begann zu taumeln, und Tobias schlug noch einmal zu. Jonathan kippte rückwärts um wie ein gefällter Baum.

Mit einem Schrei wich Sofia zurück.

Und dann war der Bann gebrochen. Tobias prügelte auf den bereits am Boden liegenden Wehrlosen ein wie im Rausch. Unzählige Male. Der Kerzenständer zerschmetterte Jonathans Gesicht, bis es nur noch eine einzige unförmige blutige Masse war.

NEUNUNDVIERZIG

Sofia flüchtete mit ihrem Kind in die Küche. Sie hatte nicht nur die Schläge gehört und die berstenden Knochen, sondern auch alles, was Jonathan gesagt hatte. Und sie hatte das Blut gerochen. Viel Blut. Sie hatte gespürt, dass es ihm übers Gesicht strömte, als er fiel. Jonathan war tot. Er konnte ihr nicht mehr helfen.

Es hatte also niemals eine Cousine gegeben. Jonathan hatte das Kind diesem Mann gestohlen, der jetzt hier in ihrem Haus war und es zurückverlangte. Sie würde alles verlieren. Erst Jonathan und dann auch noch Daniela. Ohne diese beiden Menschen war ihr Leben zu Ende. Das wusste sie. Also konnte sie alles riskieren.

Riccardo war im Weinberg, und Amanda schlief noch. Aber sie wäre ihr wohl kaum eine Hilfe gewesen, daher rief sie sie nicht.

Jetzt rächte sich, dass es in diesem Haus keine Tür gab, die abgeschlossen werden konnte, gleich würde Tobias hier sein.

Sie hatte nicht mehr viel Zeit.

Sie band sich eine Schürze um, setzte Daniela einen Moment auf die Arbeitsplatte, zog das größte und schärfste Messer, das es in dieser Küche gab, aus dem Messerblock und schob es auf ihrem Rücken hinter das Schürzenband. Sie war dankbar, dass sie an diesem Morgen eine Jeans trug, der robuste Stoff schützte sie ein wenig vor der Spitze des Messers. Dann nahm sie Daniela wieder auf den Arm, stand still und unbeweglich an der Spüle und wartete.

Sofia hatte vermutet, dass Tobias die Tür aufreißen und voller Aggression in die Küche stürmen würde, aber er kam leise. Betrat den Raum fast lautlos und blieb an der Tür stehen.

Sie wusste, dass er da war und dass er sie ansah.

»Du weißt, was ich getan habe?«

Sofia nickte.

»Und du weißt auch, warum ich es getan habe?«

Sofia nickte erneut.

»Das Kind, das er dir aus Deutschland mitgebracht hat, ist meine Tochter Lisa-Marie. Ich will sie wiederhaben. Und wenn du sie mir nicht gibst, werde ich dich auch töten. Es kommt nicht mehr darauf an, ich habe nichts mehr zu verlieren. Und ich habe keinerlei Mitleid mit dir.«

Sofia schluckte. Ihr wurde glühend heiß, und sie fing an zu zittern, obwohl sie wusste, dass das jetzt das Schlimmste war, was ihr passieren konnte. Sie brauchte ihre ganze Kraft und all ihren Mut und durfte keine Sekunde zögern oder schwach werden.

»Ich verstehe«, sagte sie leise. »Ich verstehe vollkommen.«

Langsam bewegte sie sich mit Daniela auf den Fremden zu, der gerade ihren Mann getötet hatte. Dorthin, wo sie seine Nähe spürte.

Ihr Herz klopfte bis zum Hals.

Sie wusste, dass sie ihm nahe war, und hielt ihm das Kind mit ausgestreckten Armen entgegen.

»Nimm es. Es gehört dir. Und bitte verzeih.«

Tobias nahm seine Tochter auf den Arm und konnte es gar nicht glauben. Innerlich war er auf einen Kampf mit

Sofia eingestellt gewesen. Fast tat sie ihm leid, wie sie da vor ihm stand mit ihren blinden Augen, die das Kind noch nicht einmal sehen konnten, und mit hängenden Armen.

»Darf ich es zum Abschied noch einmal küssen?«, fragte sie flüsternd und mit bebenden Lippen.

»Natürlich.«

Sofia machte noch einen Schritt auf Tobias zu, war Daniela ganz nahe, spürte sie direkt mit ihrem Körper, hielt sie an der Schulter, und als sie sie küsste, zog sie blitzschnell das Messer hinter ihrem Rücken aus dem Schürzenband und stach es mit voller Wucht Tobias in den Rücken. Sie traf keine Rippe und wunderte sich, wie leicht es ins Fleisch glitt.

Tobias stöhnte auf, genauso überrascht wie Jonathan einige Minuten zuvor. Krampfhaft hielt er seine Tochter fest und war somit wehrlos. Sie kümmerte sich nicht mehr um Daniela, sondern zog das Messer nach oben und nach unten, bohrte, zog es heraus und stach erneut zu. Insgesamt fünfmal, dann ging er zu Boden.

Und als er starb, hatte er das kleine Mädchen immer noch im Arm.

Sofia löste seine Finger, die Danielas Kopf umklammert hielten, und hob sie hoch.

»Wir zwei«, flüsterte sie, »du und ich, mein Kind, wir schaffen das. Wir schaffen alles.«

Als sie langsam aus der Küche ging, um ihre Mutter zu wecken und die Carabinieri anzurufen, lächelte sie.

EPILOG

Eine knappe halbe Stunde später traf Donato Neri auf La Passerella ein. Ohne Alfonso. Er wollte erst einmal selbst sehen, was geschehen war, und sich nicht gleich wieder von seinem Kollegen verrückt machen lassen.

Er war auf einiges gefasst gewesen, als Sofia ihn angerufen hatte. »Bitte, komm schnell!«, hatte sie gesagt. »Jonathan ist tot und ein Fremder auch.«

Aber das, was er dann sah, übertraf seine schlimmsten Alpträume und verschlug ihm für einen Moment die Sprache.

»Madonnina!«, stotterte er. »Porcamiseria, was ist denn hier bloß los bei euch?«

Fassungslos stand er vor Jonathans Leiche. »Wenn ich jetzt nicht wüsste, wer das ist, ich würde ihn wahrscheinlich gar nicht erkennen«, murmelte er leise.

Wie sehr Jonathan seine Frau verehrt hatte, begriff er erst jetzt, als er Sofias Bildnis über dem Altar sah, und er erinnerte sich an das Gespräch mit Riccardo eines Morgens im Wald und dessen Verunsicherung. Jonathan hatte Sofia wirklich regelrecht angebetet!

Ruhig und detailliert schilderte Sofia, wie der Fremde aus Deutschland Jonathan erschlagen hatte. Ein Gast, ein Wahnsinniger, dem in Deutschland sein Kind geraubt worden war, der das nicht verkraftet hatte und der ihr gemeinsames Glück mit Daniela nicht ertragen konnte. Er wollte das Kind, und als Jonathan tot war, hatte er versucht, es ihren Armen zu entreißen. Da hatte sie ihn erstochen.

»Reine Notwehr!«, resümierte Neri. »Ganz klarer Fall. Das hast du gut gemacht, Sofia. Alle Achtung! Wenn ich mir vorstelle, als Blinde mit einem Messer auf einen starken, jungen Mann loszugehen – das ist eine unglaubliche Leistung!«

Sie hatte den Mut einer Löwin gehabt, ihr Kind vor diesem Mörder zu retten, der es entführen wollte, dachte Neri. Vielleicht konnte man sich als Mann gar nicht vorstellen, wozu Mütter fähig sein konnten, wenn es darum ging, ihre Brut zu schützen. Jeder Richter der Welt würde das verstehen.

»Mach dir keine Sorgen, Sofia«, beruhigte er sie, »du hast vor Gericht nichts zu befürchten.«

Kurz darauf kam Riccardo vom Feld. Er hatte seine Weinreben gedüngt, war sehr hungrig und freute sich auf ein ruhiges, schnelles Mittagessen. Aber was er vorfand, war die Polizei auf La Passerella, seinen erschlagenen Schwiegersohn und einen erstochenen Gast. Außerdem eine vollkommen sprachlose Amanda, eine traumatisierte Sofia und ein weinendes Baby, das wie er Hunger hatte und übermüdet war.

Riccardo setzte sich unterhalb des Hauses auf eine steinerne Bank, die er vor Jahren aufgestellt hatte. Hier konnte er einen Moment allein sein.

Er liebte diese warmen Spätsommertage mit ihrer samtweichen Luft und dem Geruch von saftigem Moos unter Pinien. Bald würde es die ersten Pilze geben. Es war eigentlich alles wie immer, und doch würde es von jetzt an nie mehr so sein wie früher.

Er hatte es geahnt. Hatte es die ganze Zeit gespürt, dass das Auftauchen dieses Fremden vor nunmehr sieben Jahren nicht unbedingt ein Segen gewesen war. Jetzt hatte Sofia keinen Mann mehr, aber sie hatte ein Kind. Ein Kind, das ihrem Leben Inhalt und Aufgabe geben und im Alter eine Stütze sein würde.

Plötzlich legte sich eine Hand auf seine Schulter.

»Komm rein«, sagte Neri, »Sofia braucht dich jetzt. Und mach dir keine Sorgen. Alles wird gut.«

Riccardo nickte, stand auf und ging zusammen mit Neri langsam zurück zum Haus.

In der Ferne bellte ein Hund.

› Über das Buch

Eine Mordserie versetzt Berlin in Angst und Schrecken. Ein perfider Mörder, der sich selbst als »Prinzessin« bezeichnet, sucht sich seine Opfer auf den nächtlichen Straßen und erdrosselt sie beim Liebesspiel.

Das Todesurteil heisst: Ich liebe dich

Die Nachtprinzessin ist erfolgreich im Beruf, lebt unauffällig und wohlsituiert in der Villa ihrer Mutter und hat ein attraktives, sympathisches Äußeres. Sie ist charmant und elegant und liebt die italienische Lebensart. Daher kauft sie sich eine Wohnung in der Toskana, kann aber auch dort ihrem inneren Dämon nicht entfliehen. Obwohl ihr sowohl die deutsche als auch die italienische Polizei dicht auf den Fersen ist, mordet sie weiter. Ihre Sehnsucht nach Liebe ist unersättlich, und auch auf der wildromantischen Mittelmeerinsel Giglio wird die »Prinzessin« zwei jungen Männern zum Verhängnis.

In Siena lernt die Nachtprinzessin den schönen Fremdenführer Gianni kennen, Sohn des Carabiniere Neri aus Ambra, und verliebt sich unsterblich in ihn. Der unerfahrene und schüchterne Junge ahnt nicht, dass die Prinzessin töten muss, wenn sie liebt, und läuft ins offene Messer …

PROLOG

Die Nacht war sternenklar. Als er das Achterdeck betrat, ertappte er sich dabei, dass seine Hand automatisch in die Brusttasche seines Jacketts fuhr, wo normalerweise seine Sonnenbrille steckte, und er musste über sich selbst lächeln.

Noch vierundzwanzig Stunden, dann war Vollmond, und an Deck war es beinah taghell.

Weit und breit kein einziger Passagier und auch niemand von der Besatzung. Er warf einen kurzen Blick auf die Uhr. Fünf Minuten vor halb drei. Wunderbar. Das war die Zeit, die er liebte, seine ganz eigene blaue Stunde, Erholung nach der Last des Tages. Und wenn es irgendwie ging, dachte er nicht daran, diese köstlich stille Stunde zu verschlafen.

Einen Moment stand er an der Reling und sah auf das vom fahlen Mondlicht beleuchtete, nachtschwarze Meer. Der Ozean zeigte eine schwere Dünung, und die Schaumkronen der Wellen, die vom Licht des Schiffes angestrahlt wurden, leuchteten weiß und beinah grell.

Er konnte sich nicht sattsehen daran.

Die Schiffsmotoren arbeiteten ruhig und gleichmäßig, das Kreuzfahrtschiff stampfte durchs Wasser, ein beruhigendes Geräusch, das fast so etwas wie Geborgenheit signalisierte.

Aus den Deckskisten an der Seite, unmittelbar neben den Rettungsbooten, nahm er eine blaue Schaumstoffauflage und legte sie auf einen Liegestuhl, den er nah an die Reling rückte. Hier wehte ein frischer Wind, den er im Schutz der Brücke nicht gespürt hatte, aber er störte ihn nicht. Im Gegenteil. In seinem Alltag in der Stadt kam Wind so gut wie gar nicht vor.

Er legte sich auf den Liegestuhl und sah in den Himmel. Noch nie war ihm so bewusst geworden, wie unendlich viele Sterne es gab, allein in seinem kleinen beschränkten Blickfeld auf diesem Punkt der Erde.

Einen Stern musste er finden, seinen eigenen. Einen, der nur für ihn leuchtete, der ihn begleitete, egal, wo er sich aufhielt. Den er immer wiedererkannte, wenn er die Zeit und Muße finden sollte, in Deutschland in den Himmel zu schauen.

Er war nicht religiös, aber in dieser Nacht war er dankbar für sein wunderbares, erfülltes Leben, für den Frieden, den er gerade jetzt, in diesem Moment empfand.

Natürlich war er einsam, aber das war gut so. Ein Genie musste einsam sein. Warum nur konnte nicht jeder seiner Gedanken der Nachwelt überliefert und erhalten werden? Sein Leben und seine Leidenschaft waren einzigartig. Ein treffenderes Wort gab es dafür nicht.

Er atmete tief durch und streckte sich wohlig aus. Ein warmer Schauer absoluter Zufriedenheit durchzog ihn. Vielleicht würde er jede Nacht an Deck verbringen.

Eine Melodie klang in seinem Kopf, und er überlegte, um welches Lied es sich handelte, als er die schwere Eisentür zum Promenadendeck klappen hörte.

Unwillkürlich zuckte er zusammen und wurde augenblicklich wütend über die Störung.

Es war der gut aussehende Mann, der Arzt, der zum Frühstück nur Obst aß und seine schwangere Frau umsorgte, als wäre sie sterbenskrank.

Und jetzt kam er mitten in der Nacht an Deck. Allein. Ohne seine Frau.

Er nickte ihm kurz zu und stellte sich an die Reling.

Hoffentlich spricht er mich nicht an, dachte er. Das ist das Letzte, was ich will und was ich jetzt gebrauchen kann. Außerdem zerstörte er das Bild. Die kostbare Einsamkeit an Bord.

Es regte ihn auf, dass der Mann es wagte, dort zu stehen. Es war ein ästhetisches Problem.

Der Arzt hielt sich merkwürdig unsicher an der Reling fest, schwankte leicht, und dann erbrach er sich ins Meer.

Das ist ja ekelhaft.

Mehr dachte er nicht.

Er stand aus seinem Liegestuhl auf, ging zu dem jungen Arzt, dem immer noch übel war, und ohne ein Wort zu ihm zu sagen, packte er ihn an den Beinen, hob ihn hoch und warf ihn wie ein Paket über die Reling ins Meer.

Nach ein oder zwei Sekunden hörte er, wie der Körper auf dem Wasser aufschlug.

Es interessierte ihn nicht. Er sah ihm noch nicht einmal hinterher, sondern drehte sich mit einem eleganten Hüftschwung um und legte sich zurück auf seinen Liegestuhl.

Allmählich kehrte wieder Frieden ein. Er schloss die Augen und genoss diese wundervolle Nacht.

ERSTER TEIL

JUGENDSÜNDEN

1

Berlin, Juni 2009

Es gab viele Dinge, die Matthias auf den Tod nicht ausstehen konnte, und eines davon war frühes Aufstehen. Dazu war er einfach nicht geboren. Basta. Ende der Diskussion.

Schon als kleiner Junge hatte er liebend gern geschlafen und war auch am Sonntagmorgen nicht aus dem Bett zu kriegen. Zum Entzücken seiner Mutter, die ebenfalls gern ausschlief, erschien er statt zum Frühstück immer erst zum Mittagessen. Die Schule hasste er vor allem, weil sie um acht Uhr anfing und er dreizehn Jahre lang um halb sieben aufstehen musste. Vielleicht wäre er gern zur Schule gegangen, wenn sie mittags begonnen hätte, vielleicht wäre er dann ein besserer Schüler gewesen und hätte nicht die meiste Unterrichtszeit verträumt und verdöst, vielleicht hätte er sogar Freunde gehabt und eine fröhlichere Kindheit. Tausendmal vielleicht. Aber so war eben alles anders gekommen.

Mit Pauken und Trompeten fiel er durchs Abitur, denn Klausuren und mündliche Prüfungen begannen nun mal um acht Uhr morgens, und um diese Zeit war Matthias einfach noch nicht wach. Auch nicht, wenn es darauf ankam.

Nur um dem ewigen Gezeter seiner Mutter ein Ende zu machen und seine Ruhe zu haben, versuchte er es noch einmal, allerdings wieder ohne Erfolg. Dann hatte er es endgültig satt und ging von der Schule ab.

Er war eben ein Nachtmensch. Anders als alle anderen. Und darauf war er sogar stolz.

Im Urlaub ließ er die Jalousien herunter, verschlief den Tag und ging erst bei Dunkelheit auf die Straße. So ein Leben war für ihn perfekt. Erholung pur.

An diesem Vormittag erwachte er für seine Verhältnisse relativ früh, es war erst kurz nach elf, und er fühlte sich alles andere als ausgeruht. Aber er wusste, dass es jetzt keinen Zweck hatte, noch zwei Stunden zu schlafen, denn er hatte bereits um fünfzehn Uhr einen wichtigen Termin mit einem gewissen Dr. Hersfeld, Manager eines Elektrokonzerns, der für sich, seine Frau, Sohn und Tochter ein neues Domizil in Berlin suchte. Geld spielte bei der Suche die geringste Rolle, problematisch war allerdings, dass sich die Familie nicht einig war, ob sie lieber eine Villa mit Garten oder eine repräsentative Stadtwohnung mit Dachterrasse bevorzugte. Matthias machte sich auf ein langwieriges Hin und Her gefasst, und das war auch etwas, was er hasste: Leute, die sich nicht entscheiden konnten.

Mit der Fernbedienung am Bett fuhr er das Rückenteil seiner Matratze hoch, um erst einmal zu sich zu kommen. Fast jeden Morgen hatte er im Liegen leichte Kopfschmerzen, die aber verschwanden, wenn er zehn Minuten aufrecht saß. Mit einer zweiten Fernbedienung öffnete er nun die doppelseitig genähten, schweren Seidenvorhänge. Er mochte das Geräusch, wenn sie über den Parkettfußboden schwungvoll zur Seite rauschten, aber als Tageslicht das Zimmer durchflutete, schloss er leicht angewidert die Augen.

In Gedanken ging er alles durch, was an diesem Tag zu erledigen war. Er musste zur Bank, seine Mutter beim Friseur absetzen, kurz im Büro nach dem Rechten sehen und dann zum Termin mit Hersfeld. Zwei exklusive Objekte hatte er anzubieten, das konnte drei oder mehr Stunden in Anspruch nehmen. Je nachdem ob die Kunden zügig die Wohnung durchschritten, in jeden Raum nur einen flüchtigen Blick warfen und sich ein rein gefühlsmäßiges Urteil bildeten, oder ob sie sich in jedem Zimmer eine halbe Stunde aufhielten, alles misstrauisch begutachteten, befühlten und selbst zur Fliege an der Wand noch fünfundzwanzig Fragen hatten.

Matthias streckte sich, spreizte die Finger und ballte sie anschließend zur Faust. Das tat er zehnmal, dann zog er die Beine an und drehte sich aus dem Bett. Die Kopfschmerzen waren fast weg, der letzte Rest würde unter der Dusche verschwinden.

Auf dem Läufer vor dem Bett machte er zehn Kniebeugen, drehte anschließend erst den Kopf, dann die Schulter, dann den Oberkörper, beugte sich mit gestreckten Beinen, so tief es ging, zu Boden, schwang die Hüften zehnmal nach links und zehnmal nach rechts und tänzelte ins Bad.

Dort schaltete er die Musikanlage an und beschallte mit Verdi die gesamte Wohnung. Seine Mutter, die unter ihm wohnte, störte es nicht, sie war leicht taub und ohnehin seit sechs wach. Preußisch stand sie seit einigen Jahren jeden Morgen pünktlich um sieben auf.

Seine Prozedur im Badezimmer dauerte fünfundvierzig Minuten. Duschen, abtrocknen, sorgfältig eincremen, Haare föhnen und leicht gelen, aber nur so, dass es nicht fettig wirkte, was bei blonden Haaren leicht passieren konnte. Zum Abschluss trug er noch ein transparentes Make-up auf, das bisher noch nie jemandem aufgefallen war, aber einen frischen, ebenmäßigen Teint erzeugte, und zog vorsichtig mit einem

Kajalstift die Augenbrauen nach, die ihm immer zu blond und unmännlich erschienen waren.

Frische Unterwäsche, ein gebügeltes Hemd, saubere Socken, Hose und Jackett oder sportliches Blouson legte er sich immer schon abends bereit, ganz egal, wie spät es war, denn nachts konnte er besser denken und die schwierige Kleiderfrage eher lösen. Im Haus bewegte er sich in seidenen Pantoffeln, die er sich aus Marokko mitgebracht hatte, seine Schuhe warteten unten im Flur, wo sie von seiner Mutter jeden Tag geputzt und auf Hochglanz poliert wurden. So wie sie auch seine Oberhemden mit Hingabe und absolut faltenfrei bügelte.

In seiner hypermodernen und matt glänzenden Luxusküche, die in der Mitte einen Granitblock als Arbeits- und Kochbereich hatte, was im Moment der letzte Schrei war, hatte er noch nie etwas gekocht. Noch nicht einmal ein Spiegelei gebraten. Er wusste gar nicht, wie er das anstellen sollte. Küchen bedeuteten ihm nichts, und dennoch hatte er diese für ein Vermögen einbauen lassen. Da sie nicht benutzt wurde, war sie immer tadellos sauber, und das erfüllte ihn mit tiefer Befriedigung.

Morgens, oder besser gesagt mittags, schaltete er jedoch die Espressomaschine ein, die so überdimensioniert war, dass sie jedem Café und jedem italienischen Restaurant zur Zierde gereicht hätte, und kochte sich zwei Espressi, die er zusammen mit zwei Gläsern Pineo Luna Llena trank. Er bestellte dieses spezielle, teure Mineralwasser alle Vierteljahre direkt aus Spanien. Es kam aus den katalanischen Pyrenäen, stammte aus unterirdischen Wasservorkommen inmitten von Kalk- und Granitgestein und wurde nachts und nur bei Vollmond abgefüllt. Matthias war davon überzeugt, dass es einen positiven Einfluss auf sein physisches und psychisches Wohlbefinden ausübte, und wurde richtig nervös, wenn ihm sein morgendliches Wasser fehlte.

Irgendetwas Essbares konnte er um diese für ihn eigentlich noch nachtschlafende Zeit nicht zu sich nehmen.

Die Natur war in den letzten zwei Wochen regelrecht explodiert. Wo man hinsah, blühte es, die Rasenflächen waren saftig grün und mussten zweimal in der Woche gemäht werden. Diese lästigen Gartenarbeiten erledigte ein pensionierter Gärtner, der mittwochs drei und samstags sechs Stunden arbeitete.

Aber Matthias hatte für den herrlichen Frühsommertag keinen Blick, als er aus dem Haus trat. Wetter interessierte ihn überhaupt nicht. Er fand es ausgesprochen ärgerlich, dass man es nicht ändern konnte, daher hatte er beschlossen, es zu ignorieren.

Gerade drehte er sich um und wollte seiner Mutter – wie jeden Tag – zum Abschied zuwinken, als er sah, dass ihr Platz am Küchenfenster, wo sie mittags Kreuzworträtsel löste und ihre heiße Brühe schlürfte, leer war.

Das war in den letzten zehn Jahren noch nie vorgekommen, und Matthias erschrak so, dass er unwillkürlich einen Schritt zurücktrat und beinah über die Begrenzung des Blumenbeetes gestolpert wäre.

Er rannte zurück zum Haus, nahm die fünf Stufen vor ihrer separaten Eingangstür in einem Schritt und klingelte. Wartete. Klingelte wieder. Sie öffnete nicht.

Mühsam und mit zitternden Fingern suchte er ihren Wohnungsschlüssel an seinem Schlüsselbund und schloss die Tür auf.

Sie lag im Wohnzimmer auf dem Teppich.

Er fiel vor ihr auf die Knie.

»Mama«, hauchte er und küsste sie auf den Mund. »Mama, was ist passiert?«

Da er sich einbildete, einen ganz schwachen Atemhauch zu spüren, drückte er sein Ohr an ihre Brust.

Leise und wie in weiter Ferne klopfte ihr Herz.

Er stürzte zum Telefon, wählte eins-eins-zwei und schrie, sobald er eine Stimme hörte, in den Apparat.

»Kommen Sie schnell, meine Mutter stirbt, sie ist ohnmächtig, Hirschhornweg achtundzwanzig, mein Name ist Steinfeld, von Steinfeld!«

»Hatte sie einen Unfall?«, fragte die gleichgültige, unaufgeregte, tiefe Stimme am anderen Ende der Leitung.

»Das weiß ich doch nicht!«, kiekste Matthias. »Ich bin kein Arzt und kein Hellseher und will jetzt auch nicht mit Ihnen diskutieren, kommen Sie, und zwar schnell!«

»Wagen ist unterwegs«, sagte der Beamte gelassen, und Matthias legte auf.

Bis der Rettungswagen eintraf, ging Matthias im Wohnzimmer auf und ab und konnte kaum der Versuchung widerstehen, an den Fingernägeln zu knabbern. Er schlug sich selber mit der Hand auf die Finger, denn angenagte Nägel machten bei zahlungskräftigen Kunden der oberen Zehntausend keinen guten Eindruck.

Schließlich kam er auf die Idee, die Lippen seiner Mutter mit Wasser zu benetzen.

Immer wieder sah er auf die Uhr. »Was machen diese Idioten?«, brüllte er und raufte sich die frisch gegelten Haare. »Wo bleiben die? Warum kommen die nicht? Sind die zu blöde, die Adresse zu finden?«

Er rannte vor die Tür, aber noch war kein Rettungswagen in Sicht.

Fuchsteufelswild kam er ins Wohnzimmer zurück. »Da muss so eine arme Frau krepieren, nur weil der Rettungsdienst in diesem tollen, hochgelobten Land eine halbe Stunde braucht, um zu Hilfe zu kommen. Das darf ja wohl nicht wahr sein! Ich werde diese Ignoranten anzeigen! Zur Rechenschaft ziehen. Die werden sich noch umgucken!«

In diesem Moment klingelte es. Matthias stürzte zur Tür, nahm Haltung an, fuhr sich noch einmal korrigierend durch die Haare und öffnete.

»Haben Sie angerufen?«, fragte der Notarzt, und Matthias nickte. »Wo ist Ihre Mutter?«

»Im Wohnzimmer. Kommen Sie.« Matthias lief voran, der Arzt und zwei Sanitäter folgten, und Matthias stolperte vor Aufregung über ein Paar Stiefel, deren Spitzen hinter dem Schuhschrank im Flur hervorstanden.

Dann ging alles sehr schnell. Der Arzt schien sofort zu wissen, was mit Frau von Steinfeld los war, er legte eine Infusion, und dann wurde sie in Windeseile auf eine Trage gelegt, zum Notarztwagen gefahren und hineingeschoben.

»Ich nehme an, ein Schlaganfall. Fahren Sie bei uns mit?«

Matthias nickte.

Als er im Wagen neben seiner Mutter saß, ihre faltige, schmale Hand in seiner hielt und sie unaufhörlich streichelte, flüsterte er ihr tröstende Worte zu, ohne zu wissen, was er sagte, und fühlte sich so hilflos wie noch nie in seinem Leben.

Weiter geht es in:

SABINE THIESLER

NACHTPRINZESSIN

ISBN 978-3-453-43524-7